Joseph Rubin

Beiträge zur Vorgeschichte Italiens

SALZWASSER
VERLAG

Joseph Rubino

Beiträge zur Vorgeschichte Italiens

1. Auflage | ISBN: 978-3-75251-080-5

Erscheinungsort: Frankfurt am Main, Deutschland

Erscheinungsjahr: 2020

Salzwasser Verlag GmbH, Deutschland.

Nachdruck des Originals von 1868.

BEITRÄGE

ZUR

VORGESCHICHTE ITALIENS.

VON

JOSEPH RUBINO.

LEIPZIG,

DRUCK UND VERLAG VON B. G. TEUBNER.

1868.

VORWORT.

Mein Antheil an der Herausgabe dieser Schrift beschränkt
sich auf die Abfassung der Seitentitel und der Inhaltsangabe.
Die Scheidung des reichen Stoffes nach Abschnitten wurde
durch den eigenthümlichen Gang Rubinoscher Beweisführung
erleichtert, welche bei jedem neuen Gegenstande in der Regel
von allgemeinen Gesichtspunkten zu den Erwägungen der
Einzelheiten gelangt. Wäre freilich dem Verfasser noch die
Herausgabe seiner Beiträge vergönnt gewesen, so würden
manche Abschnitte vielleicht anders getrennt worden sein; an
meinem Orte aber glaubte ich die Pflichten der Dankbarkeit
gegen den verewigten theuren Lehrer, Freund und Verwandten
am besten zu erfüllen, wenn ich dem Leser den Genuss dieser
unvollendet hinterlassenen Arbeit durch eine Stofftheilung
erleichterte, welche mir mit dem Ideengange des Verfassers
möglichst zu stimmen schien. Denn nur lose aufgereiht wollte
er Ergebnisse manigfacher Forschung zur Vorgeschichte
Italiens vorlegen.

Professor Fleckeisen hat die grosse Mühe der philo-
logischen Sicherung des Textes übernommen, an dessen treuer
Wiedergabe bei einem Werke dieser Art so viel gelegen ist.

Wir beide, indem wir die letzten Ergebnisse mühevoller Arbeit des hingeschiedenen vorzüglichen Forschers römischen Alterthums veröffentlichen, hegen die Hoffnung, dass von den hier niedergelegten Intuitionen nicht wenige allmählich Gemeingut der Wissenschaft werden, wenn auch diesen neu veröffentlichten das Geschick einzelner früherer Untersuchungen Rubinos beschieden sein sollte, welche erst nach einem Vierteljahrhundert von dem vornehmsten Kenner auf diesem Gebiete in ihr Recht eingesetzt worden sind (vgl. Th. Mommsens römische Forschungen I S. 225 f.).

Zürich 20 März 1868.

Max Büdinger.

INHALT.

BEITRÄGE

ZUR

VORGESCHICHTE ITALIENS.

Wer der Forschung über einzelne Zweige der römischen oder italischen Alterthumskunde nachgeht, wird fast immer durch eine Gewalt, welcher schwer zu widerstehen ist, auf die Fragen über die Herkunft und die früheste Geschichte der italischen Stämme zurückgeführt werden. Denn da die Fortbildung überall von den Anfängen abhängig ist und das Einzelne auf das engste mit dem Ganzen zusammenhängt, so kann man den Entwickelungsgang irgend einer besonderen Seite des Volkslebens nicht eindringend verfolgen, ohne immer aufs neue an das Problem über den Ursprung des Volkes selbst erinnert zu werden. Diese in der Natur der Sache begründete Erfahrung hat sich auch dem Verfasser der vorliegenden Beiträge aufgedrängt. Die Reihe der Abhandlungen, welche für diese Sammlung bestimmt sind, sollte mit 'Betrachtungen über das Geld- und Münzwesen der älteren Römerzeit' eröffnet werden; im Verlaufe der Ausarbeitung zeigte sich aber wiederholt die Nothwendigkeit auf die Frage über die Entstehung der latinischen Nation einzugehen, und es schien anfangs möglich die Ansicht, welcher der Verfasser hierin folgt, insofern sie von anderen gegenwärtig verbreiteten abweicht, in einer Anzahl von Anmerkungen auszuführen und zu vertheidigen. Je schwieriger aber die grosse hiermit berührte Aufgabe ist, je grösseren Umfang sie in dem Verhältnisse annimmt, als man sie näher ins Auge fasst, und je stärker die in unserer Zeit gemachten Versuche zu ihrer Lösung nach verschiedenen Richtungen auseinandergehen, um so weniger angemessen erschien jene Form der Mittheilung, welche die Beschränkung auf einen

1*

viel zu engen Raum zur Bedingung und zur Folge hatte. Das Misverhältniss, welches hieraus entstehen musste, hat sich bei der Fortführung der Arbeit immer fühlbarer gemacht und hat zuletzt zu dem Entschlusse geführt, die Andeutungen über die Vorgeschichte Italiens, welche ursprünglich in jene 'Betrachtungen' verflochten waren, abgesondert zusammenzustellen, sie viel weiter als anfangs die Absicht war auszuführen, und ihren Inhalt in einer Reihenfolge von Abhandlungen darzulegen. Diese Entstehungsweise der gegenwärtigen Schrift möge zur Erklärung dafür dienen, dass in ihr von dem weit umfassenden Gegenstande nur gewisse einzelne Seiten berührt werden, und dass die Darstellung desselben von einem Rahmen umgeben erscheint, welcher in einem zwar nahen und innern, aber doch nicht nothwendig gegebenen Zusammenhange mit ihm steht. Die Einleitung zu den hier mitgetheilten Untersuchungen wird nämlich von den Ursprüngen des altrömischen Geldwesens ausgehen, zu denen sich auch der Schluss derselben zurückwenden wird; ihrem Hauptinhalte und Zwecke nach aber sind sie bestimmt zu der Aufklärung des Dunkels, welches über die Entstehung der altitalischen Staaten und ihrer Cultur verbreitet ist, einen Beitrag zu liefern.

Eine bekannte und sehr auffallende Eigenheit, worin die alten Bewohner von Sicilien und die der italischen Halbinsel unter einander übereinstimmten und wodurch sie sich von allen anderen Nationen des Alterthums unterschieden, war diese, dass das Metall, welches von dem Anfange unserer geschichtlichen Kenntniss an bei ihnen als das Hauptmittel des Austausches und der allgemeine Maasstab der Werthe galt, nicht wie in den meisten anderen Ländern in dem Silber oder gar dem Golde, sondern in dem Kupfer bestand, welches auch viele Jahrhunderte der geschichtlich helleren Zeiten hindurch diesen Vorzug, hier in stärkerem, dort in geringerem Grade, behauptet hat. Diese sehr bemerkenswerthe Erscheinung hatte ihren Grund nicht blos darin, dass in vielen Gegenden Italiens Kupfer und nur in wenigen einiges Silber

gewonnen wurde — denn andere Völker, welche auch das
Silber fast nur durch den Handel erhielten, haben ihm dennoch den Rang des Geldes eingeräumt[1]) — sie war vielmehr
in manigfacher Beziehung tiefer begründet; sie beruhte, wie
später hervortreten wird, auf der Geschichte, dem Bildungs-
gange und dem Charakter[2]) der italischen Völkerschaften.

Die Erhebung des Kupfers zum Werthmesser, also zum
Gelde, muss in sehr frühe Zeiten und noch vor die Entstehung des römischen Staates fallen. Als vom achten Jahrhundert vor Ch. G. an die Griechen ihre Niederlassungen in
Sicilien gründeten, fanden sie bei der damals vorwaltenden
Bevölkerung der Insel, den Sikelern, nicht nur schon den
Gebrauch des Kupfergeldes[3]), sondern auch die Eintheilung
desselben in bestimmte Gewichtstücke ganz so vor, wie sie
in Italien und namentlich bei den Latinern bestand; die hellenischen Colonisten nahmen dieselben von den Eingeborenen mit den dafür überlieferten einheimischen Ausdrücken
an und brachten sie mit ihrem vaterländischen auf dem
Silber beruhenden Geldsysteme in Verbindung. Bald nachher finden wir daher in den verschiedensten Gegenden Sici-
liens bei den dort angesiedelten Griechen nicht nur das Wort
λίτρα, entsprechend dem lateinischen *libra*, für das Kupfer-
pfund, so wie die Eintheilung desselben in zwei ἡμίλιτρα,
drei τριᾶντες, vier τετρᾶντες, sechs ἑξᾶντες und zwölf οὐγκίαι,
wie wir sie ganz ähnlich in Italien finden, allgemein verbreitet[4]); es war zugleich im Gegensatz zu der hellenischen
die italische Sitte, wonach alle Werthe zunächst in Kupfer-
gewicht aufgefasst und ausgedrückt wurden, tief in ihre Vorstellungen, in ihr Geld- und Münzwesen, in ihre Staats-

---

1) Vgl. Movers Handel und Schiffahrt der Phönicier S. 25—28.
2) Auf ihren Zusammenhang mit dem Volkscharakter hat bereits
Mommsen Geschichte des römischen Münzwesens S. 169 hingewiesen.
3) Vgl. Böckh metrologische Untersuchungen S. 340.
4) Vgl. Pollux onom. IV § 174 und 175 und IX § 80—82. Bentley
über das sicilische Geld, in den Phalaridea XIV. Böckh metrolog
Unters. S. 293 ff.

gesetze eingedrungen und hat sich darin bis zur Unterwer-
fung•unter die Römer und weiterhin erhalten. Diese Uebereinstimmung kann nicht aus dem Handel hergeleitet werden,
welcher zwischen den griechischen Sikelioten und den Italern betrieben ward und der etwa im sechsten Jahrhundert vor Ch. G. zur grössten Blüte gelangte[5]); sie setzt,

---

5) Zwei Versuche sind gemacht worden um die Namen *libra, uncia*
usw., welche wir bei den Griechen in Sicilien antreffen, mit dem
darauf beruhenden Geldsysteme als eine blosse Folge ihres Handels-
verkehrs mit den Italern darzustellen und hieraus die Uebereinstimmung abzuleiten. K. O. Müller (Etrusker I S. 309 ff.), dessen Ansicht
auch auf die Auffassung Böckhs von Einfluss gewesen ist, lässt beides
von den Etruskern zu ihnen gelangen; er geht dabei von der Voraussetzung aus, dass diese die Urheber des eigentlich italischen Geld- und
Münzsystems waren, dass ihnen die Münzen von Hatria angehörten,
dass Wörter wie *uncia* usw. in der tuskischen Sprache ihren Ursprung haben könnten. Jeder dieser Annahmen stehen starke Bedenken
entgegen; auch werden sie wohl jetzt nur noch wenige Anhänger finden, nachdem für so vieles, was man sonst auf etruskischen Ursprung
zurückführte, eine andere Entstehung erkannt worden ist. Dagegen
hat eine andere Ansicht Geltung erlangt, welche vornehmlich aus der
(zu starken) Gegenwirkung gegen die früher vorwaltende Meinung, dass
die lateinische Sprache aus der Mischung zweier Bestandtheile hervorgegangen sei, zu erklären ist (vgl. Bernhardy Grundriss der römischen
Litteratur S. 154). Im Zusammenhange hiermit ist die Vorstellung entstanden, welche früher auch Mommsen (römische Geschichte I S. 32 der
zweiten Auflage) angenommen hat, dass 'sich die auffallende Verwandtschaft des sicilischen Griechisch mit dem Lateinischen . . . aus
den alten Handelsverbindungen zwischen Rom und den sicilischen Griechen erkläre'. Diese Annahme geht viel weiter als die K. O. Müllers;
sie beschränkt sich nicht auf die Ausdrücke, welche Geld oder Gewichtstücke bezeichnen; sie dehnt sich auf die ganze Reihe der beider-
seits gemeinsamen Wörter und Wortformen aus, von denen uns nur
zufällig einige erhalten sind (vgl. Müller a. a. O. I S. 10—14 und
Ahrens de dialecto dorica p. 390 ff.), neben denen es aber gewiss
noch viele andere gab. Ihnen zufolge müssten auch Wörter wie λέπο-
ρις gleich *lepus*, κάρκαρον gleich *carcer* und ähnliche Bezeichnungen
für Begriffe, welche mit dem Handelsverkehre nichts gemein haben,
mittels desselben aus der Sprache eines entfernteren ungebildeten
Volkes in die eines auf seine Bildung und Nationalität stolzen Volkes
übergegangen sein. Wie wenig Wahrscheinlichkeit eine solche Voraussetzung habe, hat schon Schwegler (römische Geschichte I S. 210)
richtig bemerkt, und dieses tritt um so klarer hervor, je näher man

wie vieles andere gemeinsame, einen viel älteren der Vorgeschichte angehörenden Zusammenhang der Sikeler mit den
Völkerschaften der nördlichen Halbinsel und insbesondere
mit denen an der Tiber voraus. Welchem geschichtlichen
Vorgange dieser seine Entstehung verdankt, kann nicht
zweifelhaft sein. Die zuverlässigsten Nachrichten bei Griechen und Römern bezeugen[6]), dass die Sikeler einst in Ita-

---

auf die Sachverhältnisse eingeht. Bleiben wir bei den Wörtern *libra*,
uncia usw. stehen. Die Namen sind hier von der Sache nicht zu
trennen; die sicilischen Griechen, deren Handel zwar auch nach Latium,
aber in einem ungleich höheren Grade nach den Ländern des Silber-
geldes, nach Hellas, Kleinasien und anderen Gebieten des einst phöni-
cischen Verkehres gerichtet war, haben dennoch dem Kupfergelde den
entschiedensten Vorrang eingeräumt; sie haben im Widerspruche mit
ihren Mutterstädten den Argentinus (um den späteren römischen Ausdruck zu gebrauchen, vgl. Augustin de civ. dei IV 21) zum Sohne des
Aesculanus gemacht. Ein bekanntes Beispiel möge genügen um darzuthun, wie weit sie hierin gegangen sind. Die Agrigentiner haben,
und zwar schon von alter Zeit her, die Geldstrafen in Kupferlitren ausgesprochen, obgleich sie in Silber entrichtet wurden, so dass es noch
einer gesetzlichen Bestimmung bedurfte, wie das eine Metall in das
andere umzuwandeln sei: vgl. Aristoteles bei Pollux IV § 174 und IX
§ 80. Ohne Zweifel verfuhren andere Sikelioten in ähnlicher Weise,
da sie durchgängig ihre Silbermünzen nach deren Kupferwerth δεκά-
λιτρον, ἡμίλιτρον, πεντούγκιον benannten. Dieses Verfahren erklärt
sich recht gut, wenn sie die Kupferlitren bei den Eingeborenen ihrer
Insel als den von Alters her herschenden Werthmesser vorgefunden
und sich dieselben angeeignet hatten; als eine Anbequemung an die
Sitte ihrer latinischen Handelsfreunde wäre ein solcher Umweg zumal
in eigenen inneren Angelegenheiten unbegreiflich. Auch Mommsen ist
an dieser Art der Herleitung zweifelhaft geworden; in der Geschichte
des römischen Münzwesens S. 93 bemerkt er, dass 'das Litrensystem
in Sicilien so tief gewurzelt erscheine, dass es vielleicht nicht erst
durch den Handelsverkehr mit Italien dorthin verpflanzt worden sei';
ungeachtet dieses Zugeständnisses wird jedoch in der später erschie-
nenen dritten Auflage der röm. Gesch. I S. 33 und 157 der Satz festgehalten, dass 'die auffallende Verwandtschaft des sicilischen Griechisch
mit dem Lateinischen ... sich vielmehr aus den Handelsverbindungen
zwischen Rom und den sicilischen Griechen erkläre'. Mehr hierüber an
anderer Stelle.

6) Diese Berichte, welche von einer grossen Anzahl von Thatsachen
der geschichtlichen Zeit unterstützt werden (vgl. Niebuhr römische Geschichte I S. 51), erhalten ein verstärktes Gepräge der Glaubwürdigkeit

lien bis nach Etrurien hin gewohnt haben, dass sie aber bei
dem Vordringen anderer Völkerschaften und insbesondere
der italischen Gebirgstämme zuerst nach Unteritalien und
sodann nach der Insel hingedrängt (oder wohl richtiger zurückgedrängt) wurden, welche von ihnen den Namen führte.
Bei dieser Wanderung, welche in die Jahrhunderte vor der
Ankunft der Hellenen an ihrer Küste, also auch vor der
Gründung des römischen Staates. fiel, haben sie das Kupfer,
welches schon in der homerischen Zeit bei den Bewohnern
Italiens eine Ausfuhrwaare und eines der vornehmsten Tausch-
mittel war[7]), als Werthmetall mit der bereits vorhandenen
Gewichtseintheilung und den hieran geknüpften Ausdrücken
mit nach Sicilien gebracht, wo es sich auch in der Folgezeit
neben dem von den Phöniciern, Hellenen, Karthagern her-
beigeführten Silbergelde in einer für die Fortbildung des
Münzwesens folgenreichen Geltung behauptet hat.

    Die hiermit gewonnene Spur lässt sich weiter verfolgen.

---

auch dadurch, dass sie im Lande selbst einheimisch waren. Alle sicilischen Geschichtschreiber von Antiochos von Syrakus an (vgl. dessen
Fragmente bei Müller im ersten Bande der fragmenta historicorum
Graecorum p. 181 und 182) bis auf Diodor (V 2 und 6) sind darüber
einstimmig, und ohne Zweifel hat auch Thukydides (VI 4 f.), dessen Aufenthalt in Grossgriechenland von Timäos (bei Marcellin in der vita
§ 25) bezeugt und von neueren Forschern mit Recht als sicher betrachtet wird, die Bestätigung derselben aus dem Munde von Eingeborenen erhalten.

    7) In der Odyssee I 184 fahren die Taphier vom Westen Griechen-
lands aus, um Kupfer gegen Eisen auszutauschen, nach Temesa, worunter Strabon I 1, 10 p. 6 und VI 1, 5 p. 256 so wie andere alte Schriftsteller die bekannte Stadt in Unteritalien verstanden. Die Gründe,
womit diese Auslegung bestritten und Temesa — wie auch schon einige
Vorgänger des Strabon angenommen hatten — auf das im Innern von
Kypros liegende Tamassos bezogen worden ist (vgl. Nitzsch Anmerkungen zur Odyssee I S. 36) sind nichts weniger als überzeugend. Noch
in Strabons Zeiten waren bei dem italischen Temesa alte nachmals
aufgegebene Kupferbergwerke sichtbar. Der Dichter der Odyssee setzt
aber nicht nur Bekanntschaft der westlichen Griechen mit den Sikelern,
sondern auch Schiffahrt in ihr Land (XX 383) und Verkehr mit ihnen
voraus. Vgl. Müller Etrusker I S. 10 N. 2, Hoeck Kreta II 268, auch
Niebuhr kleine historische Schriften II 224.

Betrachten wir nämlich die erwähnte Eintheilung des Kupfer-
pfundes, wie sie sich für uns am vollständigsten bei den
Latinern und Römern erhalten hat, näher, so trägt sie in
sich selbst die Merkmale sowohl des frühesten Alterthums,
worin sie entstanden ist oder vielmehr bereits bestand, als
auch des Weges, auf welchem sie allen Anzeichen zufolge zu
den Latinern gelangt war. Sie galt bei diesen, wie bekannt,
als Eintheilung des Asses nicht nur für das Gewicht, sondern auch für Maasse verschiedener Art so wie für Einheiten
überhaupt; sie ist aber nicht, wie man aus der blos schein-
baren Aehnlichkeit der Wörter *as* und *aes* hat schliessen
wollen[8]), zuerst für das Kupfergeld erfunden und sodann
von ihm auf andere Gegenstände, bei denen sie zur Anwendung kam, übertragen worden; sie hatte vielmehr, wie alle
bei ihr vorkommenden Spracheigenheiten beweisen, von Anfang an und ihrer Natur nach eine allgemeinere Bedeutung.
Ihr Wesen bestand darin, dass man bei den manigfachen
Arten der Theilung eine grössere Einheit, den *as*[9]), und eine

---

8) Diese oft aufgestellte und ebenso oft bekämpfte Meinung ist von
Mommsen anfangs (in der Abhandlung über das römische Münzwesen
S. 260 und in der römischen Geschichte I S. 194 der zweiten Auflage)
wieder in Schutz genommen, nachmals aber in der Geschichte des
römischen Münzwesens S. 188 mit Recht für bedenklich erklärt und
bestritten worden. Es wird nicht überflüssig sein, die gegen sie sprechenden Gründe etwas weiter auszuführen. Vgl. die folgende Note.

9) Das Wort *as, assis*, welches wahrscheinlich aus *ans* entstanden
ist — worauf die Verdoppelung des *s* und noch vieles andere hinweist
— hat mit *aes, aeris*, wenn das letztere auch alterthümlich *aesis* gelautet hat, nichts gemein; es bedeutet an sich blos die Einheit, und
zwar im Gegensatz zu ihren Theilen gedacht die ganze volle, unzer-
stückte, im Gegensatz zu anderen Dingen die reine, ungemischte Einheit. Dieses ergibt sich 1) aus dem Gebrauche des Wortes selbst für
die verschiedensten Arten von Einheiten, für das Gewichtpfund, das
Jugerum, den Fuss, die Gesammtmasse der Erbschaft wie des Gesell-
schaftsvermögens (zahlreiche Beispiele und Stellen gibt Ideler über
die Längenmaasse der Alten, in den Abhandlungen der Berliner Aka-
demie aus den Jahren 1812—1813 S. 124 ff.). Hiermit hängen die Rede-
weisen *in assem* oder *in asse* (welche beide so viel als 'im ganzen'
bedeuten) und andere ähnliche zusammen. Als später in dem Geldsysteme der Kaiserzeit ein Goldstück die Einheit wurde, nach deren

kleinere, die *uncia* (*ab uno dicta*, sagt Varro de lingua latina
V § 171) einander so entgegensetzte, dass sie zu einander
in dem Verhältniss von eins zu zwölf standen.   Beide Aus-

Theilung und Vervielfältigung die Werthe bestimmt wurden, ward
dafür der Name *solidus* gewählt, welcher in vieler Hinsicht dem *as*
des alten Kupfersystems entsprach (vgl. Gronovius de pecunia vetere
l. IV c. 17), und zwar insbesondere auch darin, dass sprachlich das
eine wie das andere Wort das volle Ganze zunächst ohne Hinweisung
auf Metall und Gewicht ausdrückte.   Eben dasselbe ergibt sich 2)
aus dem zu ihm gehörenden Beiworte *assus*, welches in *assa caro* das
als ein Ganzes gebratene und aufgetragene Fleisch dem beim Kochen
zerstückten entgegenstellt; in den meisten anderen Fällen heisst es
so viel als 'einfach, einzig, allein und für sich bestehend', und entspricht am nächsten dem *solus*.   Diese Bedeutung tritt unverkennbar
hervor in *assa voce* (Nonius p. 76 a. E.) und in *assae tibiae* (Servius zu
Virgils Georgica II 417), wo die alten Grammatiker die richtige Auslegung geben: *asso sole* erklärt Cicero durch *uno et sicco*, wie wir
'blosses' für 'trockenes' Brod sagen; auch bei allen übrigen Anwen-
dungen des Wortes (*assae sudationes* usw.) lässt sich der Begriff
des einfachen, unvermischten ohne Schwierigkeit durchführen. *Assa*
für *nutrix*, wovon Nonius p. 56 sagt: *difficilis multi existimant intel-
lectus*, war ohne Zweifel ein Schmeichelname, womit sich die Ammen
und Wärterinnen von den Kindern bei den ersten Sprechübungen be-
nennen liessen (Juvenal XIV 208); auch hier könnte das Wort, so viel
als 'einzige' (*unica*) ausdrücken, hat aber wahrscheinlicher einen andern
Ursprung und sollte so viel als 'Mütterchen' bedeuten.   3) Den stärksten
Beweis gibt die Art, wie die Sprache in älteren Zeiten verfuhr, um
eine bestimmte Anzahl von Kupferpfunden zu bezeichnen.   Neben dem
Zahlworte (z. B. *quingenti*) wurde bis gegen das Ende der Republik
hin nur in besonderen seltenen Fällen *asses* hinzugefügt — natürlich
weil es nicht nöthig war ausdrücklich anzugeben, dass unter einer
Zahl die entsprechende Vervielfältigung von Einheiten verstanden sei —;
dagegen ward in der fast durchgängig beobachteten Regel, wofür eine
fast unübersehbare Menge von Beispielen vorhanden ist, das Wort *aeris*
hinzugesetzt, weil sich die Gattung der Einheiten gewöhnlich nicht von
selbst verstand; zugleich aber erhielt das Zahlwort die masculine Endung um anzudeuten, dass das hinzuzudenkende Hauptwort *asses* und
daher die volle Ausdrucksweise *quingenti aeris asses* sei (vgl. *quin-
genos aeris* bei Varro de l. l. V § 180, *quinquentos aeris, septuagenos
aeris* bei Livius XXXIII 23 und Perizonius de aere gravi p. 436; vgl.
auch *asses aereos* bei Vitruv de architectura III 1 § 8).   Dieser alte
Sprachgebrauch würde aber unerklärlich sein und keinen Sinn haben,
wenn in dem Worte *as* die Bezeichnung des Metalls bereits enthalten
wäre.   Wo es übrigens von selbst klar war, dass eine Zahl sich auf

drücke gehören also rein dem Zahlengebiete an; ihr gegenseitiges Verhältniss aber setzt den Gebrauch eines fest gewurzelten Duodecimalsystems voraus; nur in diesem konnte *uncia* die Bedeutung eines Zwölftels annehmen, welche in dem Worte selbst nicht liegt. Fragen wir aber, von welcher Zeit an bei den Latinern dieses System bestand, so muss vor allem der Blick auf die Vermessung ihrer Feldmarken gerichtet werden, welche bei den alten Völkerschaften überall eine grosse Bedeutung hatte und daher auch eines der cha-

---

Kupferpfunde beziehe, konnte sogar auch *aeris* wegbleiben, wie denn einmal in den zwölf Tafeln (vielleicht mit Zurückbeziehung auf schon genannte mit *aeris* bezeichnete Summen) ganz einfach *viginti quinque poenas* vorkam: vgl. Festus s. v. p. 371 Müller und Dirksen Kritik der Zwölftafelfragmente S. 527. Hierzu kommt noch 4) der alte Ausdruck *assipondium* (Varro de l. l. V § 169), welcher, wie der Gegensatz zu *dupondius* sc. *as* zeigt, ein einziges volles Pfund bedeutete. Sicher ist es demnach, dass *as* und *uncia* so wie alle unmittelbar hiervon abgeleiteten Ausdrücke ihrem Wesen nach den Maassen verschiedener Art wie den Gewichten gemeinsam waren. Anders aber verhielt es sich mit einigen Wörtern, welche theils eine Vervielfältigung des Asses, theils Unterabtheilungen der Unze bezeichnen. Hierin gibt sich allerdings die Entstehung auf einem einzelnen Gebiete und die Uebertragung auf andere kund; der Austausch ist aber ein gegenseitiger, und das Gewicht dabei keineswegs bevorzugt. Denn *dupondius*, das Doppelpfund, ist zwar in der Bedeutung eines Doppelasses überhaupt erst von dem Gewichte auf das Längenmaass und anderes ähnliche, jedoch wahrscheinlich in einem verhältnissmässig späten Zeitraume übergegangen; *scriptulum* dagegen, welches zugleich für den 24n Theil der Gewichtunze gebraucht wird, ist ursprünglich ein Feldmaass. Dieses beweist schon der Name, welcher von den gezogenen Linien oder Furchen hergenommen und, wie Mommsen römische Geschichte I S. 200 richtig bemerkt, mit *scrobes* und mit *scriptura*, dem Marken des Hutviehes, verwandt ist — die Griechen übersetzten daher *scriptulum* durch γράμμα —; es war der 288e Theil des *iugerum*, der 24e seiner Unze (Columella de re rustica V 1 und Varro de re rust. I 10). Hieraus allein erklärt sich auch, warum man den Kupferas in 288 und die Kupferunze in 24 statt folgerichtig in 144 und 12 Theile zerlegte. Die Einwirkung war demnach hierbei eine wesentlichere als beim *dupondius*; die Uebertragung beschränkte sich nicht auf den Ausdruck, sondern bestimmte zugleich die Art der Eintheilung selbst, so wie denn auch das *scriptulum* bei der Landesvermessung gewiss der frühesten Zeit angehörte.

rakteristischen Merkmale ihres Volksthums war. Bekannt ist
es nun, dass in Rom wie in Latium das limitirte Ackerland
nach dem *iugerum* von 240 Fuss Länge und 120 Fuss Breite
vermessen wurde, einem Feldmaasse welches aus der Verbindung (*iungere*) von zwei *actus* oder *acnuae* gebildet war; der
actus von je zwölf Ruthen im Gevierte stellte hierbei die Einheit oder das *as* dar, und zerfiel wie jeder andere *as* in *se-
misses*, *trientes*, *quadrantes*, *sextantes*, *unciae* usw. bis zum
scriptulum [10]) herab. Diese Eintheilung des Grundes und Bodens, worin die Zwölfzahl in so eigenthümlicher Weise hervortritt, weicht von der fast aller anderen Völker des Alterthums und insbesondere auch derjenigen ab, mit welchen die
Latiner stammverwandt waren; im engsten Zusammenhange
mit dem oben dargestellten Duodecimalsystem war sie eine
Folge der Durchführung desselben durch eines der wichtigsten
Gebiete des Volkslebens, welches am seltensten der Veränderung unterworfen ist. Ihre Annahme durch die Latiner
musste demnach nothwendig auf einem höchst bedeutungsvollen Vorgange in der Geschichte dieses Volkes beruhen,
und hiermit gewinnen wir einen ersten Faden, welcher geeignet ist in der Dämmerung der Vorgeschichte von Latium
zu festen Anhaltspuncten zu führen. Zuerst kann es nämlich als sicher betrachtet werden, dass schon bei der Entstehung des römischen Staates die Feldmark desselben nach.
iugera, also insoweit nach dem Duodecimalmaasse eingetheilt
war; die vollgültigen Zeugnisse, welche uns hierüber vorliegen [11]), lassen um so weniger Raum für einen begründeten

---

10) Vgl. Rudorff gromatische Institutionen (Schriften der römischen Feldmesser Band II) S. 280. Mit dem *scriptulum*, welches einer
Quadratruthe von zehn Fuss entsprach, hatte das Duodecimalsystem
seine Grenze erreicht und ging in das natürliche vom menschlichen
Körper entlehnte Maass über.

11) Varro de re rustica I 10: *bina iugera a Romulo primum divisa
viritim* etc. . . . (*mensores dicunt*). Festus im Auszuge p. 53 Müller:
Romulus centenis civibus ducena iugera tribuit. Plinius n. h. XVIII 2
§. 7. Siculus Flaccus de cond. agr. p. 153 Lachm. — Rudorff a. a. O.
S. 278 nimmt an, dass das römische Staatsmaass ursprünglich deci-

Zweifel, als sie sich an die Lehre der Feldmesser und demnach auch der Auguren anlehnen. Wäre jemals seit der Gründung Roms die Umwandlung einer Landeintheilung in die andere (also etwa der decimalen in die duodecimale) eingetreten [12]), so hätte das Andenken an ein Ereigniss, welches so tief in die bürgerlichen Verhältnisse eingegriffen und wovon der Erdboden selbst die Spuren an sich getragen haben würde [12b]), nicht verschwinden, also auch die Zurückführung der nachmals bestehenden Einrichtung auf Romulus nicht zu allgemeiner Geltung gelangen können, am wenigsten bei den Auguren, unter deren Aufsicht die Limitation der Aecker stand. Zudem tritt uns die Zwölfzahl, wie in anderen uralten Priesterschaften, schon in den fratres arvales entgegen, also in derjenigen heiligen Brüderschaft, deren Zusammenhang mit der ältesten römischen Feldmark unbestritten ist [13]), welche mit dem Boden derselben früher verwachsen war, ehe dort ein selbständiger Staat entstand. [14]) Was aber von Rom gilt, das leidet auch auf das übrige Latium im allgemeinen Anwendung, da dessen Ackermessung von der römischen nicht verschieden war [15]). Dennoch darf

---

mal gewesen sei. Dieser Gedanke ist an sich richtig; nur muss unter 'ursprünglich' nicht die Zeit bis Servius Tullius und weiterhin, sondern die älteste Vorzeit des latinischen Stammvolks verstanden werden.

12) Eine Voraussetzung dieser Art liegt noch bei Hultsch griechische und römische Metrologie S. 68 vgl. mit S. 64 zu Grunde.

12b) Vgl. Rudorff a. a. O. S. 277 und weiterhin.

13) Vgl. Mommsen römische Geschichte I S. 202.

14) Hieraus erklärt sich auch, weshalb auf diese und ähnliche Priestercollegien (als *ante Romanae originem urbis instituta*) der später herschend gewordene Grundsatz, dass die Zahl der Mitglieder der angesehensten religiösen Genossenschaften eine ungerade sein solle, niemals Anwendung erhielt. Vgl. die disputatio des Verfassers de augurum et pontificum numero (Marburg 1852) p. 9. Auf die gegen jenes Princip selbst von Marquardt (Handbuch der römischen Alterthümer IV S. 190 N. 127) und Mommsen (röm. Gesch. I S. 157 Note der 2n Auflage) gemachten Einwürfe wird sich an einem andern Orte Gelegenheit darbieten zurückzukommen.

15) Varro (de r. r. a. a. O.): *in agro Romano et Latino iugeris (metiuntur)*. Auch in dieser Uebereinstimmung liegt ein unwiderleglicher

als eben so gewiss angenommen werden, dass ursprünglich
die Stammsitte der Latiner das Duodecimalmaass bei der
Aeckertheilung nicht kannte. Die Latiner waren, wie gegenwärtig wohl niemand in Zweifel zieht, Stammverwandte
einerseits der Umbrer und anderseits der Osker; gerade von
diesen beiden Volksstämmen aber wissen wir mit der vollsten
Sicherheit, dass sie bis in die spätesten Zeiten herab nicht
den *actus* von 120 Fuss und das hieraus entstandene *iugerum*,
sondern nach dem uralten Decimalmaasse, welches auch bei
den Griechen in dem πλέθρον vorherschte, den *vorsus* oder
versus, welcher 100 Fuss im Geviert hatte, bei der Vermessung ihrer Felder zu Grunde legten.[16]) Eben dieses müssen wir von den Vorfahren der Latiner voraussetzen, welche
mit diesen ihren nächsten Stammgenossen nicht nur den
Grundbestandtheil der Sprache, sondern auch viele religiöse
Anschauungen und damit verwandte Institute theilten. Besonders beachtenswerth ist es, dass ihnen mit den Umbrern
wie mit den Oskern der Ausdruck *tribus* gemeinsam war[17]),
welcher auf eine ursprüngliche Dreitheilung des Stammgebie-
tes und des Stammes hinweist, und woraus in so eigenthümlich italischer Weise die Wortfamilie für jede Art von Zu-

---

Beweis für das hohe Alter der Jugeraeintheilung. Würden in den Zeiten
der römischen Könige oder in den ersten Jahrhunderten der Republik
die von Rom unabhängigen Latiner eine von diesem eingeführte Um-
messung der Felder nachgeahmt haben?

16) Frontin de limitibus p. 30: *primum agri modum fecerunt
quattuor limitibus clausum plerumque centenum pedum in utraque
parte (quod Graeci* πλέθρον *appellant, Osci et Umbri vorsum).* Varro a.
a. O. I 10: *in Campania versibus (metiuntur) .... versum dicunt
centum pedes quoqueversum quadratum.* Vgl. auch Hygin de cond.
agr. p. 122, wo jedoch die Lesart zweifelhaft ist. Mit Recht führen
Mommsen unteritalische Dialekte S. 261 und Rudorff a. a. O. S. 281
den campanischen *vorsus* auf die Osker, nicht, wie einige andere, auf
die Etrusker zurück, bei denen die Herschaft des Duodecimalsystems
nicht zweifelhaft sei.

17) Vgl. Aufrecht und Kirchhoff umbrische Sprachdenkmäler II
S. 11—15 und hierzu S. 48 und 49. Mommsen unteritalische Dialekte
S. 303.

theilung (*tribuere*, *attribuere*, *distribuere* usw.) abgeleitet
ist. An die drei schliesst sich aber bei ihnen unmittelbar
die zehn an; auch diese war tief in ihrem Rechts- und
Staatswesen gewurzelt[18]), wobei sie am häufigsten mit der
drei verbunden erscheint, wie in den dreissig Städten des
latinischen Bundes, den dreissig Curien, den dreihundert Celeres, den dreitausend Mann der ältesten Legion. In dem
späteren Sprachgebrauche wurden sogar die Ausdrücke *decuria* und *decuriare* [19]), *centuria* und *centuriare* auch auf solche
Abtheilungen übertragen, welche sich den Zahlen zehn oder
hundert als den normalen nur annäherten. Alles dieses verstärkt und ergänzt den Beweis, dass die Decimaltheilung einst
bei dem ganzen italischen Stamme durch alle Gebiete des
öffentlichen Lebens und insbesondere auch im Agrarmaasse
durchgeführt war. Wann und wie geschah es nun, dass die
Ahnherren der Latiner, die sogenannten Aboriginer, ihre angestammte Weise der Feldertheilung aufgaben, und hierin
wie in manchen verwandten Beziehungen ein Duodecimalsystem annahmen, eine Veränderung welche nur die Folge
entweder einer Unterjochung, die sie etwa erlitten, oder
einer Eroberung, die sie gemacht hatten, oder überhaupt
einer sehr innigen Verbindung mit einem andern Volke sein
konnte, bei welchem dieses System bereits herschend war?
Den Aufschluss hierüber gibt ein Vorgang, welchen eine
Ueberlieferung berichtet, die schon an sich unverdächtig und
sehr wohl beglaubigt hierdurch eine neue Bestätigung erhält.

Das Volk, welches der latinischen Nation den Ursprung
und den vorherschenden Bestandtheil gegeben hat, welches
unter dem Namen der Aboriginer bekannt war, zuweilen

---

18) Ovid, welcher in den Fasti III 120—133 eine Reihe von Beispielen hierfür anführt, sagt, wo er von dem sog. romulischen Jahre
spricht, sehr treffend: *adsuetos igitur numeros servavit in anno.*
Reichhaltigere Belege dafür gibt Mommsen röm. Gesch. I S. 202.

19) Beide kommen auch bei den Umbrern in den älteren wie in den
jüngeren eugubinischen Tafeln vor. Vgl. die umbrischen Sprachdenkmäler II S. 403 s. v. *decuria* und die dort angeführten Stellen.

auch wohl Casker[20]) genannt wurde, wohnte einst in dem
reatinischen Hochthale und in der Nachbarschaft der Sikeler
oder Siculer, welche neben anderen Gegenden auch die an
der unteren Tiber und weiterhin inne hatten; die Kämpfe,
worein es mit diesen gerieth, endigten damit, dass es sie theils
verdrängte, theils mit sich verband und sich für immer in
der früher von ihnen besessenen Landschaft Latium niederliess, von welcher Zeit an es den Namen Latiner erhielt.
Aus dieser Entstehung des *nomen Latinum* erklärt sich eine
grosse Zahl geschichtlicher Erscheinungen; es erklären sich
daraus viele Züge in der Gestaltung des Lebens der Latiner,
worin sie mit ihren italischen Stammverwandten übereinstimmten und worin sie sich von ihnen unterschieden; es erklärt sich hieraus namentlich auch — worauf es hier zunächst
ankömmt — warum die Eroberer die Duodecimaltheilung,
welche bei den Sikelern von Alters her in Gebrauch gewesen
sein muss — da sie ja dieselbe mit nach Sicilien brachten —
bei der Vertheilung der gewonnenen Aecker als eine in dem
besetzten Lande bereits bestehende und vorgefundene selbst
angenommen oder vielmehr beibehalten haben.

Gegen die Angaben der Latiner und Römer über die
Einwanderung eines Theils ihrer Vorfahren aus der Umgegend von Reate sind von der neueren Kritik, jedoch sicher
ohne Grund, Zweifel erhoben worden. Diese Berichte sind
nicht, wie öfter in verschiedenem Sinne geschehen ist, auf
gleiche Linie mit denjenigen Erzählungen über die Vor-

---

20) Diese beiden Ausdrücke stehen nicht entfernt in gleicher Geltung. Angenommen auch, dass das Wort Aboriginer an sich kein
Eigenname war, so hat es doch jedenfalls in dem Munde des Volkes
wie bei den Schriftstellern ganz den Werth eines solchen erhalten.
Casci hingegen hat nicht einmal den Schein eines Eigennamens; da es
'die Alten' bedeutete, konnte es natürlich sehr gut von den Urvätern
der Nation gebraucht werden; so wenig aber war es ein stehender
Ausdruck für sie, dass wir diese Art seiner Anwendung fast nur aus
der Notiz eines sonst unbekannten Saufejus bei Servius Fuld. zu Aen.
I 10 kennen. Vgl. Schömann de Cascis et Priscis in dessen opuscula
acad. I p. 10—17 und Schwegler römische Geschichte I S. 202 N. 15.

geschichte von Italien zu stellen, welche ihre Entstehung
oder doch ihre Gestaltung den Griechen verdanken; sie sind
von diesen der Quelle wie der Bedeutung nach durchaus verschieden. Seitdem die Hellenen von dem siebenten und
sechsten Jahrhundert vor Ch. G. an durch Colonien, Handel
und Reisen einen weit lebhafteren Verkehr als vorher mit
den Italern angeknüpft hatten, bildete sich bei ihnen zuerst
in mündlicher Mittheilung, dann aber sehr bald von Logographen und anderen Schriftstellern aufgezeichnet und ver-
arbeitet eine Fülle von Sagen über die Herkunft der italischen Stämme und über die Gründung ihrer Städte aus,
deren Werth für die Geschichte ein sehr ungleicher ist. Ein
Theil derselben beruhte zwar, was nicht verkannt werden
darf, auf wirklich historischen Ueberlieferungen, und noch
bei weitem mehr auf guten Beobachtungen, welche im Lande
selbst eingesammelt und gewonnen waren. Bei der Mehrzahl
aber haben Vorstellungen, welche die Hellenen aus ihrer
Heimat mitgebracht hatten, so stark eingewirkt, dass sie
nicht nur der Form, sondern auch einem grossen Theil ihres
Inhalts nach als Erzeugnisse der Phantasie und der Erfindung zu betrachten sind, wenn sie auch nur selten jeder
thatsächlichen Grundlage entbehrten. Vor allem gingen
diese Schöpfungen aus dem Glauben der Griechen an die
volle geschichtliche Wahrheit ihrer vaterländischen mythischen und Dichter-Sagen hervor, deren Gestalten wie deren
Namen sie überall auf fremdem Boden zu begegnen meinten;
nicht selten beruhten sie auf verfehlten etymologischen Versuchen, auf irriger Auffassung der von den Eingeborenen
vernommenen Nachrichten, oder auch wohl auf ganz willkürlichen Combinationen; fast überall tritt dabei das Streben
hervor, einzelne zwar gegebene, aber an sich verschieden-
artige Puncte mit einander zu verknüpfen und hieraus abgerundete, ansprechende Erzählungen zu gestalten. Ihre Benutzung für die Geschichte, welche durch sie eben so leicht
verwirrt als aufgeklärt werden kann, erfordert daher eine
ganz besondere Vorsicht; sie werden für diese erst dann

wahrhaft brauchbar, wenn man ausserhalb ihres Kreises
feste Ausgangspuncte gewonnen hat und die hierdurch gesicherten Ergebnisse als Prüfstein für ihre Glaubwürdigkeit
und als Hülfsmittel zu ihrem Verständnisse anwenden kann.

Eine ganz andere Behandlung verlangt und ein weit
grösseres Zutrauen verdient die einheimische italische Ueberlieferung, wo sie entweder von den Griechen unberührt geblieben ist oder sich von den Zusätzen und Umbildungen, welche
sie durch den Einfluss derselben erhalten hat, noch aussondern
und freimachen lässt. Zu diesem Scheidungsverfahren sind
uns manigfache Mittel geboten, und die historische Kritik
braucht nicht etwa deshalb darauf zu verzichten, weil auch
die besseren römischen Schriftsteller es häufig nicht geübt
und noch seltener es bis zu befriedigender Klarheit durchgeführt haben. Die italischen Völker haben sich, wie offen
vor Augen liegt, von dem siebenten Jahrhundert an und zum
Theil noch früher von den Griechen bei der Auslegung ihrer
Vorgeschichte helfen lassen; sie nahmen die wahren oder
angeblichen Aufschlüsse, welche diese ihnen zur Erklärung
vieler Erscheinungen aus ihrer Vorzeit darboten, mit grosser
Bereitwilligkeit an, und zwar nicht aus blossem Leichtsinn,
sondern aus einem geschichtlichen Grunde, welcher später
nachgewiesen werden wird; sie leisteten aber dabei auf die
Bewahrung ihrer vaterländischen Erinnerungen keineswegs
Verzicht, sondern pflanzten diese anfangs durch mündliche
Ueberlieferung, später aber auch an vielen Orten durch
schriftliche Aufzeichnungen fort.[21]) Beide Bestandtheile der
Tradition über die italische Vorgeschichte — womit die über
die römische Geschichte von der Gründung der Stadt an
nicht zu verwechseln ist, welche die Einwirkung der Griechen nur in sehr geringer und untergeordneter Weise zugelassen hat — fanden die römischen Annalisten und Alter-

---

21) Vgl. die sehr treffenden Bemerkungen von Schwegler römische
Geschichte I S. 82 über die Quellen, aus denen Cato die Gründungs-
sagen der italischen Städte entnommen hat.

thumsforscher, als sie an die Bearbeitung derselben gingen,
neben einander und zum Theil in einander gemischt vor,
und hielten es für ihre Aufgabe alles, was einmal Geltung
gewonnen und zugleich einen gewissen Anschein der Wahrheit für sich hatte, in ihre Mittheilungen aufzunehmen. Selbst
Cato konnte nicht umhin in den ersten Büchern seiner Origines in die einheimischen Nachrichten über die alte Geschichte der italischen Völker und Städte auch solche Angaben zu verflechten, welche griechischen Ursprungs, aber
längst in den Glauben und den Mund des Volkes übergegangen waren; er verfuhr jedoch dabei, wie sich aus den
Bruchstücken seines Werkes entnehmen lässt, mit so viel Be-
hutsamkeit und Einsicht, dass die vaterländische Ueberlieferung, wie es sich gebührt, vorwaltete oder doch so viel als
möglich geschont blieb. Noch weit weniger hat es sich Varro
versagt — dessen Stärke in dem vielseitigsten Wissen bestand,
wie die des Cato in dem praktischen Blicke — mit dem
reichen Schatze der auf dem heimatlichen Boden gesammel-
ten Kunde, worin er alle seine Vorgänger überbot, Aussagen
und Erzählungen zu verbinden, welche Griechen älterer wie
jüngerer Zeit zu Urhebern hatten. Dennoch fehlt es nicht
an äusseren und inneren Kennzeichen, welche dem aufmerksamen Blicke dazu dienen können, in vielen und namentlich
in den für die Geschichte wichtigen Fällen das eine Element
von dem andern zu unterscheiden, die einheimische oder
fremde Entstehung einer Sage zu erkennen, und da wo
beides in einander verflochten ist, die Spuren und Fugen
der Zusammensetzung, ja häufig auch die Ursachen und Be-
weggründe derselben wahrzunehmen.

Vor allem treffen bei der Erzählung von der Wanderung
der Aboriginer und ihrer Niederlassung in Latium alle wün-
schenswerthen Merkmale zusammen, um die Ueberzeugung zu
begründen, dass uns hierin eine echt nationale und zugleich
eine in seltenem Grade sichere Ueberlieferung erhalten ist;
was sich daran unter dem Einflusse griechischer Gelehrsamkeit angesetzt hat, wie die Sage von der Verbindung der

2*

Aboriginer mit einer Schaar von umherirrenden Pelasgern
und ähnliches andere löst sich leicht von ihr oder fällt vielmehr von dem Kerne derselben als ein erst spät hinzuge-
fügtes Beiwerk von selbst ab.

Fragt man zuerst nach der äussern Beglaubigung jener
Berichte, so ist diese die beste, welche irgend erwartet werd-
den kann; sie sind, was den Anfang und die Ursachen der
Wanderung betrifft, an dem Ausgangspuncte derselben in
dem Thale von Reate selbst eingezogen, und zwar von Cato
und Varro, welche beide, obgleich im einzelnen unabhängig
von einander, doch in allen wesentlichen Zügen übereinstimmen und sich gegenseitig ergänzen. Von ihnen hatte
der eine seine Jugend in jener Gegend verlebt und besass
dort sein Stammgut[22]), der andere war selbst ein Reatiner;
mit dem Interesse, welches die zwei gründlichsten Alterthumsforscher überall für die Wahrheit darlegen, verbanden sich
demnach bei ihnen, wie wohl bei keinem andern, die Mittel
die zuverlässigsten Ueberlieferungen einzusammeln und sie
nach eigenen Beobachtungen zu prüfen. Die zu ihrer Zeit
vorwaltende Bevölkerung des Landes waren Sabiner, welche
das Andenken bewahrt hatten, wie ihre Vorfahren vor alten
Zeiten von dem Hochgebirge der Appenninen herab von Testrina und Amiternum aus als Eroberer in diese Landschaft
eingedrungen waren und die vormaligen Besitzer derselben
von Ort zu Ort verjagt oder unterjocht hatten[22b]); neben
ihnen wohnten aber auch die Nachkommen der Besiegten,
bei denen sich dieselben Erinnerungen erhalten hatten und
in deren Erzählungen, wie sie im Munde des Volkes lebten,
sich noch der Groll über die Verluste, welche einst ihre
Ahnherren erlitten hatten, unverkennbar ausspricht.

Ein bezeichnendes Beispiel bietet die Tradition über die

---

22) Plutarch im Cato maior Cap. 1 und 2. Das Erbgut des Cato
lag in der Nachbarschaft des alten Bauernhofes des M'. Curius Den-
tatus, welchem die Reatiner die Anlage des Velinuscanals und den Ge-
winn der rosischen Felder verdankten.

22b) Vgl. Cato bei Dionysios II 49 und Varro bei demselben I 14 a. E.

Einnahme von Lista durch die Sabiner dar.[23]) Die Feinde,
heisst es, überfielen die Stadt in der Nacht und bekamen sie,
da man arglos keine Wachen ausgestellt hatte (νύκτωρ, ἀφύλακτον) — also, wohl bemerkt, durch List und Ueberraschung,
nicht im offenen Kampfe — in ihre Gewalt; die bisherigen
Bewohner, die Aboriginer, flüchteten sich, so viele ihrer
der Niedermetzelung entgangen waren, zu den Reatinern,
welche ihnen gastliche Aufnahme gewährten, und machten
von hier aus wiederholte·Versuche ihr Land wiederzugewin-
nen; als sie die Hoffnung aufgeben mussten, weihten sie
das Land, indem sie es fortwährend als Eigenthum betrachteten (ὡς σφετέραν ἔτι), den Göttern, und sprachen Ver-
wünschungen über die aus, welche ferner die Früchte desselben geniessen würden — ein Fluch welcher demnach im
Sinne der Erzähler noch immer auf den jetzigen Besitzern
lastete. Gewiss ist es, dass es nicht die Sabiner waren,
welche diese Ueberlieferung fortpflanzten, und eben so sicher,
dass es wenige gibt, welche das Gepräge des volksmässigen
Ursprungs stärker an sich tragen oder ihr an geschichtlichem
Gehalt und Leben gleichkommen. Ueberhaupt war die ganze
Landschaft in der Hochebene des Velinus mit ihren Neben-
thälern[24]) angefüllt mit Trümmern uralter fester Städte,

---

23) Vgl. Varro a. a. O.: . . . . Λίστα, μητρόπολις Ἀβοριγίνων, ἥν
παλαίτερον ἔτι Cαβῖνοι νύκτωρ ἐπιστρατεύcαντεc ἐκ πόλεως Ἀμιτέρνης
ἀφύλακτον αἱροῦcιν· οἱ δ' ἐκ τῆc ἁλώcεως περιcωθέντεc ὑποδεξαμένων
αὐτοὺc Ῥεατίνων, ὡc πολλὰ πειραθέντεc οὐχ οἷοί τε ἦcαν ἀπολαβεῖν,
ἱερὰν ἀνῆκαν ὡc cφετέραν ἔτι τὴν γῆν, ἐξαγίcτουc ποιήcαντεc ἀραῖc
τοὺc καρπωcομένουc αὐτὴν ὕcτερον. In dieser Stelle sind auch die
Worte παλαίτερον ἔτι zu beachten; sie sind etwas dunkel, stellen sich
wie ein referens sine relato dar, können sich aber nur auf das eben
vorhergehende Tiora Matiene zurückbeziehen. Hieraus ergibt sich dass
Varro auch von der Einnahme dieser Stadt und ohne Zweifel auch von
der vieler anderer durch die Sabiner berichtet hat. Ueberhaupt lassen
hier wie in gar manchen anderen Beispielen die oft unklaren Auszüge
des Dionysios durchschimmern, dass Varro und ebenso Cato einen viel
grösseren Reichthum von Nachrichten über die Reatina, die Aboriginer und die Sabiner mitgetheilt haben, als er uns aufbewahrt hat.
24) Vgl. über diese Gegend Abeken Mittelitalien vor den Zeiten

Heiligthümer, Grabmäler, welche der Zeit vor dem Einfalle
der Sabiner angehörten[25]), und die während der Herschaft
dieser Eroberer, welche das Wohnen in offenen Orten vor-
zogen[26]), zum grossen Theile verödet und verfallen waren;
sie legten Zeugniss davon ab, dass ihre Erbauer einen höheren Grad von Kunstfertigkeit und Bildung besessen hatten
als die kriegerischen Stämme, welche nach einander in das
Land eingedrungen waren, und an ihren Anblick knüpften
sich vorzugsweise die Ueberlieferungen aus der Vorzeit an.

Als die Sabiner ankamen, war die Bevölkerung des
Landes schon längst eine gemischte; sie enthielt einen
Bestandtheil, welcher allen Merkmalen zufolge a l t g r i e -
c h i s c h e n U r s p r u n g s war. Hierüber waren auch die
Forscher, namentlich die welche die Gegend genau kannten
und die verschiedenen Gattungen ihrer Bewohner angehört
hatten, nicht im Zweifel: man war nur verlegen um eine
Erklärung, wie dieser Volksstamm seinen Weg in die mittel-
italischen Gebirge gefunden haben könne, und schlug zur
Lösung dieser Frage verschiedene Richtungen ein. Am un-
befangensten verfuhr Cato; er sagte einfach, dass in der
Reatina Griechen gewohnt hätten, welche viele Menschenalter vor dem troischen Kriege aus Achaia — welches zu
seiner Zeit der gangbare Name für Griechenland war —
dahin gelangt wären. Hierbei berief er sich — woraus ihm
Dionysios in sehr verkehrter Weise einen Vorwurf macht —
weder auf die Autorität irgend eines griechischen Schriftstellers[27]), noch versuchte er die näheren Thatumstände

---

römischer Herschaft S. 86 ff. Gerlach und Bachofen Geschichte der
Römer I S. 5 ff.

25) Varro bei Dionysios I 14 und 15.

26) Cato bei Dionysios II 49.

27) Dionysios I 11: Ἕλληνας αὐτοὺς εἶναι λέγουσι τῶν ἐν Ἀχαΐᾳ
ποτὲ οἰκησάντων, πολλαῖς γενεαῖς πρότερον τοῦ πολέμου τοῦ Τρωικοῦ
μεταναστάντες. οὐκέτι μέντοι διορίζουσιν οὔτε φῦλον Ἑλληνικὸν οὗ μετεῖ-
χον (ein Beweis dass der Name Achaia ganz allgemein zu verstehen war),
οὔτε πόλιν ἐξ ἧς ἀπανέστησαν, οὔτε χρόνον οὔθ᾽ ἡγεμόνα τῆς ἀποικίας
οὔθ᾽ ὁποίαις τύχαις χρησάμενοι τὴν μητρόπολιν ἀπέλιπον· Ἑλληνικῷ (?)

oder die Geschichte der Einwanderung auszuführen; was er
gab, war eben die im Lande herschende, von aussen noch
unberührte, durch griechische Fabeln nicht entstellte Ueberlieferung, welche er glaubwürdig und durch eigene Wahr-
nehmungen bestätigt fand. [28]) Wenn er statt aller Zeitbestim-

τε μύθῳ χρηcάμενοι οὐδένα' τῶν τὰ Ἑλληνικὰ γραψάντων βεβαιωτὴν
παρέcχοντο. Ein besseres Zeugniss für den einheimischen Ursprung der
Angabe konnte der gelehrte Grieche dem römischen Annalisten nicht
geben. H. Jordan hat in der kritischen Ausgabe der Bruchstücke Catos
(M. Catonis . . quae extant, Lipsiae 1860, Prolegomena p. XXVI) mit
Recht (wie schon vor ihm Schwegler röm. Gesch. I S. 83 N. 10) Einspruch
erhoben gegen die in der unklaren Notiz eines Grammatikers bei Servius zur Aeneis VIII 638 enthaltene Andeutung, dass Cato den mythischen
Ahnherrn der Sabiner, den Sabus des Sancus Sohn, für einen Lakedämonier erklärt habe. Wenn es auch möglich ist, dass Cato diese
auch in die ἐπιχώριοι ἱcτορίαι der Sabiner (vgl. Dionysios II 49) auf-
genommene Erdichtung gekannt, ja sie vielleicht selbst erwähnt hat,
so hat er sie doch sicher verworfen und, wie ihm Dionysios a. a. O.
bezeugt, in Sancus einen nationalen, dem Dius fidius entsprechenden
Gott erkannt. Mit demselben gesunden Urtheile hat er sich auch hier
an die im Lande selbst vorgefundene Ueberlieferung gehalten und ist
gewiss keinem griechischen Schriftsteller gefolgt, wie Jordan a. a. O.
gegen den so bestimmten Ausspruch des Dionysios vermuthet. Ueberhaupt hat Cato, wie Schwegler a. a. O. treffend ausgeführt hat, selbst
die von Griechen erfundenen Sagen, für deren Aufnahme er sich ent-
schied, nicht, oder doch höchstens sehr selten, aus ihren Schriften geschöpft, sondern sie in den italischen Städten schon in Geltung gefunden. Sehr zweifelhaft ist es überdies, ob zu seiner Zeit irgend ein
Grieche bereits der Reatina seine Aufmerksamkeit zugewendet hatte.
Eben so unzulässig ist aber auch die Annahme von Schwegler I S. 160,
dass Cato unter Achaia das alte pelasgische Griechenland verstanden habe. Er erkannte offenbar gar keinen Zug von Pelasgern nach
Italien an, nicht einmal nach Etrurien; hier hat er die sicher damals
im Lande herschende herodoteische Sage von Tyrrhenos angenommen
und von dessen Sohne Tarchon, einem Barbaren welcher etruskisch
sprach und das Griechische erst von seinen Nachbaren, den Teutanen,
lernen musste. Vgl. Servius zur Aeneis X 179 und die folgende Note.

28) Eines der wichtigsten Beweismittel, worauf die Bewohner der
Reatina (und zwar wie sich später zeigen wird mit gutem Grunde)
berufen konnten und worauf auch die römischen Forscher Gewicht
legten, war die Fortdauer altgriechischer Sprachreste, welche sich besonders in den Ortsnamen erhalten hatten. Wie sorgfältig Cato auf
solche Spuren achtete und wie selbständig er sie benutzte, ersehen wir
aus einem Bruchstücke der Origines bei Servius zur Aeneis X 179. Hier

mung hinzufügte, dass die Griechen viele Menschenalter vor
dem troischen Kriege in diese Gegend eingewandert seien,
so heisst dieses nichts anderes als dass sie nach der Erinnerung ihrer Nachkommen seit unvordenklichen Zeiten dort
wohnten. Dem Cato sind, wie Dionysios berichtet, viele .
römische Annalisten und insbesondere Gaius Sempronius,
worunter Tuditanus der Consul des J. 129 vor Ch. G. verstanden ist, gefolgt. Indessen traten bald andere auf, welche

---

geht er davon aus, dass der Name der Stadt Pisae am Arnus nicht der
etruskischen Sprache angehöre, sondern griechisch sei; er leitet ihn
aber deshalb nicht, wie die Griechen, von Einwanderern des pelasgischen oder eines bestimmten griechischen Stammes her — er erklärt
vielmehr, dass er nicht anzugeben wisse, wer die Besitzer von Pisae
vor der Ankunft der Etrusker gewesen seien — sondern weist auf ein in
der Umgegend wohnendes altes Volk der Teútanes hin, welches die
griechische Sprache geredet habe (aus Cato hat ohne Zweifel Plinius
n. h. III 5 § 50 seine Notiz *seu a Teutanis graeca gente* entnommen;
ein Grund die Lesart bei Servius abzuändern ist daher nicht vorhanden). Aehnliche Betrachtungen muss er an die Ortsnamen der Reatina angeknüpft haben, von denen manche sich schon beim ersten
Blicke als griechische erkennen liessen. Die bei Festus im Auszuge
p. 51 M. mitgetheilte Notiz: *Cutiliae lacus appellatur, quod in eo est
insula*, Κοτύλη *nominata a Graecis* kann sehr gut auf Cato zurück-
gehen; Spätere würden *a Pelasgis* gesagt haben. Varro schreibt den
alten Italern und insbesondere auch den Reatinern eine *lingua prisca*
zu, welche mit dem äolischen Griechisch vieles gemeinsam gehabt habe;
er führt aus ihr den in der Umgegend von Reate erhaltenen Ausdruck
teba für 'Hügel' an (de re rustica III 1); möglich ist es, dass es im
Zusammenhange mit einer ähnlichen Beobachtung stand, dass Cato
(nach Plinius n. h. III 11 § 98) von einem untergegangenen lucanischen
Theben sprach (*praeterea interisse Thebas Lucanas Cato auctor est)*,
welches wahrscheinlich diesen Namen mit anderen italischen Orten gemein hatte. Diese Vermuthung wird nicht zu gewagt erscheinen, da
wir von anderer Seite her erfahren (Lydus de magistratibus I 5), dass
Cato schon vor Varro und wie dieser auch auf dem altrömischen Boden
Reste des äolischen Griechisch annahm. Ausserdem mochten auch
mehrere der alten Tempel in der Reatina, wie z. B. der der Athena
auf der Burg von Orvinium (Dionysios I 10), welcher sicher der italischen Minerva nicht angehörte, manche Cultgebräuche und anderes
als Beweise griechischer Abstammung und für die Wahrheit der hierüber von den Vorfahren empfangenen Ueberlieferung von der einen
Seite angeführt, von der andern anerkannt werden.

sich mit der blossen Wiederholung der Landessage nicht begnügen wollten; sie sollte mit Hülfe hellenischer Gelehrsamkeit ergänzt, erläutert und damit, wie man glaubte, erst in das rechte Licht gestellt werden; man war namentlich darauf bedacht sie mit den Berichten in Verbindung zu bringen, welche von den Zeiten der Logographen her über die Pelasger und deren Wanderungen im Umlaufe waren. Hieraus ist eine merkwürdige Erzählung hervorgegangen, deren Entstehung und Bildungsgang noch deutlich zu erkennen und nachzuweisen ist. Hellanikos hatte, wie Dionysios I 28 mittheilt, in der Phoronis berichtet, dass einst Pelasger von den Hellenen vertrieben nach Italien gezogen, dort an der Pomündung bei Spina gelandet und von hier über die Appenninen in das innere Land vorgedrungen seien, wo sie Cortona eroberten und die Stifter des tyrrhenischen Volkes wurden. Was den Logographen zu diesen Angaben bestimmte, war die richtige Wahrnehmung, dass sich in Etrurien wie an der italischen Küste des adriatischen Meeres Spuren altgriechischer Niederlassungen fanden, welche sich mit einem gewissen Grade von Wahrscheinlichkeit auf Wanderungen der Pelasger zurückführen liessen. Von der Reatina erwähnte hierbei Hellanikos nichts; er hat auch schwerlich nur das Dasein des abgelegenen Ländchens und sicher noch weit weniger die Traditionen und Merkwürdigkeiten desselben gekannt. Als aber vornehmlich durch Cato der Blick auf diese Gegend gerichtet und es eine anerkannte Thatsache geworden war, dass einst Griechen hier gewohnt hatten, da hielt man es für nothwendig und recht, die Auslassung gut zu machen, welche sich Hellanikos, wie man annahm, hatte zu Schulden kommen lassen; man schob zwischen Spina, als dem Landungsplatze seiner Pelasger, und Cortona, ihrer ersten Eroberung in Tyrrhenien, die Reatina ein; man liess sie den weiten und mühsamen Umweg hieher nicht scheuen — was durch Fügungen der Götter, Orakelsprüche und schwere Kämpfe mit den Umbrern erklärt wurde — liess sie hier bei den alten Bewohnern des Lan-

des freundliche Aufnahme und Wohnsitze finden, und erst
dann eng mit ihnen verbündet nach Cortona und dem übrigen Etrurien aufbrechen. Diese Erfindung oder, wie man
vielmehr glaubte, diese Entdeckung, wodurch ein griechisches
Zeugniss gewonnen und eine Lücke in Catos Nachrichten
ergänzt schien, fand bei den Anhängern der hellenischen
Litteratur in Rom willige Anerkennung; die Erzählung von
den Schicksalen und Thaten der Pelasger wurde immer mehr
erweitert und abgerundet; namentlich wurde das Gebiet ihrer
Eroberungen im westlichen Italien nicht, wie bei Hellanikos
und seinen älteren Nachfolgern [29]) auf Etrurien beschränkt,

---

29) Die griechischen Schriftsteller des vierten und dritten Jahrhun-
perts vor Ch., welche der Pelasger in Mittelitalien gedenken, haben den
Hellanikos vor Augen und verstehen mit ihm darunter die Tyrrhener.
So Philistos von Syrakus (bei Dionysios I 22, vgl. Fr. 2 bei Müller); er
lässt die Ligurer durch Umbrer und Pelasger aus ihren Sitzen vertreiben, worauf sie nach Sicilien wandern. Hiermit weist er offenbar
auf das nördliche Etrurien, wohin er die Ligurer wahrscheinlich
aus Iberien gelangen liess, als den Ausgangspunct der grossen Völker-
bewegung hin, in Folge deren Sicilien seine neuen Bewohner erhalten
habe. Hierbei entnimmt er aber die Zeitbestimmung für das Ereigniss
unverkennbar aus Hellanikos, indem er die drei Menschenalter vor
Troja, welche dieser dafür angab, in achtzig Jahre übersetzt. Myrsilos
von Lesbos (bei Dionysios I 23 und 28, Fr. 2 und 3 M.), welcher dem
Hellanikos widerspricht, redet ausdrücklich nur von Tyrrhenern, welche,
wie er annimmt, erst bei ihrer Auswanderung aus Italien den Namen
Pelasger von den Griechen erhalten hätten. Auch Skymnos V. 216
setzt sie noch nach Etrurien. Nur Zenodotos aus Trözen erwähnt
Pelasger, welche nach der Reatina gezogen seien und die dort wohnenden Umbrer, welche nachmals den Namen Sabiner angenommen, aus
der Landschaft vertrieben hätten; vgl. Dionysios II 49. Diese offenbar
verkehrte Angabe — die Sabiner sind als die jüngsten Eroberer der
Reatina nie wieder daraus vertrieben worden — beweist aber eben
das späte Zeitalter des leichtfertigen Schriftstellers, welcher auch wegen
anderer willkürlicher Erfindungen getadelt wurde: vgl. Plutarch Romulus c. 14. — In Latium wusste man zu Catos Zeit und weiterhin
offenbar noch nichts von Pelasgern, welche altgriechische Sprache,
Heiligthümer und Bildung (insbesondere auch die Buchstabenschrift)
ins Land gebracht hätten; hierzu hatte man ja den Evander, Hercules
Aeneas mit ihren Begleitern, Namen welche von der Vorzeit her mit
dem örtlichen Cultus verwachsen und in ganz anderer Weise wesenhaft
waren als die pelasgischen Schattengestalten, welche man nur aus

sondern auch nach Latium, Campanien und überall hin, wo
man griechische Ortsnamen und Culte fand, ausgedehnt. Zu
dieser Arbeit haben sich, wie es scheint, in dem letzten
Jahrhundert der römischen Republik griechische und römische

Büchern kennen lernen konnte; ja diese vermochten bei weitem nicht
einmal solche Wurzeln in Latium zu schlagen, wie die aus den homerischen und hesiodischen Dichtungen entnommenen Namen, welche
schon in der römischen Königszeit in Folge mündlicher Mittheilung
die Aufnahme in verschiedenen latinischen Städten erlangt hatten. Erst
in der Zeit Varros fand die Ankunft der Pelasger in Latium Glauben;
erst seitdem zählte man sie zu den Bestandtheilen der alten Bevölkerung des Landes und übertrug nicht selten Verdienste auf sie, welche
früher anderen zugeschrieben worden waren; ihr Name, welchen man
bei Herodot, Thukydides und so vielen anderen für einen der ältesten
und berühmtesten griechischen Stämme gebraucht fand, wurde beliebt
bei Dichtern wie in Prosa und vorzugsweise angewendet um altgriechische Abkunft zu bezeichnen und zu erklären. So leitete in der
ersten Kaiserzeit Konon die Sarraster am Sarnus in Campanien von
einer pelasgischen Niederlassung her (Servius Aen. VII 738), und Hygin
suchte in dem zweiten Buche über die italischen Städte ausführlich
(*non paucis verbis*) zu beweisen, dass die Herniker von Pelasgern ab-
stammen müssten (Macrobius Saturn. V 18, 15). Später erwähnt Silius
Italicus in den Punica VIII 443—445 eine Sage, dass der Fluss Aesis
im Picenerlande seinen Namen von einem Könige der Pelasger erhalten
habe, welche in der Vorzeit dort ihre Wohnsitze gehabt hätten; der
Name 'Pelasger' gehört hier entweder dem Silius selbst oder irgend
einem andern Gelehrten der Kaiserzeit, sicher aber nicht der Landes-
überlieferung an. — Selbst in Unteritalien haben die griechischen Logographen keine Einwanderer gekannt, denen sie die Benennung der
Pelasger beigelegt hätten. Ganz anderer Art ist es nämlich, dass
Pherekydes, welchen Dionysios I 13 anführt, die Oenotrer und Peuketier
aus Arkadien herleitet, welches allerdings bei den Griechen für einen
der ältesten Sitze der Pelasger galt und unter dessen frühesten Lan-
deskönigen ein Pelasgos erwähnt wird; hierdurch hat sich aber weder
Pherekydes noch ein anderer Logograph bestimmen lassen die von
dort angeblich nach Italien ausgewanderten Stämme Pelasger zu nennen, ein Sprachgebrauch welcher für sie erst bei späteren vorkömmt
und aus einer Schlussfolgerung entstanden ist. — Mit éinem Worte,
wir kennen vor der Zeit der Cäsaren keine Tradition von einem Zuge
von Pelasgern nach Italien ausser der Erzählung des Hellanikos, welcher sie nicht weiter als nach Etrurien gelangen liess; alle anderen Angaben knüpfen an diese an, spinnen sie weiter fort oder sind Erzeugnisse gelehrter Combinationen, woraus freilich auch die des Hellanikos
selbst, aber in ursprünglicherer Weise, hervorgegangen ist.

Gelehrte einander die Hände geboten [30]): als ihre gemeinschaftliche (gewiss nur allmählich entstandene) Schöpfung
ist der historische Roman zu betrachten, welchen Dionysios
I 17—26 mit eigenen Zusätzen bereichert mittheilt, und zu
dessen Knotenpunct man einen in Dodona ertheilten Götter-
spruch ersonnen hatte: er enthält ein in der That nicht unge-
schicktes Gewebe von neuem und altem, von Erfindung und
Wahrheit, welchem selbst Varro Beifall schenkte und es der
Aufnahme in seine Antiquitäten für würdig hielt. [31])

---

30) Die Mitwirkung römischer Gelehrten tritt an mehreren Stellen
der Erzählung hervor, welche von einer genauen Kenntniss der einheimischen Ueberlieferung zeugen, wie dieses vor allem in dem angeblichen Orakel von Dodona zu erkennen ist. Der in Vers 3 und 4 desselben enthaltene Zug, wonach den Pelasgern geboten war den Göttern
den Zehnten und hierunter auch (was sie anfangs zu ihrem Verderben
übersehen hatten) den Menschenzehnten zu weihen, ist griechischen
Ursprungs und gehörte dem Myrsilos von Lesbos an (Dionysios I 23)
welcher dabei, wie bemerkt, nur an Tyrrhener dachte (vgl. oben Note,
29 und Schömann de Aboriginibus p. 8). Achtet man aber auf die
Namen der Götter, denen das grausame Opfer gebracht werden sollte,
so nannte Myrsilos neben Zeus und Apollon die Kabiren, das Orakel
bei Dionysios I 19 hingegen gibt statt der letzteren den Saturnus an.
Diese Umwandlung ward durch die echt römische Tradition über die
einst dem Saturnus dargebrachten Menschenopfer veranlasst, auf deren
spätere Abschaffung oder vielmehr auf deren Vertretung durch Symbole die doppelsinnigen Worte φῶτα wie κεφαλὰς im vierten Verse
hindeuten. Vgl. Macrobius Saturn. I 7, Lactantius Inst. I 21, 7, Arnobius V 1, Plutarch Numa 15. Ein Römer Lucius Mallius war es ja auch,
ein nicht unbedeutender Mann, wie ihn Dionysios I 19 nennt, welcher
dem Werke die Krone aufsetzte, indem er versicherte den Orakelspruch auf einem Dreifusse zu Dodona mit eigenen Augen gelesen zu
haben.

31) Vgl. Varro bei Macrobius a. a. O. und bei Lactantius Inst. I
21, 7. Schömann, welcher in der schon angeführten Schrift de Aboriginibus (opusc. acad. I p. 1—9) die Meinung Niebuhrs, dass unter
dem Namen der Aboriginer und Sikeler dasselbe Volk zu verstehen sei,
mit gutem Grunde widerlegt hat, lässt es unentschieden (p. 8), ob
Varro die Erzählung von der Verbindung der Pelasger mit den Aboriginern und ihrer gemeinsamen Unterwerfung der Sikeler schon gekannt und mitgetheilt habe. Hieran kann aber schwerlich ein Zweifel
bestehen, obgleich Schwegler röm. Gesch. I S. 159 das Gegentheil annimmt; Varro hat (man möchte sagen leider!) an die Echtheit des

Ein zweiter ganz verschiedener Bestandtheil der Bewohner der Reatina war nichtgriechischer Abstammung; er
ward von einigen für verwandt mit den Umbrern gehalten[32]),
welche er aus dem Lande verjagt hatte[33]), und hatte hierin
seitdem bis zu dem Einbruche der Sabiner eine gebietende
Stellung behauptet; der Name, womit ihn nicht blos Varro
und alle welche von der Pelasgerwanderung erzählten, sondern auch schon Cato und die ihm folgenden Annalisten
bezeichnen, war der der Aboriginer.[34]) Die sprachliche Natur

---

Orakels geglaubt, worin diese Verbindung (vgl. besonders in V. 3 die
Worte τοῖc ἀναμιχθέντεc) klar genug ausgesprochen ist; auch wissen
wir ja aus der Stelle de re rustica III 1, dass er die Pelasger in die
Gegend von Reate gelangen liess, wo nach seinen sehr ausführlichen
Mittheilungen die Aboriginer wohnten. Dem Reatiner mochte die Erzählung besonders wohl gefallen, weil sie seinem Heimatlande, wohin
er mit sichtbarer Vorliebe den Vater Italiens setzte (Plinius n. h. III
12 § 109), eine erhöhte Wichtigkeit gab; nur das ist wahrscheinlich,
dass er neben ihr auch andere glaubwürdigere Angaben in seine Antiquitäten aufgenommen hat.

32) Dieses ergibt sich aus den Worten des Dionysios I 13 μὴ τα-
χεῖc ἔcτωcαν μηδὲ Λίγυαc ἢ Ὀμβρικοὺc ἢ ἄλλουc τινὰc βαρβάρουc αὐτοὺc (τοὺc Ἀβοριγῖναc) νομίcαι.

33) Dionysios I 16 ἐξελάcαντεc ἐξ αὐτῶν Ὀμβρικούc.

34) Schwegler a. a. O. I S. 207 hat mit Unrecht die Behauptung
Niebuhrs (I S. 50), dass erst Varro den Namen der Aboriginer auf
die Bewohner der Reatina übertragen habe, in etwas veränderter Gestalt wiederholt, nachdem der völlige Ungrund derselben schon durch
Schömann a. a. O. nachgewiesen war; ihr stehen die bestimmten An-
führungen bei Dionysios II 49 und I 11—13 entgegen, aus denen sich
ergibt, dass nicht nur Cato, sondern auch Sempronius und andere den
Namen als jener Gegend angehörend betrachtet und gebraucht haben.
— Dagegen ist Cato (und mit ihm wahrscheinlich auch die übrigen
römischen Schriftsteller, welche ähnliches wie dieser berichteten) gegen
ein Misverständniss in Schutz zu nehmen, worein Dionysios verfallen ist,
und welches so viel beigetragen hat die Klarheit der römischen Berichte über die Vorzeit ihres Volkes zu trüben, ja sie in den Augen
vieler fast als eine Sammlung von abenteuerlichen Einfällen erscheinen
zu lassen, welche keiner Beachtung werth seien. Dionysios hat nämlich die Angaben, welche er in den Origines vorfand, so aufgefasst und
ausgelegt (I 11 und 13), als wenn Cato Griechen und Aboriginer — was
denn eben so wohl für die in Latium wie bei Reate gelten musste —
für gleichbedeutend, für einen und denselben Stamm gehalten hätte.

und Entstehung dieses Namens wird später untersucht werden; allem Anscheine nach gehörte er dem Volksstamme,
welcher ihn führte, nicht blos schon damals an, als dieser

Tritt man aber der Sache näher, so kann kein Zweifel übrig bleiben,
dass hier ein starkes Versehen des Dionysios vorliegt. Die Entstehung
des Irrthums lässt sich zunächst, wie die so mancher anderer bei diesem
Schriftsteller, aus seiner mangelhaften Kenntniss des Lateinischen erklären, welches ihm namentlich in der alterthümlichen und oft dunklen
Ausdrucksweise der früheren Annalisten besondere Schwierigkeiten
bieten musste; auch wird sich bald zeigen, dass er ungeachtet des
Reichthums von Notizen, welche er in seinen Quellen über die Reatina
vorfand, sich doch über die Verhältnisse dieser Landschaft durchaus
nicht klar geworden ist; was ihn aber überdies befangen in seiner
Auffassung machen musste — von jeder absichtlichen Unrichtigkeit ist
er unbedingt freizusprechen — das ist die bekannte und von ihm selbst
eingestandene und angekündigte Tendenz seines Werkes. Rom sollte
in den Augen der Griechen als eine völlig hellenische Stadt erscheinen;
unter seiner frühesten Bevölkerung sollte sich kein ˙ barbarischer Bestandtheil finden, keiner welcher sich nicht auf griechischen oder doch
— was bei dieser Frage mit Recht für gleichbedeutend galt — auf
troischen Ursprung zurückführen liess (vgl. I 61. 89 und viele andere
Stellen), und hierbei war natürlich die Abstammung der Aboriginer von
hervorragender Wichtigkeit. Hatte also Cato nicht blos einen Theil
der Bewohner der Reatina, wie er wirklich that, sondern die Gesammtheit derselben für Griechen erklärt (und dieser Anschein konnte entstehen, wenn es z. B. etwa bei ihm hiess: *in Reatina tum habitabant
Graeci ex Achaia profecti* oder dgl.), so war für den Zweck, welchen
Dionysios verfolgte, alles gewonnen. Der römische Censor hatte alsdann vor so vielen Jahren ganz dasselbe bezeugt, was der griechische
Rhetor in Augustus Zeit durchführen wollte, dass nämlich Latiner und
Altrömer vollbürtige Griechen gewesen seien ohne einen Blutstropfen
fremder Beimischung; denn ausser den Aboriginern hatten sie, wie
beide annahmen, nur Arkader, Argiver, Troer zu Vorfahren; die Sikeler
waren zwar nach Dionysios Barbaren, aber mit Weib und Kind aus
Latium ausgetrieben; das ganze Dasein eines einheimisch italischen
Elementes, wenn es dem alten Latium und dem ursprünglichen Rom
nicht fehlte, konnte daher nur auf den Aboriginern beruhen, und fiel,
wenn diese Achäer waren, von Grund aus weg. Alles aber widerstrebt
der Annahme, dass Cato selbst (statt seines Auslegers) wirklich in den
grossen ihm hiermit zugeschriebenen Irrthum verfallen sein könne, und
zwar aus freiem Antriebe, ohne, wie Dionysios versichert, sich an irgend
einen hellenischen Autor oder Mythus anzuschliessen. Es wird im
Laufe dieser Untersuchungen immer klarer hervortreten, dass die Römer
in den Aboriginern ihre eigentlich latinischen Vorfahren anerkannten,

die Berge und Hochthäler um Reate inne hatte, sondern ist in einer noch frühern Zeit entstanden, als derselbe noch die höheren Appenninenthäler bewohnte, aus denen er in die un-

---

die Träger der lateinischen Sprache, die angestammten Verehrer der eigenthümlich italischen Gottheiten Mars, Picus, Faunus usw., die Begründer der entsprechenden Culte, Sitten, Institutionen, und zwar alles dieses im Gegensatze zu dem, was sie auf diesen Gebieten von Griechen empfangen hatten. Aus diesem Grunde hat auch die Fabel von der Verbindung der Pelasger mit den Aboriginern Anklang finden können, weil auch sie diesen Gegensatz festhielt und geeignet schien die Entstehung desselben, welcher wie in Latium so auch in der Reatina wahrgenommen ward, erklären zu helfen. Um so weniger dürfen wir dem Cato zutrauen, dass er dieses den Thatsachen eingeprägte Verhältniss verkannt, dass z. B. die Gottheiten der Aboriginer für griechische gehalten, dass er sich überhaupt mit dem Bewusstsein und der einhelligen Tradition seines Volkes in einen eben so willkürlichen wie grundlosen Widerspruch gesetzt habe; hiermit würden wir dem ernsten Forscher, und zwar gerade bei einer der Hauptaufgaben seines Werkes, der Frage über die Entstehung seiner Nation, einen gedankenlosen Leichtsinn zuschreiben, von welchem er weit entfernt war. Glücklicher Weise sind uns drei (oder genauer vier) Hinweisungen auf die Origines erhalten, aus denen wir die wahre Vorstellung, welche Cato von den Aborigines hatte, entnehmen können, und diese ist mit der bei Varro und anderen Römern über sie herschenden Anschauung in völliger Uebereinstimmung, dagegen mit der Ansicht, welche ihm Dionysios beilegt, im Widerstreite. Die erste findet sich bei Servius zur Aeneis I 6; hier wird die Weise, wie Sallust im Catilina Cap. 6 die Verbindung der Aboriginer mit den Trojanern zu éinem Volke darstellt, auf die Autorität des Cato zurückgeführt. Sallust schildert aber in der angeführten Stelle die Aboriginer als einen durchaus rohen Stamm, welcher den entschiedensten Gegensatz zu den Begleitern des Aeneas bildete und eine diesen fremde Sprache (*dissimili lingua*) redete. Diese Auffassung dürfen wir aber um so unbedenklicher dem Cato zuschreiben, weil sie auch in einem andern unten anzuführenden und zu rechtfertigenden Bruchstücke seiner Origines (welches der Verfasser der origo gentis Romanae Cap. 14 mittheilt) unverkennbar hervortritt. Die zweite gibt Laurentius Lydus de magistratibus I 5: Cato und Varro, sagt er, der erstere in seinem Werke über das römische Alterthum (den Origines), der andere in der Einleitung seiner an Pompejus gerichteten Schriften, schrieben dem Romulus und seinen Zeitgenossen eine gewisse Kenntniss der griechischen Sprache und namentlich des äolischen Dialektes zu, weil Evander und die ihn begleitenden Arkader einst nach Italien gekommen waren und die äolische Mundart unter den Barbaren ausgestreut hatten (Εὐάνδρου καὶ τῶν ἄλλων ᾿Αρκάδων εἰς ᾿Ιταλίαν ἐλ-

teren vorgedrungen sein muss; sicher ist es, dass, als die
römischen Annalisten ihre Forschungen begannen, der Abo-
riginername bei den Reatinern längst oder vielmehr seit

θόντων ποτὲ καὶ τὴν Αἰολίδα τοῖc βαρβάροιc ἐνcπειράντων φωνήν).
Hier wird sicher Cato mit Recht als Hauptquelle genannt; Varro wird
wohl nicht blos auf die Arkader, sondern auch auf die Pelasger hingewiesen haben. Wer waren aber die Barbaren, welche Evander und
seine Arkader in der Umgegend von Rom vorfanden? Nach römischer
Tradition keine anderen als die Aboriginer, welche die Arkader neben
sich aufnahmen; sie waren es also, welche nach Cato eine von den
Griechen verschiedene Sprache, die *dissimilis, lingua* bei Sallust, d. h.
die lateinische redeten. Dionysios steht demnach mit seiner Annahme
(I 89 und 90), dass das sogenannte barbarische Element des Lateinischen erst dann hinzugetreten sei, als Osker, Marser, Samniten in den
schon herangewachsenen römischen Staat aufgenommen wurden, wozu
er an einer spätern Stelle III 10 noch Etrusker und Sabiner hinzufügt,
wie es sich gebührt, ganz allein; er hat in dieser Hinsicht die Aeusse-
rungen seiner römischen Vorgänger eben so misverstanden und über-
trieben, wie in Bezug auf die Bevölkerung der Reatina; beide Irrthümer
stehen in Wechselbeziehung, erklären und widerlegen sich durch einander. Am bemerkenswerthesten ist aber eine Stelle der Origines,
welche Dionysios II 49 selbst anführt. Die Sabiner, sagt bei ihm Cato,
seien von Testrina aus in die Reatina eingefallen, als dort zugleich
(*simul*, wie die lateinische Uebersetzung richtig wiedergibt, d. h.
neben oder unter anderen) die Aboriginer wohnten, und haben ihre
ansehnlichste Stadt Kotyna besetzt: τότε τοὺc Cαβίνουc εἰc τὴν Ῥεα-
τίνην ἐμβαλεῖν, ᾽Αβοριγίνων ἅμα κατοικούντων καὶ πόλιν αὐτῶν τὴν
ἐπιφανεcτάτην Κοτύναc (Lapus und Kiessling Κοτυλίαc) πολέμῳ χειρω-
cαμένουc καταcχεῖν. Dieses ἅμα, welches nach Dionysios Auffassung
keinen Sinn gibt, welches daher Sylburg in αὐτοῦ oder αὐτόθι, Kiessling in αὐτὴν, jedoch wider die Autorität aller Handschriften, verwandeln wollte — dieses ἅμα ist eine sehr beachtenswerthe, man möchte
sagen, es ist eine verrätherische Partikel, welche eben deshalb weil
sie so stark auffällt und darum keine Erfindung der Abschreiber sein
kann, sorgfältig von der Kritik zu schonen und zu erhalten ist; sie verräth nämlich, dass Dionysios, welcher hier Catos Ausdrücke treu wiedergibt, die wahre Meinung desselben, welche in ihnen hervortritt, an anderen Stellen seines Werkes unrichtig verstanden und falsch wiedergegeben hat. Schon in seinem ersten Buche theilt er aus Varro eine
Reihe von zusammenstimmenden Angaben mit, woraus sich erkennen
liess, dass nur ein Theil der Reatina mit einer bestimmten Anzahl von
Städten und Ländereien in die Hände der Aboriginer gefallen war; ein
aufmerksamer Leser, welcher nicht umhin konnte dieses wahrzunehmen,
musste dadurch nothwendig auf die Frage geführt werden, welchem

unvordenklichen Zeiten her wohl bekannt war und sich an
ihn die helle Ueberlieferung knüpfte, dass die Bewohner der
latinischen Ebene, bei denen er in ähnlicher Weise fortlebte,
einst in ihrer Nachbarschaft gesessen und von ihnen aus die
Wanderung nach dem Anio und der unteren Tiber hin an-
getreten hatten. Dionysios I 14 und 15 theilt uns nach
Varro ein ansehnliches Verzeichniss meist verfallener Ortschaften aus den Umlanden von Reate `mit, welche einstmals
den Aboriginern angehört hatten, von denen man aber deshalb nicht annehmen darf, dass sie von ihnen erst gegründet
und erbaut worden seien; sie hatten sich ihrer vielmehr nach
und nach bemächtigt, nachdem sie (vgl. I 16) mit Waffengewalt in das Land eingedrungen waren. Diese Liste enthielt
offenbar nicht alle Orte, welche überhaupt in jenen Gegenden
lagen, sondern gerade nur diejenigen, welche die Landessage
für ehemalige Aboriginersitze erklärte, und welche auch der
Alterthumsforscher an bestimmten Merkmalen als solche anzuerkennen vermochte; die übrigen waren — und zwar dieses
nur in geringer Zahl — spätere Anlagen der Sabiner und
Römer, oder wurden vorzugsweise den Altgriechen zugetheilt. [35]) Noch sind in den Auszügen, welche uns aus der

---

Stamme denn die übrigen Einwohner der Landschaft angehörten, und
würde ohne Mühe gefunden haben, dass gerade diese letzteren es waren,
welche im Gegensatze zu den Aboriginern für Nachkommen griechischer Einwanderer gelten. Dionysios hat offenbar auf dieses Sachverhältniss nicht geachtet und sich die daran geknüpfte Frage nicht vor-
gelegt; in übereilter Freude auch hier wieder hellenische Stammväter
der Römer entdeckt zu haben mischt er Aboriginer, Griechen, Reatiner
ohne Prüfung zusammen; und hierdurch ist jene Verwirrung entstanden,
welche Cato selbst löst, indem er die verschiedenen von Dionysios ver-
wechselten Gattungen der Landesbewohner unterscheidet.

35) Eine Frage von grosser Wichtigkeit ist, zu welcher Classe Reate
selbst gehörte. Die Stadt fehlt in dem Verzeichniss der Aboriginer-
orte bei Dionysios, ohne dass er sonst ihres Ursprungs erwähnt — was
in einem gewissen Grade für seine Ehrlichkeit, aber noch weit mehr
für seinen schon gerügten Mangel an Nachdenken und Verständniss
beweist; durch sein Schweigen verleitet hat Abeken angenommen
(Mittelitalien S. 88), dass sie zu ihnen als sich von selbst verstehend
hinzugerechnet werden müsse, was in keiner Weise zulässig ist. Ge-

gewiss viel reichern Darstellung des Varro bei Dionysios erhalten sind, hier und da die Kennzeichen wahrzunehmen,
wodurch die Ueberlieferung, dass eine Stadt einst Aboriginer

hörte sie zu ihnen, so war sie auch ihr Hauptort, da die ganze Landschaft von ihr den Namen führte; hören wir aber Varro hierüber, so
gibt er Lista als die Metropolis der Aboriginer an (Dionysios I 14)
und stellt die Reatiner als ihre Bundesgenossen und Gastfreunde dar;
fragen wir Cato, so nennt er (Dionysios II 49) Kotylia ihre ἐπιφανε-
cτάτη πόλις, was sie nur sein konnte, wenn Reate ihnen nicht angehörte; überhaupt aber stellt sich, was bei Cato in klaren Worten ausgesprochen ist (vgl. die vorhergehende Note am Ende), dem aufmerksamen Blicke auch in den Notizen des Varro dar, dass nämlich Einwohner der Reatina und Aboriginer zu keiner Zeit zusammenfielen,
vielmehr immer in einem gewissen Gegensatze zu einander standen.
Alles spricht vielmehr dafür, dass die Bürger von Reate einem wesentlichen Bestandtheile nach Altgriechen waren, wofür sie sich auch selbst
ausgaben und von anderen gehalten wurden. Auf ihrem Gebiete lag,
wie Sueton im Vespasian c. 2 berichtet, Phalacrine, der Geburtsort
dieses Kaisers, ein Name welcher sowohl nach seinem Stamme (vgl.
das Vorgebirge Phalakron an der Westküste von Corcyra, Strabon VII
6, 5 p. 324) wie nach seiner Endung so völlig griechisch lautet, dass
Cluver Italia antiqua I p. 689, indem er das Wort für ein lateinisches
nahm, die Lesart für verderbt hielt. Den Cicero führten die Reatiner
wie er in einem Briefe an Atticus IV 15 erzählt, zu ihrem Tempe (ad
sua Tempe), einem Engthal am Velinus, wo nachmals die berühmte
Wasserleitung entstanden war; ohne Zweifel haben sie bei dem mächtigen Freunde der hellenischen Litteratur diesen Namen als einen der
Beweise für ihre griechische Abstammung geltend gemacht. Nicht
anders verhält es sich mit dem schon oben erwähnten Hügel Teba,
dessen Benennung Varro als altgriechisch anerkannte. Den Namen
ihrer Stadt selbst brachten sie — vielleicht nicht ganz mit Unrecht —
mit der Göttin Rhea in Zusammenhang, welche bei ihnen, und schwerlich blos dieser Etymologie zu Liebe, als Schutzgöttin der Stadt verehrt wurde (vgl. Silius Italicus Punica VIII 415 magnaeque Reate
dicatum Caelicolum matri). Unter ihren Stiftern, den conditores Reatini,
worunter wahrscheinlich solche bei ihnen gefeierte Heroen zu verstehen sind, auf welche vornehme Familien der Stadt ihren Stammbaum
zurückführten, galt einer, dessen Denkmal (oder wohl richtiger Grabmal) an der via Salaria gezeigt wurde, für einen Gefährten des Hercules: vgl. Sueton im Vespasian c. 12, wo es von dem seine niedrige
Herkunft niemals verleugnenden Kaiser heisst: quin et conantes quos-
dam originem Flavii generis ad conditores Reatinos comitemque Her-
culis, cuius monumentum exstat via Salaria, referre irrisit ultro. —
Fassen wir nunmehr die (freilich dürftigen) Andeutungen zusammen,

zu Bewohnern hatte, bestätigt und befestigt wurde. Am bemerkenswerthesten ist hierunter die Tradition, welche sich an das von Reate ziemlich weit entlegene Tiora Matiene an-

---

welche sich bei den Schriftstellern über Reate erhalten haben, so lassen sich etwa folgende Grundzüge zu einem Bilde der ältesten Geschichte desselben gewinnen. Die Stadt, deren Entstehung in jene Vorzeit Italiens fällt, worin Altgriechen die Halbinsel bewohnten und ihre riesenhaften Mauern errichteten, bestand von denselben angelegt längst, als die Aboriginer in die Landschaft einfielen; sie war grösser, mächtiger, wohl auch fester als die umliegenden Orte, welche meist in die Gewalt der Ankömmlinge geriethen, und behauptete sich daher ihnen gegenüber in Unabhängigkeit; im Laufe der Zeit ging sie selbst Freundschaftsbündnisse mit ihnen ein: denn die Einwanderer mussten (wie so viele Dorier im Peloponnes, so viele Israeliten in Palästina, so manche Germanen in der Völkerwanderung) geneigt sein sich mit den Eingeborenen, welche sie nicht vertreiben konnten, zu vertragen und auch wohl enger mit ihnen zu verbinden, während ihre Kriegsjugend nach Südwesten hinabzog, um sich neue Wohnsitze zu erkämpfen. Bei dem Herannahen der Sabiner waren alle Landesbewohner zur gemeinsamen Abwehr verbunden; als eine Stadt der Aboriginer nach der andern fiel, fanden diese nicht nur Beistand bei den Reatinern, sondern zum Theil, wie Varro bei Dionysios I 14 von den Bewohnern von Lista berichtet, sogar Aufnahme in die Stadt, deren Fähigkeit zum Widerstande durch sie verstärkt wurde. Wir haben Ursache anzunehmen, dass sich hier die Nachkommen derselben bis in die geschichtliche Zeit hinein erhalten haben; sonst würde man nicht so lebendig (vgl. oben S. 21) die näheren Umstände dieses Ereignisses so wie die Reihenfolge, in welcher zuerst Kotylia, dann Lista, hierauf Tiora Matiene in die Hände der Feinde geriethen, im Andenken bewahrt haben. Seitdem standen demnach in Reate zwei Hauptclassen von Bewohnern neben einander, und wir dürfen vermuthen, dass sich die angesehenen Familien derselben in ähnlicher Weise zu einander verhielten wie die Trojugenae und die Aboriginergeschlechter in Rom; die einen suchten ihre Ahnherren in den mythischen *conditores Reatini,* die anderen in Häuptlingen oder auch wohl Gottheiten aus dem Aboriginerstamme; beide mochten sich häufig in Erzählungen über die Zeit voll Thaten und Leiden ergehen, welche ihre anfangs gegen einander feindlichen Vorfahren in dieselben Mauern zusammengeführt hatte. Zuletzt hat sich auch Reate den Sabinern ergeben müssen; es wurde aber sicher nicht eine Stadt derselben in dem Sinne, dass sich die Sieger selbst in grösserer Zahl innerhalb ihrer Mauern niedergelassen hätten, was der bekannten Sitte derselben widerstrebte (Cato bei Dionysios II 49); jedenfalls blieb im wesentlichen und den Hauptbestandtheilen nach die Bevölkerung dieselbe, wie sie sich früher gestaltet hatte. Unter ihr

3*

knüpfte. Hier fand sich eine uralte dem Mars geheiligte
Orakelstätte, welche die späteren Bewohner der Gegend hatten in Verfall gerathen lassen; zur Zeit der Aboriginer aber,
hiess es — und gewiss wird dieses niemand für eine Erfindung halten — stand dort eine hölzerne Säule, auf welcher
ein Specht (*picus*) zu erscheinen pflegte und Orakel verkündigte.[36]) Der Cult dieses Picus Martius war aber, wie
bekannt, den Griechen fremd, den eigentlich sogenannten
italischen Stämmen dagegen gemeinsam[37]); an ihm liess sich
daher mit Sicherheit erkennen, dass das Volk, welches jenes
Heiligthum errichtet hatte, nicht zu den altgriechischen Bewohnern des Landes, sondern zu dem Stamme der Aboriginer
gehört hatte, welcher, wie man wusste, einerseits mit den
italischen Umbrern und anderseits mit den Sabinern nahe
verwandt war.[38]) Sicher wird es nicht an zahlreichen ähnlichen Denkmälern gefehlt haben, woran sich die Nationalität ihrer Begründer erkennen liess.

---

musste sich daher die beste Tradition über die Vorgeschichte ihres
Landes — diesen bedeutendsten und bewegtesten Zeitraum ihres Da-
seins, gegen welchen ihre späteren Schicksale gedrückt und ruhmlos
waren — zuerst mündlich und nachmals in Chroniken erhalten, und
diese ist ohne Zweifel als die Hauptquelle der Nachrichten zu betrachten, welche uns die römischen Annalisten aus derselben mittheilen.

36) Dionysios I 14: ἐν ταύτῃ δὲ λέγεται χρηστήριον Ἄρεως γενέcθαι πάνυ ἀρχαῖον .... παρὰ δὲ τοῖς Ἀβοριγῖcι θεόπεμπτος ὄρνιc ὃν
αὐτοὶ μὲν πῖκον, Ἕλληνεc δὲ δρυοκολάπτην καλοῦcιν, ἐπὶ κίονος ξυλίνηc
φαινόμενος τὸ αὐτὸ (sc. θεcπιψδεῖν) ἕδρα.

37) Vgl. Aufrecht und Kirchhoff umbrische Sprachdenkmäler II
S. 3. 19. 27. 357 usw. Strabon V 4, 1 p. 240. Festus s. v. *Picena
regio* p. 212 M.

38) In der Erzählung von dem Zuge der Pelasger wird die Verbindung derselben mit den Aboriginern in die Gegend von Kotylia an
den dortigen See mit der schwimmenden Insel gesetzt. Wir dürfen annehmen, dass dieses nicht ohne Veranlassung geschah, dass sich vielmehr gerade hier auffallende Spuren von dem einstigen Zusammen-
leben beider Stämme erhalten hatten, und dass eben hierin einer der
Gründe lag, weshalb jene Erfindung mit so vieler Gunst aufgenommen
wurde. Zuerst ist es keineswegs unmöglich, dass die Aboriginer, in
deren Besitz die Stadt bei der Ankunft der Sabiner war (vgl. Cato bei
Dionysios II 49 und hiermit übereinstimmend Varro bei demselben I

Werfen wir nun einen Blick auf die Berichte, welche
uns über die Eroberungszüge der Aboriginer nach den unteren Gegenden hin gegen die Sikeler und deren Nachbaren
mitgetheilt werden, so spricht sich auch in ihnen, in so weit
sie alt und echt sind, die volle Kunde der Stammessitte und
das treue Gepräge nationaler Ueberlieferung aus. Als die
Bevölkerung bei den Aboriginern zunahm, heisst es bei Dionysios I 16, wurden häufig — nach anderen Zeugnissen geschah es vorzugsweise in Folge des Gelübdes eines heiligen

---

15) nicht deren ganze Gemarkung für sich behalten, sondern den
schwierigen Anbau gewisser den heiligen See umgebender und wegen
ihres sumpfigen Bodens die Velia (oder Niederung) genannter Felder
den Altgriechen, welche sie bei ihrer Einwanderung im Lande vorgefunden, überlassen hatten. Die Ausdrücke, welche Dionysios da wo er
von der Landvertheilung redet gebraucht, haben ganz den Charakter
einer an eine Thatsache geknüpften, mit Orts- und Sachkenntniss behandelten Mittheilung, nicht des willkürlich erfundenen: .... cπένδον-
ται τε δή, heisst es I 20 von den Aboriginern, πρὸς τοὺς Πελασγοὺς
καὶ διδόασιν αὐτοῖς χωρία τῆς ἑαυτῶν, ἀποδασάμενοι τὰ περὶ τὴν ἱερὰν
λίμνην, ἐν οἷς ἦν τὰ πολλὰ ἑλώδη, ἃ νῦν κατὰ τὸν ἀρχαῖον τῆς δια-
λέκτου τρόπον Οὐέλια ὀνομάζεται. Als die Sabiner die Stadt eingenommen, hatten sie keine Ursache diesen Besitzstand zu ändern; ihre
spätere Meisterschaft im Landbau hatten sie schwerlich mitgebracht,
sondern von den Altgriechen im Lande erworben; das Erbe der Sumpf-
felder kann sich daher bei den Nachkommen derselben sehr wohl bis
auf Catos und Varros Zeit erhalten haben, und das Wort Velia war
sicher nicht das einzige, welches an die Sprache ihrer Vorfahren erinnerte. Hierzu kam, dass sich allem Anscheine nach in den Culten,
welche an den See und die Insel geknüpft waren, ein doppeltes Element unterscheiden liess. Zwei Arten von Gottheiten werden uns
nämlich genannt, welche dort verehrt wurden: auf der einen Seite eine
Νίκη, welche schwerlich, wie Preller römische Mythologie S. 360 vgl.
609 annimmt, eine sabinische Vacuna war, sondern wie die Nike auf
dem palatinischen Berge zu Rom (Dionysios I 32 und 33) eine altgriechische Pallas; einer andern religiösen Anschauungsweise und Abstammung gehörten dagegen die *lymphae commotiae* an, welche nach
Varro de l. l. V § 71 am cutilischen See einen Cultus hatten und
deren italischer Charakter und Name unverkennbar ist. In dieser Verbindung dürfen wir ein Beispiel jener *sacrorum communicatio* erkennen,
welche im Alterthum bei der Niederlassung von Eroberern neben einem
besiegten Volke überhaupt selten fehlte, bei den Aboriginern und deren
Nachkommen aber sich in manigfacher Weise wiederholte und, wie
sich zeigen wird, eine hervorragende geschichtliche Wichtigkeit erhielt.

Frühlings — geweihte Schaaren von Jünglingen, welche in
einem bestimmten Jahre geboren waren, von ihrer Volksgemeinde mit Waffen ausgerüstet und unter Opfern und Ab-
bitten von ihren Vätern aus dem Lande getrieben. Im Ver-
trauen auf die Führung eines Gottes zogen sie dann zur
Erwerbung einer neuen Heimat aus, welche sie sich entweder
durch freundliche Uebereinkunft mit den bisherigen Bewohnern oder durch Kampf mit ihnen gewinnen mussten.[39])
Nachdem die Jugend der Aboriginer auf diese Weise in dem
Lande am Anio und an der Tiber festen Fuss gefasst und
den Sikelern einige Landstriche entrissen hatte, folgten andere Schaaren ihrer Volksgenossen nach; nunmehr wurden
die Sikeler von ihnen hart (härter, heisst es, als von anderen Nachbarvölkern) bedrängt, und eine Reihe von Städten
derselben, hierunter auch Tibur, fiel in ihre Gewalt; aus
diesen Kämpfen erhob sich ein lange Zeit hindurch fortge-
führter, sich immer weiter ausdehnender Krieg, wie man sich
keines andern aus der italischen Vorzeit erinnerte.[40]) Zuletzt
— so muss man aus den sich anschliessenden Bruchstücken
des Cato ergänzen — brachen die Sabiner in die Reatina ein
und trieben neue Massen von Aboriginern in das Unterland[41]);
seitdem erlangten diese das entschiedene Uebergewicht über
die Sikeler und drangen über die pomtinische Ebene hinaus[42]) bis an den Liris hin vor.[43]) So lautet die einheimische
Erzählung, welche durch die Ueberlieferungen, die uns in den
einzelnen Städten von Latium entgegentreten werden, ihre

---

39) Dionysios I 16: εἴτε πρὸς φιλίαν εἴτε ἐν πολέμῳ κρατηθεῖσαν
πατρίδα ἐποιοῦντο.

40) Dionysios a. a. O.: καὶ ἦσαν ἁπάντων μάλιστα τῶν προσοι-
κούντων λυπηροὶ τοῖς Cικελοῖς. ἀνίσταται δὲ ἐκ τούτων τῶν διαφορῶν
τοῖς ἔθνεσιν ὅλοις πόλεμος, ὅσος οὐδεὶς τῶν πρότερον γενομένων ἐν
Ἰταλίᾳ, καὶ προῆλθεν ἄχρι πολλοῦ χρόνῳ μηκυνόμενος.

41) Cato bei Dionysios II 49.

42) Cato bei Priscian V 12, 65 p. 182 Hertz und VI 8, 41 p. 230;
vgl. Jordan I 4 und Roth (historicorum veterum Romanorum reliquiae
hinter Gerlachs Ausgabe des Sallust) Cato fr. 10.

43) Dionysios I 9.

Bestätigung erhält; sie hängt geographisch wohl zusammen, ist in sich geschlossen und vollkommen geeignet über die Geschichte und die Verhältnisse der Folgezeit Licht zu verbreiten. Ganz anders verhält es sich mit den Angaben über die Theilnahme der wandernden Pelasger an den Zügen und Eroberungen der Aboriginer; sie bringen ein fremdes Element hinzu, welches nicht minder überflüssig als verwirrend ist, und Dionysios hat wenigstens darin einen richtigen Sinn bewiesen, dass er sie (vielleicht nach dem Vorgange Varros) getrennt von der alten Nationalsage und hinter dieser in besonderen Capiteln (I 17—30) mittheilt. Ihm zufolge langten die Pelasger in der Reatina an, als der Krieg mit den Sikelern schon begonnen hatte und schwer auf den Aboriginern lastete [44]); in ihr Bündniss aufgenommen bereden sie diese die Gegend an der untern Tiber und ihre dort bedrängten Volksgenossen einstweilen ihrem Schicksal zu überlassen und dafür mit ihnen an das rechte Ufer der obern Tiber gegen die Umbrer in Cortona zu Felde zu ziehen; wie sie sich den Weg dahin mitten durch mächtige Feinde gebahnt haben, wird nicht berichtet. Die Verbündeten erobern die grosse und feste Stadt durch plötzlichen Ueberfall und führen von hier aus einen Krieg mit den Umbrern;. dann wenden sie sich gegen das mittlere und südliche Etrurien, nehmen von den festen Städten dieser Landschaften eine nach der andern ein, und reichen erst alsdann den noch immer mit den Sikelern kämpfenden Aboriginern die Hand, um die Städte dieser ihrer Feinde, und zwar von Pisa bis nach Caere hin, gemeinschaftlich einzunehmen und zu bevölkern. Auf diesem weiten Umwege gelangen sie auch in die Gegend von Rom und lassen sich dort zusammen nieder. [45]) Die Pelasger kamen in diesem Zeitraume auch nach

---

44) Dionysios 1 20: πονουμένοιϲ τῷ πρὸϲ Cικελοὺϲ πολέμῳ.

45) Dionysios I 30. Auch Varro liess hier die Pelasger mit den Aboriginern eintreffen und wollte manche Gebräuche, welche bei der Saturnalienfeier vorkamen, von ihnen herleiten (Macrobius Saturn. I 7 und 11 a. E. Lactantius I 21, 7 und oben Note 31); ob er sie aber auf

Campanien und legten dort neben anderen Städten ein La-
rissa in der Falerner Landschaft an; zuletzt aber liessen sie
durch Seuchen, Miswachs, Orakelsprüche geschreckt und von
den Barbaren überwältigt alle ihre Eroberungen in Italien
fahren, und streiften, mit Ausnahme einiger Ueberreste,
welche unter die Aboriginer gemischt blieben, wieder wie
vormals, in verschiedenen Gegenden Griechenlands und der
Nachbarländer umher. Schon oben ist ausgeführt worden,
dass diese Erzählungen, welche in jedem Zuge den Charakter
des künstlich gemachten an sich tragen und den älteren
römischen Annalisten unbekannt waren, das Werk einer
späten gelehrten Erfindung und Zusammenfügung sind; mit
den historischen Erinnerungen des Volkes haben sie nichts
gemein und lassen sich rein von ihnen ausscheiden; sie
dürfen daher weder in diese eingeschoben noch dazu benutzt

---

dem abenteuerlichen Wege durch Umbrien und über Cortona dahin
kommen liess, darf mit Recht bezweifelt werden; die Worte *vastatis
Siciliensibus incolis* bei Macrobius I 7 lassen eher auf das Gegentheil
schliessen. Allerdings hat Varro von Pelasgern erzählt, welche nach
Caere gekommen seien und der Stadt den Namen gegeben haben
(Schol. Veron. zur Aeneis X 183); hierunter können jedoch sehr wohl jene
Tyrrhener-Pelasger verstanden sein, welche schon Hellanikos nach Etrurien kommen liess und deren Name bei Varro wie bei Hygin vorkam
(Servius zur Aeneis VIII 60); diese sind es wohl auch, welche von ihm
als die ältesten Einwanderer zur See in Italien bezeichnet wurden (Isidor orig. IX 2, 74 vgl. mit Servius a. a. O.). Dagegen war, wenn man
einmal die Wanderung der Pelasger nach der Reatina zugegeben hatte,
gegen einen gemeinsamen Zug derselben mit den Aboriginern nach
Latium wenig zu erinnern (die nach Cortona zogen, waren dann nur
eine andere Schaar derjenigen, welche nach Hellanikos bei Spina gelandet waren); ja es hatte sogar eine gewisse innere Wahrscheinlichkeit für sich, dass sich hierbei Altgriechen jener Landschaft ihren damaligen Nachbaren und Freunden angeschlossen hatten. Varros Vorgang war es auch allem Anscheine nach, welcher bewirkte dass von
der ersten Kaiserzeit an (vgl. oben Note 29) Pelasger neben den Aboriginern unter den ältesten Bewohnern der Umgegend von Rom aufgezählt wurden, namentlich bei Columella de re rust. I 3, 6 (*ut primordia nostra contingam, Aborigines, Pelasgos, Arcades*), bei Plinius n.
h. III 9 § 56 (*Latium . . . . . tenuere alii aliis temporibus, Aborigines,
Pelasgi, Arcades, Siculi, Aurunci, Rutuli*) u. m. a.

werden das Zutrauen zu der Glaubwürdigkeit derselben zu
beeinträchtigen.

Von den Ueberlieferungen, welche an den Ausgangspunct der Wanderung und an diese selbst geknüpft waren,
ist nunmehr zu denen überzugehen, welche sich an dem
Zielpuncte derselben in Latium erhalten haben. Auch hier
wird die wichtigste Aufgabe darin bestehen, dass das ursprünglich Einheimische aus dem Fremden, welches sich ihm
angesetzt hat, ausgeschieden werde; sie ist schwieriger als
dort, weil in dem innern Hochlande sich die nationale Tradition länger rein erhalten konnte, während an der latinischen Küstenebene der hellenische Einfluss schon in der Zeit
der römischen Könige eingedrungen war; sie wird aber dadurch erleichtert, dass sich uns hier eine grössere Fülle von
Angaben und Thatsachen darbietet, dass das Land und seine
durch viele Jahrhunderte fortlaufende Geschichte uns besser
bekannt ist, und sich deshalb nicht selten in den Zuständen
der späteren historischen Zeit noch die Spuren der Vorgeschichte nachweisen lassen. Was aber die Lösung der wesentlichsten Fragen vor allem möglich macht, ist dass die
Latiner und Römer selbst ihr nationales Bewusstsein über
die Hauptereignisse ihrer Vorzeit niemals verloren haben
noch verlieren konnten; was sich auch im einzelnen verdunkeln mochte, die Grundzüge im ganzen blieben unzer-
störbar in dem Andenken der Nation, dessen Erhaltung durch
die fortdauernden Wirkungen des Geschehenen und vor allem
durch religiöse Institutionen gesichert war. So gross daher
auch das Wohlgefallen war, womit man die Erzählungen
aufnahm, welche die Hellenen aus ihrer mythischen und
Dichtergeschichte zur Verherlichung der Ahnenzeit ins Land
brachten: die Bedingung, unter welcher man sich diese an-
eignete, war dass sie sich an jene Grundzüge anschliessen
mussten. Hiermit ist der Forschung der Weg eröffnet auch
unter fremdartiger Färbung die wahre Gestalt der Dinge
und den ursprünglichen Inhalt der Traditionen zu erkennen.
Insbesondere stand in dem Mittelpuncte der Erinnerungen

der Latiner eine Thatsache, über welche sie sich nicht täu-
schen konnten, weil sie tief mit ihrem ganzen Dasein verwachsen war: ihre Nation, das *nomen Latinum*, war aus der
Vereinigung zweier Bestandheile hervorgegangen, welche anfangs im Gegensatze und im Kampfe gegen einander gestanden, sich aber sodann zu der innigen Gemeinschaft eines
einzigen Volkes verbunden hatten. Auch über das gegenseitige Verhältniss beider Bestandtheile herschte volle Uebereinstimmung in den Berichten: der eine war aus dem innern
Lande her eingewandert, der andere war in mehreren auf
einander folgenden Zügen über das Meer gekommen; der
erste war ein kräftiges Naturvolk, der andere besass eine
schon fortgeschrittene Bildung, welche er jenem mittheilte.
Im übrigen war, was von dem ersteren erzählt wurde, in
sich zusammenhängend und fast ganz aus nationalen Quellen
entsprungen, da über ihn die Hellenen nichts zu berichten,
die Latiner nichts von ihnen zu lernen hatten; über den
letzteren dagegen tritt Verschiedenheit und oft genug Widerspruch in den Angaben hervor, weil über ihn die Latiner
den manigfachen Deutungen und Erzählungen der Griechen,
denen sie hierin bessere Kunde als sich selbst zutrauten,
eine überwiegende Geltung eingeräumt haben.

Die einheimische Ueberlieferung nannte den ersten der
beiden Bestandtheile die A b o r i g i n e s, ein Ausdruck welcher eine eingehende Betrachtung erfordert. Bei den römischen Historikern und Alterthumsforschern erscheint er in
der Gestalt eines Eigennamens, welcher von der Vorzeit her
überliefert geschichtlichen Gehalt und Werth hat, unabhängig
von irgend einer Wortbedeutung; er bezeichnet jenen bestimmten italischen Volksstamm[46]) (γένος αὐτὸ καθ᾽ ἑαυτὸ

---

46) Die Annahme Schweglers a. a. O. I S. 210, dass der Name
von der ältesten Bevölkerung Italiens überhaupt gebraucht worden sei,
ist unbegründet; sie beruht auf Stellen, welche in ihrem Zusammenhang gelesen und betrachtet das Gegentheil bezeugen. Cato sagte in
den Origines (bei Servius zur Aeneis I 6): *primo Italiam tenuisse quos-
dam, qui appellabantur Aborigines;* er nannte *Italiam*, nicht *Latium*,

γενόμενον heisst es bei Dionysios I 10), welcher zuerst in
die Reatina, dann in Latium eingedrungen war und hier mit
anderen Stämmen verbunden der latinischen Nation die Entstehung gegeben hat. Indessen lag es bei diesem Worte
ganz besonders nahe (weit näher als bei den meisten anderen
aus dem Alterthum überlieferten Namen, an deren Etymologie sich die Römer ebenfalls und selten mit Glück versucht haben) nach der Entstehung und dem Sinne desselben
zu fragen; da bot sich denn die Ableitung von *ab* und *origo*
bei dem ersten Blicke fast unausweichbar dar, man war bemüht sie wo möglich festzuhalten und hatte hiermit auch,
wie viele unter den neueren Forschern annehmen, das richtige getroffen.[47]) Eine nicht geringe Schwierigkeit aber
musste entstehen, sobald man sich die Frage vorlegte, welche
Art von *origo* denn hierbei zu verstehen sei, welche Eigen-

---

weil er die Reatina und vielleicht auch die Landschaft, aus welcher sie
hieher gewandert waren, mit begreifen wollte; dass er aber nur einen
einzelnen bestimmten Stamm vor Augen hatte, geht aus dem Zusatze
deutlich hervor: *hos*, heisst es nämlich weiter, *postea adventu Aeneae
Phrygibus iunctos Latinos uno nomine nuncupatos* (Roth a. a. O. Fragment 10. Jordan Orig. I fr. 5). Nicht einmal Sabiner, obgleich nahe
Stammverwandte, vermischt er mit den Aboriginern, sondern stellt sie
(Dionysios II 49) ihnen gegenüber. Tzetzes soll ferner, wie Schwegler
angibt, zu Lykophron V. 1253 berichten: οἱ Ἰταλοὶ πρῶτον Ἀβορείγινες ἐκαλοῦντο. Die vollständigen Worte lauten: οἱ Ἰταλοὶ πρῶτον
Ἀβορείγινες καὶ ἕτερα μυρία ἐκαλοῦντο ἀπὸ τῶν οἰκησάντων αὐτὴν ἐθνῶν. Die Aboriginer' sind also hiernach éin Name und éin
Stamm unter den unzähligen anderen Italiens. Endlich sagt Justin
XLIII 1, wo er zu den *initia* und der *origo* des römischen Staates
übergeht: *Italiae cultores primi Aborigines fuerunt;* hiermit wird eben
so wenig das ganze Italien bezeichnet als da, wo bei anderen Schriftstellern die Ausoner, Umbrer, Sabiner (oder wie bei Festus im Auszug
p. 19 die Aborigines selbst) *antiquissima Italiae gens* genannt werden
— vgl. die richtigen Bemerkungen von Cluver Italia antiqua p. 4 —;
der lateinische Superlativ ist hier so wenig wie in so vielen anderen
Stellen in einem andere ausschliessenden Sinne zu verstehen. Ueberdies wird bei Justin die Beziehung auf die Tibergegend auch unmittelbar nachher durch die Worte *quorum rex Saturnus, Saturnius collis*
usw. genügend hervorgehoben.

47) Vgl. auch Pott etymologische Forschungen (erste Ausgabe) II
S. 396.

schaft mit dem Worte bezeichnet werden sollte, und mit der
Lösung derselben machten es sich einige römische Grammatiker sehr leicht: sie übersetzten rasch entschlossen *Aborigines* durch 'Stammeltern', und nahmen, um dieses zu rechtfertigen, an, dass die Benennung den Urvätern der Nation
von den Nachkommen beigelegt worden sei. Diese Auslegung, deren Urheber unbekannt sind[48]), konnte jedoch
keinen Kenner befriedigen; sie war in jeder Beziehung sehr
ungeschickt ersonnen.[49])

Es ist allgemein bekannt, dass nur eine ganz beschränkte Anzahl von Familien in Rom wie in den latinischen Städten ihren Ursprung auf die Aboriginer zurückführte; viele der vornehmsten Geschlechter leiteten ihre Herkunft von Trojanern ab, oder von den Gefährten des Hercules und des Evander, oder, was um anderes zu übergehen
bei einer grossen Anzahl von Römern der Fall war, von den
gleich nach der Entstehung ihres Staates eingewanderten
Sabinern. Wie und wann konnte es demnach der Gesammtheit einfallen, einen Theil der Ahnen mit Ausschluss aller
anderen und im Gegensatze zu ihnen die Stammeltern zu
nennen? Zudem ist der Ausdruck für das was er bedeuten
soll — während der Sprache dafür so manche andere zu Gebote standen — sehr auffallend und unpassend: denn soll

---

48) Dionysios I 10 bezeichnet diejenigen welche diese Erklärung
gaben (τὴν ὀνομαcίαν αὐτοῖc τὴν πρώτην φαcὶ τεθῆναι διὰ τὸ γενέcεωc
τοῖc μετ' αὐτοὺc ἄρξαι, ὥcπερ ἂν ἡμεῖc εἴποιμεν γενάρχαc ἢ πρωτο-
γόνουc) blos durch οἱ μέν, woraus hervorzugehen scheint, dass er keine
Namen von Bedeutung anzugeben hatte. Ausserdem wird uns nur
Saufejus bei Servius zur Aeneis I 6 genannt, welcher sagt: *quos posteri
Aborigines nominaverunt, quoniam ab illis se* (so ist wohl mit Niebuhr
statt *aliis* zu lesen) *ortos esse recognoscebant*; er ist ein unbekannter
Schriftsteller von sehr geringem Gewicht, welcher die Zahl der unhalt-
baren Ableitungen noch durch die der Casci von den Höhlen vermehrt
hat. 'Quis tandem est iste Saufeius?' fragt mit Recht Schömann opusc.
acad. I p. 11, um einer auf seine Autorität gestützten Hypothese entgegen zu treten.

49) Cluver, nachdem er sie (a. a. O. p. 791) angeführt, ruft aus:
'o delira vanorum grammaticorum cerebra!'

origo das Verhältniss der Erzeuger zu den Erzeugten ausdrücken, so konnten die Nachkommen weit eher sich die
aborigines ihrer Vorfahren als diese die ihrigen nennen.[50])
Endlich waren die Geschichtskundigen darüber einig — und
dazu hatten sie guten Grund — dass der Name in der Vorzeit in weit grösserem Umfange dem Leben angehört habe,
als er ihm noch fortwährend angehörte, und konnten daher
nicht zugeben, dass er eine Erfindung irgend eines späteren
Zeitalters sei. Andere Ausleger bezogen *origo* auf die Abstammung aus dem Lande; sie nahmen *aborigines* für gleichbedeutend mit *indigenae* und αὐτόχθονες [51]) und stellten
sie als Eingeborene den Eingewanderten entgegen. Dieser
Versuch war in mancher Beziehung besser als der vorhergehende, aber befriedigen konnte er eben so wenig als dieser,
und scheint daher auch nur geringen Anhang gefunden zu
haben; denn theils war in dem Worte selbst nicht wie in
αὐτόχθονες und *indigenae* eine Hinweisung auf das Land enthalten, theils war es eine anerkannte Thatsache, dass für
Latium die Aborigines Eingewanderte waren, und ihre Herkunft aus irgend einer andern italischen Landschaft berech-
tigte nicht sie in ihren neuen Wohnsitzen als Eingeborene
zu bezeichnen. Hieraus erklärt es sich, wie eine ganz seltsame Ableitung, die von *errare*, Beifall erlangen konnte,
wonach *aborigines* gleichsam als verderbt aus *aberrigines* 'die
Umherirrenden' bedeuten sollte; sie hatte vor den übrigen
den Vorzug, dass sie den geschichtlichen Ueberlieferungen
sehr gut entsprach, und wurde deshalb von vielen Seiten und

---

50) Plinius n. h. IV 21 § 120 nennt in Bezug auf die Gadi-
taner die Tyrier die *aborigines* derselben; offenbar wollte er damit
ausdrücken, dass sich die Tyrier als Stifter ebenso zu Gades verhielten,
wie die Aborigines zu den Latinern und Römern; welche Bedeutung er
jedoch dem Worte beilegte, ist nicht klar, aber auch ohne alles Gewicht.
51) Diese Auslegung findet sich (jedoch nur in wenigen Handschriften) bei Servius zur Aeneis VIII 328: *indigenae sunt inde geniti*,
[*quos vocant Aborigines Latini, Graeci* αὐτόχθονας]; ausserdem bei Lydus de magistratibus I 22 ἀπὸ τῶν λεγομένων Ἀβοριγίνων καὶ αὐτο-
χθόνων τῆς χώρας, und vielleicht auch bei Dionysios I 10. .

selbst von sehr tüchtigen Alterthumsforschern anerkannt[52]);
dennoch leidet es keinen Zweifel, dass sie allen Sprachge-
setzen widerstreitet und deshalb, abgesehen von anderen
Gründen, zu verwerfen ist. Diese manigfachen unzuläng-
lichen Deutungsversuche beweisen übrigens schon, wie Cluver[53]) treffend bemerkt hat, dass der Name ein uralter war,
dessen Entstehung und Sinn die späteren Römer und Latiner nicht mehr kannten; sie liessen daher zwar den Etymologen einen gewissen freien Spielraum für ihre Erfindungen,
wandten sich aber von jeder ihrer Vermuthungen wieder ab,
sobald der Widerspruch derselben mit bestimmten Thatsachen des Lebens oder der tiefgewurzelten geschichtlichen
Ueberlieferung zum Bewusstsein gekommen war. Hierin
liegt ein Zug des nationalen Gefühls, worauf die kritische
Geschichtsforschung zu achten hat, welchem sie Rechnung
tragen muss, wo es gilt das Echte und Gehaltvolle von den
Erzeugnissen des Sprachwitzes zu unterscheiden. Wenn
daher neuere Kritiker 'zuversichtlich' behaupten, dass der
Name der Aboriginer nichts sei als 'eine abstracte Bezeichnung der unvordenklichen Bewohner Latiums', 'ein rein
chronologischer Begriff', 'ein gelehrter Kunstausdruck, wie er
nur in einem schon reflectirenden Zeitalter aufkommen
konnte', so lässt sich dieser Meinung[54]), welche sich auf
nichts anderes stützt als auf die unhaltbare Erklärung des

---

52) Ihre weite Verbreitung geht aus Dionysios I 10, aus dem
auctor de origine gentis Romanae c. 4 so wie daraus hervor, dass nach
Festus s. v. *Romam* p. 266 sie auch an den Verfasser der *historia
Cumana* gelangt war. Am bemerkenswerthesten aber ist es, dass, wie
sich aus Festus im Auszuge s. v. *Aborigines* p. 19 ergibt, Verrius
Flaccus sie entweder geradezu angenommen oder doch vor anderen
hervorgehoben hatte.

53) a. a. O. p. 791: 'verum vocabuli huius veram originem Romanis plane absconditam ignotamque fuisse satis ex eo apparet, quod
multi in ea enodanda varie, prout cuique ingenium suppetebat, labo-
rarunt.'

54) Vgl. Schwegler a. a. O. I S. 200 und 201 (dessen eigene Ausdrücke oben wiedergegeben sind) und Lewis über die Glaubwürdigkeit
der altrömischen Geschichte I S. 273 der deutschen Uebersetzung.

Wortes durch 'Stammväter', unmöglich beistimmen. Ihr treten
alle die Gründe entgegen, welche schon oben gegen diese
Auslegung angeführt worden sind; es lässt sich damit ferner
nicht vereinigen, dass Cato und Varro den Namen in der
Reatina vorfanden, und dass lange ehe in Rom die schrift-
stellerische Annalistik aufkam, worauf doch wohl das 'reflec-
tirende Zeitalter' erst folgte, die Griechen ihn gekannt und
gebraucht haben[55]); endlich ist dabei ein Umstand unbeachtet oder doch unerwogen geblieben, welcher entschieden
sowohl gegen diese wie gegen jede ähnliche Annahme spricht.
Wäre in der That *Aborigines* von *origo* abgeleitet, so müsste
— um anderer grammatischer Schwierigkeiten nicht zu gedenken — nothwendig die vorletzte Silbe kurz sein. Nun
haben zwar allerdings, was eben sehr bemerkenswerth ist,
einige Schriftsteller den Versuch gemacht bald der einen
bald der andern Etymologie zu Liebe die Quantität der Silbe
zu verkürzen[56]); die Römer liessen sich aber nicht verleiten
diesen sehr vereinzelten Beispielen nachzufolgen; sie fuhren
vielmehr noch in den Zeiten des Augustus so wie auch
späterhin fort nicht *Aborigĭnes*, sondern, wie sie von ihren
Vorfahren gehört hatten, *Aborigīnes* auszusprechen.[57]) Hiermit ist ein neuer starker Beweis gegeben, dass das Wort

---

55) Vgl. Kallias (um 290—280 vor˙Ch.) bei Synkellos p. 193 und
bei Dionysios I 72, Lykophrons Alexandra V. 1253 und Niebuhr röm. -
Gesch. I S. 85.

56) Hierzu gehört der Verfasser des erdichteten Orakels von Dodona bei Dionysios I 19 V. 2: ἠδ᾽ Ἀβοριγινέων Κοτύλην, was schon
Stephanos von Byzanz s. v. p. 7 Meineke als eine Unregelmässigkeit
gerügt hat; ferner Lykophron Alexandra V. 1253, welcher Βορειγόνων
schreibt, um das Volk als Einwanderer aus dem Norden zu bezeichnen,
was den Tzetzes zu dieser Stelle bestimmte die Form Ἀβορειγόνων
zu schaffen; endlich Virgil Aeneis VII 181, insofern er mit den Worten
ab origine reges, wie Servius zu d. St. bemerkt, auf die Aboriginer
anspielt.

57) Dieses ergibt sich aus der Schreibart des Dionysios und des Strabon, welche beharrlich den Circumflex in allen desselben fähigen Casus
über dem Iota haben. Vgl. auch Steph. Byz. a. a. O., Suidas s. v.
Ἀβοριγῖνες, und Forbiger Handbuch der alten Geographie Band III
S. 533 N. 97.

nicht erfunden, nicht aus einer Reflexion hervorgegangen
war, weil man es sonst seinem Begriffe gemäss sprachlich
richtig gestaltet haben würde, sondern ein Erbstück der
ältesten Vorzeit, welches man, obgleich und weil es unver-
ständlich geworden war, mit gewissenhafter Treue, mit ängst-
licher Genauigkeit bis auf die Betonung hin festhielt und
fortpflanzte.

Die bisherige Untersuchung hat zunächst zu einem im
wesentlichen negativen Ergebnisse geführt; sie hat auf ein
Unbekanntes hingewiesen, man möchte sagen auf ein Geheimniss, welches das räthselhafte Wort in seinen Lauten
verbirgt und womit es von alten Zeiten her den Forschungs-
trieb gereizt hat. Indessen ist dieses Geheimniss keineswegs
so tief verborgen, dass man ihm nicht nahe kommen könnte,
sobald man nur den Blick nicht gegen die sich überall auf-
dringende Wahrnehmung verschliesst, dass zur Zeit der
Einwanderung der Aboriginer und ihrer Stammgenossen
schon lange in Italien altgriechische Bevölkerung und Sprache
einheimisch und weit verbreitet war. Die Römer, in deren
Erzählungen über ihre Vorzeit diese Thatsache bald mit
voller Klarheit hervortritt, bald vermöge des Einflusses hellenischer Auffassung und Chronologie in etwas getrübtem
Lichte erscheint, haben den Aboriginernamen für einen
lateinischen gehalten, weil sie bei ihren etymologischen Versuchen ziemlich regellos verfuhren und nur auf den Klang
der Wörter im ganzen achteten; die Sprachforschung unserer
Zeit, welche sich eine ganz andere Aufgabe zu stellen hat,
indem sie auf die Wortwurzeln zurückgeht und die Gesetze
ihrer Zusammensetzung und Fortbildung zu ermitteln sucht,
wird dagegen, wie wir glauben, zu der sichern Erkenntniss
führen, dass er der altgriechischen Sprache angehörte. Der
volle Beweis hierfür muss der zweiten dieser Abhandlungen
vorbehalten bleiben, worin durch eine Vergleichung der Orts-
und Volksnamen im alten Griechenland und im ältesten Italien dargethan werden soll, dass in beiden Ländergebieten
nicht etwa blos eine sehr bedeutende Anzahl von einzelnen .

Benennungen übereinstimmte (was schon den Alten auffiel
und woran sie im ganzen wohlbegründete Schlussfolgerungen
knüpften), sondern dass das ganze System der Namengebung,
die ganze höchst eigenthümliche Anschauungsweise, worauf
dieses beruhte, hier wie dort eine und dieselbe war, und dass
selbst scheinbare Abweichungen sich meist aus bestimmten gemeinschaftlichen Ursachen und Lautgesetzen erklären. Indessen möge es gestattet sein einige Ergebnisse der dort im Zusammenhang zu führenden Untersuchung schon bei der Frage,
welche uns hier beschäftigt, zur Anwendung zu bringen.

Bei der Analyse des Namens A b o r i g i n e s ist die
Endung zu sondern von den drei Wurzeln, aus denen das
Wort, und zwar, wie sehr oft geschieht, ohne alle Binde-
laute zusammengesetzt ist. Die Endung -îνεϲ, welche auch
in Griechenland vorkömmt — vgl. Τελχîνεϲ als älteste Bewohner von Kreta und auf Rhodos — ist dialektisch getrübt
aus -ᾶνεϲ — vgl. Ἀθαμᾶνεϲ, Αἰνιᾶνεϲ usw. — und fast gar
nicht verschieden von -îνοι[57]), welches so häufig für die Bevölkerung griechisch-italischer und sicilischer Städte gebraucht wird. Sie ist allem Anscheine nach mit Verlust des
Digamma aus einer Wurzel *van* entstanden, und bedeutet 'die
Bewohner'. Es ist sicher überflüssig zu bemerken, dass die
Dehnung der paenultima hier eben so gesetzmässig erscheint,
wie sie bei der Ableitung des Namens aus dem Lateinischen

---

57) Der einzige Unterschied möchte darin bestehen, dass -îνεϲ wie
-ᾶνεϲ nur auf die Bewohner einer ganzen Landschaft, -îνοι dagegen
zwar ebenfalls auf diese, aber auch zugleich auf die Einwohnerschaft
einer einzelnen Stadt angewendet wird. Suidas (I p. 23 Bernhardy)
scheint neben Ἀβοριγîνεϲ noch eine Nebenform Ἀβοριγîνοι zu erwähnen,
welche, wenn die Lesart gesichert wäre, sprachlich nichts gegen sich
haben würde. — Uebrigens mussten die Ausleger, welche dies Wort
für lateinisch halten, in Verlegenheit darüber sein, wie der Singular
gelautet haben könnte; Niebuhr vermuthete *Aboriginus* (wovon sich
jedoch *Aboriginibus, Aboriginum* nicht ableiten lässt), Schwegler nahm
Aboriginis nach der Analogie von *cognominis* an, was jedenfalls, wie
jenes, der Quantität widerstreitet. Bei der Anerkennung des griechischen Ursprungs bietet sich ganz einfach Ἀβοριγîν dar, welches dem
Τελχîν, Ἀθαμάν usw. vollständig entspricht.

auffallend und unzulässig war. Die erste Stammsilbe *Ab*,
welche in *Abella* und *Abellinum* in Italien, in Ἄβολλα und
Ἀβάκαινον in Sicilien, in den Ἄβαντες auf Euböa und in
Epirus, sowie in sehr zahlreichen griechischen Städtenamen
wiederkehrt, bezeichnet einen Thalgrund, besonders — was
sich auch etymologisch sehr gut erklären lässt — bei und
zwischen Anhöhen. Die zweite Silbe *ŏr* führt uns die wohlbekannte griechische Benennung für Berg, also ὄρος vor[58]),
ein Wort welches den Lateinern eben so fremd war — denn
das alte *ocris* gehört einer ganz anderen Wurzel an — wie
mons den Griechen. Von derselben Wurzel hatte Orvinium
in der Reatina, jene Stadt mit dem Athenatempel auf ihrer
Burg, welche nach Varro bei Dionysios I 14 von den Aboriginern besetzt war, den Namen; er bedeutete ganz einfach
Bergstadt, wie Lavinium die Stein- oder Felsstadt. Die dritte
Stammsilbe *ig* bezeichnet Spitze, Gipfel und allgemein die
Höhe; in Italien kommt sie in *Iguvium*, Hochthal oder Höhen-
thal, auch wohl in *Igilium*, einer der Inseln bei Ilva, sodann in der zweiten Silbe von *Paeligni*, und da sie nachweislich im Anlaute ein *s* verloren hat, auch in *Signia* vor; in
Griechenland erscheint sie, um nur einiger Beispiele zu gedenken, in der zweiten Silbe von Ταΰγετος, sodann mit Erhaltung
des ursprünglichen *s* in den Vorgebirgen Cίγειον und Cίγριον,
ferner mit Veränderung der Lautstufe im attischen Berge
Ἰκάριος, in der Insel Ἴκος, und sonst in zahlreichen Fällen
und manigfachen Gestalten. Die Nebeneinanderstellung der

---

58) Wie bekannt, hat schon Dionysios I 13 dieses *or* mit ὄρος und
die Aboriginer deshalb für Bergbewohner erklärt, welche aus Arkadien nach Oenotrien und von dort nach dem Umbrerlande gewandert
seien. Dieselbe Ableitung *(a cacuminibus montium quos illi* ὄρη *vocant)*
geben einige Ungenannte *(quidam ... tradunt)* bei dem Verfasser der
origo gentis Romanae c. 4 § 1 p. 29 (Schröter). Weder dieser noch
Dionysios haben sich an die Erklärung der übrigen Bestandtheile des
Namens gewagt, wozu es ihnen an Mitteln fehlte; sie haben daher den
Sinn desselben nur annähernd getroffen, sind aber auch der Gefahr
entgangen monstra compositionis, wie es Schröter a. a. O. nennt, zu
schaffen, was ihnen oft mit Unrecht vorgeworfen worden ist.

beiden letzten Wurzeln zum Begriffe der Berghöhe lässt sich in Ὄρυξ am obern Ladon in Arkadien (Pausanias VIII 25, 2) so wie in anderen ähnlichen Beispielen wahrnehmen. Vereinigen wir nun die Bestandtheile zum Ganzen, so ergibt sich für Ἀβοριγῖνες der Sinn 'Thalberghöhebewohner' oder die Bewohner der Thalgründe im Hochgebirge. Mit diesem sprachlichen Ergebnisse, wobei kein Laut oder Ton unangemessen erscheint, stimmt die geschichtliche Ueberlieferung sehr gut überein, so dass sie sich gegenseitig bestätigen und erklären. Die Aboriginer, deren Name den römischen Forschern in der Reatina als dem älteren Sitze des Stammes begegnete, waren als Einwanderer und Eroberer dahin gelangt, und zwar sicher im ganzen genommen auf keinem andern Wege als welchen ihre Stammgenossen, die ihnen nachdrängenden Sabiner, späterhin einschlugen; sie waren demnach früher, etwa auch in der Gegend von Amiternum und Testrina, Bewohner des Hochgebirges und seiner Thalschluchten gewesen, und hatten hiervon die Benennung nicht nur bei ihren altgriechischen Nachbarn erhalten, sondern sich diese selbst angeeignet. Zur Erklärung dieser Erscheinung, welche beim ersten Blicke auffallen kann, muss auf eine Sitte hingewiesen werden, wofür sich im Laufe dieser Abhandlungen Beispiele und Beweise in Fülle darbieten werden. In der altgriechischen Vorzeit waren die Völkernamen regelmässig — ob und inwiefern es auch Ausnahmen gab, möge für jetzt dahingestellt bleiben — von den Ländern oder genauer von der Beschaffenheit der Gegenden entnommen, welche sie inne hatten. In diesem Zeitraume drängten aber die Stämme fast unaufhörlich auf einander, wurden häufig aus ihren Wohnsitzen getrieben und suchten sich in neuen, welche bisher anderen angehört hatten, festzusetzen. So lange nun der Kampf hierüber dauerte, behielten die Eingewanderten die Benennung der Gegend bei, aus welcher sie stammten oder doch herkamen; sobald aber ein dauernder Zustand eintrat, sei es durch völlige Unterwerfung der Einborenen, sei es durch Vertrag und Abfindung mit ihnen,

legten sich jene den an dem Lande haftenden Volksnamen
bei, was die politische Bedeutung in sich schloss, dass ihr
Besitzstand nunmehr zur vollendeten, auch anerkannten
Thatsache geworden, und sie daher berechtigt seien gleichsam den hieran geknüpften Titel zu führen. Die frühere
Benennung bewahrten sie, besonders wenn daran ein alter
Ruhm geknüpft war, in geschichtlichem Andenken, und insofern blieb er öfter in fortwährendem Gebrauche; in staats-
rechtlichem Sinne aber wurde er — höchstens mit einigen
wenigen zweifelhaften Ausnahmen — aufgegeben, und ist damit auch sehr häufig im Laufe der Zeit ganz aus dem Ge-
dächtnisse geschwunden. Noch im Anfange der geschichtlichen Zeit sind auf diese Weise die Dorier, d. h. Bergbewohner, wie sie sich nach ihren älteren Sitzen in den
thessalischen Gebirgen nannten, nach der Einnahme des Pe-
loponneses zu Messeniern, Lakedämoniern, Argeiern usw. wie
die Aetoler zu Eleern geworden. Diese Namenumwandelung
beschränkte sich aber nicht blos auf griechische Stämme,
sondern dehnte sich auch auf Barbaren aus, welche griechische Länder in Besitz nahmen. Schon längst ist es anerkannt, dass die barbarischen Stämme, welche von der
Donau her die Nordländer am ägäischen Meer überfallen
und eingenommen hatten, die Benennung der Thraker, welche
sie seitdem führten, nicht als eine nationale mitgebracht,
sondern von ihren Vorgängern, den altgriechischen Thrakern,
welche sie unterjocht und verdrängt hatten, als ein mit dem
Lande verbundenes Erbstück empfangen haben. Neuere Forschungen haben gezeigt, dass dieser Fall kein vereinzelter
ist, dass auch an der kleinasiatischen Küste Namen, welche
ursprünglich griechischen Völkerschaften angehört hatten,
wie Leleger, Karer usw., später auf barbarische Eroberer,
welche sich der Besitzungen derselben bemächtigt hatten,
übergegangen sind. [59]) Eine wichtige Aufgabe künftiger
Untersuchungen wird es sein den Umfang zu ermitteln, wel-

---

59) Vgl. K. W. Deimling: die Leleger. Leipzig 1862.

chen diese so wie manche andere damit verwandte und zu-
sammenhängende Erscheinung im frühesten Alterthum überhaupt hatte; so schwierig sie ist, so wird sie doch jeder
darauf verwandten Sorgfalt selbst alsdann werth sein, wenn
auch jedes gewonnene Ergebniss zu neuen Räthseln und
Problemen führen sollte. Für Italien aber möchte es schwerlich irgend einem Zweifel unterliegen, dass zahlreiche dahin
eingewanderte Stämme, deren Sprache von der altgriechischen
verschieden war, dennoch Volks- oder vielmehr Landesnamen,
welche dieser angehörten, angenommen haben. So verhielt
es sich denn auch mit den Aboriginern, deren Züge durch
Italien wir hiernach mit einem gewissen Grade von Wahrscheinlichkeit verfolgen können. Wie die meisten neueren
Geschichtsforscher wohl mit Recht annehmen, waren sowohl
sie wie ihre Stammgenossen die Opiker oder Osker, Sabiner
und Umbrer von den Ländern im Norden des adriatischen
Meeres her in die italische Halbinsel gelangt, und führten
damals eben so wie jene irgend einen Namen, welcher uns
gänzlich unbekannt ist; von einem mächtigeren Zweige
ihres kriegerischen Stammes vorwärts geschoben zogen sie
und zwar allem Anscheine nach durch das Thal des Aternus
hinauf in das Hochgebirge. Hier fanden sie, wie überall, um
Burgen und in ummauerten Städten ansässige Griechen, erwar-
ben neben ihnen dauernde Wohnsitze für sich, Felder zum Anbau und besonders Weideplätze für ihre Herden, und nahmen
hiervon, vielleicht in Folge einer förmlichen Uebereinkunft mit
den früheren Landesbewohnern, den Namen der Aboriginer an.
Als sie hierauf in die Reatina hinabzogen, behielten sie, da
sie dieses Land nicht als das letzte Ziel ihrer Wanderungen
ansahen (wie dieses auch Varro bei Dionysios I 16 andeutet)
die mitgebrachte Benennung bei; sie führten sie noch fort, als
sie in die Gegend an der untern Tiber einbrachen, und ver-
tauschten sie hier erst bei der Stiftung eines festen Staaten-
bundes mit dem Namen der Latiner — dessen Betrachtung
wir sogleich hier anschliessen, da sie dazu dienen kann das
bisher Ausgeführte zu bestätigen und besser ins Licht zu setzen.

Allgemein ist man .wohl gegenwärtig darüber einverstanden, dass die Latiner ihre Benennung nicht von dem mythischen Könige Latinus, sondern von der Landschaft Latium erhalten haben[60]), was für den bereits ausgesprochenen und später weiter durchzuführenden Satz, dass die Völkernamen regelmässig von der Natur der Wohnsitze entnommen wurden, ein neues Beispiel darbietet. Der Name Latium gehörte aber bereits der Vorzeit vor dem Einfalle der Aboriginer an (was auch die Alten anerkannten, indem sie ihn auf die Zeit des Saturnus zurückführten[61])), und schon hierin liegt ein Grund ihn nicht aus dem Lateinischen abzuleiten, welches erst mit jener Eroberung ins Land kam, sondern aus. dem Altgriechischen, welches vielfachen Beweisen zufolge vorher darin herschte. Kein Wunder ist es daher, wenn die Versuche, welche römische wie neuere Etymologen gemacht haben, ihn aus lateinischen Wurzeln zu erklären, eben so unhaltbar erscheinen, wie es sich oben bei dem Namen der Aborigines gezeigt hat; die Herleitung aus *lateo*, welche bei den Alten beliebt war, und wonach *Latium* das Land der Verborgenheit bedeuten soll, ist offenbar eine blosse Spielerei; eben so wenig aber kann die aus *lātus*, wonach ihm der Sinn von Breitland oder Flachland beigelegt wird, obgleich sie verhältnissmässig besser ist, eine eingehende Prüfung bestehen[62]); sie lässt sich weder der Sprache

---

60) Vgl. insbesondere Schwegler röm. Gesch. I S. **197** und Forbiger Handbuch der alten Geographie III S. **649**.

61) Vgl. Virgil Aeneis VIII 323 und andere zahlreiche Stellen bei Schwegler a. a. O. Note 7.

62) Gegen diese schon von Priscian erwähnte und von Abeken Mittelitalien S. 42 und 48 vgl. S. 103 mit Scharfsinn und Erfolg vertretene Annahme hat bereits Schwegler a. a. O. wohlbegründete Bedenken erhoben, welche ihn zu dem von seinem Standpuncte aus richtigen Schlusse führten: 'Ursprung und Bedeutung des Landesnamens ist nicht mehr mit Sicherheit zu ermitteln.' Sprachlich steht ihr nicht blos die Verschiedenheit der Quantität zwischen *lātus* und *Lătium* entgegen (worauf auch Forbiger a. a. O. Gewicht legt und was allerdings von Bedeutung ist, wenn schon das angebliche Stammwort, nicht umgekehrt erst das abgeleitete die Länge hat), sondern wohl noch mehr,

noch der Sache nach ohne starken Zwang durchführen. Wenden wir dagegen den Blick dem Griechischen zu, so wird sich sehr einfach ergeben, dass *Latium* (Λάτιον) das Steinland oder genauer Felsland bezeichnet. Die Wurzel, auf welche das Wort zurückzuführen ist, lautet in ihrer Grundform *lav* (λαϝ), in einer ihrer manigfachen Nebenformen *lat* (genauer eigentlich *las*, was jedoch hier noch nicht erörtert werden kann); aus der einen ist der homerische Ausdruck für Stein oder Fels λᾶας[63]), aus der andern das gewöhnliche λίθος hervorgegangen. In der Ebene um Rom, worin der Ursitz der Latiner zu suchen ist, treten uns die von beiden Wurzelformen abgeleiteten Ortsnamen häufiger als sonst entgegen. Am zahlreichsten kommen hierunter diejenigen vor, welche der Grundform *lav* angehören, und zwar so dass in ihnen das Digamma in mehrfachen, jedoch immer den altgriechischen Lautgesetzen ganz entspre-

dass aus einem Adjectiv wie *latus* kein neues auf -*ius* und also auch kein Hauptwort auf -*ium* mit localer Bedeutung gebildet werden kann. Liesse sich etwa von *altus* ein *Altium* im Sinne von Hochland ableiten? Auf Beispiele von anderen Ortsnamen auf -*ium*, wie *Lorium*, *Caudium* usw. darf man sich hierbei nicht berufen: sie sind entweder grammatisch verschieden gestaltet, oder, was sich bei dem grössten Theile nachweisen lässt, griechischen Ursprungs. Uebrigens hat schon Schwegler darauf aufmerksam gemacht, dass 'Breitland' nicht gleichbedeutend mit 'Ebene' sei, und daher auch nicht, wie Abeken angenommen hat, dem Hochland oder Gebirge entgegengestellt werden könne. Andere Gegengründe dieser Art werden sich später ergeben.

63) Die Bemerkung von Benfey griech. Wurzellexikon II S. 8, dass in diesem Worte zwischen beiden α ein Digamma ausgefallen sei, wird sicher von niemand in Zweifel gezogen. Als Zeitwort hat die Wurzel λαϝ, welche durch die Verdichtung des Digamma in λαβ übergeht (vgl. λάειν und λαβεῖν und W. Christ Grundzüge der griechischen Lautlehre S. 272 ff.), den bekannten Sinn von 'ergreifen, erfassen'; λᾶας heisst demnach zunächst ein Greifstück und hat die Bedeutung von Stein allem Anscheine nach in der frühesten noch bei Homer durchblickenden Zeit erhalten, als in den Kämpfen der Helden ergriffene und geschleuderte Felsstücke noch viel zur Entscheidung der Schlachten beitrugen. In ganz entsprechender Weise schliessen sich an λάζεςθαι, welches bei Homer auch von dem Ergreifen von Wurfsteinen gebraucht wird, die zu λατ gehörenden Hauptwörter, also auch λίθος an.

chenden Gestalten erscheint. Bald bleibt es nämlich unverändert, wie in *Lavīcum*, der Stein- oder Felshöhe, oder es
wird in *b* verdichtet, wie in *Labīcum*, einer auch bei den
Römern vorkommenden Nebenform für denselben Namen,
oder es wird mit dem vorhergehenden *a* in den Diphthong *au*
zusammengezogen — was insbesondere vor dem Suffix *r* geschieht — wie in *Laurentum* und *Laurium* (mit einem weitern
Lautwechsel *Lorentum* und *Lorium*), oder es verschwindet
endlich hinter dem *a* und wird dann wie in λᾶας durch die
Verlängerung dieses Vocals ersetzt; so geschieht es namentlich in *Lāvinium* (bei griechischen Schriftstellern auch Λαβί-
νιον), worin das *v* nicht als Schlusslaut der Wurzel, sondern
— wie in *Orvinium*, *Corfinium* usw. — als Anfangslaut der
Endung zu betrachten ist. Richten wir nun unsere Aufmerksamkeit auf solche Länder, in denen unzweifelhaft griechisch gesprochen wurde, so begegnen uns alle diese Modi-
ficationen der Wurzel *lav* mit derselben Bedeutung wieder.
Die Verdichtung des Digamma zu *b* kömmt vor in Λαβύ-
ρινθος, dem Steingrubenorte, in Λάββαλον, der Felshöhe bei
Syrakus, und in dem Dorfe Λάββανδα in Karien, dessen
Name dem von *Laurentum* (welches bei Tzetzes zu Lykophron V. 1232 auch Λάββρευτον und Λαββρευτία lautet) völlig
entspricht, da sich auch die Endung -ανδα von -*entum* nur
in der Lautstufe und in dem regelrechten Wechsel des Vocals unterscheidet. Die Zusammenziehung zum Diphthongen
au erscheint in dem Worte λαύρα, dessen verschiedene Be-
deutungen in dem Sinne von 'Steinfügung' oder 'Steinweg'
zusammenstimmen, so wie in dem durch seinen Mineralreich-
thum berühmten und hiervon benannten attischen Gebirge
Λαύριον. Dies Verschwinden des Digamma endlich verbunden
mit der Verlängerung des *a* zeigt sich in den zahlreichen
alten Burgen, welche Λάρισσα 'Felshöhe' hiessen und denen
ähnliche Namen wie Λάρυμνα 'Steinthal' und Λάρανδα 'Stein-
ort' zur Seite stehen.

Wenden wir uns sodann nach Latium zurück, so zeigt
sich bei den Orten, deren Namen von *lav* abgeleitet sind,

dass der hierin enthaltene Begriff von Fels und Stein mit
der Lage und Beschaffenheit derselben, so weit uns diese
bekannt ist, sehr gut übereinstimmt. *Lavicum* oder *Labicum*
lag auf einer inselartig aus der Ebene sich erhebenden Anhöhe[64]), also wohl auf einem der zahlreichen Tufhügel der
römischen Campagna, welche, wie Abeken sagt[65]), gleichsam
von Natur zu Niederlassungen · einladen. Auf einem ähnlichen Felsplateau, auf welchem gegenwärtig das Dorf Pratica liegt, war die Burg und Oberstadt von Lavinium errichtet[66]); auch Laurentum war, wie sich aus der Beschreibung bei Virgil ergibt, auf einer Anhöhe gelegen, und die
steilen Mauern desselben, deren der Dichter erwähnt, schlossen
sich, wie es scheint, an einen natürlichen Felsen an[67]); nur
bei Laurium wird der Fels, wovon es den Namen führt,
erst dann nachgewiesen werden können, wenn deutlichere
Spuren seiner Lage als bisher zu Tage kommen werden.
Nicht ganz so fruchtbar als *lav* ist die Nebenform *lat*; indessen sind auch von ihr (und zwar ebenfalls auf verschiedenen Lautstufen und mit wechselnden Vocalen) manigfache
Ortsnamen und andere entsprechende Wörter abgeleitet,
deren Bedeutung überall zu der von λίθος stimmt. Das Gebirge Λάτμος in Karien und der Berg Λάτυμνος in Unteritalien sind offenbar von ihrer felsigen Beschaffenheit benannt;

---

64) Das heutige Dorf Colonna, welches an die Stelle des alten Labicum getreten ist (wofür die Beweise bei Nibby viaggio ne' contorni
di Roma cap. XVIII t. I p. 252 ff. zusammengestellt sind) liegt 'on a
lofty insulated mount', wie sich W. Gell (topography of Rome and its
vicinity p. 280 der Ausgabe von Bunbury, London 1846) ausdrückt,
was dem κειμένῳ ἐφ' ὕψους bei Strabon V 3, 9 p. 237 entspricht.
  65) Mittelitalien vor den Zeiten römischer Herschaft S. 131.
  66) Abeken a. a. O. S. 62. 131 und 132. Nach Nibby a. a. O. II p.
265 sieht man am Fusse der Anhöhe noch die Steingruben, welche zur
Erbauung der alten Stadt gedient haben.
  67) Diese Anschauung ergibt sich, wenn man die *ardua moenia* in
Aen. XII 745 mit den *ardua tecta* und dem *muroque subibant* in Aen.
VII 160 und 161 zusammenhält. Ueber der Stadt erhob sich noch von
einem Walde umgeben die Burg, VII 171. Vgl. W. Gell a. a. O. p. 294.
Bormann altlatinische Chorographie und Städtegeschichte S. 96.

die Insel Λάδη bei Milet bedeutet einfach 'Fels'; die Flüsse
Λάδων, sowohl der in Arkadien als der in Elis, haben ihren
obern Lauf in Felsschluchten[68]), und dieses gilt ohne Zweifel
auch vom *Latis* in Oberitalien, welcher dem von der Wurzel
lav stammenden Flüsschen Λᾶος in Unteritalien entspricht.
Λᾶος war aber, wie bekannt, zugleich der Name einer später
untergegangenen Stadt, in welcher einst die Sybariten eine
Zuflucht gefunden hatten; sie muss ebenso wie der benachbarte gleichnamige Fluss und Meerbusen von einer felsigen
Küste benannt sein, woran sie lag. Von der Wurzel *lat*
steht ihr Λατώ auf Kreta gegenüber[69]), deren Name 'die
am Felsen gelegene' ihrer Naturbeschaffenheit vollständig
entspricht. In der grossen Inschrift, worin uns ein von ihr
mit ihrer Nachbarstadt Olus abgeschlossener Vertrag erhalten
ist[70]), sind die Grenzen der Stadt nach dem Binnenlande hin
so angegeben, dass sie sich von einem Felsen zum andern
hinziehen[71]); bei dieser Gelegenheit wird sie in der Urkunde
πόλις τῶν Λατίων genannt, wobei sich die Bemerkung auf-
drängt, dass der alte Name der Bewohner ihrer Landschaft,
der Latier, ebenso dem der Latiner entspricht, wie der der
Bewohner von Laos der Λαῖνοι (wie sie bei Stephanos von
Byzanz p. 411 heissen) den Lavinaten. Eben dasselbe Laut-
verhältniss tritt uns aber im italischen Latium noch in einer
andern Weise entgegen; hier gab es eine uralte, später
untergegangene Stadt *Latinium*[72]), welche mit der Bundes-

---

68) Vgl. die Beschreibung bei E. Curtius Peloponnesos, welcher jedoch I S. 395 einer andern Erklärung des Flussnamens gefolgt ist.

69) Sie hiess auch Kamara (Steph. Byz. p. 351 und 414 Meineke)
und zwar in demselben Sinne, wie Clusium in Etrurien auch Camars
genannt wurde.

70) Böckh corpus inscr. Graec. vol. II nr. 2554.

71) a. O. II z. 103 ff. p. 399 ff.

72) Plinius n. h. III 3, 5 § 69 nennt in dem Verzeichnisse der in
Latium untergegangenen Gemeinden auch die *Latinienses*, denen nach
der Analogie von *Lavinienses* ein Ort *Latinium* entsprochen haben
muss. Der nach ihm benannte *ager Latiniensis*, welcher bei Cicero de
harusp. resp. 10, 20 und c. 28 erwähnt wird, lag in der Nähe von
Rom (Cic. a. a. O.) wahrscheinlich nach der Meeresküste hin (vgl. Pli-

stadt Lavinium nicht verwechselt werden darf — wie noch
vor kurzem irrthümlich geschehen ist[73]) — wohl aber mit ihr
in der Bedeutung 'Felsstadt' zusammenfällt.

Alle diese unter einander übereinstimmenden Thatsachen
führen zu dem Ergebniss, dass das Land, das Volk und die
vornehmsten Ortschaften der ältesten Latiner ihre Benennung
von einem griechisch redenden Stamme erhalten haben, welcher in der Art Namen für Oertlichkeiten zu bilden ganz der
Weise seiner Brüder jenseits des Meeres gefolgt ist. Die Bestätigung hierfür wird sich späterhin von verschiedenen Seiten her darbieten; hier möge es zu diesem Zwecke genügen,
nur noch folgende nahe liegende Bemerkung anzuknüpfen.

Die Sikeler, welche einst in Latium gewohnt haben,
nannten (vgl. oben S. 5) das Gewichtpfund *litra* und haben
diesen Namen mit nach Sicilien gebracht: woher stammt,
was bedeutet dieses Wort? Wie der Augenschein lehrt,
hängt es mit λίθος zusammen; es ist mit dem Suffix *r* aus
der Wurzel λιτ gebildet[74]), welche durch Vocaltrübung aus
λας hervorgegangen ist, und hat ganz regelmässig die Te-
nuis festgehalten, da der altgriechische Dialekt, welchen die
Italer und Sikeler sprachen, die Aspirata (vgl. z. B. *Aetna*)
nicht kannte: als Sinn ergibt sich demnach 'das dem Stein
angehörende, aus ihm bestehende, das Steingewicht'. Hierin
ist das Gepräge der alterthümlichen Sitte und einer Ausdrucksweise zu erkennen, welche die Sprache auch jetzt noch

nius n. h. XIV 6, 8 § 67), und zeichnete sich durch seine Weinberge
aus, was zu einer felsigen Lage sehr gut stimmt.

73) Dieser Irrthum, welcher sich bei W. Gell a. a. O. p. 303 findet,
ist von seinem neuesten Herausgeber Bunbury in der Note zu d. St.
berichtigt worden.

74) In griechischen Ortsnamen kommt diese Vocalform auf allen
Lautstufen vor: so in Λίδη, einem Berge bei Pedasos in Karien, welcher
wie Λάδη einfach 'Fels' bedeutet, in Λιταί oder (nach Meinekes Verbesserung zu Stephanos von Byzanz p. 418) Λίταια in Lakonien, besonders häufig aber in den manigfachen mit Λίσσα, Λίσσος usw. benannten Orten. Hierher gehört auch *Lista* in der Reatina, welches wie
in zahlreichen ähnlichen Fällen durch Einschiebung eines *s* aus *Lita*
entstanden ist und demnach eine Felsstadt bezeichnet.

nicht verloren hat: der Stein war, und dieses namentlich in
den Ländern um das mittelländische Meer, nicht nur das
Mittel zum Wiegen, sondern gab auch einfach den Namen
für die Gewichteinheit her. In dieser Hinsicht entsprechen
der grosse und kleine, der volle und gerechte Stein, deren
die Bibel gedenkt[75]), nach Wort und Sache der Litra. In
der Stiftungssage von Rom wird eines Spiels erwähnt, worin
die Theilnehmer einen Stein mit den Zähnen aufheben und
werfen mussten; um die Schwere desselben zu bezeichnen,
wird er der Stein genannt, womit man die Wolle zu wiegen
pflegte (*lapidem qua lqna pensitari solebat*)[76]); er hatte demnach das Gewicht einer Litra. Als die Aboriginer, die
Träger der lateinischen Sprache, in die untere Tibergegend
eindrangen, haben sie diesen Ausdruck vorgefunden und ihn,
wie bekannt, in *libra* umgewandelt, wahrscheinlich weil ihnen
der Lippenlaut wegen des Zusammenhanges mit *lapis* natürlicher und mundgerechter war; jedenfalls aber haben sie
hiermit ein Zeugniss abgelegt, dass die Wurzelformen *lat*
und *lit* im Sinne von Stein so wie alle davon abgeleiteten
Namen und Wörter nicht ihrer Sprache, sondern der des von
ihnen besiegten Volkes ursprünglich angehörten. [77])

---

75) Deuteron. 25, 13—15 vgl. Levit. 19, 36.

76) Origo gentis Romanae 22, 2. Die Erzählung wird auf die libri
pontificales zurückgeführt, und hat offenbar einen sehr alterthümlichen
Charakter.

77) Bevor wir dieses etymologische Gebiet für jetzt verlassen, ist
noch mit wenigen Worten der Umbrer und ihres Namens zu gedenken.
Die Alten brachten diesen mit dem griechischen ὄμβρος 'Regen' in
Zusammenhang (Plinius n. h. III 14, 19 § 112), was nur insofern richtig
ist, als beide Wörter denselben Stamm haben; Ὀμβρική und *Umbria*
sind wie ὄμβρος mit Verdunkelung des Vocals aus *amb* abgeleitet, welches wie im Sanskrit (vgl. G. Curtius Grundzüge der griechischen Etymologie Band II S. 105) so auch im Altgriechischen 'Wasser' bedeutete.
Ἀμβρακία (welches schwerlich erst eine jüngere aus Ἀμπρακία entstandene Wortform ist, wie Curtius a. a. O. II S. 115 annimmt) heisst
Wasserhochstadt, Ἄμβρακος und Ἄμβρυσος Wasserhöhe, Ἄμβλαδα in
Pisidien (Strabon XII 7, 3 p. 570) allem Anscheine nach Wasserfels.
Der Fluss *Umbro* in Etrurien hat sicher nicht, wie man seltsamerweise
vorausgesetzt hat, von den Umbrern, sondern unmittelbar und einfach

Die Irrthümer, in welche die Römer bei der sprachlichen Erklärung der Namen der Aboriginer und Latiner
verfallen sind, waren halb spielerische Erzeugnisse einer
späten Zeit, denen sie, wie sich gezeigt hat, eine ernste
nachtheilige Einwirkung auf die Ueberlieferungen ihrer Vorzeit nicht gestattet haben; aus dieser bewahrten sie vielmehr
einen ihnen mit dem gesammten Latium gemeinsamen Schatz
von Erinnerungen und Nachrichten, die bald in eigentlich
historischer, bald in sagenhafter oder auch in völlig mythischer Gestalt fortgepflanzt wurden. Nur ein Theil derselben
und gewiss ein sehr geringer Theil ist uns erhalten; selbst

---

vom Wasser den Namen erhalten. *Umbria* in den Appenninen führte
in dem vollsten Sinne des Wortes die Benennung des Wasserlandes,
als das Quellgebiet so vieler Flüsse, welche nach allen Seiten hin
Mittelitalien bewässern, ebenso wie in Griechenland nicht nur der
Pindos, sondern noch gar manche andere Gebirge ihren Namen von
den Wassern trugen, womit sie ihre Flussgebiete tränkten. Die Ὄμβρι-
κοι oder auch Ὀμβροί (eine sicher uralte kürzere Form, welcher viele
ähnlich gebildete Volksnamen entsprechen), später *Umbri* genannt,
waren demnach Wassermänner, Inhaber des Wasserlandes und als die
gens antiquissima Italiae, wofür die Nachwelt sie anerkannte, Griechen von Ursprung, woraus es sich erklärt, dass wie die Tiber so
auch die anderen Flüsse und die meisten Ortschaften ihres Landes altgriechische Namen hatten. Als aber in einem späteren Zeitraume
derjenige Volksstamm, welcher die Sprache der iguvischen Tafel
redete, sich der Herschaft über diese Gegenden bemächtigt hatte,
ging nach dem Rechte der Eroberung der Landesname auf ihn über.
Hieran knüpft sich eine für die Vorgeschichte Italiens wichtige Frage.
Griechische wie römische Schriftsteller hatten vernommen, dass einst
die Macht der Umbrer sich von ihrem Hauptlande aus weit über benachbarte Gebiete ausgebreitet hatte, und zum Beweise hierfür werden
auch manche werthvolle ins einzelne gehende Ueberlieferungen angegeben. Bei mehreren derselben muss aber nothwendig der Zweifel
entstehen, ob sie auf die ältesten Ombriker, die Stammverwandten der
Griechen, oder auf die eingewanderten Umbrer, die Stammgenossen der
Sabiner, zurückzuführen seien. Auf dieses Problem kann jedoch hier
nur aufmerksam gemacht, nicht näher eingegangen werden; nur die
Vermuthung soll daran geknüpft werden, dass diejenigen Ombriker,
welche nach Dionysios I 16 (der sich hiebei auf Varro, wie dieser auf
die Aussage der Reatiner stützte) von den Aboriginern in der Reatina
besiegt und daraus verjagt wurden, wohl eher der ersteren als der
letzteren Gattung angehörten.

diese Ueberreste aber können, sorgfältig aufgesucht und zum
Verständniss gebracht, noch jetzt dazu dienen, über die Entstehung und die ältesten Schicksale der latinischen Nation
und somit auch über die Umwandelung der Aboriginer in
Latiner Licht zu verbreiten. So wenig wir auch erwarten
dürfen ein genügendes Bild von den hiermit zusammenhängenden Zuständen und Ereignissen zu gewinnen, so viele Lücken
und dunkle Stellen darin überall zurückbleiben müssen, so
sind doch die wesentlichsten Grundzüge dazu gegeben.

Als die Aboriginer den Anio überschritten und die
Umgegend von Rom besetzt hatten, drangen sie bis Laurentum vor, welches sie einnahmen, wo sie ein Lager errichteten, und das seitdem die Aboriginerstadt im hervorragenden Sinne des Wortes war und blieb.[78]) Sie wurde
einer der bedeutendsten Mittelpuncte des ganzen Stammes,
der Ausgangspunct für alle seine weiteren Unternehmungen;
sie wurde daher auch als der eigentliche Sitz seiner Könige
Picus, Faunus und Latinus betrachtet. Diese Namen sind,
woran gegenwärtig wohl niemand mehr zweifelt, mythische
und bezeichnen Schutzgötter des Stammes; allein die Sage,
welche sich an sie knüpft, hat nicht blos eine religiöse, sie
hat auch, was nicht verkannt werden darf, zugleich eine geschichtliche Bedeutung. Warum ist Picus der erste König
des siegreichen Volkes, warum nicht, wie nachmals bei den
Latinern und Römern, Jupiter, welchen doch auch die Laurenter nachweislich als den höchsten Gott verehrten, oder
Mars, oder irgend eine andere der höheren Gottheiten? Der
Grund lag in der Bedeutung, welche nach der Anschauung
der italischen Völker dem Picus beigelegt wurde; er ist
Krieger und Weissager zugleich[79]), vor allem aber ist er

---

78) Schwegler a. a. O. I S. 198 N. 1 hat schon mit Recht vermuthet, dass Cicero de re p. II 3 unter *ager Aboriginum* den der Laurenter versteht, ohne jedoch diese für alle einschlagende Fragen wichtige Wahrnehmung weiter zu verfolgen.

79) Augustin de civ. dei VIII 15: *Picum praeclarum augurem et
belligeratorem fuisse asserunt*; Ovid Metam. XIV 321: *rex fuit utilium*

vermöge dieser Eigenschaften vorzugsweise der Führer der geweihten Schaaren, welche in Folge des Gelübdes des heiligen Frühlings auswandern[80]); er zieht ihnen auf ihren Fahnen voran, rastet nicht eher, als bis er ihnen die neue Heimat, welche er für sie ausersehen, erobert hat, und schlägt alsdann in deren Mitte, dankbar als Herscher verehrt, seinen Sitz auf. Die Religion und der Cultus zu Laurentum bestätigten demnach, was unabhängig hiervon die Ueberlieferung erzählte; sie legten Zeugniss dafür ab, dass die Aboriginer in Latium Einwanderer und Eroberer waren, so wie dass die ersten Züge, denen das übrige Volk nachfolgte, aus heiligen Schaaren (*Sacranae acies*[81])) bestanden. Eine völlig

---

bello studiosus equorum; Virgil Aeneis VI 189: *Picus equum domitor.* Vgl. Schwegler a. a. O. I S. 214 und die dort angeführten Stellen.

80) Wie in Laurentum, so nahm auch in Asculum Picus die patriarchale Würde des Stifters einer durch Eroberung begründeten Volksgemeinde ein. Vgl. Silius Italicus Punica VIII 439 f.: *hoc (Asculum) Picus .. statuit genitor.* Er hatte bei der Einwanderung der Sabiner in das nach ihm (wie es heisst) benannte Picenum auf ihren Fahnen gesessen, während sie vermöge eines heiligen Frühlings ausgezogen waren. Festus im Auszug p. 212 M.: *Picena regio, in qua est Asculum; dicta quod, Sabini cum Asculum proficiscerentur, in vexillo eorum picus consederit,* vgl. Strabon V 4, 2 p. 240: δρυοκολάπτου τὴν ὁδὸν ἡγησαμένου und Plinius n. h. III 13, 18 § 110: *orti sunt (Picentes) a Sabinis voto vere sacro.* Ob die Picenter in der That ihren Namen von Picus und erst durch die erobernden Sabiner erhalten haben, oder ihn, wie die Latiner, schon früher von der Natur ihrer Landschaft geführt hatten, kann für jetzt unentschieden bleiben; jedenfalls herscht in der Art, wie die italische Sage die Einnahme der einen wie der andern Gegend darstellt, vollständige Analogie, was für das Verständniss der nationalen Anschauungsweise genügt.

81) Virgil Aeneis VII 796 versteht offenbar unter den *Sacranae acies*, welche Turnus mit in den Kampf gegen die Trojaner führt, nichts anderes als die Stammgenossen des Latinus, die Aboriginer von Laurentum und seiner Landschaft; denn diese, welche doch nothwendig Antheil an dem von ihnen begonnenen Kriege nehmen mussten, kommen in dem Verzeichnisse der Heerschaaren des Turnus unter keinem andern Namen vor; ihre Kriegsjugend ist es demnach, welche von dem antiquarisch gelehrten Dichter mit dem aus der Ueberlieferung her bekannten Namen bezeichnet wird. — Servius zu dieser Stelle theilt zuerst eine sehr auffallende Auslegung mit, wonach die Sacraner Corybanten, Diener der grossen Mutter waren. Diese Fabel ist, wie sie er-

entsprechende Verehrung des Picus wie hier am Zielpuncte
der Wanderung haben wir auch an dem nächsten Ausgangspuncte derselben in der Reatina gefunden [82]), und das be-
rühmteste Heiligthum, wo er einst zu erscheinen pflegte, das
zu Tiora Matiene — welches die Sabiner, obgleich der Gott
bei ihnen eine ganz ähnliche Stellung einnahm wie bei ihren
Vorgängern, verlassen stehen liessen, wohl eben deshalb,
weil es ihren Feinden gedient hatte — wurde von den späteren Bewohnern des Landes ihren ehemaligen Nachbarn
den Aboriginern zugeschrieben [83]), welche dort — und dieses
doch sicher vorzugsweise vor dem Beginne gefahrvoller Feld-
züge — Weissagungen gesucht und empfangen hatten. Derselbe Gott und Augur war es demnach, welcher das Volk
bei seinem Auszuge ermuthigte und leitete, und der ihm das
verheissene Land einnehmen half. Diese Zusammenstimmung
der Culte und Sagen in der obern und untern Landschaft

---

zählt wird, sinnlos, weist aber doch auf die einstimmige alte Tradition
zurück: ihr Urheber fand Sacraner ganz richtig durch Reatiner erklärt
vor und fasste diese als Diener der Rhea, der grossen Mutter, auf,
welche ja allerdings — jedenfalls in den Kaiserzeiten — als eponyme
Schutzgöttin in Reate verehrt wurde, vgl. Silius Italicus Punica VIII
415 und oben Note 35 S. 34. Bei Servius wird jedoch in einem Zusatze die berichtigende Hinweisung auf das italische *ver sacrum* nachgetragen. An einer andern Stelle (zu Aeneis X 317) gibt ein Scholiast
zu Servius, welcher wie es scheint gute Quellen vor Augen hatte, die
Reihe der Völkerzüge an, welche sich um den Besitz der Umgegend von
Rom gestritten: *illi (Sicani* oder *Siculi) autem*, sagt er, *a Liguribus
pulsi sunt, Ligures a Sacranis, Sacrani ab Aboriginibus.* Die Unter-
scheidung der beiden letzten Züge stimmt recht gut mit dem ausführlichen Berichte bei Dionysios I 16 überein, wonach der Aufbruch der
Hauptmasse des Volkes immer erst erfolgte, nachdem die voranziehen-
den Sacraner festen Fuss gefasst hatten; nur der Ausdruck *pulsi sunt*
ist falsch gewählt und der Flüchtigkeit des Excerptes zuzuschreiben.
Die treffendste Erklärung des Wortes Sacraner, welches sich in Latium
vom Alterthum her im Andenken und Gebrauch erhalten haben muss,
gibt Festus s. v. p. 321 M.: *Sacrani appellati sunt Reate orti, qui ex
Septimontio Ligures Siculosque exegerunt, nam vere sacro nati
erant.*

82) S. oben S. 36.
83) Varro bei Dionysios I 14.

ist der Beachtung werth; sie enthält eine der zahlreichen
Bestätigungen für die geschichtliche Wahrheit der wesentlichen Thatsachen, deren Andenken sich hier wie dort erhalten hatte.

Der zweite König von Laurentum war Faunus, welcher
mit Picus zu einem engverbundenen Paare von Schutzgöttern
des Stammes zusammengehört; auch er ist Weissager wie
jener, er unterscheidet sich aber von ihm darin, dass er
nicht sowohl der Führer des Volkes im Kriege (namentlich
nicht im Angriffs- und Eroberungskriege) als der Beschützer
des Landes im Frieden ist, und als solcher vor allem das
Gedeihen seiner Fluren, Wälder und Herden fördert. [84]) In
der geschichtlichen Mythe bezeichnet daher seine Regierung
die Zeit nach der Einnahme der Landschaft durch die Aboriginer, worin diese bereits als die oberen Eigenthümer und
Gebieter derselben erscheinen; zwar wohnen darin neben
ihnen noch andere Völkerschaften, allein der Grund und Boden, welchen diese besitzen, wird wie ein Zugeständniss des
schon über das ganze Land waltenden Gottes und Königs
der Eingewanderten dargestellt; wird als den Inhabern unter
manigfachen Rechtsverhältnissen von ihm überlassen oder
verliehen betrachtet. Traditionen dieser Art, welche allem
Anscheine nach in verschiedenen Stadtgebieten von Latium
bestanden, haben sich uns insbesondere über die Umgegend
von Rom erhalten, welche überhaupt voll von lebendigen Erinnerungen an die Einwanderung der Sacraner und Aboriginer war. Sacraner waren es, die aus den sieben Hügeln,
welche die Stadt Rom nachmals umfasste, die Ligurer und
Siculer verjagt hatten. [85]) Den Namen des palatinischen Ber-

---

84) Der friedliche Charakter des Gottes tritt sehr schön bei Horaz
in der an ihn gerichteten 18n Ode des dritten Buches hervor. In
ähnlicher Weise wird er bei Probus zu Virgils Georgica I 10 dargestellt: *existimatur autem Faunus fuisse rex Aboriginum, qui cives
suos mitiorem vitam docuerit.* Dieses schliesst jedoch nicht aus, dass
Faunus als Vertheidiger des Landfriedens auch bewaffnet gedacht und
dargestellt wurde.

85) Festus s. v. *Sacrani* p. 321 u. oben Note 81.

ges leitete man — wenn auch schwerlich mit Recht — von
dem noch in Varros Zeiten wohlbekannten Städtchen Palatium unweit Reate her [86]), von wo ihn die Aboriginer auf
ihre neue Besitzung an der Tiber übertragen haben sollten [87]);
und in alle Sagen über die Vorgeschichte der Stadt ist der
Name dieses Stammes auf das engste verflochten. [88]) Hiermit
steht es nun im genauesten Zusammenhange, dass die beiden
Schutzgötter desselben Picus und Faunus auch die Schutzgeister des römischen wie des laurentischen Bodens sind [89]);
ihren Haupt- und Lieblingssitz haben sie hier zwar, wie der
Stamm selbst, auf dem Aventin [90]); sobald aber Faunus zum
Königthum gelangt ist, gebietet und verfügt er auch über
alles umliegende Land, und durch eine von ihm ausgehende
Anweisung empfangen Evander und seine Arkader den palatinischen Hügel und die dazu gehörende Feldflur. [91])

86) Dionysios I 14.

87) Varro de l. l. V § 53: *Palatium . . quod Palatini Aborigines
ex agro Reatino, qui appellatur Palatium, ibi consederunt.* Der Ausdruck, dass die Aboriginer *ex agro Reatino* kamen, ist genauer und
richtiger als wenn es bei Festus und Solin heisst: *Reate orti* oder *profecti*; den Namen Palatium haben sie aber schwerlich mitgebracht,
sondern ihn hier wie dort vorgefunden.

88) Vgl. die Stellen bei Schwegler I S. 198 Note 1.

89) Ovid Fasti III 291 f.: *Picus Faunusque . . Romani numen
utrumque soli.* Dionysios I 31: Φαῦνος . . αὐτὸν ὡς τῶν ἐπιχωρίω ν
τινὰ Ῥωμαῖοι δαιμόνω ν θυσίαις καὶ ᾠδαῖς γεραίρουσιν.

90) Ovid Fasti III 299 ff. Plutarch Numa c. 15 und näheres unten.

91) Dionysios I 31: ἐτύγχανε δὲ τότε τὴν βασιλείαν τῶν Ἀβοριγίνων παρειληφὼς Φαῦνος . . οὗτος . . δεξάμενος τοὺς Ἀρκάδας ὀλίγους
ὄντας δίδωσιν αὐτοῖς τῆς αὐτοῦ χώρας ὁπόσην ἐβούλοντο. Vgl. Justin
XLIII 1: *cui (Evandro) Faunus et agros et montem . . benigne assignavit.* Nach Solin 1, 14 hatten die Aboriginer bei ihrer Ankunft
von Reate her anfangs den Palatin besetzt, ihn aber wegen seiner un-
gesunden Lage wieder verlassen; eine Klügelei welche erklären soll,
wie er in den Besitz der Griechen gelangt sei. Wenn übrigens bei
Servius zur Aeneis VIII 51 die Niederlassung des Evander wie eine ge-
waltsame erscheint (*Evander . . pulsis Aboriginibus tenuit loca, in
quibus nunc Roma est*), so widerspricht dieses in jeder Hinsicht der
alten Sage. Ohne Zweifel ist der Commentator auf diese Ausdrücke
geführt worden, weil bei Virgil selbst Evander in angeerbter Feind-

Eine weit grössere Bedeutung als die Zeit des Picus und
Faunus hat diejenige, welche durch den dritten König Latinus bezeichnet wird. Während die Regierungen jener
beiden auf bald vorübergehende Ereignisse, den Kampf um
das Land und die Festsetzung in demselben hinweisen,
drückt die des Latinus den für die Zukunft entscheidenden
Vorgang, die Begründung eines dauernden politischen und
religiösen Zustandes aus; ihr geschichtlicher Inhalt ist die
Stiftung der latinischen Nation, welche durch die Verbindung der Aboriginer mit einem andern (altgriechischen)
Stamme bewirkt ward, und deren Mittelpunct zunächst Lavinium, die Nachbarstadt von Laurentum, wurde. Die Sagen
hierüber haben, wie bekannt, eine eigenthümliche und sicher
von der ursprünglichen sehr abweichende Gestalt dadurch
erhalten, dass man das Ereigniss, den Griechen folgend, in
Zusammenhang mit der Zerstörung von Troja brachte, und
hiernach den in das Bündniss aufgenommenen Stamm für
Trojaner erklärte, welche eben damals unter der Anführung
des Aeneas an der Küste von Latium gelandet sein sollen;
selbst in dieser Hülle aber tritt die Natur und der Charakter
des Vorganges deutlich und gerade so hervor, wie er sich in
den Ueberresten anderer einheimischer Ueberlieferungen und
in seinen geschichtlichen Folgen darstellt. Die Aboriginer
hatten es nicht auf einen Vernichtungskampf mit den älteren
Bewohnern des von ihnen eingenommenen Landes abgesehen,
wozu auch ihre Zahl schwerlich hinreichte; schon hatten sie
sich in einzelnen Gegenden mit ihnen auf Theilung des Besitzes abgefunden; da wurden sie durch gemeinsame Ge-

---

schaft mit Latinus, dem Sohne des Faunus, dargestellt wird (VIII 55:
hi bellum assidue ducunt cum gente Latina), ohne dass ein Grund oder
Ursprung derselben ersichtlich ist. Diese Feindschaft erscheint aber
eben deshalb so unmotivirt und so schwach angedeutet, weil sie blos
eigene Erfindung des Dichters ist, ein poetischer Kunstgriff, um den
Aeneas nach Rom zu führen (was mit der Tendenz des Gedichtes wesentlich zusammenhängt) und ihn zum Bundesgenossen der dortigen
Arkader zu machen.

fahren, durch Einfälle der Etrusker und eine Verbindung
derselben mit den Rutulern in Ardea bestimmt ein Bündniss
mit ihnen einzugehen, in welches die umliegenden Städte
und Völkerschaften theils sogleich theils allmählich eintraten, und woraus die Nation von Latium, das *nomen Lati-*
num hervorgegangen ist. Diese Vereinigung, welche, wie
die Tradition wohl mit Recht angibt, im wesentlichen auf
Gleichheit der Rechte beruhte[92]), hatte den Sieg über die
Gegner, die Zurücktreibung der Etrusker, späterhin den Anschluss der Rutuler zur Folge, und führte bald ein Zusammenwachsen der verschiedenen Bestandtheile zu einer Volksgemeinschaft herbei. Indessen behielt der Stamm, welcher
der Stifter der Verbindung und der mächtigste in den
Waffen war, gewisse Vorzüge, welche ursprünglich von wirk-
licher Bedeutung waren und erst im Laufe der Zeit zu blossen
Ehrenrechten wurden. Ihm gehörte der König Latinus an,
welcher, wie alle Berichte einstimmig angeben, ein Aboriginer und Herr von Laurentum war; selbst ein Gott und
zwar der höchste seines Stammes, hat er von seinen Dienern
und Vorgängern Picus und Faunus die Oberhoheit über Latium und hiervon seine Benennung *Latinus rex* erhalten; und
diese Eigenschaft ist es, womit er in das neue Bündniss eintritt, das Oberhaupt desselben für alle Zukunft wird und
ihm den Latinernamen mittheilt, welcher seinen Aboriginern
vermöge des Rechts der Eroberung, den älteren Landesbewohnern vermöge ihres früheren Besitzes gebührte. Sehr
bemerkenswerth ist die Art, wie Virgil die Stiftung des
latinischen Völkerbundes darstellt, um so bemerkenswerther,
da sein Gedicht bestimmt ist nicht die Aboriginer, sondern
den ihnen gegenüberstehenden Stamm und dessen Helden zu
erheben. In dem Bundeseide, welchen Aeneas ablegt, werden
zwar gleiche Rechte für beide Stämme bedungen, aber dem
Latinus wird die Waffengewalt und die hergebrachte Oberlei-

---

92) Livius I 2: *sub eodem iure.* Virgil Aeneis XII 190. Dionysios
I 60.

tung (*sollemne imperium*) zugestanden. [92b]) Ganz dem entsprechend ordnet in der Berathung der Götter, worin das Schicksal
des vereinigten Volkes festgestellt wird, Jupiter auf die Bitte
der Juno an, dass die eingeborenen Latiner oder Ausonier
(womit nach Virgils Sprachgebrauch die Aboriginer bezeichnet werden) ihre angestammte Sitte, ihre von den Vätern
ererbte Sprache beibehalten, und dass in ihrer Nationalität
unter dem gemeinsamen Namen der Latiner die Troer auf-
und untergehen sollen. [93])

Wenn man hierbei von den eigenthümlichen Zügen ab-
sieht, welche der aus der Fremde gekommenen Aeneassage
angehören (wozu denn auch der scharfe Gegensatz der eingeborenen Italer zu den Áusländern zu rechnen ist), so bleibt

---

[92b]) Aeneis XII 190 ff.

        paribus se legibus ambae
invictae gentes aeterna in foedera mittant.
sacra deosque dabo; socer arma Latinus habeto,
imperium sollemne socer.

[93]) Aeneis XII 821—825 bittet Juno ihren Gatten:

  cum iam conubiis pacem felicibus (esto)
  component, cum iam leges et foedera iungent,
  ne vetus indigenas nomen mutare Latinos
  neu Troas fieri iubeas Teucrosque vocari
  aut vocem mutare viros aut vertere vestem.

Er antwortet hierauf V. 833—837:

  do quod vis, et me victusque volensque remitto.
  sermonem Ausonii patrium moresque tenebunt,
  utque est nomen erit; commixti corpore tantum
  subsident Teucri. morem ritusque sacrorum
  adiciam faciamque omnes uno ore Latinos.

Mit dieser Auffassung Virgils stimmen bei grossen Verschiedenheiten
in den einzelnen Angaben die übrigen Berichte überein. Ueberall ist
es der Laurenter Latinus und seine Aboriginer, denen Lavinium seinen
Grund und Boden wie ein Lehen verdankt (Dionysios I 59 und näheres
unten), und der gemeinsame Latinername wird nie anders als auf den
König und das Volk der Aboriginer zurückgeführt. *Aeneas*, heisst es
bei Livius I 2, .. *ut animos Aboriginum sibi conciliaret .. Latinos*
utramque gentem appellavit. So wenig aus dieser Erzählung für die
Entstehung des Volksnamens zu entnehmen ist, so zeigt sie doch im
Zusammenhang mit anderen, dass die Aboriginer allgemein als die Begründer der als Latiner bezeichneten Nation anerkannt waren.

der Grundgedanke einer doppelten Volksthümlichkeit übrig,
wovon die eine ihrem Wesen nach erhalten bleiben, zugleich
aber die andere in sich aufnehmen, mit sich verschmelzen soll,
und hiervon ist die erste in den Laurentern, welche hier mit
den Aboriginern gleichbedeutend sind, gegeben, die andere in
den Lavinaten und deren Stammgenossen dargestellt. Dieser
aus der Ueberlieferung und aus dem Bewusstsein des latinischen Volkes entnommene Zug ist aber, wie sich immer
deutlicher zeigen wird, der treue Ausdruck der Geschichte;
so vieles und bedeutendes auch die von den Bergen her vor-
gedrungenen Aboriginer von den Bewohnern des Küsten-
landes empfangen haben [94]), den Grundcharakter ihrer Sprache
und ihr nationales Gepräge haben sie nicht nur selbst beibehalten, sondern auch ihren Verbündeten mitgetheilt und
aufgedrückt. Entsprechend dieser Stellung, welche nur eine
Folge der Kraft und Tüchtigkeit sein konnte, haben denn
die Aboriginer, namentlich die Laurenter, im Anfange auch
ein politisches Uebergewicht in dem latinischen Völkerbunde
behauptet, welches sich jedoch mit der Veränderung der Verhältnisse allmählich verlor; dauernder hat sich das religiöse
erhalten, wovon die Spuren zum Theil bis in die spätesten
Zeiten sichtbar hervortreten.

    Einer der bedeutungsvollsten und zuverlässigsten Grund-
züge der nationalen Ueberlieferung war es nämlich, dass die

---

  94) Die Ausdrücke des Dionysios I 60: cuνδιενεγκάμενοι ἔθη καὶ
νόμους καὶ θεῶν ἱερά usw. haben daher auch ihre volle Berechtigung
und stimmen mit denen Virgils sehr gut überein. Sallust — welcher
im Catilina Cap. 6 sagt: *urbem Romam . . habuere initio Troiani . .
cumque eis Aborigines . . hi postquam . . convenere, dispari genere,
dissimili lingua, alii alio more viventes, incredibile memoratu est
quam facile coaluerint* — hat mit einem zu raschen Schritte auf die
Stadt Rom übertragen, was von ihren Stammvätern und der ganzen
latinischen Nation galt. Auf diese angewendet ist der Gedanke von
dem Zusammenwachsen der beiden einander entgegenstehenden Bestandtheile der echten einheimischen Tradition entnommen, und war, wie
sich schwerlich bezweifeln lässt (vgl. Servius zur Aeneis I 6), auch in
den Origines des Cato enthalten, welche auch Dionysios und Virgil
vor Augen hatten.

beiden zum Bunde zusammentretenden Hauptstämme ihre
Volksgemeinschaft dadurch begründet und befestigt haben,
dass sie ihre Heiligthümer mit einander vereinigten; hiermit
gaben sie das Vorbild zu jener *sacrorum communicatio*, welche
bei ihren Nachkommen öfter und insbesondere damals erneuert und ausgedehnt wurde, als die Altrömer und Sabiner
sich zu éinem Volke verbanden. Die Berichte, welche von
der Aeneassage ausgehen, legen auf diese Vereinigung mit
Recht den grössten Nachdruck[95]); sie war das erste, das
wichtigste und zugleich das unvergänglichste Denkmal der
geschlossenen Verbindung, welches so lange erhalten blieb,
als das *nomen Latinum* und die antike Religion überhaupt
fortbestand; die Thatsache selbst ist daher auch von der
Aeneassage ganz unabhängig und durch die Geschichte aller
Jahrhunderte beglaubigt. Die Stadt Lavinium war eben
dadurch die Mutterstadt, die μητρόπολις[96]) der latinischen
Nation, weil bei der Stiftung des Bündnisses nicht nur ihre
eigenen Heiligthümer als gemeinsame des ganzen Volkes an-

---

95) Das Epos Virgils hat, wie bekannt, eben so wie alle anderen
Erzählungen von Aeneas, das *inferre deos Latio* zum Grundgedanken,
welchen der Held am Schluss des Ganzen in dem Bundeseide (Aeneis
XII 192) mit den Worten *sacra deosque dabo* wie in einem Haupt-
accorde feierlich austönen lässt. Der Dichter betrachtet indessen ganz
richtig die troischen Sacra nur als einen Theil derjenigen, welche das
religiöse und politische Dasein der latinischen Nation begründen sollten.
Jupiter sagt bei ihm (XII 836): *morem ritusque sacrorum adiciam*
(was Heyne in der Anmerkung zu dieser Stelle sehr gut erklärt durch
'sacra Troianorum adiungam Italicis') und drückt hiermit aus, dass die
sog. troischen Heiligthümer zu denen des Latinus und seines Volkes
nur hinzutreten, nicht sie aus der Geltung, welche ihnen als dem ursprünglichen Cultus des mächtigen Stammes gebührte, verdrängen
würden. Einer ganz übereinstimmenden Ueberlieferung folgt Dionysios
I 60 in den Worten: cυνδιενεγκάμενοι θεῶν ἱερά usw.

96) Dionysios V 12 nennt ·sie μητρόπολιν τοῦ Λατίνων γένους· in
demselben Sinne wird sie bei ihm (VIII 49) von den Römern μητρόπολις ἡμῶν genannt, bei Valerius Maximus I 8, 8 *urbs e qua primordia
civitas nostra traxit*, bei Varro de l. l. V § 144 *oppidum quod primum conditum in Latio stirpis Romanae*; *nam*, fügt dieser erklärend
hinzu, *ibi dii penates nostri*. Vgl. Plutarch Coriolan 29: ὅπου καὶ θεῶν
ἱερὰ Ῥωμαίοις πατρῴων ἀπέκειτο καὶ τοῦ γένους ἦσαν αὐτοῖς ἀρχαί.

erkannt worden waren, sondern weil sie in ihre Mitte zugleich die Stammgötter und die vornehmsten Culte der Laurenter aufgenommen hatte, denen von nun an in gleicher Weise wie jenen die gesammte Nation ihre Verehrung widmete. Hierdurch war sie der religiöse Mittelpunct der Genossenschaft geworden, enthielt sie die Heiligthümer ihres Ursprungs, die *sacra principia* oder *principiorum nominis Latini*, und gewissermassen ein Pantheon für die umwohnenden Gemeinden verschiedener Abstammung oder gemischter Bevölkerung. Dieses einfache, dem antiken, vor allem dem italischen Geiste so entsprechende Sachverhältniss, worauf die alten Schriftsteller nicht selten hinweisen, wovon sie manigfache Andeutungen enthalten (welche nur deshalb leichter übersehen werden konnten, weil bei den uns erhaltenen Autoren alles, was sich an Aeneas anknüpft, mit besonderer Vorliebe behandelt ist und den breiteren Vordergrund einnimmt), ist in unserem Jahrhundert durch die bekannte in Pompeji aufgefundene Inschrift in helleres Licht getreten. [97])

------

97) In dieser zuletzt von Mommsen neu abgezeichneten und in den inscriptiones regni Neapolitani latinae unter Nr. 2211 mitgetheilten Inschrift, welche der Regierungszeit des Kaisers Claudius angehört, und worin die Ehrenämter aufgezählt werden, welche ein Spurius Turranius, *praefectus pro praetore iuri dicundo in urbe Lavinio*, bekleidet hat (vgl. hierüber Henzen in der neuen Jenaer allg. Litteraturzeitung 1847 Nr. 61—63), lauten die Worte, auf deren Behandlung wir uns hier und weiterhin zu beschränken haben, wie folgt:

PATER · PATRATVS · POPVLI · LAVRENTIS · FOEDERIS
EX · LIBRIS · SIBVLLINIS · PERCVTIENDI · CVM · P · R
SACRORVM · PRINCIPIORVM · P · R · QVIRIT · NOMINIS
QVE · LATINI · QVAI APVD · LAVRENTIS · COLVNTVR · FLAM
DIALIS · FLAM · MARTIAL · SALIVS · PRAISVL · AVGVR · PONT

Diese wenigen Zeilen geben einen sehr bemerkenswerthen Aufschluss über die sacrale Verfassung der alten latinischen Bundesstadt, wodurch andere damit übereinstimmende Zeugnisse und Nachrichten erst ihr richtiges Verständniss und zugleich ihre Bestätigung erhalten. Um die Auslegung derselben hat sich A. W. Zumpt durch die commentatio epigraphica de Lavinio et Laurentibus Lavinatibus (Berlin 1846) ein anerkanntes Verdienst erworben; indessen musste die Darstellung, welche oben gegeben wird, während sie sich einigen in jener Abhandlung

Dieses Denkmal ist überhaupt ungeachtet seiner Kürze und seiner späten Entstehung von sehr grosser Wichtigkeit für die Aufklärung der ältesten Geschichte Latiums, insofern

---

entwickelten Ansichten dankbar anschliesst, doch davon in mehreren und zum Theil sehr wesentlichen Beziehungen abweichen, wofür die Gründe hier kurz angeführt werden sollen. Zuerst nimmt Zumpt an, dass *sacrorum* als Adjectiv zu *principiorum* gehöre und beides die Penaten nebst den anderen mit ihnen verbundenen Göttern selbst als die heiligen Ahnherrn oder Stammväter des römischen oder latinischen Volkes bezeichne (a. a. O. p. 16: 'hi dii ipsi dicuntur principia populi Romani Latinorumque, quia eorum sunt auctores, quia genus ab illis repetitur'). Gegen diese Erklärung spricht jedoch, dass *principium* für *auctor* oder *princeps generis* wohl bei Dichtern, aber sicher nicht in der Ritualsprache vorkommen kann; noch stärker steht ihr entgegen, dass *sacer* kein Beiwort ist, welches (etwa wie *sanctus*) Göttern beigelegt werden könnte (wie würde *sacer Iupiter* schon jedem Sprachgefühle widerstreben!), sondern nur für alles dasjenige gebraucht wird, was ihnen geweiht ist. *sacrorum* kann demnach nichts anderes sein als ein Hauptwort (wie auch Orelli inscr. lat. zu Nr. 2276 angenommen hat), zu welchem *principiorum* entweder als abhängiger Genitiv oder, was wohl richtiger sein möchte, als Apposition gehört (vgl. auch Henzen a. a. O. S. 251, welcher umschreibend übersetzt: 'bei dem Götterculte, wo die heiligen Anfänge der Römer und Latiner sind, Priester des Jupiter' usw.); die *sacra* selbst sind die *principia nominis Latini*, und sind es nachmals auch von Rom geworden, insofern der *populus Romanus*, wie sich bald zeigen wird, gleich nach seiner Entstehung sich an sie anschloss und damit gleichsam die Anerkennung einerseits seiner latinischen Herkunft und anderseits seiner politischen Selbständigkeit bei den Stammgenossen erhielt. In den Worten *sacra principia*, welche wir erst durch unsere Inschrift kennen gelernt haben, ist demnach der sollenne, der priesterliche und gleichsam der verfassungsmässige Ausdruck gegeben, von welchem die bei den Schriftstellern vorkommenden Bezeichnungen für die Heiligthümer von Lavinium, die ἀρχαί bei Plutarch, die *primordia* bei Valerius Maximus (vgl. oben Note 96) usw. Nachbildungen oder Umschreibungen sind, und in diesem Sinne ist es auch zu nehmen, wenn Varro a. a. O. Lavinium das *oppidum primum in Latio stirpis Romanae* nennt. — Eine andere, weit wichtigere Meinungsverschiedenheit betrifft die gegenseitige Stellung der Städte Laurentum und Lavinium zu einander. Während man nämlich früher für unzweifelhaft hielt, dass jede von beiden als eine besondere Republik für sich bestanden, nimmt Zumpt an, dass beide nur eine einzige gebildet haben; das laurentische Volk, der *populus Laurens* der Inschriften, habe seinen städtischen Mittelpunct nur in Lavinium gehabt; Laurentum, ein unbedeutender Ort, ein *oppidulum*, sei

diese sich an die von Lavinium als der Geburtsstätte und
dem ersten Mittelpuncte der latinischen Nation anknüpft.
Es wird daher angemessen sein den Blick zunächst auf diese

---

dieser lavinischen Stadtgemeinde untergeordnet, von ihr völlig abhängig
gewesen (p. 9: 'Laurentum enim urbs nunquam sui fuit iuris nec un-
quam peculiarem aliquam sed semper coniunctam cum Lavinio constituit rem publicam⟩ sed populus erat Laurens .. eius populi urbs vel
metropolis erat Lavinium, oppidulum quod totum ex Lavinio urbe pen-
deret Laurentum'). Dieser Annahme, welche in viele neuere Schriften
Eingang gefunden hat, stehen jedoch die stärksten Bedenken entgegen,
deren Darlegung um so nothwendiger ist, da es sich hier um einen
sehr bedeutenden Punct handelt, von wo aus die Geschichte der Latiner entweder in Verwirrung geräth oder ihre Aufhellung zu erwarten
hat. Zuerst hatte in Latium, wo die Stadtverfassung durchgeführt
war, jede Volksgemeinde den Namen von der Stadt, welche ihren
Mittelpunct bildete (selbst die Ardeaten werden politisch nach Ardea
benannt, obgleich der Name des vorherschenden Volkes Rutuler war);
sollte nun der *populus Laurens* als eine Ausnahme hiervon gelten, so
müssten bestimmte Zeugnisse dafür sprechen; alle aber, welche wir
kennen, erklären sich entschieden für das Gegentheil. Von den ältesten
Zeiten an wird Laurentum als eine *civitas* und zwar als eine der mäch-
tigsten in Latium bezeichnet; Servius zur Aeneis VII 661 sagt, und
zwar, wie sich zeigen wird, mit vollem Rechte: *Laurentum civitas
plurimum potuit: nam omnia vicina loca eius imperio subiacuerunt.*
Sodann werden in dem Verzeichnisse der dreissig latinischen Bundesstädte, welche sich nach der Vertreibung der Könige gegen Rom erhoben, bei Dionysios V 61 Laurentiner und Lavinaten neben einander
als zwei besondere selbständige Stadtgemeinden und Bundesmitglieder
aufgeführt (vgl. die gründliche Behandlung dieser Stelle bei Schwegler
a. a. O. II. S. 325 in den Noten). Die Vermuthung, womit Zumpt dieses
Zeugniss zu beseitigen sucht, dass nämlich Dionysios blos zur Aus-
füllung der Zahl dreissig beide Städte genannt habe, ist schon an sich
unwahrscheinlich (vgl. die Bemerkung von Bormann altlatinische Chorographie und Städtegeschichte S. 106); überdies ist aber jenes Verzeichniss gar nicht erst von Dionysios zusammengestellt worden, sondern, wie von allen neueren Forschern anerkannt wird (vgl. Bormann
a. a. O. S. 90, Schwegler a. a. O., Mommsen röm. Gesch. I S. 337 in
der Note), aus einer alten Urkunde entnommen und hat daher ganz
unabhängig von der Frage, ob diese in einer etwas früheren oder späteren Zeit entstanden sein mag, für die Theilnahme beider Städte am
latinischen Bunde volle Beweiskraft. In dem grossen Latinerkriege
vom Jahre 340 vor Ch. G. erscheinen ferner beide Städte nicht nur
als von einander gesonderte politische Gemeinden, sondern befolgen
auch eine entgegengesetzte Politik, worüber die Nachrichten, wie weiter

Stadt zu richten und einige Grundlinien zu einer Geschichte derselben zu entwerfen. Zu diesem Versuche fehlt es nicht so sehr, wie es scheinen könnte, an Mitteln; eine Anzahl von

unten dargethan werden soll, sehr gut zusammenhängen und ohne Grund in Zweifel gezogen worden sind. Ja noch mehr: nicht nur die ganze Zeit der römischen Könige und der römischen Republik hindurch, sondern auch während der ganzen Kaiserzeit bis zum Untergange des römischen Reiches herab hat sich Laurentum, obgleich es öfter durch Kriege und Verheerungen herabgekommen war, in der Stellung einer eigenen angesehenen Stadtgemeinde behauptet. Mit Unrecht hat nämlich in neuerer Zeit die Ansicht Geltung erlangt, dass die *res publica Laurentium Lavinatium*, welche etwa seit den letzten Jahrzehnten des zweiten Jahrhunderts nach Ch. G. auf Inschriften und bei Schriftstellern erwähnt wird, aus einer Union der Städte Laurentum und Lavinium hervorgegangen sei, welche beide verfallen sich von nun an zu einem einzigen Gemeinwesen verbunden hätten. Als Sitz desselben hatte Cluver, welcher schon auf diesen Gedanken gekommen war, Laurentum angenommen (vgl. Italia antiqua p. 888); die Neueren (vor allen Nibby viaggio II p. 262—265, welchem Bunbury zu W. Gell the topography of Rome p. 296, Bormann a. a. O. S. 108 — dieser jedoch mit einigen Vorbehalten und Abänderungen — u. m. a. gefolgt sind) haben sich für Lavinium erklärt, welches allerdings einen grössern Anspruch auf diesen Vorzug haben würde, da es der Fundort der bedeutendsten hieher gehörenden Inschriften ist. Indessen beruht auch diese Annahme auf einem blossen Scheine, welcher bei näherer Betrachtung der Quellen nothwendig verschwinden muss. Allerdings war es eine Veränderung, welche durch das Auftreten des früher unbekannten Namens der *res publica Laurentium Lavinatium* bezeichnet wird; diese Veränderung, deren Natur später hervortreten wird, betraf aber allein die inneren Verhältnisse von Lavinium; die Selbständigkeit von Laurentum wurde, wie die Urkunden darthun, hierdurch in keiner Weise berührt. Eine Reihe von Inschriften, welche der späteren Zeit angehören, beweist nämlich, dass die Bewohner dieser Stadt und ihres Gebietes unter demselben Namen *Laurentes*, welchen sie von Alters her führten (vgl. Livius I 14. VIII 11), oder auch unter der echt alterthümlichen Bezeichnung *senatus populusque Laurens* ihr eigenes Gemeinwesen fortwährend beibehalten haben, und diese Stadtgemeinde ist überall da zu verstehen, wo der Zusatz *Lavinates* oder *Lavinatium* fehlt. Hierher gehört vor allem die viel besprochene Inschrift, welche sich in der Sammlung von Orelli I Nr. 124 findet (vgl. über sie Zumpt a. a. O. p. 24, Bormann S. 107, Nibby II p. 264): hierin drücken *senatus populusque Laurens* und die (mit der Ausführung des Ehrendenkmals beauftragten) *praetores, duoviri quinquennales Laurentium* (hierzu hatte Gruter CCLVI 7 ebenso willkürlich wie irrthümlich, als

sicheren Puncten wird sich gewinnen lassen, wenn man auch hier wieder auf der einen Seite die einheimische Ueberlieferung von fremden Zusätzen sondert, und sie anderseits an

---

wenn sich dieses von selbst verstände, *Lavinatium* hinzugefügt) dem Kaiser Antoninus, in welchem mit Recht, da jeder Zusatz fehlt, der erste dieses Namens Pius erkannt worden ist, ihren Dank für die Erhaltung und Erweiterung ihrer Privilegien aus (*quod privilegia eorum non modo custodierit, sed etiam ampliaverit curatore M. Annio Sabino Libone clarissimo viro*). Diese Inschrift kann von keiner andern Stadt ausgegangen sein als von Laurentum, und wenn sie in Lavinium aufgestellt war (sie befindet sich nach Nibby II p. 263 am ersten Treppenabsatz des Palastes Borghese in Pratica), so beweist dieses nur, dass der *populus Laurens* hier von alten Zeiten her Privilegien besass, was ja auch die römischen Schriftsteller häufig genug angedeutet haben, ohne dass es recht beachtet oder richtig verstanden worden ist; diese Vorrechte hätten bei der neuen Organisation der Stadt gefährdet werden können, sie waren aber auf Anordnung des Kaisers von seinem Curator nicht nur beibehalten, sondern auch noch weiter als vorher ausgedehnt worden. Offenbar ist dieses Denkmal dem Antoninus erst nach seinem Tode gewidmet worden, wie aus den Anfangsworten *divo Antonino Augusto* hervorgeht (vgl. die verwandten Inschriften bei Henzen Nr. 5372 und 5478), jedoch, wie sich aus dem Inhalt ergibt, sehr kurze Zeit nachher, als das Andenken seiner Wohlthat noch neu war. Mag nun zugleich dieser Kaiser selbst, wie man mit Nibby u. a. für so gut als gewiss annehmen darf, oder auch irgend ein Vorgänger desselben, wofür es jedoch bisher an jeder genügenden Spur fehlt, der Reformator gewesen sein, welcher der Stadt Lavinium die veränderte Verfassung gegeben und ihr in Folge hiervon die Benennung der *res publica Laurentium Lavinatium* beigelegt hat: in keinem Falle kann sie es sein, welche in dieser Inschrift redend auftritt. Wie liesse sich nur denken, dass ein Gemeinwesen, welches jedenfalls vor nicht langer Zeit mittels kaiserlicher Verleihung einen vollen officiellen Namen erhalten hatte, in einer feierlichen dem Kaiser gewidmeten Urkunde die Hälfte desselben unterdrückt, oder dass überhaupt eine Stadt in ihren öffentlichen Actenstücken gerade denjenigen Theil ihres Namens, welcher ihr unzweifelhaft von Alters her eigenthümlich, ehrwürdig und theuer war, also hier den in dem Beisatze *Lavinates* enthaltenen Theil nach Gutdünken bald hinzugefügt bald weggelassen habe? Als sicher darf es vielmehr gelten, dass unter den uns erhaltenen Inschriften zwei Reihen genau von einander zu unterscheiden sind: die eine, worin der Zusatz *Lavinates* sich findet, die andere, worin er fehlt, und dass jederzeit die ersteren auf Lavinium, die letzteren auf Laurentum hinweisen. Zu der ersteren Reihe gehört z. B. die Inschrift bei Orelli II Nr. 3151, worin der Consul Balbinus Maximus, welcher in das Jahr 232 nach Ch.

die in historischen Zeiten fortdauernden Zustände anknüpft. Zu der Zeit als die Aboriginer ihr Hauptlager in Laurentum aufgeschlagen hatten, befand sich in ihrer Nähe

G. gesetzt wird, *curator rei publicae Laurentium Lavinatium* genannt wird — vgl. hiermit Gruter MCI 8 — ferner Orelli I Nr. 1063 (vgl. Zumpt p. 31), wo ein *curator Laurentium Lavinatium* aus Diocletians Zeit vorkömmt, sodann Henzen III Nr. 6709 (vgl. Zumpt p. 26), worin eine Reihenfolge von Stadtämtern der *Laurentium Lavinatium* aufgezählt wird, und viele ähnliche andere; ja die beiden Bestandtheile des Namens verbanden sich so eng mit einander, dass bald die Erscheinung eines $L \cdot L$, jedoch nur in dieser Verdoppelung, genügte um sogleich einen *Laurens Lavinas* erkennen zu lassen (vgl. Orelli II Nr. 3921, Zumpt p. 27, Henzen in der Jen. Litt.-Ztg. a. a. O. S. 250 u. v. a.). Für Laurentum dagegen bleibt der einfache Name wie früher im Gebrauch (vgl. Orelli II Nr. 3728), und in dieser Weise bestehen beide Gemeinden bis in das sinkende Reich hinab neben einander fort. Noch am Schlusse des vierten Jahrhunderts wird in den Briefen des Symmachus I 71 ein Cäcilianus als *defensor Laurentium Lavinatium* erwähnt, welcher demnach dieses Amt für Lavinium übernommen hatte; dagegen drücken in einer halbbarbarischen, also wahrscheinlich einer noch späteren Zeit angehörenden Inschrift (bei Henzen Nr. 7087; vgl. Bormann S. 117) der *ordo cibesque Laurentium* dem Patron und Defensor ihrer *civitas* ihre Dankbarkeit aus; dieses im vaticanischen Museum aufbewahrte Denkmal ist, wie noch Henzen bemerkt, in Laurentum aufgefunden worden, worin ein gewichtiger Grund mehr dafür gegeben ist, dass es dieser Stadtgemeinde angehörte. Hierzu kömmt noch, dass in einem Verzeichnisse der Besitzthümer der Kirche Sta Croce zu Rom, welches in dem bekannten, dem Anastasius beigelegten *liber pontificalis* mitgetheilt wird (c. 23 p. 97 der römischen Ausgabe von Vignolius) unter den — gleichviel ob wahr oder angeblich — von Constantin dem Grossen herrührenden Geschenken sich aufgeführt findet: *item sub civitate Laurentium possessio Patras.* Ohne Zweifel ist unter dieser *civitas* die Stadt Laurentum verstanden, welche demnach wie in der Urzeit ebenso bis in den Anfang des Mittelalters eine *civitas* war und geblieben ist. Wohl möglich ist es auch, dass das heutige Torre Paterno, in dessen Nähe die meisten neueren Gelehrten das alte Laurentum setzen, eben von dieser kirchlichen Besitzung Patrae oder Patras, wie dieses schon Cluver a. a. O. p. 883 vermuthete, den Namen erhalten hat. Alle diese und ähnliche andere Gründe treten aber nicht blos der Meinung Nibbys entgegen, dass Laurentum unter den Kaisern in dem Gemeinwesen von Lavinium aufgegangen sei: sie hindern in noch stärkerem Grade, mit Zumpt (welcher natürlich diese Ansicht nicht theilen kann und sie p. 24 ff. bestreitet) ihm die städtische Selbständigkeit für alle Zeiten abzusprechen. Ueberhaupt wird in der genannten Abhandlung die Bedeutung des Ortes namentlich für die Kaiser-

ein von Siculern bewohnter Ort, dessen Name allem Anscheine nach — die Gründe dafür werden später angegeben
werden — ursprünglich Lavina lautete, welcher aber frühzeitig in Lavinium überging. Weder durch kriegerische
Macht noch durch Fruchtbarkeit ihres Gebietes ausgezeichnet,
hat die kleine Stadt zu allen Zeiten ein hohes Ansehen bei
den Nachbarn genossen, welches auf den Besitz von Heiligthümern begründet war; vor allem waren es die Bilder oder
zum Theil auch die Symbole gewisser Gottheiten, welche,
mit dem Altar der Vesta eng verbunden, in einem verborgenen Raume, einem Adyton, an der festesten Stelle des
Burghügels aufbewahrt wurden (Dionysios I 57.), und auf
welche die umwohnenden Völkerschaften, und zwar, wie man
annehmen darf, schon lange vor dem Einbruche der Aboriginer, mit grosser Ehrfurcht blickten. Ueber die Gestalt
dieser Gottheiten, über ihre Zahl und selbst über einige
ihrer Namen haben die Lavinaten bis in die römischen Kaiserzeiten ein Geheimniss beobachtet, welches sie um so sorgfältiger bewahrten[95]), weil eine Lebensfrage für ihre Stadt

---

zeiten stärker herabgedrückt als die Zeugnisse es zugeben. Laurentum
kann zur Zeit des jüngern Plinius unmöglich zu einem Dorfe herabge-
sunken gewesen sein, wie aus dem Briefe desselben über seine laurentische Villa II 17 a. E. geschlossen wird (eher könnte unter dem hier
erwähnten *vicus*, welcher unweit Ostia lag — Plinius a. a. O. — der
Laurentium vicus Augustinorum verstanden sein, welcher in derselben
Gegend zu suchen ist, vgl. Henzen Nr. 6420); mit dieser Annahme
würde sich schwer vereinigen lassen, dass kurz vorher der ältere Plinius n. h. III 5 § 57 Laurentum ein *oppidum* nennt, dass in einer Inschrift ein *procurator* vorkömmt, welcher dort die Aufsicht über die
kaiserlichen Elephanten zu führen hatte (Orelli I Nr. 2951) und dass
der Kaiser Commodus daselbst (Herodian I 12) eine Zeitlang seine Residenz nahm. Im Gegentheil scheint die Stadt nach den Leiden der
Bürgerkriege durch die Gunst mehrerer Imperatoren und wohl auch
durch ihre eigenen Mittel wieder zu Ansehen und Blüte gelangt zu
sein. — Eine dritte Differenz, welche mit der eben behandelten in na-
hem Zusammenhange steht, bezieht sich auf das *foedus* zwischen Rom
und den Laurentern; die Bemerkungen hierüber werden sich jedoch
besser mit einer später folgenden Ausführung verbinden lassen.

98) Wie tief noch in Augustus Zeit die Scheu vor ihnen und insbesondere vor ihrem Anblick den Gemüthern eingeprägt war, ersieht

von dem Glauben abhängig war, dass der Hauptcultus derselben nicht nach aussen übertragen werden könne, sondern. unzertrennlich an den ursprünglichen Boden geknüpft bleiben müsse. Die Latiner und Römer begriffen sie gewöhnlich unter der· Benennung der Penaten von Lavinium, welche ihnen jedoch, wie sich weiterhin ergeben wird, weder ausschliesslich noch ursprünglich zukam.[99]) Den bedeutendsten

man aus Dionysios I 67, welcher es sogar für unerlaubt hält auf eine Beschreibung derselben zu hören oder Nachforschnngen über sie anzustellen. Seine gelehrten römischen Zeitgenossen stellten zwar manigfache Vermuthungen über sie auf, bewiesen aber eben dadurch, dass die Priester das ihnen allein vorbehaltene Mysterium (vgl. die Interpreten bei Servius zur Aeneis III 12: *quos nisi sacerdoti videre fas nulli sit*, und kurz vorher: *quod eorum nomina nemo sciat*) von niemand ganz durchschauen liessen.

99) Gleich hier ist einer häufig vorkommenden Verwechselung vorzubeugen. Da der Name der Penaten, welcher mit *penus* und *penetrale* zusammenhängt, an sich nichts bezeichnet als die im Innern verehrten Herd- und Schutzgötter, sei es die eines Hauses und Geschlechtes oder die öffentlichen einer Volksgemeinde (*dii penates publici*) und selbst die einer Nation, so konnten deren nicht nur viele einzelne, unbeschränkt an Zahl und vermehrbar mit der Zeit, sondern auch mehrere Gattungen neben einander bestehen. In Rom sind namentlich die in der *aedes deorum penatium* an der Velia, welche Dionysios I 68 beschreibt und auf welche die beiden verbundenen Jünglingsköpfe mit der Umschrift *D · P · P* auf römischen Familienmünzen hinweisen (vgl. Riccio le monete delle antiche famiglie di Roma, gens Antia tab. III n. 2 und gens Sulpicia tab. XLV n. 1), so wie die in der *regia* u. m. a. genau von den Penaten im Vestatempel zu unterscheiden, wie Preller römische Mythologie S. 545 gewiss richtig erkannt hat. Unmöglich kann man daher mit Klausen Aeneas und die Penaten S. 660 ff. und Hertzberg in der gelehrten Schrift de diis Romanorum patriis p. 131 übereinstimmen, welche in den beiden Jünglingen die sog. troischen Burgpenaten von Lavinium erkennen wollten; wie konnten diese allen unsichtbaren Heiligthümer (ὅϲα μὲν ὁρᾶν ἅπαϲιν οὐ θέμιϲ, wie Dionysios I 67 von ihnen sagt) auf Münzen, welche der Zeit der römischen Republik angehören, öffentlich zur Schau gestellt werden, oder gleichbedeutend sein mit Götterbildern, deren Anblick, wie Dionysios I 68 im Gegensätze mit ihnen sagt, unbedenklich gestattet war (ὁρᾶν μὲν δὴ ταῦτα ἔξεϲτιν) und wovon sich zahlreiche Abbildungen in vielen alten Capellen befanden? Wenn es daher, wie Klausen a. a. O. mit gutem Grunde annimmt, in Rom Penatengottheiten gab, welche denen auf der Burg von Ilium entsprachen, so können es nicht die in dem

unter diesen Gottheiten, deren Namen bekannt waren, haben auch andere umliegende Städte einen ähnlichen Cultus in ihrer Heimat gestiftet; alle aber erkannten die lavinatischen Burgheiligthümer als die ältesten ihrer Gattung, als die vornehmsten und wundermächtigsten an. Noch ist es allerdings nicht möglich genügend darzuthun, auf welcher Grundlage ursprünglich dieser Vorzug und diese Verehrung beruhten; indessen wird sich aus manigfachen Anzeichen ergeben, dass Lavinium schon vor dem Einfalle der Aboriginer einer der Mittelpuncte einer eigenthümlich ausgebildeten Religiosität und Gesittung und namentlich einer städtischen Cultur war, welche sich an den Cultus seiner Vesta und der mit ihr verbundenen Gottheiten anknüpfte, und die sich von dort aus weit umher in der Nachbarschaft ausgebreitet hatte. Noch weniger wird es schon an der Zeit sein die Frage zu behandeln, woher und auf welchem Wege dieser Cultus zu den Siculern gelangt war, welche hier wohnten [100]), ob er ihnen selbst angehörte oder ob sie ihn von anderen empfangen hatten; nur das kann als sicher gelten, dass es eine der vielfachen Niederlassungen der Altgriechen in Italien war, welche ihn in diese Gegend gebracht, und dass er erst hier unter begünstigenden Umständen seine vollständige Ausbildung und Wirksamkeit erlangt hatte.

Die neueren Untersuchungen, zu denen Niebuhr die Bahn gebrochen hat und die von anderen mit Erfolg fortgeführt worden sind [101]), haben dargethan, dass die bekannte Sage, wonach die lavinischen Penaten die geretteten Schutzgötter des untergehenden Trojas gewesen sein sollen, welche Aeneas an die Küste von Latium geführt und in dem von ihm erst gegründeten Lavinium aufgestellt habe, eine der zahlreichen unter

---

Tempel an der Velia, sondern nur die in dem Tempel der Vesta gewesen sein. - Hiervon unten mehr.

100) Servius zur Aeneis I 2: *ibi autem habitasse Siculos, ubi est Laurolavinium, manifestum est.*

101) Sie sind am vollständigsten dargestellt und mit vielen eigenen guten Bemerkungen bereichert von Schwegler röm. Gesch. I S. 279—336.

dem Einflusse der epischen Poesie der Griechen entstandenen
Dichtungen war, durch welche die Ursprünge so vieler italischer Städte und Culte mit den Ereignissen und Helden des
trojanischen Krieges in Zusammenhang gebracht wurden; sie
beruht sicher auf keinem geschichtlichen, dem Inhalte der
Erzählung irgend entsprechenden Vorgange, sondern verdankt ihre Entstehung und Ausbildung einer Combination
ganz verschiedenartiger Thatsachen und Vorstellungen, zu
deren Aufklärung schon manche treffliche Beiträge gegeben
sind; die bereitwillige Aufnahme, welche diese Sage fand,
ihre weite Verbreitung und die dauernde Geltung, welche sie
erlangte, wird aber immer begreiflicher und einleuchtender
werden, je aufmerksamer man auf die Alterthümer von Lavinium eingeht.

Unter den Burggottheiten dieser Stadt nahm eine der
bedeutendsten Stellen eine Athena ein[102]), welche von Alters her den Beinamen Ilias führte, gewiss nicht wegen
irgend eines historischen Zusammenhanges mit dem troischen
Ilium[103]), sondern weil Ilias einer der vielen Beinamen war,
welche der hochgefeierten Begründerin der Civilisation zukamen; er bezeichnete sie als die Schutzgöttin der Landschaft und wurde ihr in diesem Sinne in mehreren Städten
von Mittel- und Süditalien beigelegt. Ueberall aber, wo ihn
die späteren Hellenen bei ihren Niederlassungen oder Reisen

---

102) Vgl. Lykophron Alexandra V. 1261 und 1262:
δείμας δὲ cηκὸν Μυνδίᾳ Παλληνίδι
πατρῷ᾽ ἀγάλματ᾽ ἐγκατοικιεῖ θεῶν.
Nach ihm baut also Aeneas in Lavinium zuerst der Pallas ein Heiligthum und stellt alsdann darin die mitgebrachten Götterbilder auf; die
übrigen Gottheiten sind daher gleichsam ihre Gäste — eine sehr bemerkenswerthe und von gelehrter Kenntniss zeugende Auffassung, welche
der Verfasser des Gedichts gewiss nicht erst dem Timäos verdankte.

103) Im homerischen Troja hat Athena den Beinamen Pallas; den
der Ilias hat sie erst bei den Neu-Iliern erhalten und führt ihn auf Inschriften aus den Zeiten der Seleukiden und der römischen Kaiser. Vgl.
Böckh corpus inscr. gr. II Nr. 3595 Z. 21 und 41, Nr. 3610 Z. 5 und
Hesychios s. v. Ἰλίεια.

antrafen, glaubten sie dieselbe Göttin der Burg von Troja
wiederzufinden, deren schon die homerische Ilias gedenkt,
und deren Bild, das berühmte Palladion, bei den nachfol-
genden Dichtern eine für des Schicksal der Stadt so entscheidende Stelle erhalten hat.[104]) Indessen hatte dieser

---

104) Vier italische Städte waren es nach der classischen Stelle bei
Strabon VI 1, 14 p. 264, welche die Göttin unter dem Beinamen Ἰλιάc
verehrten und das alterthümliche Bildniss derselben, welches sie bewahrten, aus Troja herleiteten: Siris, Luceria, Lavinium und Rom (καὶ
γὰρ ἐν Ῥώμῃ καὶ ἐν Λαουινίῳ καὶ ἐν Λουχερίᾳ καὶ ἐν Ceιρίτιδι Ἰλιάc
Ἀθηνᾶ καλεῖται, ὡc ἐκεῖθεν κομιcθεῖcα). Zwei Angaben sind in dieser
Nachricht zu unterscheiden: die geschichtliche Thatsache, dass Athena
in allen diesen Städten den Beinamen Ilias führte, und die daran geknüpfte Vorstellung ihres trojanischen Ursprungs; sicher wäre es aber
eine verkehrte Auffassung (von der jedoch manche Kritiker als einer
selbstverständlichen ausgehen), wenn man diese Vorstellung für den Grund,
den Namen für die Folge halten wollte, während das Sachverhältniss
offenbar das umgekehrte ist: die Benennung war das historische, der
darauf begründete Glaube hingegen eine jener etymologischen Mythen, woran die griechische Sagengeschichte so unendlich reich ist.
Die Alten nahmen es sehr ernst mit den von der Vorzeit her überlieferten Beinamen der Stadtgottheiten; die sorgfältige Bewahrung derselben war eine der Bedingungen, an welche der den Städten verheissene
Schutz geknüpft schien; sie wurden nicht um eines eitlen Anspruchs
willen abgeändert, wenn man auch diesen sonst erhob. Auch die Athener und die Argiver behaupteten das in Troja vom Himmel gefallene
Palladion innerhalb ihrer Mauern zu besitzen (vgl. Pausanias I 28, 9.
II 23, 5 u. a. St.); sie nannten aber die Göttin deshalb nicht Ilias, weil
sie bei ihnen von Alters her andere, wenn auch dem Sinne nach entsprechende Beinamen führte. Die beiden unteritalischen Städte, bei
denen sich eine Ilias vorfand, hatten weder der Geschichte noch der
Sage nach irgend einen Anspruch darauf in einem näheren Zusammenhange mit Troja zu stehen und dessen Götterbild zu besitzen; es war
demnach nur die Thatsache des seit unvordenklicher Zeit an ihr Athenabild geknüpften Namens, worauf sie ihn gründeten, und welche andere
Hellenen geneigt machte ihn anzuerkennen. Die Bewohner von Siris
waren Choner und hatten allem Anscheine nach schon im frühen Alterthum (nicht etwa erst seit den Zeiten der lydischen Mermnadenkönige)
eine Ansiedelung von Ioniern erhalten: vgl. K. O. Müller kleine Schriften II S. 217 (womit es zusammenhing, dass die Athener die Siriten
als ihre Anverwandten von der Vorzeit her betrachteten: Herodot VIII
62); sie konnten sich keiner Denkmäler oder Traditionen von irgend
einem namhaften troischen Helden rühmen, welcher zu ihnen gelangt

Glaube für andere Städte nur geringe Wichtigkeit und
Folgen; eine von ihnen, Siris, ging frühzeitig unter, die
andere, Luceria, stand vereinzelt und gelangte niemals zu
einem hervorragenden Ansehen; bei Lavinium hingegen trafen vielfache Umstände zusammen, um jenem Glauben tiefe
Wurzeln und eine im Laufe der Zeit immer steigende geschichtliche Bedeutung zu geben. Die Hellenen trafen hier
um eine Ilias gereiht Heiligthümer an, vor denen seit Jahrhunderten eine ganze Nation sich beugte und denen auch
das mächtig emporstrebende Rom seine Huldigung dar-
brachte; sie mussten daher geneigt sein mehr in dieser Ilias als
irgendwo sonst das troische Palladion anzuerkennen. Hierzu
kam als ein zweites sehr wichtiges Moment, dass sich bei
Lavinium noch ein anderer Cultus vorfand, mit welchem der

---

sein sollte: dennoch gelten sie für eine Ansiedelung von Trojanern aus
keinem andern ersichtlichen Grunde als um ihrer uralten Ilias willen.
Strabon a. a. O.: τῆς δὲ τῶν Τρώων κατοικίας τεκμήριον ποιοῦνται τὸ
τῆς Ἀθηνᾶς τῆς Ἰλιάδος ξόανον ἱδρυμένον αὐτόθι. Vgl. Steph. Byz. s. v.
Cîρις und Klausen Aeneas und die Penaten I S. 448. — Nach Luceria
soll allerdings Diomedes das aus Troja entführte Bild der Göttin gebracht haben (Strabon V p. 284); warum stellte er es aber nicht in
Arpi, seiner Königsstadt, dem Sitze seines Heiligthums und seiner angeblichen Nachkommen auf (Klausen a. a. O. II S. 1173 und 1176),
warum nicht in einer der vielen anderen von ihm, wie es hiess, gegründeten Städte, warum in Luceria, wohin er, so weit wir die Sagen
von ihm kennen, nur gelegentlich gelangt sein kann? Offenbar wiederum, weil Luceria ein Athenabild mit dem Beinamen Ilias besass,
welches in den übrigen diomedeischen Städten fehlte. Was aber von
Siris und Luceria gilt, das leidet auch auf Lavinium und Rom seine
volle Anwendung; auch in diesen Städten war Ilias ein uralter, durch
den Cultus geheiligter und mit einem bestimmten Bildnisse des ältesten
Stils verbundener Beiname der Athena, wofür ausser dem an sich genügenden Zeugnisse des Strabon sich später noch andere Beweise darbieten werden; hier wie dort konnte dieses schon an sich hinreichen,
um theils das Bild, theils die Gründer des Cultus aus Troja herzu-
leiten; Lavinium musste aber dabei nothwendig den Vorzug vor Rom
erhalten, weil die Römer selbst jenes als ihre Stammmutter anerkannten, und weil die Ilias in ihrem Vestatempel — denn nur diese kann
bei Strabon verstanden sein — eben nichts als eine Nachbildung der
lavinischen war.

6*

berühmte Name eines Heros verknüpft war, dem man die
Ueberbringung der troischen Schutzgötter nach Latium mit
einem nach hellenischer Auffassung hohen Grade von Wahrscheinlichkeit zuschreiben konnte, obgleich er an sich weder
mit der Zerstörung Trojas noch mit den Burggottheiten von
Lavinium im Zusammenhange stand; es war dieses der Cultus
der äneadischen Aphrodite und des eng damit verbundenen
Aeneas.

Bei den Betrachtungen, zu denen dieser Cultus führt,
ist von der geschichtlich feststehenden Thatsache auszugehen,
dass bei Lavinium nicht weit von dem Meere und der Mündung des Numicius ein Heiligthum der Aphrodite bestand[105]),
welches von der Gesammtheit der latinischen Nation als ein
gemeinsames verehrt wurde, während den Ardeaten der Vorzug zukam, den heiligen Dienst durch ihre Priester zu
leiten.[106]) Die Stiftung desselben gehört sicher einer sehr
frühen Vorzeit an, weshalb die Sage in ihrer späteren Gestalt sie bis an den Untergang von Troja hinaufrücken konnte.
Innere und äussere Anzeichen sprechen dafür, dass sie zwar
erst nach der Errichtung des latinischen Bundes, aber nicht
eben lange nachher erfolgt ist; wahrscheinlich hing sie mit
dem Eintritt der Ardeaten in das anfangs von ihnen bekämpfte Bündniss zusammen, einem Ereignisse welches in
die Jahrhunderte vor der Gründung Roms fällt (zu welcher
Zeit Ardea längst Mitglied des Bundes war) und das allem

---

105) Die Lage desselben ist durch die bei dem heutigen campo
Selva aufgefundene Halle mit Götterbildern, worunter sich eine aus-
gezeichnete Venusstatue befand, wohl als festgestellt zu betrachten:
vgl. Westphal römische Campagna S. 14, Bormann altlatinische
Chorographie S. 113 und die Karte zu Gell Rome and its vicinity, auf
welcher jedoch das Aphrodision zu nahe an die Küste gerückt scheint.
Auf die Nähe des Meeres weist auch Strabon hin, welcher V 3, 5 u. 6
nur die Küste von Latium beschreibt und eben deshalb von den manigfachen Heiligthümern von Lavinium blos das der Aphrodite erwähnt.

106) Strabon V 3, 5 p. 232: ἀνὰ μέcον δὲ τούτων τῶν πόλεών ἐcτι
τὸ Λαουίνιον, ἔχον κοινὸν τῶν Λατίνων ἱερὸν ᾿Αφροδίτηc· ἐπιμελοῦνται
δ᾿ αὐτοῦ διὰ προπόλων ᾿Αρδεᾶται· εἶτα Λαύρεντον.

Anscheine nach selbst älter als die Entstehung des Princi-
pates von Alba war. Der griechische Ursprung des Cultes
ist unbestritten; der Name, welchen die Latiner der Göttin
beilegten, war der der Venus Fruti, worin mit Recht eine
verderbte Abkürzung von Aphrodite erkannt worden ist. [107])
Ihr zur Seite steht ein göttlicher Genius oder, wie es mythisch
ausgedrückt wird, ihr Sohn Aeneas, welcher nicht nur den
Dienst seiner Mutter, sondern den der Götter überhaupt fördert
und ausbreitet und hierdurch der Vermittler ihrer Gunst und
ihres Schutzes für die Völker wird. [108])

107) Cassius Hemina bei Solinus 2, 14. Festus im Auszug p. 90:
Frutinal templum Veneris Fruti; vgl. Müller zu dieser Stelle.

108) Der fromme Aeneas (εὐcεβέcτατοc bei Lykophron Alexandra
V. 1270, vgl. Xenophon im Κυνηγετικόc 1, 13) mit seiner Pietät gegen
Götter, Vater und Vaterland, welcher selbst den Nationalfeinden Verehrung einflösst, ist eine der schönsten Gestalten der altgriechischen
Religiosität sowie der hierauf begründeten Poesie; wenn man daher
von dem Sohne auf die Mutter schliessen darf, so war in der ursprünglichen äneadischen Liebesgöttin (welche wohl früher mit der Dione als
mit der Aphrodite zusammenhing, vgl. Gerhard griech. Mythologie I
§ 358 u. 359) das sittliche Element über das sinnliche weit vorwiegend.
Wie von der erycinischen Venus gewiss mit Recht angenommen wird,
dass der ihr später geweihte üppige Dienst eine durch punischen Einfluss bewirkte Entartung sei (Klausen a. a. O. I S. 481), so scheint
überall in der griechischen Aphrodite erst unter orientalischer, namentlich semitischer Einwirkung die leidenschaftliche Erregtheit das Uebergewicht über eine frühere theils nüchternere theils sittlichere Auffassung
erlangt zu haben, was jedoch nicht so weit ausgedehnt werden darf,
als wenn die Griechen der ältesten Zeit überhaupt keine Liebesgöttin
gekannt, sondern diese erst von den Phönikern empfangen hätten (vgl.
hiergegen die Bemerkungen von Gerhard a. a. O. I S. 381). Die Αἰνειάc,
deren Namen Klausen (I S. 34 f.) treffend von αἰνέω in der Bedeutung
'bewilligen, gewähren' ableitet — auch Ζεὺc αἰνήcιοc möchte eher
hieraus als aus dem Berge Αἶνοc zu erklären sein — welche demnach
mit Χάρις der freudebringenden nahe zusammentrifft, ist die göttliche
Huld überhaupt und entspricht fast ganz dem Begriffe der latinischen
Venus, welche mit *venia* und *venire* zusammenhängend die entgegen-
kommende göttliche Gunst bezeichnet. — Man könnte bis zu einem
gewissen Grade mit Grund sagen, dass in den beiden berühmten Lieb-
lingen der Aphrodite, in Aeneas und Paris (vgl. Preller griechische
Mythologie I S. 226) nicht nur der Gegensatz der sittlich-frommen und
der sinnlich-leidenschaftlichen Liebe, sondern auch der des altgriechischen

Drei Landschaften waren es vornehmlich, in denen dieser Cult seine Hauptsitze hatte: das Idagebirge an der kleinasiatischen Küste, das Westufer von Akarnanien und endlich das Land der Elymer in der Nordwestecke von Sicilien. In der Hauptstadt dieses altgriechischen (mit den Oenotrern in Unteritalien verwandten) Volkes, in Segeste oder, wie die ältere Form des Namens lautete, Sagesta [109]) befand sich, und zwar sicher von uralter Zeit her, ein dem Aeneas geweihtes Heiligthum, und im engen Zusammenhange hiermit stand auf dem benachbarten Berge Eryx ein Altar der äneadischen Aphrodite, ohne Zweifel die ursprüngliche Verehrungsstätte der erycinischen Liebesgöttin [110]), woran sich mit der Zeit einer der gefeiertsten sicilischen Tempel anschloss. Zwischen den Elymern und der Küste von Latium bestand aber von der Vorzeit her viele Jahrhunderte hindurch (und zwar ganz unabhängig von den hellenischen Colonien in Sicilien — denen die Elymer immer für Barbaren galten — und schon lange vor der Ankunft derselben) ein lebhafter Verkehr, in dessen

---

und des asiatischen Elementes, und zwar sowohl in dem troischen Königshause als zugleich auch in dem Wesen der Huldgöttin selbst dargestellt sei.

109) Vgl. Klausen a. a. O. I S. 480 ff. und die dort angeführten Stellen.

110) Dionysios I 53 zählt unter den Denkmälern, welche den Aufenthalt des Aeneas in Sicilien beweisen sollen, auf: τῆς Αἰνειάδος Ἀφροδίτης ὁ βωμὸς ἐπὶ τῇ κεφαλῇ τοῦ Ἐλύμου ἱδρυμένος. Unter dem Elymosberg ist hier offenbar der Eryx verstanden, da es unmöglich ist, dass Dionysios die so weit verbreitete Tradition, der zufolge Aeneas als Gründer nicht nur des dortigen Tempels, sondern selbst der Stadt Eryx gefeiert wurde, nicht gekannt oder nicht beachtet hätte. Reiske hat daher die Worte sehr richtig erklärt durch *in Erycis vertice* (vgl. auch Virgil Aeneis V 759); wahrscheinlich, wenn auch nicht gerade nothwendig ist die Lesart Ἐλύμου in Ἔρυκος, vielleicht auch bei Dionysios I 52 Ἔλυμα in Ἔρυκα zu verbessern. Vgl. Schwegler röm. Geschichte I S. 301 Note 15. Wie dem aber auch sei, wir verdanken es dem Dionysios, dass er in diesem Altar der äneadischen Aphrodite, welchen er allein ausdrücklich nennt, auf welchen aber auch Virgil a. a. O. V. 760 deutlich hinweist, sowohl den Keim, aus welchem der Tempel erwachsen, als den thatsächlichen Kern, woraus die Sage von der Landung des troischen Aeneas in Sicilien hervorgegangen ist, richtig bezeichnet hat.

Folge in sehr früher Zeit der Dienst der Göttin von Eryx und Segeste zu den Latinern gelangt war und dieselbe an dem Flusse Numicius in der Nähe von Lavinium einen Tempel erhalten hatte.[111]) Hieraus musste nach der mythischen Auffassung der Alten nothwendig die Stiftungssage hervorgehen, dass derselbe Aeneas, welchem die Errichtung des Heiligthums seiner Mutter am Eryx zugeschrieben wurde, auch der Begründer ihres Dienstes bei Lavinium geworden sei.

Der Name des göttlichen Aeneas gehörte demnach, wie sich hieraus ergibt, an sich keinem einzelnen Volksstamme, keiner bestimmten Gegend ausschliesslich an; er kehrte überall da wieder, wohin der Cult verpflanzt wurde, an welchen er geknüpft war. Als aber vermöge der Macht, welche die epische Poesie bei den Griechen übte, der am Ida verehrte Aeneas zu einem menschlichen Fürsten, zu einem in Troja geborenen, kämpfenden und aus der untergehenden Stadt geretteten Helden geworden war, da musste sich bald der Glaube verbreiten, dass überall, wo der Name desselben von älteren Zeiten her einheimisch geworden war, immer derselbe Fürst verstanden werden müsse, welcher mit den Ueberresten der

---

111) Servius zur Aeneis I 720: *Venus . . . Erycina, quam Aeneas secum advexit.* Cassius Hemina bei Solinus 2, 14: *Aeneas . . . in agro Laurenti simulacrum, quod secum ex Sicilia advexerat, dedicat Veneri matri, quae Frutis dicitur.* Aus diesen Stellen hat man mit Recht geschlossen, dass es der Venuscult von Segeste und Eryx war, von welchem der am Numicius durch Verpflanzung ausgegangen war: vgl. Bamberger im rheinischen Museum Band VI (1839) S. 97 und insbesondere Schwegler röm. Geschichte I S. 327, Preller röm. Mythologie S. 384. Hierfür spricht auch der Name Aegestos, welcher in die Sagen von Lavinium und Alba verflochten ist (Dionysios I 67 und 76), und noch weit mehr der festgewurzelte Glaube an den Zusammenhang und die Verwandtschaft zwischen den Segestanern und den Vorfahren der Römer (vgl. die Stellen bei Klausen a. a. O. I S. 722 und II S. 1001). In der geschichtlichen Zeit war dieses Band für beide Völkerschaften reich an Folgen, von denen manche im Verlaufe dieser Abhandlungen deutlicher hervortreten werden; seine Entstehung fällt unverkennbar in die vorgeschichtliche, insbesondere in die vorhellenische Zeit, und konnte deshalb als eine unvordenkliche von der Sage mit dem trojanischen Krieg in Verbindung gebracht werden.

Trojaner in jede dieser Gegenden gelangt sei und sich darin
entweder dauernd niedergelassen oder doch bleibende Denkmäler von religiöser und politischer Bedeutung hinterlassen
habe. Manigfache Ansprüche an seinen Besitz wurden erhoben, welche in den verschiedenen Landschaften geltend
gemacht ihnen von anderen bestritten wurden und sich erst
im Laufe der Jahrhunderte oder auch niemals ausglichen.

In der Nähe von Latium befand sich aber die griechische
Colonie Cumae, welche früher als irgend eine andere ähnliche Niederlassung an der italischen Küste angelegt war,
und in der wegen ihres nahen Zusammenhanges mit dem
kleinasiatischen Kyme die Sagen, welche sich an Troja und
dessen Umgegend knüpften, mit vorzüglicher Lebendigkeit
aufgenommen, und eigenthümlich gestaltet werden mussten.
Diese Stadt darf ohne Bedenken als diejenige bezeichnet
werden, in welcher die Vorstellung, dass der Trojaner Aeneas
das Ziel seiner Wanderung in dem benachbarten Lavinium
gefunden habe, zuerst aufkam und mit Vorliebe ausgebildet
wurde. Das hohe Ansehen, in welchem die lavinischen Burgheiligthümer standen, das alterthümliche Bild der Ilias, welches
den Mittelpunct derselben ausmachte, der Zusammenhang mit
den Elymern, welche bei den Griechen — wie bekannt selbst
bei Thukydides — als Abkömmlinge der Trojaner galten[112]),
waren mächtige Gründe und Stützen für den Glauben, dass
Aeneas nicht nur dem dortigen Venustempel[113]) seine Ent-

---

112) Vgl. R. Stiehle 'zum trojanischen Sagenkreise' im Philologus
XV S. 601 ff.

113) Der Zusammenhang, worin Aeneas mit den Sacra seiner Mutter
erscheint, darf nicht auf gleiche Linie mit der Verbindung gestellt
werden, in welche er mit den lavinischen Penaten gebracht worden ist:
jener war ein ursprünglicher, innerlicher, in dem Cultus selbst gegebe-
ner; diese beruhte auf einer blos äusserlichen Combination: denn in
Lavinium stand die Verehrung der Venus und des Aeneas auf der einen
Seite und die der Penaten auf der andern ohne inneres Band neben
einander. Auf dieses Sachverhältniss hat schon Bamberger a. a. O.
aufmerksam gemacht, obgleich er S. 97 irrig vermuthet, dass die Penaten im Venustempel aufbewahrt sein mochten. Das richtige ist

stehung gegeben, sondern die Stadt selbst gegründet oder
doch erweitert und auf ihrer Burg für die troischen Schutzgötter, deren Rettung ihm schon die alte griechische Sage
zuschrieb [114]), eine neue Heimat gefunden habe. Wie tief
dieser Gedanke bei den Cumanern Wurzel gefasst hatte, wie
fest sie an die Wahrheit dieser ihrer Entdeckung glaubten,
dieses zeigt sich unverkennbar darin, dass sie so viele Küstenpuncte und Inseln ihres eigenen Gebietes und ihrer Nachbarschaft in Stationen für die Flotte des Aeneas umgewandelt
und an die Namen dieser Orte erdichtete Personen und
Ereignisse angeknüpft haben, welche sämmtlich die Niederlassung des Aeneas in Latium zur Voraussetzung hatten. [115])

---

vielmehr, dass zwischen beiden Gattungen von Heiligthümern keine Art
von naher Gemeinschaft bestand, weder des Ortes wo sie verehrt, noch
der Zeit in welcher sie eingeführt wurden, noch des Grades ihrer
nationalen Geltung, worin der Venusdienst dem der Penaten durchaus
nicht gleichkam. Für die kritische Betrachtung stellt sich daher die
Anknüpfung der Penaten an die Ankunft des Aeneas als ein loses Ge-
füge dar; für die griechische Anschauungsweise dagegen musste eine
mächtig überzeugende Kraft darin liegen, dass der Name des bekannten
Retters der troischen Penaten in der Nähe der Heiligthümer erschien,
welche mit diesen eine so grosse Aehnlichkeit hatten.

114) Ohne Zweifel hatte sie schon Arktinos von Milet vor Augen.
Vgl. Dionysios I 69 mit des Proclus Chrestomathie p. 533 (Gaisford),
Bamberger a. a. O. S. 85.

115) Die Bedeutung der Cumaner für die latinisch-römische Aeneassage hat, wie bekannt, K. O. Müller zuerst hervorgehoben; er hat jedoch hieran manche irrige Annahmen geknüpft, welche von Bamberger
a. a. O., von Schwegler und anderen berichtigt worden sind; namentlich
kann es jetzt als anerkannt gelten, dass sich der Name des Aeneas
nicht mit dem Apolloculte, wie Müller glaubte, sondern vorzüglich mit
dem der Venus verbreitet hat und dass er in Latium zunächst nicht an
Rom, sondern an Lavinium haftete. Nur éine unbegründete Vermuthung
Müllers, welche indessen mit seinen übrigen Ansichten im engsten Zusammenhange steht, ist auch bei denen, welche diese widerlegt haben,
zurück- und vorherschend geblieben, dass nämlich die Cumaner den
Besitz des Aeneas ihrem Lande selbst angeeignet, dass sie ihn bei sich
eine zweite Heimat haben finden lassen (vgl. Klausen II S. 1118 und
Schwegler I S. 299 mit den dort Note 9 angeführten Stellen). Wo
liesse sich jedoch hiervon die geringste Spur nachweisen? Haben die
Cumaner ein Grabmal des Aeneas in ihrem Gebiete gezeigt, wie es in

Nicht alle diese Dichtungen sind in älterer Zeit entstanden; man schritt noch in den Tagen des (wahrscheinlich
campanischen) Dichters Nävius und späterhin immer weiter
auf dem einmal eingeschlagenen Wege fort; man begnügte
sich nicht damit den Namen der Insel Aenaria von einer
Landung der Schiffe des Aeneas, die Vorgebirge Palinurus
und Misenus von den Gräbern seines Steuermanns und seines
Trompeters, die Bucht Cajeta von dem Verlust seiner Amme,
die Stadt Capua von seinem Vetter Capys abzuleiten; man
fügte eine immer grössere Anzahl von untergeordneten Personen hinzu, welche Aeneas unterwegs kurz vor der Er-
reichung seines Zieles verloren habe und von denen viele
Ortschaften in der Umgegend von Cumae ihre Benennung
empfangen haben sollten [116]); die Nachkommen hielten sich
hierbei für berechtigt auf dem Glauben der Vorfahren fort-
zubauen und ihn durch neue Erfindungen ihres Witzes zu
bereichern; allein die Anfänge und die Grundlagen desselben
gehören nach zuverlässiger Spur schon den beiden ersten
Jahrhunderten der römischen Geschichte an. In diesem Zeit-

---

so manchen Gegenden geschah, welche Anspruch darauf machten, dass
er bei ihnen seine Ruhestätte gefunden habe? Bestand bei ihnen ein
Aphroditetempel, mit welchem sein Name verbunden war, oder eine
Stadt, deren Gründung ihm zugeschrieben wurde? Alles was uns überliefert ist spricht vielmehr dafür, dass Aeneas dem Cultus wie der einheimischen Sage der Cumaner fremd war und blieb, dass sie ihn selbst
nicht innerhalb, sondern ausserhalb ihres Landes suchten und zu finden
glaubten, dass sie ihn an ihrer Küste nur vorüberziehen liessen nach
einem nördlicheren Puncte hin, welcher kein anderer als Lavinium sein
konnte Die Stelle des Dionysios I 54 a. E., welche erst durch Ritschl
aus dem codex Urbinas richtig ergänzt worden ist, unterscheidet in
Italien zwei Classen von Denkmälern des Aeneas, die einen in der
Gegend über welche er herschte, worunter nur Latium verstanden ist,
die anderen an Orten wo blosse Erinnerungen seines vorübergehenden
Aufenthaltes erhalten waren, und hierzu gehören alle Küstenpuncte
vom Palinurus an bis nach Cajeta (vgl. Ritschl de codice Urbinate p. 5);
ein angebliches Grabmonument oder ein Heroenheiligthum desselben,
wie sie in Kleinasien und Griechenland vorkamen, gab es auf der
italischen Halbinsel ausser dem am Numicius nicht.

116) Vgl. Klausen I S. 549 ff. Schwegler I S. 326 Note 9.

alter waren, wie niemand bestreiten wird, in Unteritalien und Sicilien schon die epischen Gedichte der Hellenen verbreitet, deren Inhalt auch von den Eingeborenen mit grosser Begierde erfasst wurde, und vielleicht waren auch bereits sibyllinische Bücher nach Cumae gelangt. Vor allem aber musste sich in den Küstenländern des unteren Meeres bei den Barbaren nicht weniger als bei den hellenischen Ansiedlern das höchste Interesse auf den Namen des Aeneas richten, dessen Denkmäler sie von der Vorzeit her in ihren Tempeln und Städten besassen, und welchem schon bei Homer eine glänzende Zukunft verkündigt war. Ein eigener landschaftlicher Sagenkreis über seine Thaten und Schicksale im fernen Westen bildete sich hier durch den Austausch der Traditionen beider Völker aus, welcher im zweiten Jahrhundert Roms schon einen gewissen Grad von Festigkeit und Abrundung erlangt haben muss. Denn Stesichoros, welcher noch im Laufe dieses Jahrhunderts sein Lied von Ilions Fall dichtete, hatte ihn unverkennbar vor Augen; er war es, welcher von Himera in Sicilien aus die ganze griechische Nation mit der Entdeckung bekannt machte, dass der vielgepriesene Aeneas, nachdem er aus den Trümmern von Troja die Götterbilder, seinen Vater und seinen Sohn gerettet hatte, mit ihnen und in Begleitung seines Trompeters Misenos nach Hesperien abgefahren sei, wo er das Ziel seiner Wanderung, wie wir ohne Bedenken hinzusetzen dürfen, im Lande der Latiner gefunden habe. [117]

---

117) Die Quelle, woraus wir zu entnehmen haben, wie Stesichoros in seinem Gedichte die Sage von Aeneas behandelt habe, ist wie bekannt die ilische Tafel (vgl. Schwegler röm. Geschichte I S. 298): hier stellt von zwei Bildergruppen die eine die Rettung der Heiligthümer nebst der des Anchises und Ascanius durch den frommen Aeneas, die andere die Einschiffung desselben mit ihnen und mit Misenus dar; die erste trägt die Unterschrift Ἰλίου πέρcιc κατὰ Cτηcίχορον, die andere Αἰνήαc cὺν τοῖc ἰδίοιc ἀπαίρων εἰc τὴν Ἑcπερίαν. Ein Blick auf die Tafel (vgl. die Abbildung bei Böckh corpus inscr. gr. III Nr. 6125) reicht hin um zu überzeugen, dass beide Gruppen untrennbar zusammenhängen (so dass die Unterschrift Ἀγχίcηc καὶ τὰ ἱερά, welche auf dem obern Bilde aus Mangel an Raum fehlt, auf dem untern nachgeholt ist),

Indessen liess sich nicht erwarten, dass die hellenische Welt rasch und allgemein einem barbarischen Volke den Vorzug zuerkennen würde, den Aeneas und das wieder erstandene Troja in seiner Mitte zu besitzen. Hierzu bedurfte es den widerstrebenden anderen Sagen gegenüber grosser weltgeschichtlicher Ereignisse, welche erst der wechselnde Gang der

---

woraus hervorgeht dass schon Stesichoros die Sage von des Aeneas Zug nach der Westküste von Italien und zwar nach einem nördlich von dem misenischen Vorgebirge liegenden Ziele hin gekannt und durch sein Gedicht verbreitet hat. Alle neueren Alterthumsforscher von Niebuhr an, namentlich Welcker, K. O. Müller, Klausen u. a. — mit Ausnahme von Preller röm. Mythologie S. 690 — haben auch dieses Ergebniss als unbestritten und unbestreitbar anerkannt. Vor der Schlussfolgerung aber, welche sich natürlich hieran knüpft, dass Stesichoros den Aeneas nach Latium geführt habe (sehr richtig sagt Franz im corpus inscr. gr. III p. 849: 'de Miseno, cuius figura prope cogit de colonia Troiana in Latio considente cogitare'), sind alle scheu zurückgetreten und haben, um ihr zu entgehen, lieber mit Müller der Stadt Cumae die von ihr niemals verlangte Ehre zugewendet, selbst die von Aeneas gestiftete Colonie zu sein. Der Ungrund dieser Annahme, die bei Müller mit Voraussetzungen zusammenhing, welche längst als irrig erkannt worden sind, ist schon oben Note 115 dargethan worden. Man lege sich nur die Frage vor: wenn Stesichoros den Aeneas sich in Cumae ansiedeln liess, wo blieb das Palladion mit den anderen Heiligthümern von Troja, deren Rettung den Mittelpunct der dichterischen und künstlerischen Darstellung ausmachte, weshalb auch die ilische Tafel sie in einem dreimal auf ihr wiederkehrenden Tempelchen vor Augen führt (Welcker alte Denkmäler II S. 190)? Hätten die Cumaner jemals Anspruch darauf gemacht, ein solches unschätzbares Kleinod zu besitzen, so müssten wir mehr davon hören und sie würden ihn nach dem Beispiel anderer Städte niemals aufgegeben haben. — Ohne Zweifel wird die Ueberzeugung immer mehr Raum gewinnen, dass die Scheu, welche zu einer so willkürlichen Erfindung getrieben hat, ohne allen Grund ist. Früher hat man sich wohl dem Vorurtheil hingegeben, dass in den ersten Zeiten Roms Sicilien und Latium einander fremde und gleichsam verschlossene Länder gewesen seien; nachdem aber durch neuere Forschungen die lebhafteste Verbindung zwischen beiden dargethan ist und immer stärker hervortreten wird, müsste es eher befremden, wenn Stesichoros, der in Himera Nachbar der Elymer war, nichts von den ihnen mit den Latinern gemeinsamen Heiligthümern und Sagen, nichts von der Ilias in Lavinium und den dort verehrten Burggöttern vernommen hätte. Nur folgt daraus nicht, dass er den Namen Lavinium in sein Gedicht aufgenommen habe, was nicht wahrscheinlich ist.

Jahrhunderte herbeiführte. [118]) Ganz anders verfuhr man in
Lavinium: hier hielt man den Glaüben, welchen die hellenischen Freunde hervorgerufen und einleuchtend gemacht
hatten, beharrlich fest, und zwar nicht blos im wohlverstan-
denen Interesse der Stadt, sondern, wie man annehmen darf,
bald auch aus Ueberzeugung, welche namentlich bei den
späteren Geschlechtern nicht fehlen konnte. Manche Umstände boten sich dar ihn zu begünstigen und zu bestärken.

Auf dem Gebiete der Stadt und in deren Nachbarschaft
befand sich allem Anscheine nach mehr als éine Stelle, welche
den in der Vorzeit sehr verbreiteten Namen Troja führte und
den Beweis zu geben schien, dass hier Aeneas sich mit den
Seinigen niedergelassen habe. Von hervorragender Bedeutung
aber war es, dass unweit des Venustempels am Numicius, an
welchen sich, wie schon öfter bemerkt worden, der Name und
die Verehrung des Aeneas zunächst knüpfte, sich ein Heiligthum befand (ein Lustwäldchen mit einem kleinen Gebäude) [119]),
welches von der Urzeit her hoch gefeiert wurde. Es gehörte,
wie man nicht zweifeln kann, dem Flussgotte Numicius selbst
an [120]), welcher als einer der Schutzgeister der Landschaft
deus indiges hiess und wegen der Wohlthaten, welche diese
ihm verdankte, auch *pater* und selbst *Iupiter indiges* genannt
wurde. Der Cultus, welcher ihm geweiht war, entsprach fast
in jeder Hinsicht dem, welchen der Tibergott bei Rom erhielt; mit der Vesta und den Penaten von Lavinium stand

---

118) Selbst in Dionysios Zeit (vgl. I 53) war diese Anerkennung
bei dén griechischen Schriftstellern noch keineswegs allgemein.

119) Ueber die Lage und die Nachbarschaft beider Heiligthümer
hat Bormann altlatinische Chorographie S. 111 die Stellen und Beweise
beigebracht.

120) Dieses ergibt sich schon aus der Aufschrift des Gebäudes,
deren Dionysios I 64 gedenkt: πατρὸϲ θεοῦ χθονίου (Uebersetzung von
indigetis) ὃϲ ποταμοῦ Νουμικίου ῥεῦμα διέπει. Vollständig nachgewiesen ist es von Preller römische Mythologie S. 83. 305 und 519 ff.,
welcher die Bedeutung der *indigetes* überhaupt in überzeugender Weise
aufgeklärt hat und an dessen Darstellung sich die oben gegebene in
vielen wesentlichen Beziehungen anschliesst.

er in der innigsten Beziehung, weil das Dasein der von ihnen beschützten Stadt auf dem des Flusses beruhte, und insbe- sondere weil sein heiliges Wasser bei ihrem Dienste unentbehrlich war. [121]) Bei den alten Italern begegnet uns aber öfter die Anschauungsweise, welche sich auch bei den Griechen und andern alten Völkern wiederfindet, dass die Ortsgenien als die abgeschiedenen Seelen alter Heroen und Landeskönige, insbesondere der Stifter und Wohlthäter der Staaten galten [122]); wie denn ein ganz nahe liegendes Beispiel zeigt, dass der Flussgott der Tiber, der Tiberinus, für einen altlatinischen oder auch albanischen im Strome versunkenen König gehalten wurde. Es darf daher durchaus nicht befremden, wenn man auch zu Lavinium in dem Genius des Numicius den Geist eines alten in seine Wellen aufgenommenen Heros zu erkennen glaubte; und auf wen sollte sich hierbei der Blick eher richten als auf den Sohn der Göttin, deren Tempel in der Nähe stand?

So entstand der Glaube, dass Aeneas in dem Gewässer seinen Tod und seine Erhebung zu den Göttern gefunden habe [123]) und dass das Gebäude am Ufer des Flusses sein Grabmal oder auch sein Tempel sei. Hiermit war zugleich der Schlussstein für das ganze Sagengefüge gegeben, das Mittelglied welches seine Theile verband: es wurde nun völlig einleuchtend, dass derselbe Aeneas welcher den Tempel seiner Mutter gestiftet hatte, und zugleich derselbe welcher, wie man von den Griechen erfuhr, von Homer besungen war, also der trojanische Aeneas, die Penaten nach Lavinium gebracht habe. Hatten hierfür schon so manche andere Gründe gesprochen

---

121) Servius zur Aeneis VII 150.

122) Hierauf beruht die bekannte Definition: *indigetes sunt dii ex hominibus facti* (Servius zu Virgils Georgica I 94 und zur Aeneis XII 794; vgl. Preller a. a. O. S. 80). Sie ist richtig nicht in euhemeristischem Sinne, als wären die *indigetes* wirklich einst Menschen gewesen und vergöttert worden, sondern in mythischer Weise, indem der Glaube des Volkes in seinen Schutzgeistern häufig zugleich seine Ahnherren verehrte.

123) Vgl. die Stellen bei Klausen II S. 901 ff.

und insbesondere die Ilias, welche sich unter den Penaten
befand, so kam nun auch der alte Gebrauch hinzu, dass die
Obrigkeiten und Priester, denen es oblag diese zu verehren,
auch ihm bei seinem Grabmal Opfer brachten. Mit derselben
Auffassung hing es zusammen, dass er als Gemahl der Lavinia, der gleichnamigen Schutzfrau der Stadt, anerkannt
wurde, über deren Fluren er vom Flusse aus segnend und
schirmend waltete, ebenso wie der Tibergott für den Gemahl
der Schutzfrau Roms, der Mutter seiner Stifter, der Ilia
galt. [124]) Vielleicht bedurfte es nur weniger Menschenalter,
bis dieser wohl abgerundete Glaubenskreis Wurzel fasste;
die alten nationalen Erinnerungen wurden im Lichte desselben aufgefasst und in ihn hineingearbeitet; die Namen
Aeneas, Ascanius und viele andere, welche man durch die
Griechen kennen lernte, wurden in die überlieferten einheimischen Sagen eingefügt und verflochten; und es kam
bald dahin, dass die alten Familien von Lavinium mit voller
Entschiedenheit ihre Ahnherren für die Begleiter des Aeneas

---

124) So richtig Preller a. a. O. S. 83 bemerkt, dass die Aeneassage
'ein ausländisches auf den alten Cultus von Lavinium gepfropftes Reis'
war, so darf man doch hiermit nicht die Vorstellung verbinden, dass
bei dieser Einpflanzung, welche in ziemlich frühe Zeiten fällt, blosse
Willkür, und noch viel weniger dass dabei Betrug der lavinischen Priester
obgewaltet habe. Im Gegentheil ist die gewissenhafte Religiosität bemerkenswerth, womit diese verfuhren; sie haben — vgl. Preller S. 520
Note 2 — niemals im Namen der Religion erklärt, dass der *deus indiges*, welchem die Opfer galten, der verklärte Aeneas sei; in der von
Dionysios mitgetheilten Inschrift, welche doch wohl aus verhältnissmässig später Zeit stammte, haben sie ihn ehrlich nur für das ausge-
geben, was er nach alter Tradition war, für den Genius des Flusses;
in den Gebeten, welche sie an ihn richteten und richten liessen, wurde
kein anderer als der ursprüngliche Name gebraucht, für welchen eine
ehrfurchtsvolle Scheu erhalten blieb (vgl. Livius I 2, 6: *situs est, quem-
cumque eum dici ius fasque est, super Numicum fluvium, Iovem in-
digetem appellant*); die Volksmeinung aber, welche sich daran knüpfte
— welche in Rom und anderswo nachmals auch in die religiösen Institutionen eindrang — liessen sie frei walten, theilten sie selbst, und
haben sie ohne Zweifel von jeher mit Eifer gefördert.

erklärten und demzufolge diese wie sich selbst mit dem Namen
der Trojaner bezeichneten.

Indessen fehlte es doch nicht an Spuren und Traditionen,
welche sich nur schwer und künstlich mit diesem Sagenkreise
vereinigen liessen, und welche der kritischen Betrachtung
dazu dienen können, die Hauptzüge der Geschichte mitten in
der Fabel, in welche sie eingewebt sind, zu erkennen und sie
aus ihr zu scheiden. Sie knüpften sich an die Sacra der Stadt,
an die Hauptclassen ihrer Priesterschaft und an die Eintheilung ihrer Feldmark; sie beweisen, dass Lavinium bereits
bestand und seine Burggötter schon besass, ehe noch die
Aboriginer eingewandert waren, und dass diese einen Bund
mit ihm eingingen ohne Mitwirkung einer troischen Colonie,
welche dabei ganz überflüssig war. Gehen wir zunächst von
einem äusseren Merkmale aus. Neben dem gewöhnlichen
Namen Lavinium, welcher der Stadt als Gemeinwesen zukam und welcher ihr nach aussen hin beigelegt wurde, führte
sie noch einen anderen, welcher in gewissen inneren, insbesondere sacralen [125]) Beziehungen hervortrat und Laurolavinium lautete. Diese Benennung war uralt — denn es
ist eine willkürliche und offenbar irrige Annahme, dass sie
erst im zweiten Jahrhundert der Kaiserzeit eingeführt worden sei [126]) — sie ist der sprachliche Ausdruck für eine Ver-

---

125) Bei Servius zur Aeneis kommt der Name Laurolavinium mehrmals in Stellen vor, deren Quelle Schriften über die Sacra gewesen
sein müssen: zu III 174: *dii qui erant apud Laurolavinium non habebant velatum caput;* vgl. zu III 12: *Penates colebantur apud Laurolavinium.* VIII 664: *alii dicunt .. cum sacrificarent apud Laurolavinium (flamines)* und sodann *consuetudo permansit, ut apud Laurolavinium ingentes haberentur virgae, non breves, ut in urbe.*
126) Diese Meinung ist nach dem Vorgange von Cluver, Nibby
(viaggio nei contorni di Roma II p. 263) u. a. von mehreren neueren
Alterthumsforschern, insbesondere von Klausen II S. 791, von Bormann
S. 108 u. a. angenommen und vertheidigt worden. Man geht hierbei
von der Voraussetzung aus, dass der Name Laurolavinium erst aufgekommen und der bis dahin nur Lavinium benannten Stadt gesetzlich
beigelegt worden sei, als in ihr die *res publica Laurentium Lavinatium*
sei es durch Antoninus Pius oder durch irgend einen andern Kaiser

bindung zweier Stämme, welche vorzugsweise auf dem Austausch der Sacra beruhte, und in dieser wie in mancher
anderen Beziehung ist sie die Vorgängerin wie das Vorbild

---

desselben Zeitraums gestiftet worden. Der gewichtige Einwurf, welcher
sich hiergegen erheben muss, dass ja Servius in einer grossen Anzahl
von Stellen Traditionen anführt, wonach jener Name schon dem frühesten Alterthum angehört habe, wird mit der Beschuldigung abgewiesen,
dass der Commentator alle diese Angaben selbst erdichtet habe. In
seiner Zeit habe nämlich in der Gegend, worin die Aeneassage spielt,
nur éine Stadt von Ansehen und Ruf unter dem Namen Laurolavinium
bestanden; diesen habe Servius, welcher vielleicht niemals nach Latium
gekommen, allein gekannt, habe ihn irrthümlich in die Vorzeit versetzt
und ihn bald mit dem halbverschollenen Laurentum bald mit Lavinium
verwechselt. Zur Erklärung des auffallenden Namens aber habe er
eine Reihe von Mythen ersonnen ('ein trübseliges unbedachtsames
Machwerk', wie es Bormann a. a. O. nennt) und sich erlaubt (wie ihm
besonders Klausen a. a. O. und schon Cluver Italia antiqua p. 888 vor-
werfen) an mehreren Stellen auch dem Cato den diesem gewiss unbekannten Ausdruck Laurolavinium unterzuschieben. Diese offenbar sehr
künstliche Annahme ist in allen ihren Bestandtheilen unhaltbar. Schon
die Behauptung ist unbegründet, welche zum Ausgangspuncte dient,
dass nämlich einerseits in der späteren Kaiserzeit Laurentum in dem
Gemeinwesen von Lavinium aufgegangen sei (vgl. hierüber oben Note 97)
und dass anderseits die *res publica Laurentium Lavinatium* damals
im gewöhnlichen Leben den Namen Laurolavinium geführt habe. Nirgends ist hiervon ein Beispiel nachgewiesen worden; wo die Stadt erscheint, wie in der Peutingerschen Tafel und im Itinerarium, da heisst
sie, wie vormals, einfach Lavinium (vgl. über die Lesart im Itinerarium
Antonini die kritischen Noten in der Parthey-Pinderschen Ausgabe
[Berlin 1848] p. 143, ferner Bormann a. a. O. S. 95 und Westphal römische Campagna S. 16). Gerade umgekehrt gehören alle Fälle, in denen
die Benennung Laurolavinium vorkömmt, der Zeit vor der Entstehung
der *res publica Laurentium Lavinatium* an; sollte sie seitdem noch
fortbestanden haben, so war sie jedenfalls nicht im Munde des Volkes,
sondern hatte sich nur in denselben Beziehungen erhalten, worin sie
von jeher zur Anwendung gekommen war. Die Stelle im *liber coloniarum* aber, welche als Stütze für jene Behauptung angeführt wird,
beweist zuerst nichts für sie, und sodann allem Anscheine nach sehr
viel für das Gegentheil. Sie lautet (römische Feldmesser I S. 234):
*Laurum Lavinia lege et consecratione veteri manet. ager eius ab
imppp. Vespasiano Traiano et Adriano in lacineis est adsignatus.* Was
zuerst hieraus nicht geschlossen werden kann ist, dass der Ausdruck
Laurum Lavinia (welcher dem *Laurolavinium* jedenfalls entspricht und
wahrscheinlich daraus verderbt ist) jemals im volksmässigen Gebrauche

für den Doppelnamen *populus Romanus Quirites* oder *Quiritium,* welchen sich nachmals die Römer bei der Aufnahme der sabinischen Sacra beigelegt haben. In Lavinium musste

---

gewesen sei, wovon dieses Beispiel das einzige sein würde; es ergibt sich daraus nur, dass er in den Urkunden der Agrimensoren vorkam, wovon der Grund bald hervortreten wird. Sodann aber zeigt die Stelle, dass jener Name mit einer *lex et consecratio vetus* zusammenhing, und zugleich dass er bestand, ehe die *res publica Laurentium Lavinatium,* von deren Entstehung er ganz unabhängig war, ins Dasein gerufen wurde; auf dieses Ereigniss enthält die Stelle keine Hindeutung, obgleich der Einfluss desselben gerade auf die agrarischen Verhältnisse der Landschaft bedeutend sein musste. Hierzu kömmt dass die Quelle, woraus die oben angeführten Worte entnommen sind, eine Schrift des Agrimensor Balbus war (nicht des Frontinus, wie man sonst annahm, vgl. Lachmann und Mommsen im zweiten Bande der römischen Feldmesser S. 135 und 147); dieser hat aber schon im Anfange der Regierung des Trajan während der dacischen Kriege dieses Kaisers ein ansehnliches Amt bekleidet und wahrscheinlich unter Hadrian sein Buch abgeschlossen (hätte er seine Arbeit bis zur letzten Zeit des Marc Aurel fortgesetzt, wie Mommsen a. a. O. S. 178 vermuthet, so müsste er über das hundertste Lebensjahr hinaus Schriftsteller geblieben sein); hieraus erklärt sich, warum er des Antoninus nicht Erwähnung thut und die Umwandlung, welche allem Anscheine nach unter diesem Kaiser mit Lavinium durchgeführt wurde, nicht kennt. Endlich ist es unrichtig, dass Servius die Umgegend von Laurentum nicht näher gekannt habe; wo er von ihr spricht (vgl. zur Aeneis XI 316 u. v. a. St.) verräth er eigene Anschauung oder doch sehr gute Kunde. — Eben so schwach und wohl noch schwächer als die Grundlage, von welcher man ausgeht, ist die Vermuthung, welche auf sie gebaut wird. Völlig unglaublich ist es, dass Servius mythische Sagen, zumal solche auf welche er so oft zurückkömmt, selbst erfunden haben soll, um einen Irrthum, in welchem er befangen gewesen, und welcher für einen Leser, geschweige denn für einen Erklärer des Virgil ganz unbegreiflich sein würde, zu stützen und annehmlich zu machen. Hiermit wird sein Verfahren völlig verkannt. Sein Verdienst ist, dass er mit staunenswerthem Fleisse aus gelehrten und für uns meist verlorenen Vorgängern Notizen zusammengetragen hat; sein wesentlicher Fehler ist, dass seine Mittheilungen aus ihnen nicht wohlgeordnet sind, dass er sie nur stückweise gibt und sie oft wiederholt, wobei es ihm wohl begegnet, dass er sich zuweilen verschreibt oder auch, jedoch seltener als man annimmt, vergesslich zeigt; von dem Vorwurfe, dass er eigene Erfindungen anderen beilege, ist er sicher freizusprechen. Für die Fragen, welche hier vorliegen, lässt sich ihm (oder seinen Abschreibern?) nur an éiner Stelle ein starkes Versehen nachweisen, nämlich zur Aeneis I 2 (6, p. 5 Lion), wo

dieser zusammengesetzte für die Religions- wie für die Rechtsverhältnisse praktisch bedeutende Name zu allen Zeiten täg-
lich vernommen werden, besonders aus dem Munde der Priester und Beamten; von dorther hat ihn ohne Zweifel auch
Cato sich angeeignet, welcher ihn als einen alterthümlichen
mit Vorliebe gebraucht. [127]) Wenn aber hier die Frage nach
dem Ursprung dieser Benennung erhoben wurde, so konnten
die Priester (insbesondere die laurentischen, von denen weiter
unten die Rede sein wird) unmöglich einen andern Urheber
derselben angeben als den Latinus, welchen die Religion der

---

er als den zweiten Namen von Lavinium Laurentum nennt, während er
Laurolavinium angeben sollte und allem Anscheine nach auch wollte.
Wenn hier nicht eine verderbte Lesart zu Grunde liegt, was durchaus
nicht unmöglich ist, da unmittelbar nachher zu V. 3 (7) richtig Laurolavinium steht, so hat er sich beim Verarbeiten seiner Auszüge einen
Schreib- oder auch einen Gedächtnissfehler zu Schulden kommen lassen;
diesen sind wir aber berechtigt unbedenklich aus seinen eigenen un-
verdächtigen Angaben, insbesondere aus VII 59 (*Latinus ... cum Lavinium amplificaret, ab inventa lauro Laurolavinium id appellavit*)
zu verbessern. Aus der letzteren Stelle ersehe man zugleich, dass die
bekannte etymologische Mythe, welche den Namen der Stadt von dem
gefundenen Lorbeer herleitete, sowohl von Laurentum als von Laurolavinium erzählt wurde. Kein Kenner der Volkssagen, in denen die Verpflanzung der Mythen von Ort zu Ort so gewöhnlich ist, wird hierin
befremdendes oder verdächtiges finden; vielmehr erklärt sich hieraus
um so besser, wie Servius zuweilen beide Städte für einen Augenblick
mit einander verwechseln konnte, und wie er insbesondere hier, wo
doch der Dichter offenbar von Laurentum spricht, dazu kömmt eine
Angabe zu wiederholen, welche nur für Laurolavinium Sinn hat. Uebrigens befand sich, wovon später die Rede sein wird, allerdings in Lavinium ebenso wie in Laurentum ein heiliger Lorbeerbaum, welcher
für die Sacra von grosser Bedeutung war, ohne dass jedoch die Namen
der Städte hierin ihren wirklichen Ursprung hatten. — Alle übrigen
Ungenauigkeiten, welche dem Servius hierbei noch vorgeworfen werden
können, sind unerheblich und fallen zum Theil den Abschreibern zur
Last. Denn wenn Cluver p. 887 annimmt, dass der Commentator auch
zur Aeneis VII 678 Laurentum für gleichbedeutend mit Lavinium erkläre, so beruht dieses auf einer falschen Auslegung der Stelle.

127) In den wenigen Bruchstücken, welche uns aus dem die latinische Vorzeit betreffenden Theile seiner Origines erhalten sind, kömmt
er dreimal vor: vgl. Servius zur Aeneis IV 620 und VI 760 (Roth Fragment 15 und 18).

7 *

Latiner als den göttlichen Stifter ihrer nationalen Gemeinschaft verehrte, und zwar in seiner Eigenschaft als König
von Laurentum, auf welches schon der richtig verstandene
Zusatz *lauro* hinwies. Die echte, einheimische, von der
Aeneassage unabhängige und unberührte Tradition lautete
demzufolge: als Latinus die Stadt erweiterte, oder auch in
einer andern Fassung, als er ihre Bürgerschaft, ihr Gemeinwesen vergrösserte, da nannte er sie Laurolavinium.[128])

Bleiben wir hierbei einen Augenblick stehen. Er erweiterte
die Stadt, heisst es (*cum Lavinium amplificaret*); diese Angabe
verdient festgehalten und erwogen zu werden, da sie sicht-
lich aus der Mitte des Lebens entnommen ist und daher an
realem Gehalt so viele andere überbietet. Sie zeigt zuerst
dass man in Lavinium zwischen einer Altstadt und einem
später hinzugekommenen Stadttheil unterschied, etwa in
ähnlicher, wenn auch weit beschränkterer Weise wie in Rom,
wo man noch zu Tacitus Zeiten die Grenzsteine nachwies,
welche die ursprüngliche Stadt von ihren Erweiterungen son-
derten. Sodann wird schon hierdurch angedeutet, dass man
dem Latinus (was ja mit der Vergrösserung des Stadtumfan-
ges nothwendig zusammenhängt) auch eine Vermehrung der
Bürgerzahl zuschrieb, worauf auch der Wortlaut einer andern
Stelle[129]) hinweist: es gab also, wie bald klarer hervortreten
wird, in Lavinium eine Classe von Bürgern, welche die Aufnahme ihrer Vorfahren in die Stadt auf die Zeit des mit
Laurentum geschlossenen Bündnisses zurückführte. Natürlich
war hiermit auch eine Vermehrung oder doch eine neue Einrichtung der Feldmark verbunden, was sich schon darin zu
erkennen gab, dass diese auch den Namen des laurolavinia-
tischen Ackers führte[130]) und als solcher in den Flurbüchern

---

128) Servius zur Aeneis VII 59: *Latinus post mortem fratris Lavini
cum Lavinium amplificaret, ab inventa lauro Laurolavinium id appellavit.*

129) Vgl. Servius zur Aeneis I 2: *cum civitatem augeret.*

130) Servius zur Aeneis IX 238; vgl. zu III 479.

verzeichnet war. [131]) Endlich war in jener Tradition zugleich
ausgesprochen und eingestanden, dass die Entstehung der
alten Stadt in einen früheren Zeitraum vor der Bildung der
latinischen Nation fiel, da sie ja gleichzeitig hiermit schon erweitert wurde; und hierzu kamen manigfaltige andere Spuren,
aus denen sich nicht nur entnehmen liess, dass sie vorher
bestanden, sondern auch dass sie anfangs einen etwas kür-
zeren Namen, entweder *Lavinum* oder (was sich weiterhin als
das richtigere darstellen wird) *Lavina* geführt hatte. Das
wichtigste Merkmal hierfür war, dass die alten Familien der
Stadt, welche für den ursprünglichen Kern der Bürgerschaft
galten und ausschliesslich zum Dienste der Burgpenaten berechtigt waren, sich niemals *Lavinienses* oder *Lavinii*, wie die
politische Gesammtgemeinde zuweilen hiess, sondern immer
nur wie von der Urzeit her *Lavinates* nannten. Eine voll-
ständigere Ueberlieferung unterschied daher drei Perioden der
ältesten Geschichte der Stadt, welche sich zunächst an die
drei Namen derselben und sodann in bekannter mythischer
Weise an drei Herscher anknüpften: in der ersten standen die
Lavinaten für sich allein und hatten auch eine Zeitlang einen
eignen König Lavinus, welcher ein Bruder des Latinus genannt
wird, an ihrer Spitze [132]); in der zwéiten ward Latinus ihr
unmittelbares Oberhaupt und erweiterte die Stadt zu Laurolavinium; in der dritten, welche sehr bald nachher eintrat,
kam Aeneas an, vermählte sich mit der Lavinia und änderte
ihr zu Ehren den alten Namen Lavinum in Lavinium um. [133])

---

131) Vgl. oben Note 126 S. 97.

132) Die Sage von Lavinus wird von Servius an vier verschiedenen
Stellen wiederholt: zu Aeneis I 2. VI 84. VII 659 und 678. Als er
gestorben war, hiess es, wurde Latinus sein Nachfolger.

133) Die Hauptstelle hierfür ist Servius zur Aeneis I 2: *haec civitas tria habuit nomina. nam primum Lavinum* (so ist nothwendig zu
verbessern aus dem sinnlosen *Lavinium*) *dictum est a Lavino* (nicht
Lavinio, vgl. zu VI 84) *Latini fratre. postea Laurolavinium* (verbessert
aus I 3 und VII 59, vgl. oben Note 126) *a lauro inventa a Latino, dum
adepto imperio post fratris mortem civitatem augeret. postea Lavinium
a Lavinia uxor Aeneae* ... und weiter unten: *post adventum Aeneae*

In dieser Zusammenstellung, von wem sie auch herrühren
mag, lässt sich ein Versuch nicht verkennen die localen Erinnerungen und religiösen Traditionen mit der Aeneassage
zu verbinden; jene sind in den beiden ersten Bestandtheilen
erhalten, welche ungeachtet ihrer mythischen Gestaltung auf
geschichtlichem Boden erwachsen, aus wirklichen Thatsachen
hervorgegangen sind; der dritte dagegen, welcher auf einer
aus der Fremde eingeführten Legende beruhte, hat nichts .
historisch - wesenhaftes, als dass in ˆder That die Namensform *Lavinium* eine verhältnissmässig jüngere gewesen zu
sein scheint. Indessen begnügten sich die warmen Anhänger
des Glaubens˙ an die trojanische Colonie mit dieser und jeder
ähnlichen Abfindung ihrer Ansprüche nicht; die ganze Stadt
musste eine Urschöpfung aus der Zeit des Aeneas sein, da
ja ihr Dasein ohne die von ihm überbrachten Penaten nicht
denkbar erschien; die Schicksalssau, welche ihm den Platz
dazu bezeichnete, musste eine unbewohnte Stätte vorfinden,
und der dichterische Reiz, welcher in dieser Auffassung lag,
jene Charis welche, wie Pindar sagt, auch das unglaubliche
oft glaublich macht, gewann ihr in der Volksmeinung und
nachmals auch bei den Annalisten den Vorzug. [134]) Mag aber

Lavinium nomen accepit. Was hier vollständig und im Zusammenhange
mitgetheilt wird, liegt auch den übrigen in der vorhergehenden Note
angegebenen Stellen zu Grunde. Der Name *Lavinum* kömmt übrigens
auch bei Juvenal 12, 71 vor; er scheint auch den *Lavina litora* bei
Virgil Aeneis I 3 zu Grunde zu liegen, und eben deshalb darf man annehmen, dass der so häufig vorkommende Genitiv *Lavini* nicht nothwendig immer den Nominativ *Lavinium* vorauszusetzen gebietet. Servius zur Aeneis I 267 sagt bei einer ähnlichen anderen Gelegenheit:
*ab hac autem historia ita discedit Virgilius, ut aliquibus locis ostendat
non se per ignorantiam, sed per artem poëticam hoc fecisse.* Wie
treffend diese Bemerkung ist, welches Licht sie auf viele Stellen des
Dichters wirft, wird in der Folge recht oft hervortreten.

134) Von grosser Wichtigkeit ist die Frage, wie Cato die Schicksale des Aeneas in Latium und die Gründung von Lavinium behandelt
habe; denn ohne allen Zweifel hat er die Sorgfalt und Einsicht, welche
die Alten überhaupt an seinem Werke rühmen, vorzugsweise hier be-
währt, wo er die Ursprünge des römischen Volkes zu erforschen hatte.
So dürftig und abgerissen nun auch die uns erhaltenen Bruchstücke

auch hierdurch manche inländische Kunde in den Hintergrund gedrängt und verdunkelt worden sein: von den wich-

---

seiner Origines sind, so bieten sie doch verbunden mit den Angaben
anderer Schriftsteller, welche ihn vor Augen hatten, hinlängliche Mittel
dar, zwar nicht um die Einzelheiten aber doch um die Hauptpuncte
seiner Darstellung mit Sicherheit zu erkennen, und hierbei gewinnt
man zugleich die Ueberzeugung, dass sie alle zu einem sinnvollen und
wohlerwogenen Ganzen zusammenstimmen. Das Verständniss hierfür ist
jedoch in neuerer Zeit wesentlich dadurch erschwert und aufgehalten
worden, dass zwei Annahmen Niebuhrs bei den Geschichtsforschern wie
bei einigen Herausgebern der Origines mehr Geltung gefunden haben,
als sie auf die Dauer und bei näherer Prüfung werden behaupten können. Zuerst nämlich glaubte Niebuhr (römische Geschichte I S. 204)
die für ihn selbst überraschende Entdeckung gemacht zu haben (vgl.
a. a. O. Note 559), dass Latinus nach Cato nicht — wie sonst die Sage
übereinstimmend angab und wie auch der Sinn derselben nothwendig
erforderte — zuletzt und namentlich zur Zeit seines Todes im Bunde·
mit Aeneas gestanden habe — worauf doch eben die friedliche Vereinigung der beiden Stämme beruhte — sondern dass er im Kampfe
gegen seinen Schwiegersohn und als Bundesgenosse des Feindes desselben, des Turnus, gefallen sei. Als Beweis hierfür wird vor allem die
Stelle des Servius zur Aeneis I 267 angeführt: *secundum Catonem
historiae hoc habet fides, Aeneam cum patre ad Italiam venisse et
propter invasos agros contra Latinum Turnumque pugnasse, in quo
proelio periit Latinus.* Hierbei liegt aber eine Methode der Auslegung
zu Grunde, welche schwerlich gebilligt werden kann; es ist das leider
so oft angewendete Verfahren, dass einem Schriftsteller der Glaube
versagt wird, wo er seinen Gedanken klar und bestimmt ausspricht,
dass man dagegen irgend einen Satz desselben aufgreift, welcher wegen
seiner Kürze verschiedener Erklärungen fähig sein kann, und diesem
einen Sinn beilegt, welcher das Gegentheil von der offen dargelegten
Meinung seines Urhebers enthält. — Was Servius bei Cato über den Tod
des Latinus gefunden hat, sagt er deutlich zur Aeneis VI 760: *Aeneas,
ut Cato dicit, simul ac venit ad Italiam, Laviniam accepit uxorem,
propter quod Turnus iratus tam in Latinum quam in Aeneam bella
suscepit a Mezentio impetratis auxiliis. quod et ipse ostendit dicens*
(nämlich Turnus bei Virgil Aeneis VII 476) *se satis ambobus Teucris-
que venire Latinisque. sed ut supra diximus, primo bello periit Latinus, secundo pariter Turnus et Aeneas.* Ueber den Sinn dieser
Stelle kann kein Zweifel sein: nicht nur Cato hatte berichtet, dass in
dem ersten Kriege des Turnus gegen Aeneas Latinus der thätige Bundesgenosse des letzteren war und im Kampfe gegen den gemeinsamen
Gegner fiel; auch Virgil, obgleich er für sein Gedicht eine eigenthümliche, von Catos Darstellung abweichende Wendung wählte, hat dennoch
auf jene, wie der Commentator recht fein bemerkt, mit den Worten

tigsten Vorgängen sind Spuren übrig, welche sich bei aufmerksamer Beachtung noch auffinden und verfolgen lassen.

---

des Turnus angespielt, weil er es liebt (vgl. Servius zur Aeneis I 267
und oben S. 102 Note 133) auch solche gute Traditionen, welche er
(*per artem poëticam*) verschmähen muss, andeutend zu berühren. Servius weist aber hier auch zugleich auf die früheren Stellen zurück,
worin er von der Schlacht, in welcher Latinus umkam, bereits gesprochen habe (*ut supra diximus*); er zeigt hiermit, dass er sich ihrer noch
wohl erinnere, und will sie demnach in keinem anderen Sinne als in
dem eben dargelegten verstanden wissen. Die eine zur Aeneis IV 620
gibt Catos Erzählung von dem ersten Haupttreffen gegen Turnus und
zwar wahrscheinlich nur im Umrisse wieder, woraus sich folgende Züge
entnehmen lassen. Während Latinus und Aeneas als Verbündete bei
Laurolavinium stehen und — wie man hinzusetzen darf — mit der gemeinsamen Anlage der Stadt beschäftigt sind, waren die Schaaren des
Aeneas in das Rutulerland eingefallen und kehren jetzt mit weggetrie-
benen Herden und anderer Beute zurück. Turnus folgt ihnen mit dem
Rutulerheere über den Numicius nach, und es kommt zur Schlacht, in
welcher Latinus fällt, Turnus aber die Flucht ergreifen muss. *Cato dicit,*
iuxta Laurolavinium, cum Aeneae socii praedas agerent, proelium
commissum, in quo Latinus occisus est, fugit Turnus usw. Die andere
zur Aeneis I 267 hat, was wohl zu beachten ist, nicht den Aeneas,
sondern den Ascanius und dessen Thaten zum Gegenstande; sie fasst
daher nur als Einleitung hierzu die beiden Kämpfe, welche jener in
Latium zu bestehen hatte, den gegen Latinus und den gegen Turnus,
von denen der eine wie der andere mit einem Einfall in fremdes Gebiet und einer Plünderung desselben begonnen hatte, kurz in die wenigen Worte zusammen: *propter invasos agros in Latinum Turnum-*
que pugnasse, in quo proelio cecidit Latinus. Mit dem hier gewählten
Ausdrucke *propter invasos agros* sind die Worte *cum praedam ex*
agris agerent, welche Livius I 1, 5 von dem Anfange des Kampfes mit
Latinus, und die Worte *cum Aeneae socii praedas agerent,* welche Servius von der Veranlassung zur Schlacht gegen Turnus gebraucht, völlig
gleichbedeutend; die Trojaner hatten sich im fremden Lande nothge-
drungen ihre ersten Bedürfnisse auf Kosten der Eingeborenen verschafft,
anfangs der Aboriginer (Dionysios I 57), später der Rutuler, und hierdurch die Völker um so stärker zu Feindseligkeiten gereizt; beide
Kriege entspannen sich also in ähnlicher Weise, hatten aber verschiedenen Ausgang, da bei dem ersteren Latinus sich mit seinem Gegner
versöhnte, in dem letzteren umkam. Ein blosses Misverständniss ist es
demnach, wenn Niebuhr und die ihm folgen von der Voraussetzung
ausgehen, dass hier von einem einzigen Kampfe die Rede sei, was, verglichen mit anderen unbezweifelt catonischen Ueberlieferungen, eine
ganze Reihe von Widersinnigkeiten zur Folge haben würde; die drei
Stellen des Servius ergänzen sich vielmehr sehr gut, sie sind aus einer

Ein Zug, welcher in der Entstehungssage von Lavinium
überall und mit besonderer Bedeutsamkeit hervortritt, ist,

fortlaufenden Erzählung des Cato stückweise je nach dem Bedürfnisse
des Commentators entnommen und müssen nothwendig aus einander
erklärt werden. Von Vorstellungen, welche aus Virgil entnommen sind,
darf man hierbei nicht ausgehen; von ihm wich Cato in der Auffassung
des Krieges gegen die Rutuler, seines Anfanges und Ganges wesentlich
ab, wovon nachmals die Rede sein wird. In einer vierten Stelle, welche
später von Servius zur Aeneis IX 745 aus Cato mitgetheilt wird (wobei
sich der Grammatiker zugleich auf Livius I 2. beruft, also auch dessen
Anfangsworte *bello deinde Aborigines Troianique simul petiti*
so wie die folgenden *Turnus . . simul Aeneae Latinoque bellum intu-
lerat* vor Augen hat), heisst es von Latinus: *primo proelio interemptus
est in arce.* Wäre diese Lesart richtig, so würde der Schauplatz des
Todes doch mit keinem Rechte, wie Niebuhr annimmt, auf der Burg
zu Laurentum, sondern auf der zu Lavinium zu suchen sein (vgl. zu IV
620); sie ist aber allem Anscheine nach verderbt, und die Verbesserung
von Roth durch *in acie* verdient um so mehr Anerkennung, da die
beiden Worte, welche sich nicht in allen Handschriften finden, schwerlich von Servius selbst herrühren, sondern, da dieser den Livius als eine
seiner Quellen angeführt hatte, ein aus den Worten des letzteren (I 2,
2 *neutra acies* usw.) entnommenes Glossem sind.

Der Inhalt der Darstellung Catos liegt uns überdies, und zwar ganz
übereinstimmend mit den von Servius gegebenen Bruchstücken, bei
Strabon vor Augen, dessen kurze Erzählung (V 3, 2 p. 229) Schritt
vor Schritt den Origines als der anerkanntesten Autorität gefolgt ist.
Gleich in den Anfangsworten φασὶ δὲ Αἰνείαν μετὰ τοῦ πατρὸς Ἀγχί-
σου usw. trägt sie die Signatur dieser ihrer Quelle an der Stirne, da
es, wie bekannt, dem Cato eigenthümlich war, dass er den Anchises,
welcher der herschend gewordenen Tradition zufolge auf der Reise
starb, nach Italien gelangen und dort erst nach der Gründung von Lavinium seinen Tod und sein Grab finden liess (Servius zur Aeneis III 711.
IV 427 — woraus sich ergibt dass auch Varro hierin von ihm abwich
— I 570. I 267 usw.); wie Cato lässt ferner Strabon den Aeneas gleich
nach seiner Landung unweit der Tibermündung eine Stadt — das Troja
des Cato — anlegen; Latinus zieht hierauf gegen ihn heran, unternimmt
aber bald nachher im Bunde mit ihm (wobei die Erzählung Strabons
die Plünderung der Felder durch die Trojaner, die Aussöhnung der
Fürsten, die Feindschaft des Turnus gegen beide übergeht, aber voraussetzt) einen siegreichen Einfall in das Land der Rutuler, woran sich
das bei Servius erwähnte Wegtreiben der Beute aus dem Gebiete derselben sehr gut anschliesst. Inzwischen hat sich Latinus in die Gegend von Lavinium begeben, und gründet dort — man muss hinzufügen
in Gemeinschaft mit Aeneas (Servius zu IV 620) — die von ihm nach
seiner Tochter benannte Stadt (ἐπελθόντα δὲ Λατῖνον τὸν τῶν Ἀβορι-

dass die Feldmark, womit die Stadt ausgestattet war, vorher
ager Laurens gewesen und in ihr Eigenthum erst als ein
Geschenk des Königs Latinus oder, wie Dionysios (I 43 und

γίνων βαcιλέα .. cυμμάχοιc χρήcαcθαι τοῖc περὶ τὸν Αἰνείαν ἐπὶ τοὺc
γειτονεύοντac ʽΡουτούλουc .. νικήcαντα δ᾽ ἀπὸ τῆc θυγατρὸc Λαουινίαc
ἐπώνυμον κτίcαι πληcίον πόλιν· πάλιν δὲ τῶν ʽΡουτούλων cυμβαλόντων
εἰc μάχην usw.).   Da fallen die zum Angriff übergehenden Rutuler ein,
Latinus findet in der Schlacht gegen sie den Tod, und Aeneas, welcher
nichtsdestoweniger die Feinde in die Flucht treibt, übernimmt die Regierung über die beiden verbündeten Völker, denen er seinem Vorgänger zu Ehren den Namen der Latiner beilegte (vgl. auch Livius I
1, 4—9 und c. 2, dessen Erzählung fast nichts enthält, was sich nicht
auf Cato zurückführen liesse). Eben so stimmt Dionysios in den Haupt-
zügen mit Cato überein, dessen Darstellung er nur hier und da bald
nach den Angaben anderer, zum Theil griechischer Vorgänger, bald
nach mündlichen Mittheilungen der Eingeborenen — vgl. I 55 — erweitert.   Er erzählt I 59, wie Troer und Aboriginer, nachdem Latinus
sich mit Aeneas verbündet hatte, zuerst einen gemeinsamen Einfall in
das Gebiet der Rutuler unternahmen, wo sie alles überwältigen; sie
kehren darauf nach Lavinium zurück (dessen Anlage zwar schon früher
[I 57] von Aeneas begonnen, aber bei der Annäherung des Latinus
unterbrochen worden war) und bauen zusammen, alle mit gleichem
Eifer, die Mauern der Stadt auf (δι᾽ ὀλίγου δὲ τἀκεῖ πάντα χειρωcάμενοι
παρῆcαν ἐπὶ τὸ πόλιcμα τὸ Τρωικὸν ἡμιτέλεcτον, καὶ μιᾷ προθυμίᾳ
πάντεc χρώμενοι τειχίζουcιν αὐτό); nachdem diese vollendet war, lassen
sich neben den Troern auch Aboriginer in ihr nieder (I 60) und gehen
mit jenen Gemeinschaft der Eheverbindungen, der Heiligthümer, Gesetze
und Sitten ein.   Nur darin geht Dionysios noch weiter als Cato, dass
er, in Uebereinstimmung mit Cassius Hemina bei Solinus 2, 14 und 15,
das Leben des Latinus und seine Regierung über die Aboriginer noch
um drei Jahre verlängert.

Fassen wir nun die im wesentlichen so wohl übereinstimmenden
Nachrichten zusammen, so führen sie zu einem Ergebnisse, welches die
sorgfältigste Beachtung verdient.   Cato konnte zur Zeit, als er die
Origines verfasste, unmöglich dem so tief eingewurzelten Glauben an
die Stiftung von Lavinium-durch Aeneas entgegentreten, nachdem ihn
das römische Volk längst von Staatswegen anerkannt hatte; er musste
daher auch die Lavinussage zurücktreten lassen, obgleich es wohl möglich ist dass er diese (eben so gut wie Virgil) nicht nur gekannt, sondern auch wohl gelegentlich erwähnt hat.   Auf der andern Seite hatte
er aber zu viele Beweise vor Augen, dass die Stadt nicht blos eine
Niederlassung von Trojanern sein konnte, als dass er sich nicht gedrun-
gen fühlen musste, gerade dieses recht nachdrucksvoll in seiner Erzählung hervorzuheben.   Er gibt daher die Sage von Aeneas — und dies

49) es historischer ausdrückt, der Aboriginer übergegangen (also erst hierdurch *ager Laurolavinias* geworden) sei. Nicht nur Cato, Varro und die Annalisten und Geschichtschreiber

---

ohne Zweifel in Uebereinstimmung mit den damaligen Priestern in Lavinium und insbesondere den laurentischen — so wieder, dass Latinus als der Mitgründer der Stadt erscheint, und dass diese sich als das was sie wirklich war, als eine von zwei verschiedenen Stämmen bewohnte Doppelstadt darstellt. Hieraus erklärt es sich auch, weshalb er für sie in dem Stiftungsberichte überall — offenbar mit Bedeutung und Absicht — den Namen Laurolavinium gebraucht, welcher sonst im gewöhnlichen Leben nicht üblich war (vgl. oben S. 96 ff. Note 126 und S. 101 Note 133) und den auch seine Nachfolger — hierunter selbst Strabon — aufgegeben haben. Cato kann demnach als einer der Hauptzeugen für diejenige Gestaltung der Verhältnisse in Lavinium und somit auch im alten Latium gelten, welche uns im Laufe dieser Untersuchung entgegentreten wird; die Erkenntniss derselben wird oft unmittelbar aus seinen Angaben gewonnen, und wo dieses nicht der Fall ist, steht sie doch mit diesen in gutem Einklange: nur bestimmte Fälle und Gebiete bleiben übrig, in denen die Kritik genöthigt ist über seinen Gesichtskreis hinauszugehen.

Wie verhält es sich aber mit dem Auszuge aus Cato, welchen der Verfasser der origo gentis Romanae c. 12 und 13 mittheilt? Hier begegnen wir einer zweiten Annahme Niebuhrs, welche mit jener ersten in einem gewissen Zusammenhange steht. In seiner römischen Geschichte (I S. 94—100 Anm. 274 und II S. 10 Anm. 11) so wie in seinen von Isler herausgegebenen Vorträgen über dieselbe (I S. 34) wird die kleine — dem Aurelius Victor allerdings ohne allen Grund beigelegte — Schrift für ein unverschämtes Machwerk eines Betrügers aus dem 15n oder 16n Jahrhundert erklärt, und ihr hiermit jeder Werth, welchen sie als ein wenn auch noch so spätes Erzeugniss des Alterthums haben könnte, abgesprochen. Für dieses Verwerfungsurtheil werden keine Beweise oder doch nur sehr unerhebliche angegeben; wohl aber wird dasselbe bei Isler a. a. O. vorzüglich darauf begründet, dass jener Auctor dem Cato Angaben über Aeneas zuschreibe, welche mit denen, die Niebuhr bei Servius zu finden glaubte, im Widerspruch stehen. Die Thatsache an sich ist richtig; sie möchte aber etwas ganz anderes beweisen als wofür sie angeführt wird. Obgleich nun die Meinung, dass das Werkchen einen so späten oder überhaupt einen andern als antiken Ursprung haben könne, gleich anfangs bei Friedrich Schröter (in seiner Ausgabe Leipzig 1829, praef. p. XXI) starken Widerspruch gefunden hat, welcher dasselbe vielmehr mit vieler Wahrscheinlichkeit einem Grammatiker des fünften oder sechsten Jahrhunderts nach Ch. G. zuschreibt; obgleich sie später (1851) von J. A. Mähly im Archiv für Philologie und Pädagogik XVIII S. 132—153 mit der Unterstützung des treff-

überhaupt heben dieses mit Nachdruck hervor; auch die römischen Dichter legen auf die Erwerbung der laurentischen
Grundstücke durch Aeneas (*fatalia arva* nennt sie Virgil

---

lichen K. L. Roth gründlich bekämpft und auch von Schwegler röm.
Gesch. I S. 117 f. entschieden in Zweifel gezogen worden ist — wobei
sich beide der Vermuthung Schröters über den Verfasser anschliessen
— so hat die Behauptung Niebuhrs doch einen so grossen Anhang gefunden, dass der arme Auctor fast nur noch unter dem Namen eines
Betrügers erwähnt wurde, dass jeder, welcher ihm noch ein Wort
glaubte, sich dem beissenden Spotte ausgesetzt sah und dass die jüngsten Sammler der Bruchstücke Catos sich für berechtigt hielten die aus
der origo zu entnehmenden Ueberreste, welche Roth, wie sichs gebührte, an ihrem Platze eingefügt hat, von jeder Anfnahme auszu-
schliessen und sie schliesslich mit dem Ausspruche 'conclamatum est'
zu ewigem Stillschweigen zu verurtheilen. Indessen ist dieser Todes-
schein sicher dem Buché zu früh ausgestellt und unterzeichnet worden.
Wir dürfen noch keineswegs auf eine vorsichtige Ausbeutung des vielen
guten, welches in ihm dargeboten wird und welches sich durch Vergleichung mit anderen Resten des Alterthums aus ihm gewinnen lässt,
Verzicht leisten. Auch seine manigfachen Fehler — von denen übrigens
ein Theil der einzigen Grundlage unseres Textes, der von Andreas
Schott benutzten, jezt zu Brüssel aufbewahrten und nach Roulez Mittheilung sehr verderbten Handschrift zur Last fällt (vgl. Bulletins de
l'Académie de Belgique 1850 tome XVII 1 p. 265) — dürfen hierin nicht
irre machen; im Gegentheil, der Mangel an Verstand und Geschick,
welcher überall in ihm hervortritt, lässt vielmehr erkennen, dass der
Verfasser viel zu beschränkten Geistes war, um eine Fälschung, welche
nicht geringe Gewandtheit und Combinationsgabe erfordert haben
würde, mit Erfolg durchzuführen. Die Gründe welche Mähly für die
Echtheit ausgeführt hat sind, so viel mir bekannt, weder genügend beachtet noch weit weniger, was auch schwer sein möchte, gebührend
widerlegt worden; insbesondere ist der a. a. O. S. 150 geführte Beweis,
dass das im 17n Capitel der origo enthaltene Verzeichniss der albanischen dem Latinus Silvius zugeschriebenen Colonien eine Bekanntschaft
mit alten später verloren gegangenen Büchern voraussetze, dass kein
Schriftsteller des Mittelalters oder der neueren Zeit bis auf die erst in
unserem Jahrhundert erfolgte Auffindung des armenischen Eusebius im
Stande gewesen sein würde es aufzustellen, dass daher die Schrift,
in der es mitgetheilt wird, dem Alterthum, wenn auch dem sinkenden,
angehören müsse, von einer überzeugenden, auch von Schwegler a. a. O.
anerkannten Stärke. Dieses Beispiel steht aber keineswegs allein; im
Fortgauge dieser Abhandlung werden uns ähnliche andere entgegentreten. Indessen hat man doch keinen Grund anzunehmen, dass der
Verfasser der origo, welcher eitel darauf ist seltene und im Gegensatze

Aeneis V 82) ein grosses Gewicht und sehen vorzugsweise
hierin die Erfüllung des Schicksals, welches ihm bestimmt und
verheissen war [135]): alle erkennen demnach, und zwar, wie
niemand bezweifeln wird, nach der Aussage der Lavinaten
selbst, in dieser Landanweisung ein folgenreiches Ereigniss der
Vorzeit, welches mit der Erhebung Laviniums zu einem Mittelpuncte der latinischen Nation auf das engste verbunden war.

Auch die strengste Kritik wird nicht umhin können in
dieser Ueberlieferung, welche nicht von aussen gekommen
sein kann, welche am Grund und Boden haftete und eben
deshalb bis in die spätesten Zeiten hin in lebendigem Bewusstsein blieb, eine sichere geschichtliche Thatsache anzuerkennen. Auch beschränkte sich das Andenken, dass einst
der *ager Laurens* sich weit über die Grenzen der nachmaligen
städtischen Feldmark von Laurentum hinaus erstreckt habe,

---

zu den neoterici sehr alte Schriften zu benutzen, diese unmittelbar vor
Augen gehabt habe. Die Annalen der Pontifices, welche er in der
praefatio gleich nach seiner vornehmsten Quelle, dem Verrius Flaccus,
nennt, hat er ohne Zweifel (ebenso wie wahrscheinlich auch Gellius IV
5 a. E.) nur aus diesem gekannt. Aehnliches gilt aber auch von den
Annalisten der vorciceronischen Zeit, vielleicht mit Ausnahme eines
Fabius Pictor und des sonst unbekannten Egnatius: was er aus den
übrigen mittheilt, hat er sicher aus zweiter Hand, aus Auszügen, Be-
arbeitungen, Citaten späterer Schriftsteller entnommen. Insbesondere
gilt dieses von den Origines des Cato; er macht selbst keinen Anspruch
darauf — was für einen gewissen Grad von Ehrlichkeit spricht — diese
eingesehen zu haben, da er ihrer in dem Vorworte unter seinen *auctores* nicht namentlich erwähnt, während er sich doch sonst wohl gern
der vornehmen Bekanntschaft gerühmt haben würde; das Excerpt, welches er c. 12 § 5 und c. 13 § 1—5 aus ihnen erhalten hat, verdankt er
demnach einem andern, und zwar dem Stile nach zu urtheilen — welcher von der eigenthümlichen Ausdrucksweise des Cato keine Spur enthält, aber doch fliessender und besser als in manchen anderen Partien
der origo ist — einem Bearbeiter aus der Zeit der silbernen Latinität.
Von diesem Gesichtspunct aus betrachtet behält aber das Bruchstück
seinen Werth.

135) Tibull II 5 (6) 41: *iam tibi Laurentes adsignat Iupiter agros.*
Ovid Fasti II 679 f.: *Laurentes ... in agros, quondam Dardanio
regna petita viro.* Statius Silvae IV 2, 2: *qui magnum Aeneam Laurentibus intulit arvis.* Vgl. Virgil Aeneis VII 262 und XI 316 ff. Silius
Italicus XIII 55 und Cluver Italia antiqua p. 885 ff.

nicht auf Lavinium allein; der Name desselben breitete sich
an der ganzen latinischen Küstenlandschaft aus von der Tiber bei Rom bis an den Ausfluss des Liris bei Minturnae,
und weist auf Vorgänge und Verhältnisse hin, welche die
Vorgeschichte von Latium beherschten.[136]) Es wird nicht
ohne Interesse sein die Andeutungen manigfacher Art, welche
uns darüber erhalten sind und welche einander absichtslos
ergänzen, zusammenzustellen. Cicero bezeichnet die Küste
südlich von der Tiber als den *ager* der Rutuler und der Aboriginer[137]); es kann keinem Zweifel unterliegen, dass er bei dem
letzteren den *ager Laurens* vor Augen gehabt hat. Auf dem
Gebiete von Ardea kannte man laurentische Hufen[138]): weiter
hinab werden die Fluren und Wälder in der Nähe von Cir-
ceji laurentisch genannt[139]), und hiermit steht die Mythe in
Verbindung, dass der Aboriginerkönig Picus, welcher in
dieser Gegend wahrscheinlich eine Cultstätte hatte, dort um-
herstreifte und der Gemal[140]) oder doch der Geliebte der
Circe wurde. Ueberhaupt war, wie Cato berichtet, die ganze
Feldmark, welche späterhin die Volsker in der Ebene besassen, d. h. die Küstenlandschaft von Antium an in der
Richtung gegen den Liris hin, einst zum grossen Theile in
dem Besitze der Aboriginer.[141])

---

136) Vgl. Bormann altlatinische Chorographie S. 98 ff.

137) de re publica II 3: *in agrum Rutulorum Aboriginumve.*

138) Statius Silvae I 3, 83: *Laurentia Turni iugera.* Näheres hierüber unten.

139) Ovid Metamorphosen XIV 342: *exierat tecto Laurentes Picus
in agros.*

140) Valerius Flaccus VII 232: *et nunc Ausonii coniux ego regia
Pici*, Plutarch quaest. Rom. 21. Auch Virgil scheint zu denen zu gehören, welche die Circe für die rechtmässige Gattin des Picus hielten,
da er ihren Vater, den Sonnengott, als den Ahnherrn des Latinus bezeichnet: vgl. Aeneis XII 164 und dazu die Anmerkung von Heyne.

141) Das Bruchstück, welches Priscian V 12, 65 und VI 8, 41 erhalten hat, lautet (Fragm. 10 bei Roth): *Cato in primo Originum:
agrum quem Volsci habuerunt campestris plerus Aboriginum fuit. plerus* bedeutet hier wie überall 'zum grössten Theile' (vgl. Priscian a.
a. O. mit den von ihm angeführten Stellen), und *Aboriginum* ist als
Genitiv des Besitzes mit *fuit* zu verbinden. Nicht genau ist es daher,

Diese Nachricht erhält von drei Seiten her Bestätigung:
zuerst von Dionysios (I 9), welcher den Liris als die Südgrenze der Besitzungen der Aboriginer angibt, sodann von
Festus, welcher einen *ager Laurens* an dem Flüsschen Astura
unweit Antium kennt[142]), und endlich durch die Mythe,
welche die in dem Walde bei Minturnae am Liris verehrte
Nymphe Marica für die Gattin des Faunus und nach Virgils
Ausdruck[143]) für eine Laurenterin erklärt. Diese Angabe des
Dichters erregte bei seinem gelehrten Ausleger Servius theologische Bedenken: Marica, meinte er, habe als eine Orts-
gottheit den Boden der Landschaft, woran sie gebunden sei,
nicht verlassen können, während sie doch bei ihrer Ehe hätte
nach Laurentum versetzt werden müssen[144]); er bedachte
nicht, dass dem Sinne der Mythe nach Faunus mit seinen
Laurentern zu ihr gekommen war, Grundbesitz in ihrer Nähe
erworben und allem Anscheine nach auch einen Cultus in
ihrem Haine erhalten hatte. Auch das hat einen guten Sinn,
dass Latinus als der dritte König der Laurenter ein Sprössling aus dieser Ehe genannt wird; hierdurch wird ausgedrückt,
dass die Stiftung des latinischen Bündnisses, die eigentliche
That des Latinus, erst eintrat, nachdem die Eroberungen der
Aboriginer schon ihre äusserste Grenze erreicht hatten; in
den beiden ersten Zeiträumen, welche durch die Regierungen
des Picus und Faunus bezeichnet werden, schritten die Schaaren derselben von ihrem Hauptlager zu Laurentum aus un-

---

wenn Corssen über Aussprache usw. der lateinischen Sprache II S. 261
Aboriginum von *plerus* abhängen lässt und dieses durch 'voll' übersetzt. Allerdings bezeichnet *plerus* 'in Fülle', ist aber deshalb mit
plenus nicht gleichbedeutend, wenn auch nahe verwandt.

142) p. 317 M.: *Stura flumen in agro Laurenti est, quod quidam
Asturam vocant.*

143) Aeneis VII 47: *hunc (Latinum) Fauno et nympha genitum
Laurente Marica accipimus.*

144) zur Aeneis VII 47: *est autem Marica dea litoris Minturnen-
sium iuxta Lirim fluvium ... quod si voluerimus accipere uxorem
Fauni Maricam, non procedit. dii enim topici, i. e. locales ad alias
regiones numquam transeunt.*

aufhaltsam gegen Süden hin vor, und erwerben einen immer
weiter ausgedehnten Landbesitz; in dem dritten trat ein Still-
stand in den Occupationen ein, und die Gefahren, welche den
Einwanderern von Norden her, namentlich von Etrurien aus
drohten, bestimmten sie frühere Ansprüche aufzugeben und
zu versöhnenden Massregeln zu schreiten.

Wie übrigens die Gegend von Minturnae der südlichste
Punct ist, wo sich eine Spur des Vordringens der Laurenter
findet, so war die Umgegend von Rom, welche Virgil *Laurentia arva* nennt, ihre nördlichste Besitzung; die heiligen
Schaaren, welche sich, nachdem sie den Anio überschritten,
hier niedergelassen hatten, erkannten Laurentum als ihren
Hauptort an; ein Verhältniss welches, wie eine unverwerf-
liche Nachricht angibt, bis zur Erhebung von Alba fortdauerte. [145])

Fassen wir nun die Winke zusammen, welche in den
verschiedenen Traditionen über den *ager Laurens* gegeben
sind, so werden wir zu einem Ergebnisse geführt, worauf sie
alle übereinstimmend hinweisen. Das Augenmerk der Aboriginer war, als sie von Laurentum aus ihre Züge fortsetzten,
zunächst nicht auf die Einnahme der festen Städte, sondern
auf die Erwerbung des offenen Landes gerichtet. Dieselben
Quellen, welche berichten[146]) dass die nördlichen Städte von
Latium, wie Corniculum, Cameria[147]), Tibur, Antemnae von
ihnen besetzt worden seien, schweigen nicht nur von denen
der Südküste, sondern lassen das Gegentheil durchblicken.
Virgil[148]) hebt ausdrücklich hervor, dass Ardea ihnen nicht
angehörte; um so weniger lässt sich denken, dass sie sich in

---

145) Virgil Aeneis VII 661 und dazu Servius: *Laurentum civitas
plurimum potuit. nam omnia vicina loca eius imperio subiacuerunt.
unde nunc ait arva Laurentia, cum iuxta Tiberim armenta Hercules
paverit. secundum antiquum situm ante Albam et Romam Tiberis
Laurentini fuit territorii.*
146) Vgl. Dionysios I 16, welcher hierbei Varro vor Augen hat.
147) Dionysios II 50.
148) Aeneis VII 369 und 370.

dem Besitze von Antium, Tarracina usw. befanden, obgleich
sie in den Gemarkungen aller dieser Städte Grundstücke inne
hatten. Gewiss würde auch die Feldmark an der Astura
nicht nach Laurentum benannt worden sein, wenn sich eine
andere grosse Aboriginerstadt in der Nähe befunden hätte. [149])
Die Erscheinung, welche sich hierin kundgibt, enthält auch
durchaus nichts was auffallen könnte; es ist dieselbe, welche
in der Geschichte des Alterthums sich öfter in ähnlichen
Fällen wiederholt hat, wenn wandernde Stämme in das Gebiet ansässiger, durch befestigte Städte geschützter Völker
einbrachen und sich in deren Lande festsetzten. Die Aboriginer verfuhren hiernach wie die Dorier, als diese ungefähr
um dieselbe Zeit in den Peloponnes eindrangen, wie die Israeliten, als sie einige Jahrhunderte vorher in Kanaan einwan-
derten: sie schlugen die Heere der Gegner aus dem Felde,
bemächtigten sich durch Gewalt oder Verträge ihrer Ländereien ganz oder theilweise, siedelten sich darauf an und
warteten die günstige Zeit ab, wo die immer tiefer gedemü-
thigten Städte selbst in ihre Hände fallen würden. Vielleicht
stand ihr Verfahren in ganz naher Verwandtschaft mit demjenigen, welches die Germanen unter Ariovist einschlugen,
als sie in Gallien eingewandert waren und sich zuerst mit
einem Drittel der Ländereien abfinden liessen, hierauf aber ein
zweites Drittel forderten [150]); diese Abtretung der Feldmark
nach Dritteln, welche die Sieger und Stärkeren den Ueber-
wundenen und Schwächeren auflegten, kehrt in der späteren
italischen Geschichte öfter wieder; jedenfalls scheint aus vielfachen Spuren und Andeutungen der Schriftsteller hervorzugehen, dass der *ager Laurens*, welchem dieser Name im
eigentlichen Sinne zukam und der wahrscheinlich durch Ueber-

---

149) Beachtenswerth ist auch die in Note 145 angeführte Stelle des
Servius, worin er berichtet, dass einst den Laurentern *omnia vicina
loca* unterworfen waren; er hat hierbei offenes Land vor Augen und
erwähnt deshalb von *urbes* oder *oppida* nichts.

150) Caesar bellum Gallicum I 31, 10 und 11.

reste einer besondern Art der Consecration [151]) für alle Zukunft kenntlich war, nicht überall die Gesammtheit der Landschaften, in denen er vorkömmt, sondern gewöhnlich nur einen
bald grössern bald geringern Theil derselben umfasste.

Beginnen wir hierbei von Süden her, so stellt sich die
Ansiedelung der Aboriginer bei Minturnae mehr wie eine
vereinzelte Niederlassung, wie ein vorgeschobener Posten dar,
welcher wahrscheinlich auch am frühesten wieder aufgegeben
werden musste. Dagegen besassen sie in der Volskerebene
nach dem sicher wohl erwogenen Ausdrucke des Cato [152])
zwar nicht die Gesammtheit, aber den grösseren Theil der
Grundstücke. Auf dem Gebiete von Ardea sassen, wie nicht
zu bezweifeln ist, Laurenter neben Ardeaten und Rutulern [153]),

---

151) Ueber die Bedeutung der Consecration bei den Feldmarken, nach
welcher sich zugleich die Art ihrer Eintheilung, ihrer Grenzsteine, der vor-
zunehmenden heiligen Gebräuche und der zu verehrenden Schutzgötter
bestimmte, ist insbesondere Rudorff in den gromatischen Institutionen
S. 236 ff. und S. 277 zu vergleichen. An welchem dieser Kennzeichen
nun die Landbewohner von Latium und sodann die Alterthumsforscher
noch viele Jahrhunderte später den *ager Laurens* von anderen unterschieden, können wir nicht errathen; möglich ist es, dass es solcher
Kennzeichen mehrere gab, und jedenfalls spielte dabei irgend eine religiöse Cäremonie, welche von alters her überliefert war, eine Hauptrolle.
Was Dolabella (röm. Feldmesser I p. 302) von den drei Silvanen bei jeder
possessio berichtet — was schwerlich allgemein war — kann eine Vorstellung von der Manigfaltigkeit der religiösen Gebräuche auf den italischen Aeckern geben.

152) Vgl. oben Note 141.

153) Aus der Natur der Sache ergibt sich schon von selbst, dass,
bevor die von Laurentum ausgehenden Aboriginer in die Gemarkung
von Antium und weiterhin vordringen konnten, sie zuvor in der Feldmark von Ardea festen Fuss gefasst haben mussten. Um so mehr Beachtung verdienen diejenigen Angaben der Kenner des latinischen
Alterthums, welche dieses bestätigen und damit zugleich manches Licht
über die Vorgeschichte des Landes verbreiten. Es wird daher angemessen sein hier näher auf sie einzugehen. Den Kämpfen der Laurenter
mit den Rutulern, welche mit der Stiftung des latinischen Bundes verknüpft waren und denen niemand den historischen Charakter abspre-
chen wird, ging eine innige Verbrüderung und Bundesgenossenschaft
zwischen den beiden Stämmen voraus; sie tritt vor allem in den bei
den Annalisten wie bei Virgil erhaltenen Erzählungen über Turnus her-

anfangs im Bunde, später im Kampfe mit den letzteren und allem Anscheine nach in der Minderzahl.

Nur in der Gegend, deren Mittelpunct Laurentum selbst

vor, in welchem als dem beide Stämme verbindenden Mittelgliede sich ihre Beziehungen zu einander abspiegeln. Um so wichtiger ist die Frage nach der Herkunft und Nationalität des Turnus. Virgil ist hierbei einer Angabe gefolgt, welche er, wie es scheint, irgend einem griechischen Vorgänger entlehnt hat und die ihm für die dichterische Behandlung seines Stoffes besonders zusagen musste; er erklärt den Helden für einen Sohn des Daunus, also für den Abkömmling eines altardeatischen von Argos hergeleiteten Fürstengeschlechts. Hiermit steht er aber nach allem, was uns sonst erhalten ist, namentlich den Annalisten gegenüber allein, was auch Servius zur Aeneis VII 372 mit der Bemerkung andeutet: *a quibus Turnum vult originem ducere*. Turnus gehörte vielmehr den Rutulern an, welche von den alten Ardeaten verschieden waren (was auch Cluver Italia antiqua p. 974 und Klausen Aeneas und die Penaten II S. 810 freilich von sehr verschiedenen Gesichtspuncten aus erkannt haben); jene waren Einwanderer, hatten aber die Obergewalt über diese erlangt und den Mitbesitz ihrer Stadt erzwungen. Noch in historischer Zeit stellt sich die Zusammensetzung des ardeatischen Staates aus zwei Hauptbestandtheilen in dem Doppelnamen *populus Ardeatis Rutulus* dar (vgl. Cato bei Priscian IV 4, 21, Roth Fragment 64); und auf dieselbe Entstehungsweise deutet Strabon durch den Ausdruck 'Ρούτουλοι οἱ τὴν ἀρχαίαν 'Αρδέαν ἔχοντες hin (V 3, 2 p. 228, womit p. 229 'Ρουτούλους τοὺς 'Αρδέαν κατέχοντας zu vergleichen ist). Den Turnus aber bezeichnet Livius I 2, 1 einfach als *rex Rutulorum*; Cato gibt ihm den Beinamen Herdonius (origo gentis Romanae 13, 4, Roth Fragment 15), welchen auch ein Latiner Turnus aus der späteren Zeit führte (Livius I 50, 3); Dionysios I 60 nennt ihn — wahrscheinlich nach Catos Vorgang — einen Ueberläufer, also einen früheren Bundesgenossen der Laurenter, welcher sich nachmals mit seiner Schaar zu ihren Feinden schlug. Alles dieses will auf einen Königssohn von argivischer Abstammung nicht passen, und in der That scheint es Virgil selbst hiermit nicht sehr ernst zu nehmen: die Auffassung, welcher er als Dichter den Vorzug gab, muss öfter seiner Alterthumskunde weichen. Turnus steht auch in der Aeneide seiner ganzen Verwandtschaft nach den Laurentern näher als den Ardeaten und wird selbst einmal ein Laurenter genannt, während er zugleich an der Spitze ihres Heeres steht (Aeneis VII 650: *excepto Laurentis corpore Turni*); noch bemerkenswerther ist es, dass Virgil Aeneis XII 40 die Rutuler selbst und zwar als Angehörige des Turnus Blutsverwandte (*consanguinei*) der Aboriginer nennt, eine Eigenschaft welche er den argivischen Dauniern unmöglich beilegen konnte. Rutuler und Aboriginer erscheinen dagegen auch bei anderen Schriftstellern auf gleicher Linie neben einander, wie

8*

war, tritt uns ein anderes Verhältniss entgegen: hier, wo
keine bedeutende Stadt ihnen gegenüberstand, betrachteten
sich die Laurenter, wenn wir auf die Ueberlieferung achten,
nach dem Rechte der Sieger als die Oberherren der gesamm-

---

denn auch die Aeneide ihnen bis zur Ankunft des Aeneas dieselben
Feinde gibt und sie die Früchte mancher Eroberung mit einander theilen lässt. Diesen Ueberlieferungen entspricht es nun auch, wenn bei
den Dichtern der ersten Kaiserzeiten in der ardeatischen Landschaft
neben den Hufen des Daunus (den *rigidi . . . iugera Dauni* bei Statius
Silvae V 3, 163) und den rutulischen Anpflanzungen (*arboribus Rutulis
et Turni . . . agro* bei Juvenal Sat. 12, 105) auch laurentische Hufen
(*Laurentia Turni iugera* bei Statius I 3, 83) erwähnt werden. Indessen
würde doch aus diesen Ausdrücken und Andeutungen nur wenig Gewissheit und historischer Aufschluss zu gewinnen sein, wenn sie vereinzelt ständen, wenn sie nicht von anderen Seiten her ihre Erklärung
und einen bestimmteren Inhalt erhielten. Eine besondere Aufmerksamkeit verdient hierbei die Stelle des Virgil, worin er die *Sacranae acies*
aufzählt, welche Turnus zum Kampfe gegen Aeneas und dessen Verbündete aufbietet; es zeigt sich hierin, dass der Dichter eine wohl zu-
sammenhängende Anschauung von den Völkerverhältnissen vor Augen
hatte, welche er in diesen Versen berührt, und dass darin fast alle die
einzelnen Züge wiederkehren, welche wir von anderen Seiten her schon
erkannt haben. Der Katalog der Städte und Völkerstämme nämlich,
welchen das siebente Buch der Aeneide enthält und welcher dem homerischen Schiffskataloge nachgebildet ist, hat zwar nicht überall den
Werth der guten Ueberlieferung, weil der Dichter, wie wir schon an
einem Beispiele gesehen haben, häufig seine besonderen künstlerischen
Pläne verfolgt, und weil er überdies den griechischen Traditionen über
den Ursprung der italischen Städte durchgehends vor den einheimischen
den Vorzug gibt; wo aber solche Rücksichten nicht obwalten, da tritt
sein anerkanntes Streben hervor, ein treues durch Forschung gewonne-
nes Bild der vaterländischen alterthümlichen Zustände zu geben. Eine
Frucht dieses Studiums stellt sich V. 794—802 dar. Turnus ist (abgesehen von den selbständigen Bundesgenossen, welche unter ihren eigenen Fürsten herbeiziehen) der unmittelbare Anführer zweier Streit-
mächte: in seinem eigenen Namen (oder dem seines Vaters Daunus)
bietet er die von Ardea, als Stellvertreter des Latinus (vgl. Heyne zur
Aeneis VII 600 und VIII 1) die von Laurentum auf. Die Heeresfolge
leisten demnach ausser den unterthänigen Stämmen der Aurunker und
Sicaner (von denen unten die Rede sein wird) auf der einen Seite die
Ardeaten, welche in V. 794 und 795 nach ihren beiden Hauptbestandtheilen durch *Argiva pubes* und *Rutuli* bezeichnet werden, auf der anderen die *Sacranae acies*, d. h. nicht nur die Aboriginer von Laurentum selbst, sondern alle diejenigen welche in der Nähe und Ferne auf

ten zwischen der untern Tiber und dem Numicius ausgebreiteten Landschaft und verfügten über die Landstrecken, welche sie nicht selbst anbauten, nach ihrem Ermessen, wie es den Umständen und ihren Zwecken entsprach. Schon oben

---

dem *ager* dieser Stadt sitzen und ihr dadurch heerespflichtig sind; diese sind es namentlich, welche als *delecti Laurentibus agris* (Aeneis XI 431) den Kern ihrer Streitmacht bilden; sie sind es, wenn auch nicht ausschliesslich doch vorzugsweise, von denen es Aeneis IX 607 ff. heisst, dass sie die Ackerstiere mit der Lanze antreiben und bald die Pflugschar handhaben, bald gegen die Mauern der Städte anstürmen. Von V. 796 an folgt daher ein Verzeichniss der Feldmarken, welche von diesen kriegerischen Bauerschaften, den *coloni* und *coloniae* im ursprünglichen Sinne des Wortes, besetzt sind, und dieses stimmt genau mit den Nachrichten überein, welche uns aus anderen Quellen über den *ager Laurens* mitgetheilt werden. Die erste umfasst die *Laurentia arva* an der Tiber von dem linken Ufer dieses Stroms bei Rom an bis zu den Anhöhen von Labicum im Osten und dem Flusse Numicius im Süden hin (*qui saltus, Tiberine, tuos sacrumque Numici litus arant,* womit aus dem vorhergehenden Verse noch die *picti scuta Labici* — die *habiles ad aratra Labici* bei Silius Punica VIII 366 — zu verbinden sind). Die zweite zieht sich über die Hügel des ardeatischen Gebietes hin (*Rutulosque exercent vomere colles*); die Bauern, welche als ansässig auf diesen Anhöhen bezeichnet werden, können, was wohl zu beachten ist, keine Rutuler sein, welche ja V. 795 bereits aufgezählt worden, sondern gehören wie die vorhergehenden und folgenden zu den Laurentern, und hiermit hebt sich die Verlegenheit, welche Heyne beinahe geneigt machte in V. 795 wider die Autorität aller Handschriften die-*Rutuli* mit Servius in *Siculi* zu verwandeln; in dieser Gegend sind also die *Laurentia Turni iugera* des Statius I 3, 83 zu finden, welche demnach von den *rigidi iugera Dauni*, deren derselbe Dichter in den Silvae V 3, 163 gedenkt, allem Anscheine nach verschieden sind. Die dritte breitet sich in den Gegenden aus, in denen die Städte Antium, Pometia, Tarracina u. a. lagen, ohne deshalb diese selbst einzuschliessen; die Besitzungen, welche die Laurenter in dieser Landschaft inne haben, werden nur durch Anhöhen, Wälder, Thäler, Gewässer, Ackerfelder bezeichnet; sie stimmt demnach genau zu dem *ager Volscorum campestris* des Cato, und wird wegen des bedeutenden Umfangs der Fluren, welche hier den Aboriginern gehörten, mit besonderer Ausführlichkeit von Virgil beschrieben.

Kehren wir zu der ardeatischen Landschaft zurück, so werden die verschiedenen Volksstämme, welche einst hier neben einander wohnten und die mit der Zeit zu éinem Staate verschmolzen, nirgends deutlicher und vollständiger aufgeführt als bei Silius Italicus. Dieser Dichter, welcher mit seinem Vorbilde Virgil an Gelehrsamkeit wetteifert und

(S. 65 f.) ist aufmerksam darauf gemacht worden, welchen
Sinn es hat, dass in der Sage König Faunus als der Landes-
eigenthümer dargestellt wird, welcher den Arkadern den palatinischen Hügel überlässt; eine ähnliche Bedeutung hat es,
wenn bei Virgil[154]) König Latinus erklärt, dass ihm eine
weit ausgedehnte Feldmark zur Verfügung stehe, innerhalb
deren Aurunker und Rutuler theils die Aecker bearbeiteten,
theils mit ihren Herden umherzögen. Vergleicht man diese

---

ihn hierin oft mit wenig Geschmack zu überbieten sucht, hat den Ueberlieferungen von Ardea, welche ohne Zweifel vorzüglich reich und
lebendig waren, da sich die Stadt von der Vorzeit her nicht nur durch
Handel und Macht, sondern auch durch Bildung auszeichnete, unverkennbare Sorgfalt zugewendet, wovon sich späterhin noch mancher Zug
darbieten wird. In dem achten Buche, wo er vor der Schlacht von
Cannae die römischen Bundesgenossen aufzählt, bezeichnet er V. 356—
358 die Schaaren, welche Ardea sendet, also:

> Faunigenae socio bella invasere Sicano
> sacra manus Rutuli, servant qui Daunia regna
> Laurentique domo gaudent et fonte Numici.

In diese Worte sind vielfache historische Erinnerungen zusammenge-
drängt. Die Rutuler werden durch den Ausdruck Faunigenae für
Stammverwandte der Aboriginer erklärt, für deren König Latinus Ovid
in den Metamorphosen XIV 449 denselben Namen gebraucht, und dieses
Verwandtschaftsverhältniss wird auch Punica I 608 und 655 hervorgehoben; sie heissen sacra manus, weil, wie Servius zur Aeneis VII 796
angibt, auch von Ardea aus einst eine heilige Schaar ausging, also diese
altitalische Sitte auch eine rutulische war; sie haben das Gebiet inne,
welches in der Vorzeit dem Argiver Daunus angehört hatte; sie haben
Sicaner als Bundesgenossen in ihren Staat aufgenommen (wovon nachher weiter die Rede sein wird); sie erfreuen sich endlich des Besitzes
von Wohnstätten, welche vormals laurentisch waren und sich bis zur
Quelle des Numicius hinziehen. Vergleicht man nun diese Angaben mit
anderen, welche uns erhalten sind, so gewinnen wir folgende Grundzüge der ältesten Geschichte von Ardea. Die Stadt, welche von Altgriechen angelegt worden war, wurde ungefähr um dieselbe Zeit, als
die Aboriginer sich in Latium festsetzten, von einem ihnen verwandten
Stamme, den Rutulern, welcher gleich jenen aus dem Gebirge nach der
Küste vordrang, überfallen, und musste diese in ihre Mauern aufnehmen;
die Eroberer hatten sich bei ihren Kämpfen anfangs mit den Laurentern verbündet und sich über den Besitz des offenen Landes mit ihnen
verglichen, geriethen aber nachmals mit ihnen in Fehde und riefen
Etrusker gegen sie herbei.

154) Aeneis XI 316—321.

beiden Beispiele mit einander, so ergänzen sie sich und stellen sich zugleich als verschieden dar; in dem letzteren erscheint die Benutzung der Fluren, welche den Besitzern gestattet ist, als dem Widerruf unterworfen — denn der König zieht sie ein — und ohne Zweifel muss hinzugedacht werden, dass sie auch mit Abgaben und anderen Leistungen. belastet sei[155]); in dem ersteren werden dagegen die Wohnsitze und Aecker, welche die Aboriginer den befreundeten Arkadern einräumen, diesen für die Dauer als Eigenthum angewiesen. [156])

Vereinigen wir nun die einzelnen bisher betrachteten Züge zu einem Gesammtbilde, so erinnern sie an wohlbekannte geschichtliche Rechtsverhältnisse; sie tragen eine unverkennbare Familienähnlichkeit an sich, welche auch durchaus nicht überraschen kann; sie enthalten die Grundlinien eines politischen Systems, welches sich allmählich von Italien über den alten Weltkreis ausgebreitet hat und ein Hauptmittel zur Unterwerfung desselben geworden ist; mit éinem Worte, der *ager Laurens* ist der rechtmässige Ahnherr des mit den Waffen erworbenen Landes (des *ager armis partus*) der Römer, und zwar sowohl desjenigen Theiles desselben, welcher Bürgern oder italischen Bundesgenossen zum Eigenthum assigniert wurde, als auch des so charakteristisch merkwürdigen *ager publicus populi Romani*.

An diese Wahrnehmung liesse sich nun leicht der Verdacht anknüpfen, dass die römischen Alterthumsforscher und Annalisten das Bild der Einrichtungen, welche sie in ihrem Staate vor Augen hatten, auf die latinische Vorzeit übertragen haben und dass hierin die Hauptquelle der eben angeführten Traditionen zu suchen sei; so beliebt aber diese

---

155) Dieses nimmt auch Servius zur Aeneis XI 318 an: *agrum quem tamquam stipendiarium habebant Rutuli cl Aurunci.*

156) Vgl. die oben S. 66 Note 91 angeführten Stellen. Am bündigsten heisst es bei Justin XLIII 1: *cui Faunus et agros et montem .. benigne assignavit;* hierin ist der technische von Trogus Pompejus herrührende Ausdruck zu erkennen.

Betrachtungsweise auch ist, die unbefangene Kritik wird sie
hier wie häufig auch an anderen Stellen abweisen müssen.
Die römische Annalistik war nichts weniger als geneigt den
Ursprung der vaterländischen Institutionen ausserhalb der
Stadt zu suchen; wo es irgend angeht, zieht sie es vor die
Entstehung derselben der Weisheit ihrer eigenen Könige oder
der Erfindung ihrer Patres zuzuschreiben, und dieses geschieht namentlich überall, wo von der Behandlung der besiegten Feinde und der eroberten Ländereien die Rede ist.
Was daher die Römer von einem dem ihrigen ähnlichen Verfahren bei den alten Latinern berichten, das haben sie aus
Spuren und Ueberlieferungen entnommen, welche sich ausserhalb Roms vorfanden, deren Kenntniss ihre Auguren und
Agrimensoren mit denen anderer latinischer Städte theilten
oder vielmehr in älterer Zeit von diesen empfingen, und hierunter waren namentlich die in Lavinium erhaltenen vorzugsweise gut beglaubigt. Sicher entspricht es ja auch einer
echten geschichtlichen Auffassung, dass die Politik, mit der
Rom bei seinen Siegen und Eroberungen verfuhr, nicht mit
der Gründung der Stadt geboren wurde; ihre Ursprünge
liegen vielmehr in den Verhältnissen, welche mit der Einwanderung der Aboriginer zusammenhingen, und noch mehr
in Grundsätzen, welche sie aus einer noch viel früheren Vorzeit her nach Italien mitgebracht hatten; diese haben sich
in Laurentum und nachmals in dem Colonialsystem von Alba
longa fortgebildet, und sind von diesen Städten aus zu den
Römern gelangt, welche sie mit neuen Zügen bereicherten,
sie zur Vollendung und im weitesten Umfange zur Durchführung brachten.

Die berühmte Schenkung des Königs Latinus wird hiernach in das richtige Licht treten, wenn wir die Nachricht
über sie in römische Ausdrücke und Begriffe übertragen: sie
war die Assignation eines Territoriums, welche die Aboriginer aus dem von ihnen eroberten Lande vornahmen, und
zwar nach der Aeneassage an eine erst zu gründende, nach
der besseren Ueberlieferung an eine schon vorhandene Stadt.

Die Lavinaten hatten — so viel lässt sich aus den gegebenen Umständen entnehmen — den mächtigen Schaaren der
Einwanderer keinen Widerstand leisten können, sie waren
ihnen unterthänig geworden für einen Zeitraum von unbe-
stimmbarer Dauer, welchen die einheimische Tradition durch
die Regierung des Lavinus, des Bruders des Latinus, bezeichnet, und hatten vor allem das Eigenthum ihrer Aecker
an jene verloren, wenn sie auch die precäre und belastete
Benutzung derselben ganz oder theilweise behielten; da beschlossen die Sieger in ein freundlicheres Verhältniss als bisher zu den Landesbewohnern zu treten, welche sie vorgefunden und bekriegt hatten; sie begannen damit das wegen
seiner Heiligthümer hochgeehrte Nachbarstädtchen zu heben
und zu vergrössern, um es zur Bundesstadt zu machen, und
einer der hiermit nothwendig verbundenen Schritte war, dass
sie ihm die früher eingezogene Feldmark (als *ager veteribus
possessoribus redditus* [157]), wie es die Römer nannten) zu vollem
Eigenthum zurückgaben, auch wohl diese durch andere ihnen
gehörende Strecken des *ager Laurens* erweiterten und ab-
rundeten. Der Umfang dieses Gebietes, wie er damals festgestellt wurde, ist im ganzen bis zur römischen Kaiserzeit
hin erhalten und durch die Religion geschützt worden, wenn
auch im einzelnen vielleicht Grundstücke hinzukamen und
verloren gingen; er war im Verhältniss zu der Grösse der
Stadt und der Bürgerzahl beträchtlich. Ein Gesammtbild
der Landschaft, welche zu Lavinium gehörte, ist uns indessen
bei keinem Annalisten oder Geschichtschreiber des Alterthums
erhalten; die manigfachen Angaben, welche diese mittheilen,
betreffen, wie sich bald näher zeigen wird, nur einzelne Bestandtheile und Gegenden derselben, sind aber von diesem
Gesichtspuncte aus betrachtet sehr belehrend. Dagegen ist
die Beschreibung, welche Virgil von ihr gibt [158]), zusammen-

---

157) Vgl. über den Gebrauch und die Bedeutung dieses Ausdrucks
Rudorff gromatische Institutionen S. 317 mit den dort angeführten
Stellen und insbesondere Hygin de condicionibus agrorum p. 116.

158) Die Hauptstelle (womit jedoch mehrere andere zu verbinden

hängend, anschaulich und mit der Treue und Sorgfalt behandelt, welche von ihm zu erwarten war; er musste den
Schauplatz seines Heldengedichts, welcher in so unmittelbarer

---

sind) findet sich, wie bekannt, im 1ln Buche der Aeneide V. 316—323
in der Rede, womit König Latinus den Häuptern der Laurenter seinen
Entschluss ankündigt, den Trojanern eine Feldmark und die Erlaubniss
zur Gründung einer Stadt anzubieten. Er sagt:

> est antiquus ager Tusco mihi proximus amni,
> longus in occasum, finis super usque Sicanos;
> Aurunci Rutulique serunt et vomere duros
> exercent colles atque horum asperrima pascunt.
> haec omnis regio et celsi plaga pinea montis   320
> cedat amicitiae Teucrorum, et foederis aequas
> dicamus leges sociosque in regna vocemus:
> considant, si tantus amor, et moenia condant.

Die Erklärungen, welche ältere und neuere Ausleger zu diesen Versen
geben, können nicht befriedigen; sie legen — und hiervon ist auch
Heyne nicht immer frei — dem Dichter Vorstellungen unter, welche er
nicht gehabt haben kann, und schreiben ihm sogenannte Licenzen zu,
welche an das sinnlose streifen würden, während bei genauerem Eingehen alles bei ihm.klar und durchdacht erscheint. Virgil will das
ganze Territorium — wofür regio sogar der Kunstausdruck ist, vgl.
Rudorff a. a. O. S. 235, Siculus Flaccus p. 135 (Lachmann) — anschaulich schildern, welches der Stadt angewiesen wurde und innerhalb dessen
sie gegründet werden sollte (et moenia condant; vgl. Aeneis XII 193
und 194 und Heyne Excurs II zum 7n Buche p. 523—525); hierbei war
er nothwendig an das gebunden, was zu seiner Zeit bestand und auf
uralte lex et consecratio zurückgeführt wurde; er konnte ausschmücken,
aber nichts wesentliches ändern. Durch vielfache Zeugnisse steht es
aber unbestreitbar fest, dass das Gebiet von Lavinium auf der einen
Seite das Ufer des Numicius berührte und ihn vielleicht sogar über-
schritt, auf der anderen nahe oder völlig bis an die Tiber reichte, und
dieses deutet der Dichter selbst VII 242 in den Worten an: urguet
Apollo Tyrrhenum ad Thybrim et fontis vada sacra Numici. In den
vorliegenden Versen beginnt Latinus aus einem Grunde, welcher später
hervortreten wird, mit dem nordwestlichen Ende der Feldmark an der
Tiber (V. 316), gibt dann aber sogleich in V. 317 die ganze Ausdehnung und Richtung derselben an. Nach Heyne sollen nun die hier genannten fines Sicani in der Nähe von Rom zu suchen sein, und demnach ein ager verstanden werden, welcher sich westlich von Laurentum
am Ostufer der Tiber hinauf gegen Rom hinziehe. Diese Auslegung
ist von allen Seiten her unhaltbar. Lag denn das Gebiet von Lavinium
oder gar die Stadt in dieser Gegend? oder kann dieselbe bezeichnet
werden als westlich von Laurentum liegend? und wie kämen die Ru-

Nähe von Rom lag, nicht nur selbst immer lebhaft vor Augen haben, sondern auch darauf rechnen, dass er von Tausenden seiner Leser die Aeneide in der Hand besucht werden würde.

---

tuler hierher? Mehrere Irrthümer walten hier ob, welche verschwinden, wenn man sich auch hier wieder die Vorstellung des Dichters von den Völkerverhältnissen im alten Latium, die aus guten Studien der Annalisten hervorgegangen ist, zur Klarheit bringt. Aus vielen Gründen wird es angemessen sein hierbei etwas länger zu verweilen. Virgil stimmt mit Cato und anderen Alterthumsforschern darin überein, dass die Aboriginer in Latium eingewandert seien; er bezeichnet sie jedoch nicht mit jenem in der Prosa gewöhnlichen Namen, auf welchen er VII 181 blos anspielt, weil das Wort Aboriginer, wie Servius zu der Stelle bemerkt, nicht in das Versmaass passte und auch wohl sonst sich für den poetischen Stil nicht eignete; er nennt sie vielmehr bald Latiner nach dem von ihnen eingenommenen Lande, welches, wie er mit vielen anderen annimmt, diese Benennung (VIII 322 f.) schon seit Saturns Zeiten führte, oder er nennt sie Laurenter nach ihrem Hauptlager, wo bereits Picus eine königliche Burg errichtet hatte (VII 171) und wo Faunus als *divus Laurens* verehrt ward (XII 765) — wenn auch erst Latinus die eigentliche Stadt Laurentum anlegte und nach ihr sein Volk benannte (VII 61—63) — oder er legt ihnen, insbesondere im Gegensatz zu den Ausländern, den allgemeinen Namen Italer bei, und noch öfter endlich gibt er ihnen den der Ausonier (Aeneis VII 233 und 547. X 105. XI 297. XII 447. 834. 838 u. a. St.), welcher für alle einheimischen Stämme galt, die von Etrurien an zwischen dem Appennin und dem unteren Meere wohnten. Auch nach ihm hatten die Laurenter oder Aboriginer früher in den nachmals von den Sabinern besetzten Bergen gewohnt und waren diesen stammverwandt, woraus sich erklärt, weshalb ihre Könige den *pater Sabinus vitisator* als den Landesgenius ihrer ehemaligen Heimat und den Schutzherrn ihrer Stammgenossen unter ihren Ahnen- oder Larenbildern aufstellten (Aeneis VII 178); sie hatten aber schon mehrere ihrer früheren Besitzungen an die Sabiner verloren, woher es kömmt dass deren Fürst Clausus auch *populi Latini* in seinem Gefolge mitführt (VII 716). Mit den halbwilden Urbewohnern von Latium (mit der *gens virum truncis et duro robore nata*, deren Evander in seiner Erzählung VIII 315 gedenkt) dürfen sie durchaus nicht, wie doch öfter geschehen ist, verwechselt werden; sie trafen erst nach dem Zeitalter des Saturnus ein, als Kriegswuth und Eroberungslust (*belli rabies et amor habendi* VIII 327) zu Einfällen in die Nachbarländer antrieb, und sind unter der *Ausonia manus* verstanden, deren Einwanderung in Latium Evander VIII 328 erwähnt. Unter den Stämmen, welche sie in der Landschaft an der unteren Tiber vorfanden, werden von Virgil zwei hervorgehoben. Der eine bestand aus Aurunkern, welche der Dichter, wenn sie auch unter dem allgemeinen

Zugleich zeigt er hier wie überall die innigste Vertrautheit mit den Ueberlieferungen aus der Vorzeit und ein so gutes Urtheil in der Benutzung der Forschungen seiner Vorgänger,

---

Namen der Ausonier mitbegriffen sind, doch als einen besonderen und zwar älteren Bestandtheil derselben unterscheidet, und hierin ist er allem Anscheine nach dem Vorgange Catos gefolgt, nach welchem die Aurunker in den vortrojanischen Zeiten an der ganzen südlichen West-küste von Italien bis nach Rhegium hin wohnten (vgl. Cato im 3n Buche der Origines bei Probus zu Virgil p. 4 Keil, Roth Fragment 75). Aus ihm hat auch wohl Servius zur Aeneis VII 206 seine Angabe entnommen: *Aurunci vero Italiae populi antiquissimi fuerunt*, womit Gellius I 10, 1 (und nach ihm Macrobius Saturn. I 5, 1) übereinstimmt, welcher unter den Völkerschaften, *qui primi coluisse Italiam dicuntur*, an erster Stelle die Aurunker nennt, auf diese die Sicaner folgen lässt und erst alsdann die Pelasger erwähnt, deren Ankunft, wie bekannt (vgl. oben S. 39 f.), mit der Wanderung der Aboriginer gleichzeitig gesetzt und in Zusammenhang gebracht wurde. In Latium gehörten also dem Dichter zufolge die Aurunker zu den Urbewohnern des Landes; von ihren Grei-sen konnte Latinus Traditionen kennen lernen, welche viele Menschen-alter über den trojanischen Krieg hinaufreichten (Aeneis VII 206). In Campanien und weiterhin sassen die Stammgenossen derselben noch unabhängig (VII 727); in Latium und in der Nachbarschaft hingegen waren sie der Uebermacht theils der Aboriginer, theils der Rutuler (deren Held Turnus· den Aurunkerfürsten Acron überwunden hatte, XII 94) erlegen; und in Folge hiervon mussten sie dem Aufgebote der Sieger zum Kriegsdienste nicht als freie Verbündete, sondern als Unterthanen Folge leisten (VII 795 verglichen mit VII 727), und benutzten ohne festen Grundbesitz als Hirten oder Ackerbauer die ihnen von den Lau-rentern aus Gnade überlassenen Triften und Fluren. Der andere Stamm, welchen die Aboriginer vorfanden, waren die Sicaner oder Siculer: denn unter diesen beiden Namensformen, von denen Virgil überall die erstere vorzieht, wird (wie schon Servius, Heyne und viele nach ihnen wahrgenommen haben) bei den römischen Schriftstellern ein und das-selbe Volk verstanden. Sie waren nicht, wie die Aurunker, Eingeborene Italiens — was nur Dionysios I 9 und II 1 entweder nach irgend einer schlechten Quelle oder, was viel wahrscheinlicher ist, nach einem blossen Misverständnisse angibt — sondern nach der allgemeinen Annahme der Alterthumsforscher Einwanderer, und zwar geben einige, welche grie-chischen Schriftstellern folgten, Iberien (Servius zur Aeneis VIII 328) oder Ligurien als ihre frühere Heimat an, andere hingegen, welche eine bessere und wahrscheinlich in Latium selbst verbreitete Tradition zu Grunde legten, liessen sie aus Sicilien kommen, wie Servius an drei Stellen (I 2. I 533. III 50) wiederholt, bei welchem Zuge König Italus (nach einigen auch dessen Bruder Sicanus) ihr Anführer war. Ihnen

dass man ihn nur um so höher schätzen lernt, je mehr
Aufmerksamkeit man seinen Worten zuwendet, welche oft in
feinen Andeutungen die beste Ergänzung zu den uns so

schliesst sich Virgil an: er stellt die Sicaner als von aussen gekommene
Eroberer von Latium auf gleiche Stufe mit den Aboriginern VIII 328:
tum manus Ausonia et gentes venere Sicanae, und indem er V. 329
unmittelbar hinzufügt: *saepius et nomen posuit Saturnia tellus*, weist
er unverkennbar auf ihren König Italus hin, von welchem ja das Land
(I 533) den Namen Italien erhalten hatte, und der deshalb unter den
Larenbildern der laurentischen Könige erscheint (VII 178), weil er vor
ihnen in Latium geherscht hatte. Mit diesen ihren Vorgängern, den
veteres Sicani, wie sie VII 795 genannt werden — in VIII 328 stehen
sie nur deshalb hinter *Ausonia manus*, weil der folgende Vers mit
ihnen verknüpft werden soll — begannen die Aboriginer einen siegreichen Kampf, welcher aber keineswegs, wie Dionysios I 16 und 22
übertreibend angibt — mit ihrer völligen Verjagung aus Latium endigte; die Laurenter hatten im Süden der Tiber nur die Küstengegend
erobert, und diejenigen Sicaner, welche hier zurückblieben, traten ähnlich wie die Aurunker zu ihnen in ein Verhältniss der Unterthänigkeit
(VII 795 und oben Note 153 S. 116); jenseits der Anhöhen aber, welche
diese Gegenden begrenzten (insbesondere nach Tellena und Aricia hin,
die selbst einst Siculerstädte waren: Dionysios I 16; Cassius Hemina
bei Solinus 2, 10), wohnten die Sicaner noch unabhängig und sind erst
später mit der latinischen Nation verschmolzen. Sehr richtig und im
Sinne seines Dichters bemerkt Servius zu III 500 mit Beziehung auf
die vorliegende Stelle, dass die Siculer von der Gegend von Rom an
bis zu den Rutulern und Ardea hin gewohnt haben, und hiermit
stimmt Silius in den Punica VIII 356 überein, welcher noch für eine
spätere Zeit Sicaner im Volke der Rutuler und zwar als freie Genossen
desselben aufführt. Wahrscheinlich ist es auch, dass in dieselbe Gegend
diejenigen Sicaner zu setzen sind, welche nach Plinius n. h. III 5, 69
einst als selbständige latinische Gemeinde zu der Festgenossenschaft auf
dem Albanerberge gehörten. Aus diesen Verhältnissen erhalten die
vorliegenden Verse XI 318 ff. ihre Erklärung. In einer früheren Stelle
VII 796—802 waren diejenigen Strecken des *ager Laurens* aufgezählt
worden, welche den Sacranern als Privateigenthum assigniert waren,
über welche daher Latinus nicht verfügen konnte, um daraus der Stadt
Lavinium ein Territorium anzuweisen. Bekannt aber ist es aus dem
Verfahren der Römer, dass besonders solche Landstrecken, welche an
den Grenzen des feindlichen Gebietes lagen, lange Zeit unvertheilt und
Gemeindeland blieben; ein solcher *ager publicus populi Laurentis* ist
es, welchen der Dichter beschreibt. Latinus sagt: *est antiquus ager
mihi*. Hierunter kann nicht sein Krongut, sein Temenos (vgl. Cicero
de re publica V 2) verstanden sein, wogegen schon die Beschaffenheit

lückenhaft erhaltenen Nachrichten Catos und anderer Alterthumsforscher darbieten. Nach ihm dehnte sich die Feldmark in die Länge (d. h. mehr in die Länge als in die
Breite) aus, begann im Südosten der Stadt entweder am Ufer
oder schon jenseits des Numicius, zog sich immer längs den
Grenzen der die östliche Thalebene bewohnenden Sicaner hin
und endigte im Nordwesten ganz in der Nähe der Tiber.
Die Beschaffenheit des Bodens wird als vorwiegend hart und
unfruchtbar dargestellt, was alle alten wie neueren Schriftsteller bestätigen; die niedrigen, meist (jetzt und ebenso wohl
auch ehemals) mit Gebüsch bedeckten Hügel können nur
schwer mit der Pflugschar bearbeitet werden und die rauhe-
sten Stellen derselben dienen zu Weideplätzen; auch ein
höherer Berg mit einem Fichtenwald wird erwähnt, welcher
gleichsam als Zugabe zu der Feldmark dient (von welcher

---

und der Umfang des beschriebenen Gebietes spricht; zwar lag allerdings ein ausgedehnter *campus* des Königs in der Nähe der Tiber
(Aeneis VII 484 ff.), derselbe welcher für den Fall des Sturzes des Latinus dem Nisus als Preis seiner Heldenthat zugesagt wird (IX 274:
insuper his campi quod rex habet ipse Latinus); auf diesen aber wollte
der König und konnte er auch wohl ohne Abdankung nicht verzichten;
alle Merkmale sprechen vielmehr für einen *ager publicus*, über welchen
den Königen — wie aus der römischen Verfassung bekannt ist — namentlich mit dem Beirathe der versammelten Patres, unbestreitbar das
Recht der Verfügung zustand. Uebereinstimmend hiermit gaben die
Quellen, denen Dionysios gefolgt ist, nicht den Latinus, sondern das
Gemeinwesen der Aboriginer als Schenker an. — Es heisst sodann
V. 317 weiter: *longus in occasum, finis super usque Sicanos.* Da der
Endpunct des Gebietes sich nach Westen (*in occasum*) hinzieht, so
muss der Ausgangspunct im Osten liegen, und dieser wird so nothwendig vorausgesetzt und gefordert, als wenn ausdrücklich *ab oriente*
voranstände: die Richtung des *ager* beginnt also südöstlich am Numicius, zieht sich nordwestlich nach der Tiber und läuft hierbei ununterbrochen (*usque*) am Rande der Grenze der Sicaner hin; *super* steht
nämlich in dem Sinne von *super flumen* und ist hier ein um so passen-
derer Ausdruck, da die Grenze, wie sich auch aus den folgenden Versen
ergibt, über waldige Anhöhen ging, unter denen sich die Campagna
ausbreitet. Vgl. Westphal römische Campagna S. 16 und dié dazu gehörende Karte. Virgil hat also, was er thun musste, das Gebiet von
Lavinium richtig beschrieben, und hiermit wird sich die im Texte gegebene Erklärung seiner Verse rechtfertigen.

er vielleicht gesondert lag), und der wahrscheinlich in der
Richtung nach Ardea hin zu suchen ist. Diese ganze Landschaft, welche bisher zu dem Gemeinlande der Laurenter gehört hatte, konnte nicht als unbewohnt dargestellt werden;
mit Beachtung der Zeit- und Rechtsverhältnisse wird daher
nicht ohne einen gewissen Grad von Wahrscheinlichkeit angenommen, dass es einestheils Aurunker waren, denen als
Unterthanen, und anderntheils Rutuler, denen als Bundesgenossen und Nachbaren einstweilen der Besitz und Genuss
dieser öffentlichen Aecker und Weiden verstattet gewesen sei.

Nur éines Stammes, dessen Namen man vor allen anderen hätte erwarten sollen, gedenkt der Dichter hierbei nicht,
obgleich er ihn eben erst berührt hat, jener Siculer oder
Sicaner nämlich, welche nach guten Nachrichten von alters
her auf dem Boden von Lavinium selbst gewohnt hatten [159]);
dem Sänger der Aeneide konnte eine Ueberlieferung, welche,
wenn ihre Spur festgehalten und verfolgt wurde, zu Zweifeln
an der von ihm gewählten Sage führen musste, natürlich
nicht zusagen; wenn er sie kannte, was sehr wahrscheinlich
ist [160]), so hat er sie mit der Annahme beseitigt, dass die
Laurenter in einer früheren Zeit die Siculer aus dem Grenz-

---

159) Servius zur Aeneis I 2 hat seine zuversichtliche Angabe: *ibi
autem habitasse Siculos, ubi Laurolavinium est, manifestum est,* aus
Quellen die er nicht nennt; sie wird aber auch durch die Natur der
Sache bestätigt. Es ist gut bezeugt, dass nördlich, östlich und südlich
vom lavinatischen Gebiete Siculer gesessen hatten; wie liesse es sich
denken, dass sie von ihm selbst ausgeschlossen gewesen wären?

160) Bei dieser Gelegenheit sei es gestattet wiederum auf eine
schon öfter gemachte Bemerkung hinzuweisen (die auch dem Servius
nicht entgangen ist, vgl. zur Aeneis I 267), welche sich jedem aufmerksamen Leser des Virgil aufdrängen muss und viele auffallende Stellen
desselben erklärt. Der Dichter, welcher den ganzen Stoff der alterthümlichen Sagen überblickt, spielt nicht selten auch auf solche an,
welche er seinem Plane gemäss abweisen musste. Wenn daher Servius
zur Aeneis VI 84 bei den allerdings auffallenden Worten *in regna
Lavini Dardanidae venient* (vgl. 1 270 *ab sede Lavini*) unter anderem
vermuthet, dass in dieser Ausdrucksweise eine leise Hindeutung auf die
Ueberlieferung von Lavinus, dem Bruder des Latinus, liege, so ist dieser
Gedanke wohl nicht so grundlos als man annehmen möchte.

lande hinaus in die jenseitige Ebene zurückgeworfen haben.
Auf diesem Wege dürfen wir ihm aber nicht folgen, wir
müssen vielmehr an bessere und zuverlässige Nachrichten an-
knüpfend in dieser Beziehung seine Darstellung theils be-
richtigen theils ergänzen.

Die allgemeinen Angaben über die laurolavinatische Feldmark sind nämlich keineswegs die einzigen, welche uns erhalten sind; wir besitzen neben ihnen noch besondere, welche
für die Geschichte der Stadt von vorzüglicher Wichtigkeit
sind. Bei der Erhebung derselben zur heiligen Bundesstadt
waren vor allem Grundstücke ausgewählt worden, welche die
sogenannten Wächter der Burgpenaten als Erbgüter erhielten; der angenommenen Sage zufolge waren diese Trojaner
von Ursprung und Begleiter des Aeneas; der That nach waren
sie, wie schon bemerkt, die alten Bürger des Ortes, welche
deshalb auch im engeren Sinne und im Gegensatz zu anderen
Bewohnern desselben die Lavinaten hiessen. Die Normalzahl
derselben war auf sechshundert festgesetzt, womit nothwendig
zusammenhing, dass auch sechshundert gleiche Landloose für
sie ausgesondert waren. Die Hauptangabe, wodurch wir
diese Anordnung kennen lernen, wird uns bei Gelegenheit
der Gründung von Alba mitgetheilt. Als damals, wie die
bekannte Sage lautet, auch die Lavinier ihre Stadt verlassen
und die Penaten[161]) ihrer Burg mit sich auf den Albanerberg
genommen hatten, kehrten diese zweimal während der Nacht
von selbst auf den Burghügel von Lavinium zurück[162]); auf
dieses Zeichen ihres Götterwillens wurde beschlossen sie in
ihrem alten Sitze zu lassen und sechshundert Bürger zu ihrer
Bewachung und zur Wartung ihrer Heiligthümer zurückzu-

---

161) Den Ausdruck *dei penates* gebraucht Servius, die origo g. R.
hat *simulacra deorum penatium*; dass aber die Burggötter verstanden sind, geht aus Dionysios I 67 verglichen mit I 57 und aus Tzetzes
zu Lykophron V. 1232 τὰ ἐκ Τροίας ἀγάλματα deutlich hervor.

162) Vgl. Dionysios I 67. Servius zur Aeneis I 270. Auctor de
origine gentis Romanae 17, 2 und andere bei Schwegler röm. Gesch.
I S. 319 Note 11 angeführte Stellen.

senden.[163]) Wie man sich nun auch die Entstehung dieser
Legende erklären mag — sie wurde auch von einer angeblichen Versetzung der Penaten nach Rom erzählt[164]) und
war offenbar bestimmt von jedem ähnlichen Versuche abzu-
schrecken — der aus dem Leben selbst entnommenen Thatsache, welche dabei hervortritt, dass es nämlich in Lavinium
eine geschlossene Körperschaft von sechshundert Bürgern
gab, welche allein das Recht wie die Pflicht hatten sich dem
Cultus der Burggötter zu widmen, und aus deren Mitte die
verschiedenen Priester und Diener derselben hervorgingen,
lässt sich die historische Wahrheit nicht abstreiten. Eine
Institution von so positivem und ausgeprägtem Charakter
konnte von den Annalisten nicht erfunden und noch weniger
einer Stadt, auf welche die Augen von ganz Latium gerichtet
waren, angedichtet werden.[165]) Diese Einrichtung bestand
also ohne allen Zweifel in der geschichtlich bekannten Zeit,
und ihr Ursprung wurde mit gutem Grunde auf das früheste
Alterthum zurückgeführt; er reichte nicht blos bis zur Stiftung von Alba, sondern noch etwas höher hinauf bis zur
Errichtung des latinischen Bundesstaates selbst; denn jene
sechshundert Gefährten, welche der Sage nach Aeneas damals mit sich nach Lavinium gebracht haben soll, waren, wie
bereits richtig bemerkt worden ist[166]), von den Ahnherren
der sogenannten Penatenwächter durchaus nicht verschieden.

---

163) Bei Dionysios a. a. O. werden sie μελεδωνοὶ τῶν ἱερῶν genannt, Servius bezeichnet sie durch *qui sacris praeessent*, der Verfasser der origo g. R. scheint sie unter den *custodibus nescio quantis*
zu verstehen, von denen die Penaten in Alba, als sie sich dort befanden, bewacht wurden; wahrscheinlich war ihm die Zahl sechshundert
hierfür so unglaublich gross vorgekommen, dass er vorzog sie gar nicht
zu nennen.

164) Servius zur Aeneis III 12.

165) Diese Bemerkungen würden überflüssig sein, wenn nicht noch
Schwegler a. a. O. I S. 319 die Zahl 600 als willkürlich ersonnen betrachtete, indem man die Zahl der 30 Bundesstädte mit 20 vervielfältigt habe.

166) Vgl. Schwegler a. a. O. I S. 319 Note 14, welcher jedoch den
Zusammenhang ganz anders auffasst.

Von grossem Interesse aber ist ein ganz unbeachtet ge-
bliebener Zug, welchen Servius zu jener Legende von der
Heimkehr der Penaten hinzufügt: als beschlossen war, dass
sie in ihren Sitzen bleiben sollten, wurden ihnen, so berichtet
er[167]), Männer beigegeben, welche ihre Heiligthümer zu verwalten hatten, und diesen wurde ein Grundeigenthum (*ager*)
angewiesen, wovon sie ihren Unterhalt beziehen sollten. Hiermit werden wir aufs neue in die Mitte thatsächlicher Lebensverhältnisse versetzt; die Körperschaft der Penatenwächter
war hiernach mit einem besondern Theile der Feldmark, auf
welchem ein jedes ihrer Mitglieder sein Grundstück angewiesen erhielt, ausgestattet; die Lage und Grösse desselben
musste allgemein bekannt, er musste als einer der ansehn-
lichsten Bestandtheile des Stadtgebietes in den Flurbüchern
verzeichnet sein. Dieses wirft Licht auf einige Aussagen der
besten römischen Annalisten, welche sonst räthselhaft und
unbegreiflich erscheinen. Cassius Hemina hatte in seinen
Annalen erzählt, wie wir aus einem gedrängten Auszuge erfahren, welchen Solinus aus ihnen mittheilt, dass Aeneas von
dem König Latinus fünfhundert Jugera Landes empfangen
habe.[168]), eine Angabe welche auch aus einem sonst unbekannten Annalisten Domitius und von anderen Schriftstellern

---

167) Servius Fuldensis zur Aeneis I 270: *eos manere passus est
(Ascanius), datis qui sacris praeessent agroque eis adsignato, quo se
alerent.*

168) Die ganze Stelle lautet im Polyhistor 2, 14 und 15: *nec omis-
sum sit Aeneam aestate ab Ilio capto secunda Italicis litoribus appul-
sum, ut Hemina tradit, sociis non amplius sexcentis, in agro Laurenti
posuisse castra: ubi dum simulacrum, quod secum ex Sicilia advexerat, dedicat Veneri matri quae Frutis dicitur, a Diomede Palladium
suscepit, tribusque mox annis cum Latino regnat socia potestate, quin-
gentis iugeribus ab eo acceptis: quo defuncto summam biennio adeptus
apud Numicium parere desiit anno septimo, patrisque indigetis ei nomen datum.* Die Nachricht über die *quingenta iugera*, welche dem
Solinus besonders bemerkenswerth erscheinen mochte, ist von ihm
am Schlusse des Berichts über die Beziehungen des Latinus zu Aeneas
nachgetragen worden, wohin sie natürlich nicht gehören kann, und
woraus sich daher kein Schluss über die Reihen- und Zeitfolge der von
Hemina erzählten Ereignisse entnehmen lässt. Mehr hierüber unten.

bestätigt wird. [169]) Dem Cassius darf man den Unsinn nicht zutrauen, dass er mit dieser geringen Hufenzahl den Flächeninhalt der ganzen Feldmark von Lavinium habe bezeichnen wollen; was er vor Augen hatte, wird daraus klar, dass er kurz vorher die sechshundert Gefährten des Aeneas erwähnt; das, worauf er hinweist, war demnach eine noch in seiner Zeit vorhandene vermessene Flur von Grundstücken, welche in der Gegend lag, wo Aeneas gelandet sein sollte, und welche den Nachkommen seiner Begleiter, den Penaten-wächtern, angehörte.

Dieser Nachricht steht eine andere zur Seite, welche uns Servius aus den Origines des Cato erhalten hat: die Trojaner, hiess es hier, haben von Latinus eine Feldflur (*ager*) empfangen, welche zwischen Laurentum und den *castra Troiana* liegt und siebenhundert Jugera enthielt. [170]) Cato war, wie bekannt, kein Träumer, welcher sich in Untersuchungen über die Grösse eines Feldes hätte verlieren können, dessen Dasein nur der Sage und der Heroenzeit angehörte; er hatte unverkennbar, wie Cassius, eine noch vorhandene [171]) limi-tierte und vermessene Ackerflur vor Augen, welche ein abge-schlossenes Ganze bildete; wem dieses aber angehörte, gibt

---

169) Sie findet sich bei dem Auctor de origine gentis Romanae 12, 4. Schwerlich war dieser Domitius der bei Gellius XVIII 7, 1 erwähnte berühmte Grammatiker Domitius Insanus, sondern allem Anscheine nach ein Geschichtschreiber früherer Zeit; sicher aber war er ein dem Alterthum angehörender Schriftsteller, welcher mehr von der Gegend und den Verhältnissen Laviniums wusste, als ein Gelehrter des funf-zehnten Jahrhunderts hätte erfinden können.

170) Servius zur Aeneis XI 316: *Cato enim in Originibus dicit Tro-ianos a Latino accepisse agrum, qui est inter Laurentum et castra Troiana. hic etiam modum agri commemorat, et dicit eum habuisse iugera DCC.*

171) Zu beachten ist hierbei auch der Ausdruck *agrum qui est,* welcher nur von etwas noch bestehendem gebraucht sein kann, und der zugleich beweist, dass in den Worten *dicit eum habuisse* das Prä-teritum im Sinne des Servius zu verstehen ist, in dessen Zeit, lange nach der Stiftung der *res publica Laurentium Lavinatium,* der *ager* als ein besonders vermessener allerdings nicht mehr vorhanden sein mochte.

9*

er selbst an: es gehörte zu der dem Latinus zugeschriebenen, also zu der seit der Errichtung des latinischen Bundesstaates bestehenden Ausstattung der Trojaner, d. h., wie sich gezeigt hat, der Bewahrer der Burgheiligthümer. Die Angaben der beiden Annalisten sind demnach in jeder Beziehung gleichartig. Wie verhalten sie sich aber zu einander? Widersprechen sich die beiden Berichterstatter, wenn der eine einen *ager* von 500, der andere einen von 700 Jugera nennt? Eine aufmerksame Betrachtung ihrer Aussagen und des Zusammenhanges derselben wird vielmehr darthun, dass sie sich in sehr erwünschter Weise ergänzen. Der Acker, von welchem Cassius spricht, kann unmöglich derselbe sein, welchen Cato erwähnt; beide sind verschieden nicht nur an Grösse, sondern auch ihrer Lage nach; sie bestanden. aber beide fort und gehörten ihrer Natur und Bestimmung nach zusammen. Dieses Sachverhältniss wird einer eingehenden Erörterung bedürfen und wird sie, da sich hierbei zugleich ein Blick in manche andere Gebiete der Alterthümer von Lavinium eröffnet, wohl auch verdienen.

Aus den Andeutungen, welche sich bei den römischen Schriftstellern finden, geht nämlich hervor, dass, nachdem die Sage von der Ankunft des Aeneas feste Wurzel in Lavinium geschlagen hatte, besonders die Frage die Phantasie und Wissbegierde lebhaft beschäftigte, wo der Landungsplatz seiner Schiffe und die Gegend zu suchen sei, wo er sein erstes Lager aufgeschlagen und das entscheidende Wunderzeichen der verzehrten Tische empfangen habe, welches ihm das Ziel seiner Wanderungen verkündigte und Latium seinem Geschlechte zum ewigen Wohnsitze anwies. Diese Frage muss sowohl unter den Einheimischen selbst als auch insbesondere in dem Verkehr derselben mit den Fremden vielfach verhandelt worden sein; und hierbei traten im Laufe der Zeit zwei Ansichten, ja man darf annehmen, zwei Parteien einander gegenüber.

Die einen gaben einer Stelle unweit des Numicius den Vorzug. Hierfür sprach ausser der Nähe der von Aeneas

gegründeten Stadt Lavinium vor allem das sicherste Denkmal, an welches sein Name geknüpft war, der Tempel und
die Bildsäule seiner Mutter Venus; hier war überhaupt der
eigentliche Schauplatz seines Heldenruhms, wo er siegreich
gekämpft hatte, wo er gefallen war und als *pater indiges*
verehrt wurde; man fügte noch weiter hinzu, dass es eben
hier beim Venustempel gewesen sei, wo er den vornehmsten.
Bestandtheil der Burgheiligthümer, das Athenabild, von Diomedes empfangen habe; man wies endlich auf eine in der
Nähe liegende sogenannte trojanische Ackerflur hin, welche
ihm König Latinus für seine Gefährten in der Nachbarschaft
ihres ersten Standortes angewiesen habe, und berief sich
darauf, dass diese sich ja noch immer in dem Besitze der
Nachkommen derselben befinde. Wirft man nun einen Blick
auf die uns aus Cassius Hemina erhaltene Stelle, so zeigt
sich, dass er als ein entschiedener Vertheidiger der Ansprüche
des Numicius auftritt; jeder Zug in seiner Erzählung ist
darauf angelegt, die ganze .Geschichte des Helden von seinem
ersten Auftreten in Latium an in die Gegend dieses Flusses
zu verweisen, in welcher demnach auch — und dieses wird
sich bald von anderer Seite her bestätigen — der hervor-
gehobene *ager* von fünfhundert Jugera lag. Eine ähnliche
Auffassung oder Absicht tritt auch bei Domitius hervor, obgleich dieser sich auf eine Sage stützt, welche sonst nirgends
berichtet wird; auch er lässt den Aeneas unmittelbar nach
der Landung in die Nähe von Lavinium kommen, wo er sich
einem delphischen Orakel entsprechend in Salzteichen badet,
welche nicht weit vom Numicius zu suchen sind[172]); gleich
darauf wird der Bund mit Latinus geschlossen, von dem er
die fünfhundert Jugera offenbar in dem Bezirke des Bade-

---

172) Cluver, welcher Italia antiqua p. 882 die beiden Salzteiche in
die Gegend von Ostia setzt, geht von der Voraussetzung aus, dass der
Landungsplatz nothwendig an der Tiber angenommen werden müsse,
und bemerkt nicht, dass es eben die Absicht des Domitius ist hiervon
abzuweichen. Heyne im 2n Excurs zur Aeneis VII hätte ihm daher
nicht beistimmen sollen. Vgl. unten Note 178.

platzes, von welchem (dem *lavare*) der Name Lavinium abgeleitet wird, zum Anbauen erhält. [173])

Was aber in diesen Stellen noch zweifelhaft oder dunkel
erscheinen könnte, das wird durch die Vergleichung anderer
Schriftsteller Bestimmtheit und Klarheit gewinnen; es wird
daher nöthig sein bei der Abhörung ihrer Zeugnisse, bei
deren Prüfung und Erläuterung etwas länger zu verweilen.

Für den Numicius hat sich nämlich zuerst auch Cassius
Dion, ein sehr sorgfältiger Forscher, erklärt: man kann dieses
aus den Annalen des Zonaras und einer mit diesem übereinstimmenden Stelle des Tzetzes ersehen. Bei dem ersteren[174])
heisst es von Aeneas: er landete bei Laurentum in der Nähe
des Numiciusflusses; bei Tzetzes[175]): er fuhr ans Land unweit

---

173) Origo gentis Romanae 12, 4: *urbem in eo loco condidisse
eamque quod in stagno laverit Lavinium cognominasse. tum deinde
a Latino rege Aboriginum data ei quae incoleret iugera quingenta.*
Sollte Virgil Aeneis VII 150 in den Worten *haec fontis stagna Numici*
verglichen mit VII 242 *urguet Apollo . . . ad fontis vada sacra Numici* auf diese Sage anspielen, welche er kennen mochte ohne sie festzuhalten und zu benutzen? Dieses wäre an sich sehr wohl möglich
indessen machen es die Worte *fontis Numici* in beiden Stellen wahrscheinlicher, oder es kann vielmehr als sicher gelten, dass der Dichter
mehr diejenige Gestalt dieser Sage vor Augen hatte, welche bei Dionysios I 53 — sieh unten — erhalten ist. Die Sage über den Numicius,
welche Servius zur Aeneis VII 150 zur Erklärung des auffallenden
Ausdrucks *fons* beibringt, ist für diesen Zweck durchaus ungenügend.
174) Zonaras VII 1: προσέσχε Λωρέντῳ κατὰ τὸν Νουμίκιον ποταμόν.
175) Zu Lykophron V. 1232: περὶ Λαύρεντον δὲ προσώκειλε τὸ καὶ
Τροίαν καλούμενον περὶ Νουμίκιον ποταμόν. Aus diesen Worten darf
nicht geschlossen werden, dass Laurentum selbst Troja genannt worden
sei, was, wie Schwegler a. a. O. I S. 292 Note 8 richtig bemerkt, eine
ganz einsam stehende Nachricht sein würde. Dion, unter dessen Bruchstücke Bekker — nach dem Vorgange von Valesius — die ganze Stelle
des Tzetzes a. a. O. aufgenommen hat, kann unter Troja nur eine
bestimmte offene Gegend des *ager Laurens* (vgl. Cassius Hemina bei
Solinus: *in agro Laurente posuisse castra*, Domitius in der origo g. R.
12, 4: *egressum in agrum Laurentem*), nicht die Stadt selbst verstanden
haben, wie sich auch aus der Vergleichung mit Appian und Dionysios
ergibt, welche eben so wie Strabon das Wort Λώρεντον oder besser
Λωρεντόν in diesem Sinne gebrauchen. Treffend ist auch die Bemerkung von Klausen (Aeneas und die Penaten II S. 292 Note 8), dass der

Laurentum in einer auch Troja genannten Gegend in der Nähe des Numiciusflusses. Eben dasselbe hat Appian berichtet, wie wir aus einem bei Photios mitgetheilten Auszug erfahren; er erzählte, dass Aeneas nach einer langen Irrfahrt an einer Küste Italiens gelandet sei, welche den Namen der laurentischen führe; dort zeige man noch sein Lager und nenne die Ufergegend von jener Zeit her Troja; er fügt sodann hinzu, dass der damalige König der Aboriginer dem Aeneas, welchem er seine Tochter vermählte, eine Landstrecke in dem Umfang von drei (?) Stadien zum Geschenk gemacht habe. [176]) Wie nun die hier erwähnte 'laurentische Küste, welche auch Troja hiess' offenbar keine andere ist als die welche nach Dion in der Nähe des Numicius lag und auf welche Cassius Hemina wie Domitius hinweisen, so fällt auch die Landanweisung des Latinus, deren Grösse die beiden letzteren auf fünfhundert Jugera angeben, mit derjenigen, deren Umkreis und folgeweise auch deren Flächeninhalt Appian in Stadien ausdrückt, zusammen. Die Ziffer drei (γ′), welche sich in dem herkömmlichen Texte des Photios und Appian vor den Stadien findet, darf hierbei nicht stören; sie ist, wie auch Schweighäuser anerkannt hat, verschrieben und ohne allen Sinn, muss aber nicht nach der Lesart mehrerer Handschriften in vierhundert (υ′) — was eben so wenig Sinn haben würde — sondern in vierzig (μ′) verwandelt werden. Zu dieser Verbesserung bedarf es keiner Vermuthung, keines Errathens; sie ist bei demjenigen Schriftsteller gegeben, welcher in der Geschichte des Aeneas und seines Sohnes entweder selbst eine Hauptquelle Appians war, so dass dieser ihm nicht nur in den Sachen, sondern häufig auch in der Wahl der Worte gefolgt ist, oder doch überall da, wo beide

---

Name Troja an sich überall nicht eine Stadt, sondern eine an Flüssen liegende Gegend bedeute, worauf wir später zurückkommen werden.

176) Appian Rom. hist. I fr. 1: ... καὶ μετὰ μακρὰν πλάνην καταπλεῖ εἴς τινα τῆς Ἰταλίας αἰγιαλὸν Λώρεντον ἐπικαλούμενον, ἔνθα καὶ στρατόπεδον αὐτοῦ δείκυται, καὶ τὴν ἀκτὴν ἀπ’ ἐκείνου Τροίαν καλοῦσιν ..... καὶ γῆν δίδωσιν ἐκ περιόδου τριῶν(?) σταδίων.

so auffallend übereinstimmen, aus derselben Quelle mit ihm geschöpft hat, nämlich bei Dionysios von Halikarnass. Betrachten wir die bei diesem erhaltenen Angaben näher. Dionysios hat in der Frage über die Landung des Aeneas einen eigenen Weg eingeschlagen; er hat sich nicht mit dem begnügt, was er bei seinen Vorgängern fand, sondern sich auch unmittelbar an die Eingeborenen gewendet[177]); sein Bericht gewinnt hierdurch ein besonderes Interesse, indem wir aus ihm einen Theil desjenigen erfahren, was man damals in Lavinium glaubte und den Ausländern erzählte. Die Lavinier, welche Dionysios befragte, gehörten zur Partei des Numicius, welche überhaupt wie die ältere so noch immer die zahlreichere sein mochte; dem örtlichen Patriotismus konnte es nicht anders als sehr schwer werden, auf die Landung des Lieblingshelden in der unmittelbaren Nähe der Vaterstadt, auf den Schatz der von den Vorfahren hierüber ausgebildeten Sagen und auf alles was sich daran knüpfte zu verzichten. Als Landungsplatz der Trojaner ward ihm daher dieselbe Küste bezeichnet, welche nach Dion in der Nähe des Numicius lag[178]); als Lagerplatz gab man ihm dasselbe Troja an, welches wir schon bei diesem wie bei Appian gefunden haben.[179]) Dionysios theilt uns sodann eine Beschreibung der Gegend mit, die genauer ist als eine in irgend einer andern Quelle erhaltene; die Angaben der anderen stimmen jedoch mit den seinigen gut zusammen, ergänzen oder erläutern sie,

---

177) I 55: λέγω δὲ ἃ παρὰ τῶν ἐγχωρίων παρέλαβον.

178) I 45: κατέσχον εἰς Λωρεντόν, αἰγιαλὸν ᾽Αβοριγίνων ἐπὶ τῷ Τυρρηνικῷ πελάγει κείμενον, οὐ πρόςω τῶν ἐκβολῶν τοῦ Τιβέριος. Diese Worte können unmöglich, wie öfter (vgl. oben Note 172) und noch neulich von Bormann geschehen ist, auf das Tiberufer bei Ostia bezogen werden; abgesehen davon dass αἰγιαλός nicht ein Stromesufer, sondern eine Meeresküste ist, wird deutlich genug hervorgehoben, dass sie am tyrrenischen Meere nicht innerhalb des Tiberflusses, sondern ausserhalb desselben, aber nicht weit von seiner Mündung lag.

179) I 53: ἔνθα τῆς πλάνης παυσάμενοι χάρακα ἔθεντο, καὶ τὸ χωρίον ἐν ᾧ κατεστρατοπεδεύσαντο ἐξ ἐκείνου Τροία καλεῖται. Vgl. oben Appian in Note 176.

und insbesondere verdanken wir denen des Domitius den Ge-
winn, dass uns dieselben Oertlichkeiten mit den daran geknüpften Sagen von zwei Seiten her vorgeführt werden. Nach
dem Berichte beider war der Platz, wo Aeneas den Wink
der Götter erhielt, dass er sich in diesem Flussgebiete nieder-
lassen und die neue Heimat der Troer begründen solle, eine
geringe Strecke weit vom Meere entlegen; die Grösse der
Entfernung gibt Domitius nicht näher an [180]); nach Dionysios betrug sie vier Stadien, -und noch jetzt, fügt er hinzu,
zeigt man hier zwei von Aeneas errichtete Altäre von troi-
scher Bauweise. Für diese Notiz haben wir alle Ursache ihm
dankbar zu sein: aus ihr ergibt sich nämlich, dass an dieser
Stelle die Südgrenze der laurolavinatischen Feldmark war. [181])

180) Der Anfang der Stelle in der origo g. R. 12, 3 und 4, deren
Schluss schon oben (Note 173) mitgetheilt worden ist, lautet: *at vero
Domitius libro primo docet sorte Apollinis Delphici monitum Aeneam,
ut Italiam peteret: ubi duo maria invenisset prandiumque cum mensis
comesset, ibi urbem conderet. itaque egressum in agrum Laurentem,
cum paullulum e litore processisset* (wer hätte nur diesen Zug
im funfzehnten Jahrhundert erfinden können?), *pervenisse ad duo
stagna aquae salsae vicina inter se, ibique cum se lavisse. ac refec-
tum cibo, cum apium quoque, quod tunc vice mensae substratum fuerat, consumpsisset, existimantem procul dubio illa esse duo maria,
quod in illis stagnis aquae marinae species esset, mensasque quae
erant ex stramine apii comestus, urbem in eo loco condidisse eamque
quod in stagna laverit Lavinium cognominasse.*

181) I 55: καὶ βωμοὶ δύο παρ' αὐτῷ δείκνυνται, ὁ μὲν πρὸς ἀνα-
τολὰς τετραμμένος, ὁ δὲ πρὸς δύσεις, Τρωϊκὰ ἱδρύματα, ἐφ' ὧν τὸν
Αἰνείαν μυθολογοῦσι πρώτην θυσίαν ποιήσασθαι usw. Was diese Altäre
nicht in der Mythe, sondern der That nach bedeuteten, das erfahren
wir aus den Schriften der Agrimensoren, insbesondere aus Aggenus
Urbicus p. 4 (Lachmann): *videmus . . . . aris lapideis claudi territorium
atque dividi ab alterius territorio civitatis;* vgl. Hygin de limitibus
p. 199, auch Rudorff gromatische Institutionen S. 237; sie dienten also
die Grenze zweier Territorien, hier des von Laurentum und des von
Lavinium zu bezeichnen. Hieraus erklärt sich auch ihre Doppelzahl und
ihre Stellung; die Linie, welche von dem östlichen Altare nach dem
westlichen lief, gab genau die Südgrenze an. Man sieht schon hieraus,
in welch hohem Grade sinnvoll die Sage ist; dem Aeneas tritt das verheissene Götterzeichen bei dem ersten Schritte entgegen, welchen er
auf das ihm bestimmte Gebiet setzt.

Beide stimmen ferner darin überein, dass es hier war, wo
dem Aeneas das vornehmste der ihm verkündigten Wunderzeichen, das Aufzehren der Tische, begegnete; sie zeichnen
sich aber zugleich noch durch eine andere gemeinsame Eigen-
thümlichkeit aus, welche sehr beachtenswerth ist, und die
sich nur bei solchen Zeugen findet, welche die Landung der
Trojaner an den Numicius setzen [182]): die verhängnissvollen
Tische bestanden nämlich nach ihnen nicht, wie die bekann-
tere (namentlich bei den Römern verbreitete) und auf den
ersten Blick ansprechendere Erzählung lautet, aus geweihter
Brodrinde (dem *fatale crustum* bei Virgil Aeneis VII 115 oder
den *sacratae farreae mensae* der origo c. 10 a. E.), sondern
aus Eppichblättern. Den Grund, worauf dieser Zug der
Ueberlieferung beruhte, gibt Dionysios nicht an, obgleich er
ihn andeutet; aus Domitius erfahren wir, dass er wiederum
mit der Oertlichkeit zusammenhing und aus ihr erwachsen
war. Der Boden dieser Gegend war nämlich mit einer üppi-
gen Fülle von Eppich bedeckt [183]), dessen Blätter dem Aeneas
und seinen Gefährten, als sie sich auf die Erde lagerten, um
ihr mitgebrachtes kärgliches Mahl zu sich zu nehmen, zuerst
zu Tischen, welche ihnen von der Natur selbst dargeboten
waren [184]), und hierauf zur Stillung ihres noch unbefriedigten
Hungers dienten.

---

182) Sie kömmt auch bei Dion in der angeführten Stelle des Tzetzes
vor, wo es bald nach den Worten περὶ Νουμίκιον ποταμόν (s. Note 175)
heisst: ὅπου φαγόντων τῶν μετ᾽ αὐτοῦ τὰς τραπέζας cελινίνας οὔσας,
ἢ ἐκ τῶν cκληροτέρων μερῶν τῶν ἄρτων usw.

183) Ueber die Species von *apium*, welche hier zu verstehen sei,
vgl. Heyne im zweiten Excurs zum siebenten Buche der Aeneis.

184) origo 12, 1: *at vero Domitius non orbes farreos, ut supra
dictum est, sed mensarum vice sumendi cibi gratia apium, cuius maxima erat ibidem copia, fuisse substratum; quod ipsum consump-
tis aliis eduliis eos comedisse, ac post subinde intellexisse, illas esse
mensas, quas illos comesuros praedictum esset.* Dionysios I 55: ἔπειτα
ἄριστον αὐτοῖς αἱρουμένοις ἐπὶ τοῦ δαπέδου cέλινα μὲν πολλοῖς (nach
Kiessling in ὡς πολλοῖς ἀποδέδοται zu ergänzen) ὑπέcτρωτο καὶ ἦν
ταῦτα ὥςπερ τράπεζα τῶν ἐδεcμάτων. ὡς δέ φαcί τινες, ἴτρια καρποῦ
πεποιημένα πυρίνου, καθαριότητος ταῖς τροφαῖς ἕνεκα. Was hier Dio-

An die Beschaffenheit des die Altäre umgebenden Erdreiches — es war salzhaltig, worauf auch der hier stark wuchernde Eppich hinweist, entbehrte des Trinkwassers[158]), und enthielt Vertiefungen worin Pfützen standen[186]) — knüpften sich noch zwei andere Wundersagen an: die eine war die schon oben aus Domitius angeführte Erzählung, dass sich hier einst zwei (später ausgetrocknete) Salzteiche befanden; in ihnen habe sich Aeneas gleich nach seiner Ankunft gebadet und hieran zuerst den ihm durch das Orakel bezeichneten Boden für die von ihm zu gründende Stadt erkannt. Diese Fabel gibt sich als eine spätere wenig geschmackvolle Erfindung zu erkennen, welche eine falsche Etymologie des Stadtnamens zur wesentlichen, wenn auch nicht zur einzigen Grundlage hatte. Weit sinniger und schöner ist die andere Mythe, welche Dionysios mittheilt. Man erzählte ihm, als die Trojaner eben gelandet waren und in den Zelten, welche sie dicht am Meere aufgeschlagen hatten, an Durst litten, sei ihnen von der Grenze des ihnen beschiedenen Landes her ein Zeichen der Gunst der in ihm waltenden Gottheit[187])

---

nysios zuerst mittheilt, beruhte auf der Erzählung der Lavinier, welcher er, wie viele vor ihm gethan, den Vorzug gibt; was er hinzufügt, ist aus anderen, namentlich römischen Quellen entnommen. Aehnliches lässt sich bei der in der Note 182 angeführten Stelle des Dion wahrnehmen, in welcher ϲελινίναϲ nicht ohne Grund den ersten Platz einnimmt. Domitius dagegen will nur die erste Ueberlieferung anerkennen und tritt mit der anderen mehr römischen in entschiedenen Gegensatz, was sich auch von Cassius Hemina annehmen lässt.

185) Dionysios I 55: οὐκ ἔχοντοϲ ὕδωρ τοῦ τόπου.

186) Dionysios a. a. O.: νῦν μέντοι οὐκέτι πλήθουϲιν . . αἱ λιβάδεϲ, ἀλλ᾽ ἔϲτιν ὀλίγον ὕδωρ ἐν κοίλῳ χωρίῳ ϲυνεϲτηκόϲ, λεγόμενον ὑπὸ τῶν ἐγχωρίων ἱερὸν ἡλίου. War der Boden deshalb dem Helios geweiht, weil er ihn durch seine scharfen Strahlen dem Meeresgrunde abgewonnen hatte, was an die von Pindar (Ol. VII) überlieferte Mythe von der Entstehung der Insel Rhodos, des Eigenthums des Sonnengottes, erinnert? *aquae marinae species* sagt Domitius von dem Wasser der ehemaligen Teiche.

187) Der Gott (τῷ θεῷ), wie ihn Dionysios nennt, ist der *genius loci*, welchen Aeneas bei Virgil VIII 136 nach dem Empfange des ersten Wunderzeichens vor allen anderen Göttern anruft.

entgegengekommen: gerade an der Stelle, wo diese Grenze
lag, und wo im gewöhnlichen Laufe der Dinge keine geniess-
bare Flüssigkeit zu finden war, brachen von selbst aus der
Erde Quellen des süssesten Wassers hervor[188]) und über-
schwemmten die ganze Gegend mit einer Flut, welche ihre
Richtung die vier Stadien entlang nach der Meeresküste hin
nahm, um sich dort den längst erwarteten und jetzt freudig
bewillkommten Gästen zum Trunke darzubieten. [189])

Mit diesen Wunderquellen stehen die Eppichtische in
einem inneren Zusammenhange; der Genius des Landes ver-
spricht den Ankömmlingen, ihnen die Schätze seines auf der
Oberfläche nicht eben anlockenden Bodens auf mehr als
natürliche Weise zu eröffnen und zu segnen; er begrüsst sie
mit den Beweisen, dass er sie auch mit seinen verborgenen
Wassern tränken und sogar mit seinen unscheinbarsten Kräu-
tern ernähren werde. So verschieden nun aber auch beide
Sagen an Gehalt, an dichterischem Werthe und ohne Zweifel
an Alter sind, so stellt sich doch bei ihnen aufs neue die ört-

---

188) I 55: ἐπεὶ γὰρ ὅρμῳ χρηcάμενοι τῷ Λωρεντῷ cκηνὰc ἐπήξαντο
περὶ τὸν αἰγιαλόν, πρῶτον μὲν πιεζομένοιc τοῖc ἀνθρώποιc ὑπὸ δίψηc
οὐκ ἔχοντοc ὕδωρ τοῦ τόπου (λέγω δὲ ἃ παρὰ τῶν ἐγχωρίων παρέλαβον) λιβάδεc αὐτόμαται νάματοc ἡδίcτου ἐκ γῆc ἀνελθοῦcαι ὤφθηcαν, ἐξ
ὧν ἥ τε cτρατιὰ πᾶcα ὑδρεύcατο καὶ ὁ τόποc ἐπίρρυτοc γέγονε μέχρι
θαλάccηc καταβάντοc ἀπὸ τῶν πηγῶν τοῦ ῥεύματοc.

189) Die Entstehung dieser Sage, welche sich an Lieblichkeit den
besten dieser Gattung an die Seite stellen darf, muss einer Zeit der
noch echten, naturwüchsigen Mythenbildung angehören; sie gibt zugleich einen neuen Beweis, dass erst bei den beiden Altären der *ager
Laurolavinas* begann, da hierauf der ganze Sinn derselben beruht. Ihr
gegenüber darf auch die Frage, weshalb die Trojaner ihr Trinkwasser
nicht aus dem Numicius holten, gar nicht aufgeworfen werden, womit
man sich einer Sünde gegen den guten Geschmack und gegen die Natur
der Mythe schuldig machen würde; es ist daher überflüssig noch hinzuzufügen, dass der Landungsplatz (wohl die gewöhnliche Rhede von
Laurentum) nicht nothwendig ganz nahe am Flusse zu suchen ist, und
dass dieser, welcher gerade an seinem Ausflusse mit Schilf bedeckt und
sumpfig war (Ovid Metamorphosen XIV 598. Westphal römische Campagna S. 14) schwerlich ein brauchbares und angenehmes Trinkwasser
zu bieten hatte.

liche Veranlassung, aus welcher sie hervorgingen, als eine und dieselbe dar. Weiter erzählt Dionysios: als Aeneas zum Danke für die empfangene Wohlthat (χαριστήριον τῶν ὑδάτων) die beiden Altäre errichtet hatte und hierauf den Göttern für das ihm zugesandte Gnadenzeichen ein Opfer darbringen wollte, habe sich die dazu bestimmte und herbeigeführte Sau losgerissen[190]) und sei tiefer ins Land bis auf einen vier und zwanzig Stadien vom Meere entlegenen Hügel gerannt, wo sie sich ermüdet niederliess. Auch hierin liegt, wenn es dessen noch bedürfte, ein neuer Beweis, dass in dieser ganzen Darstellung eine am Numicius erfolgte Landung vorausgesetzt ist, indem nach dieser Richtung hin die Entfernung des lavinischen Burghügels vom Meere drei Mi-

---

190) Bemerkenswerth ist es, dass in der dem Dionysios von den Eingeborenen mitgetheilten Sage, welche dieser mit anerkennenswerther Treue wiedergegeben hat, zwei Arten von Altären und Opfern unterschieden wurden. Das Schwein wird nämlich zu einem besonderen, von den Trojanern hierzu errichteten Altare geführt, nicht zu den beiden, welche Aeneas als Dankesdenkmal für das Wasserwunder erbaut und auf denen er kurz vorher das erste Opfer, d. h. das bei der Stiftung der Stadt eingeführte und für alle Zukunft vorbildliche (τὴν πρώτην θυσίαν) dargebracht hatte. Dieser Zug hat für die Sacra von Lavinium eine Bedeutung, welche später immer mehr an das Licht treten wird. An jenen beiden Altären, welche, wie schon öfter bemerkt, an der Territorialgrenze standen, wurden regelmässig Opfer dargebracht (weshalb die Agrimensoren solche auch *arae sacrificales* nannten: vgl. liber coloniarum p. 241; Boëtius demonstratio artis geometricae p. 401), wobei in Lavinium allem Anscheine nach kein Schwein vorkam, so dass die Mythe für dieses eines eigenen, natürlich nur von der Phantasie geschaffenen Altars bedurfte. Im Zusammenhange hiermit steht es, dass den beiden wirklich vorhandenen Altären (welche Τρωϊκὰ ἰδρύματα genannt werden) troische Bauform zugeschrieben wird, was schwerlich eine blosse Redensart oder eine erst aus der Mythe geschöpfte Vermuthung war, sondern auf einer Thatsache beruhend den Sinn hatte, dass die Grenzaltäre zu Lavinium nach dem Muster des für troisch gehaltenen Feueraltars auf der Burg — dessen Abbildung uns noch erhalten ist — gestaltet waren. Hätte man dagegen für den blos fingierten Altar, zu welchem die Sau geführt worden, ein Vorbild angeben wollen, so hätte man dieses in der καλιάς, wo jene nachher mit ihren Jungen geschlachtet sein sollte (Dionysios I 57), suchen und finden können.

lien[191]), also vier und zwanzig Stadien beträgt. Während nun Aeneas hier, so fährt der Bericht des Dionysios fort, den Anfang mit der Gründung der neuen Stadt machte, fand das erste Zusammentreffen zwischen ihm und Latinus Statt, welches zur engsten Verbindung der beiden Völkerstämme führte, und hierbei verlangten und erhielten die Troer von den Aboriginern die Anweisung einer zum Anbau geeigneten Feldflur. Das Geschenk, welches damals gefordert und gegeben wurde, war jedoch sehr mässig: es enthielt nur solche Aecker, welche in der Nähe des Burghügels als des Mittelpunctes der von den Troern schon in Besitz genommenen Ansiedelung lagen; die Grösse desselben wird aber von Dionysios genau so angegeben, wie wir sie schon aus Domitius und Cassius Hemina kennen; sie betrug, wie er sagt, vierzig Stadien, was nichts anderes als die griechische Uebersetzung der fünfhundert Jugera ist, welche die Römer nennen: der eine wie der andere Ausdruck soll einen Flächeninhalt von vierzehn Millionen und viermal hunderttausend Fuss im Gevierte bezeichnen.[192])

---

191) Westphal römische Campagna S. 13.

192) Die Worte des Dionysios I 59, welche hier erklärt werden, lauten: Ἀβοριγῖνας μὲν Τρωϲὶ δοῦναι χώραν ὅϲην ἠξίουν ἀμφὶ τοὺς τεττεράκοντα cταδίους πανταχοῦ πορευομένοιc ἀπὸ τοῦ λόφου. Zuerst ist hierbei zu bemerken, dass die vierzig Stadien kein blosses Längen. maass sein können, was zu vielen Ungereimtheiten führen würde, sondern, wie der Ausdruck des Appian ἐκ περιόδου beweist, ein Flächenmaass von 600 Fuss Länge und 600 Fuss Breite, also von 360000 Fuss im Quadrat, welche mit 40 vervielfältigt gerade dieselbe oben angegebene Zahl von 14400000 Quadratfuss ausmachen, welche herauskömmt, wenn das Jugerum von 288000 Quadratfuss mit 500 multiplicirt wird. Warum gebraucht aber Dionysios allzu vorsichtig die Partikel ἀμφὶ bei einer Berechnung, welche ganz genau zutrifft und die bei vermessenen Aeckern nothwendig genau zutreffen musste? Sollte er dabei an die Verschiedenheit des römischen und griechischen Fussmaasses gedacht haben? Dieses ist ihm kaum zuzutrauen. Wahrscheinlicher ist es, dass er die Umwandelung der Jugera in Stadien nicht selbst vorgenommen hat, dass ihm vielmehr die Zahl der letzteren entweder von einem Vorgänger oder von einem griechisch redenden Lavinier angegeben worden ist; zweifelhaft muss es daher auch bleiben, ob er sie ganz richtig ver-

So haben wir denn drei, oder wenn Appian noch hinzugerechnet werden darf, vier Zeugen für ein und dasselbe
Landmaass, welches jedoch, wie sich aus der Vergleichung der
Aussagen unter einander ergibt, nicht um seiner selbst willen,
sondern in Verbindung mit der Landung des Aeneas im
Flussthale des Numicius und als Beweis hierfür in die Erzählung aufgenommen wurde. Den Annalisten, welche sich
für diese Ueberlieferung aussprachen, und insbesondere dem
ältesten unter ihnen welchen wir kennen, dem Cassius Hemina, also demselben welcher die Zahl der Gefährten des
Aeneas auf sechshundert angab [193]), konnte es nicht entgehen,
dass fünfhundert Jugera für so viele Männer mit ihren
Familien eine durchaus ungenügende Ausstattung war; er
muss gewusst haben, dass den angeblichen Nachkommen
dieser Trojaner noch andere Grundstücke gehörten, welche
die Tradition der Lavinier ihnen ohne Zweifel bei einer späteren Gelegenheit anweisen liess; wenn er dieses aber nicht

---

standen hat, und ob seine Worte πανταχοῦ πορευομένοις ἀπὸ τοῦ
λόφου, welche der Bodenbeschaffenheit um Lavinium — vgl. Westphal
a. a. O. S. 14 — nicht recht entsprechen, genau genommen werden
dürfen. Unter χώρα ist hier Ackerland zu verstehen, was bei Domitius
durch *iugera quae incoleret* bestimmter ausgedrückt wird; der Zusatz
ὅσην ἠξίουν (vgl. I 45) soll erklären, weshalb die Trojaner nur einen Theil
und zwar jetzt nur einen so geringen Theil der Feldmark von Lavinium erhielten; sie hatten eben nicht mehr, als sie vorerst nothwendig
bedurften und bebauen konnten, gefordert.

193) Allem Anscheine nach haben auch die anderen Annalisten,
welche entweder dem Cassius Hemina folgten oder die selbst mit den
Verhältnissen von Lavinium vertraut waren, dieselbe Anzahl von eingewanderten Trojanern, wenn auch nicht angegeben, so doch vorausgesetzt. Wenn Nävius in der That dem Aeneas nur ein einziges Schiff
zuschreiben wollte, was aus dem bei Servius (zur Aeneis I 174) erhaltenen Bruchstücke nicht ganz sicher zu entnehmen ist, so darf man
hierin nichts weniger als die älteste einheimische Tradition erkennen,
wie Schwegler I S. 308 annimmt; Nävius, welcher den Romulus einen
Tochtersohn des Aeneas nannte (Servius zur Aeneis I 277), ist in der
Vorgeschichte Roms vorwiegend griechischen Fabeln gefolgt. Hermes,
welcher nach ihm das Schiff des Helden zimmert, steht auch in der
Ἰλίου πέρσις des Stesichoros der ilischen Tafel zufolge dem Helden vor
der Abfahrt zur Seite.

erwähnt hat — wie sich nach dem Auszuge bei Solinus vermuthen lässt[194]) — so erklärt es sich zur Genüge daraus,
dass er in seinen Annalen keine Statistik der laurolavinatischen Feldmark, deren Kenntniss er übrigens bei seinen kun-
digen Lesern voraussetzen durfte, zu geben, sondern diejenige Stiftungssage der Stadt, welche er für die richtige
hielt, darzustellen, sie durch die Hinweisung auf die noch
fortbestehenden Verhältnisse und Denkmäler zu stützen und
somit wider die Gegner zu vertheidigen hatte. Alles kam
hierbei darauf an, welches das eigentliche Feld der Verheissung, das erste der *arva fatalia*, welches der heilige Boden sei, der den Aeneas vom fernen Osten her durch eine
Kette geheimnissvoller Zeichen zu sich gerufen[195]), ihn bei
seiner Erscheinung mit Freudenbezeugungen und Wundern
empfangen, auf dem er überall Spuren seiner Einwanderung
zurückgelassen habe, und hierüber hatten die Lavinier einen
vortrefflich aus Dichtung und Wahrheit zusammengefügten
Sagenkreis geschaffen, welcher ganz geeignet war auch die
Ueberzeugung vieler unbefangener römischer Geschichtsforscher zu bestimmen.

Der einheimischen Ueberlieferung von Lavinium und der
ihr anhängenden Partei trat aber mit der Zeit eine andere
gegenüber, welche man als die römische betrachten darf und
die man, wenn dieser Ausdruck gestattet ist, die Tiberpartei nennen kann. Ihre Anschauungsweise war eine Folge
der sich immer weiter ausbreitenden Herschaft der Römer;

---

194) Solinus hat (vgl. oben S. 130 Note 168) bei der Kürze und
Raschheit, womit er die Nachrichten des Hemina zusammendrängt, die
Veranlassung nicht angegeben, bei welcher Aeneas die fünfhundert Jugera von Latinus erhielt; aus der ausführlicheren Darstellung des Dionysios erfahren wir, dass es bei der ersten Zusammenkunft geschah.
Hätte jedoch Solinus bei Hemina noch ausdrücklich die Erwähnung einer
späteren Landanweisung gefunden, so würde er seinen Bericht schwerlich mit jener Jugerazahl abgeschlossen haben.

195) Bei Virgil Aeneis VIII 38 ist es der Tibergott, welcher den
eben angelangten Aeneas anredet: *exspectate solo Laurenti arvisque
Latinis.*

sie hat sich mit dieser entwickelt und befestigt und ist in
den Kaiserzeiten die vorherschende geworden, ohne jedoch
jemals zur ausschliesslichen Geltung zu gelangen. Die ersten
Keime derselben lassen sich auf die Zeit zurückführen, als
Rom unter dem jüngeren Tarquinius das Principat über Latium gewonnen hatte, welches auch nie wieder für die Dauer
verloren ging; schon damals kam der Gedanke auf, dass die
grossen Erwartungen, welche sich an Aeneas und den von
ihm gegründeten latinischen Staat knüpften, in Rom, auf
dessen Capitol bereits die sibyllinischen Bücher aufbewahrt
wurden, ihrer Erfüllung entgegengehen würden. Hierbei
blieb jedoch in Latium der Glaube, dass nur Lavinium die
von dem trojanischen Helden gestiftete Stadt sei, nicht nur
für jene Zeit, sondern für immer unangefochten.

Eine ganz andere Wirkung lässt sich dagegen bei den
griechischen Logographen dieses Zeitraums wahrnehmen. Die
Griechen, insbesondere die Cumaner und Sikelioten, welche
die Urheber der Sage von der Einwanderung des Aeneas in
Latium waren [196]), konnten hierbei ursprünglich nur Lavinium
vor Augen haben, wo sich allein die religiösen Anknüpfungs-
puncte dafür fanden; schon im fünften Jahrhundert aber erklärte Hellanikos. von Lesbos [197]), einer der bedeutendsten

---

196) Vgl. oben S. 89 f. Note 115.

197) Dionysios I 72: ὁ δὲ τὰς ἱερείας τὰς ἐν Ἄργει καὶ τὰ καθ᾽
ἑκάστην πραχθέντα cυναγαγὼν Αἰνείαν φηcὶν ἐκ Μολοττῶν εἰς Ἰταλίαν
ἐλθόντα μετ᾽ Ὀδυccέωc οἰκιcτὴν γενέcθαι τῆς πόλεωc, ὀνομάcαι δ᾽ αὐτὴν
ἀπὸ μιᾶc τῶν Ἰλιάδων Ῥώμης. ταύτην δὲ λέγει ταῖc ἄλλαιc Τρωιάcι
παρακελευcαμένην κοινῇ μετ᾽ αὐτῶν ἐμπρῆcαι τὰ cκάφη βαρυνομένην τῇ
πλάνῃ. ὁμολογεῖ δ᾽ αὐτῷ καὶ Δαμαcτὴc ὁ Cιγεὺc καὶ ἄλλοι τινέc. Dionysios,
welcher in seinem ersten Buche die verschiedenen Schriften des Hellanikos vielfach benutzt hat, bezeichnet ihn hier in seiner Eigenschaft als
Verfasser des chronologischen Werkes über die Herapriesterinnen zu
Argos, weil es sich eben an dieser Stelle um die abweichenden chronologischen Angaben über die Stiftung Roms (περὶ τοῦ χρόνου τῆς κτί-
cεωc) handelt; dass er aber hierunter ihn und keinen andern verstanden
hat, leidet nicht den geringsten Zweifel; was Müller in der Pariser Ausgabe der fragmenta historicorum Graecorum I p. 52 sagt: 'non dubito
quin Hellanicus intelligendus sit' kann jeder ohne Bedenken unter-
schreiben; es geht nicht nur aus Dionysios I 22 — was allerdings allein

Fortbildner des Sagenkreises über die Wanderungen des Aeneas[198]), ihn selbst für den unmittelbaren Gründer von Rom. Diese Vorstellung konnte nur in der Ferne aufkom-

---

genügt — sondern auch aus der Zusammenstellung mit dem Schüler des Hellanikos, dem Sigeer Damastes (vgl. Suidas s. v. Δαμαϲτήϲ) und aus vielen anderen Spuren (vgl. die folgende Note) mit Sicherheit hervor.

198) Die Vermuthung Niebuhrs (röm. Gesch. I S. 192 Note 527), welche noch von Schwegler (I S. 300 Note 2) festgehalten wurde, dass Hellanikos den Aeneas nur bis Pallene habe gelangen und dort sterben lassen, muss (vgl. die vorhergehende Note) aufgegeben werden; eben hiermit wird aber die Gestalt, welche die Wanderungssage zur Zeit dieses Logographen und durch ihn erlangt hat, klarer ins Licht treten. Zuerst steht fest, dass Aeneas nach ihm in das Land der Molosser, also in diejenigen Gegenden am ionischen Meere gekommen ist, wo sich so viele alte Cultstätten der äneadischen Aphrodite befanden (Dionysios I 50 und 51, vgl. oben S. 86 Note 110). Von hieraus musste aber die Fahrt nach Latium die Trojaner nothwendig nach Sicilien führen, wonach schon zu vermuthen ist, dass Hellanikos sie auf dieser Insel im Lande der Elymer bei Segeste landen liess; wirft man nun einen aufmerksamen Blick auf den Gang der Erzählung des Dionysios, so wird sich dieses bestätigt finden. Im 47n Capitel des ersten Buches, worin dieser, wie er selbst angibt, dem Hellanikos gefolgt ist (vgl. Cap. 48 zu Anfang) berichtet er, dass ausser Aeneas und den Seinigen sich auch Elymos und Aegestos aus Troja gerettet und eingeschifft haben; im 52n Capitel lässt er den Aeneas jene beiden in Sicilien wiederfinden; die letztere Stelle hängt offenbar mit der ersteren zusammen, bezieht sich auf sie zurück, wie sie von ihr vorbereitet ist, und hieraus ergibt sich, dass für beide Hellanikos als die Quelle angenommen werden muss. Ueberhaupt hat Dionysios zwar mit dem Schlusse des 47n Capitels den Bericht dieses seines Führers unterbrochen, um den anderer einzuschalten; er knüpft aber am Ende des 49n Capitels mit denselben Worten wieder an, womit er ihn verlassen (ὥϲπερ ἔφην fügt er überdies hinzu); man darf daher annehmen, dass er ihn im weiteren Verlaufe seiner Erzählung zwar nicht ausschliesslich, aber doch vorzugsweise vor Augen behalten hat. Insbesondere gilt dieses von seinen Angaben über den Aufenthalt des Aeneas am ionischen Meere und in Sicilien. Im 50n Capitel beruft er sich, um die freundliche Aufnahme desselben auf Zakynthos zu erklären, auf die Mythe von der Nymphe Bateia, welche als Gattin des Dardanos zugleich die Mutter des Troers Erichthonios und die des Zakynthos, des gleichnamigen Gründers des Inselstaates, gewesen sei. Aus Stephanos von Byzanz erfahren wir aber im Artikel Βατίεια, dass Hellanikos und zwar in seinen Τρωϊκά von dieser Nymphe gehandelt, und ;sodann u. d. W. Φοιτίαι, dass er in derselben Schrift

men, wohin eine Kunde der inneren Verhältnisse und der
geschichtlichen Erinnerungen von Latium selbst nicht gelangt war; sie war aber an sich so ansprechend und hatte

---

von den Akarnanen berichtet hat — was sehr gut mit seiner Erzählung von der Wanderung des Aeneas zu den Molossern (vgl. die vorige
Note) im Zusammenhange steht. — Den Ueberlieferungen und Sagen von
Sicilien hat ferner Hellanikos besondere Sorgfalt zugewendet (vgl. die
Bruchstücke 51—53 der Pariser Ausgabe); es sind uns darüber theils
aus seinem Werke über die Herapriesterinnen, theils aus seinen Τρωϊκά
(s. oben) Nachrichten erhalten, welche einander keineswegs, wie es auf
den ersten Anblick scheinen könnte, widersprechen, sondern sich ergänzen. In dem ersteren erzählte er, dass das Volk der Elymer (d. h.
das Volk welches nachmals unter diesem Namen bekannt war) im
dritten Menschenalter vor Troja aus Unteritalien auf die Insel eingewandert sei, welche bisher Sikania hiess (Fragment 51), bald nachher
aber von Sikelos, dem Führer einer zweiten italischen Colonie, den
Namen Sicilien erhielt (Dionysios I 22). In seinen neuen Wohnsitzen
sei das Volk schon in den nächsten Menschenaltern, als Laomedon und
Priamos über die Trojaner herschten, mit diesen in lebhaften Handelsverkehr und in andere folgenreiche Beziehungen gekommen (die Erzählungen, welche Dionysios I 52 hierüber mittheilt, hängen so eng mit
der I 47 ausdrücklich aus Hellanikos berichteten Flucht des Aegestos
und Elymos zusammen, dass sie nothwendig auf die Τρωϊκά desselben
zurückgeführt werden müssen, wohin sie auch in jeder Hinsicht passen);
nach der Zerstörung Trojas habe es deshalb einer Schaar von Flücht-
lingen aus dieser Stadt Wohnsitze und Grundbesitz neben sich am Kri-
misos bewilligt, und von dem fürstlichen Oberhaupte derselben Elymos
haben seitdem die Bewohner des Landes insgesammt die Benennung
Elymer angenommen (Dionysios I 53. Dessen Ausdruck ἀφ᾽ οὗ τὴν κλῆσιν
οἱ σύμπαντες ἔλαβον stimmt wie der ganze Bericht fast in jedem
Zuge mit den Worten des Thukydides VI 2 zusammen, welche sich wie
ein gedrängter Auszug aus ihm darstellen: τῶν Τρώων τινὲς διαφυ-
γόντες ᾽Αχαιοὺς πλοίοις ἀφικνοῦνται πρὸς τὴν Σικελίαν καὶ ὅμοροι τοῖς
Σικανοῖς οἰκήσαντες ξύμπαντες μὲν ῞Ελυμοι ἐκλήθησαν usw. Der Geschichtschreiber hat hier ohne Zweifel den Hellanikos ebenso wie I 97
vor Augen gehabt, ihn aber auch hier wie dort insbesondere in den
chronologischen Angaben berichtigt). Das Ergebniss, welches hieraus
für die Geschichte der Aeneassage gewonnen wird, ist in mehr als éiner
Beziehung wichtig. Der Glaube, welcher bereits im siebenten Jahrhundert vor Ch. G. in Cumae wie an der Nordküste von Sicilien ein-
gebürgert war, und der sodann vorzugsweise durch Stesichoros weiter
unter den Griechen verbreitet wurde, dass der vielgepriesene troische
Fürst das Ziel seiner Irrfahrten im Lande der Latiner gefunden habe,
hatte vorzugsweise in Kleinasien, namentlich in der Gegend wo einst

eine so starke Stütze an dem Ansehen des Hellanikos, welcher für den besten Kenner der italischen und sicilischen
Vorgeschichte unter den Griechen galt, dass sie bei diesen
ein immer entschiedeneres Uebergewicht erhielt. Trojas Zerstörung und die Gründung Roms wurden seitdem bei den
griechischen Schriftstellern als zwei nicht nur eng zusammen-
hängende, sondern auch als nahe auf einander folgende Ereignisse angesehen; wer den Aeneas nicht selbst zum Stifter
der Stadt machte, entweder weil er auch anderen griechischen Sagen ihr Recht widerfahren lassen wollte, oder weil
ihm aus der latinischen Tradition die Namen Lavinium, Alba
u. a. zur Kenntniss gelangt waren, der schrieb doch einem

Troja stand, Anklang gefunden und war von den Anhängern desselben
— er fand allerdings auch Gegner — im Laufe von fast zwei Jahrhunderten fortgebildet worden. Man hatte die Stationen für die weite
Fahrt, welche man sehr verständig vorzugsweise da suchte, wo sich
Heiligthümer der äneadischen Aphrodite befanden, sicher im wesentlichen so ermittelt, wie sie (natürlich von Karthago abgesehen) noch
bei Virgil vorkommen. Wenn man aber im fünften Jahrhundert vor
Ch. G., in welchem ausser Hellanikos der Sigeer Damastes und viele
andere schrieben, sich an der Küste Kl. inasiens die Frage vorlegte,
welches denn die Stadt Latiums sei — Stesichoros hatte sie gewiss nicht
mit Namen bezeichnet — wohin die Troer gelangt wären, so konnte
man auf keinen andern Namen als den Roms geführt werden. — Diese
Gestalt der Sage ist daher bei den Griechen keineswegs, wie manche
geglaubt haben, die ältere, sondern setzt eine andere viel höher in das
Alterthum hinaufreichende voraus, auf deren Grund sie entstanden ist.
Sehr bemerkenswerth und ein neuer Beweis für dieses Alterthum ist es
auch, dass in demselben Jahrhundert, in welchem das Rom der Geschichte den Historikern der Griechen noch lange ganz gleichgültig
blieb und nicht einmal der Erwähnung werth erschien, das Rom der
Sage für ihre Logographen schon eine so hervorragende Bedeutung
hatte Wenn übrigens Hellanikos den Aeneas vom ionischen Meere aus
in Gesellschaft des Odysseus nach Italien ziehen lässt, so ist dieses
nichts weniger als verdächtig, wie Schwegler röm. Gesch. I S. 304
meinte; die Sagen von der Wanderung beider Helden nach Latium,
wovon dem Logographen für die eine Hesiodos (Theogonie V. 1011 ff.),
für die andere wahrscheinlich Stesichoros als die vornehmsten alten
Zeugen galten, mussten ihm gleich wahr, gleich ehrwürdig erscheinen;
er brachte sie daher in Verbindung mit einander, und auch hierin sind
die späteren bis auf Lykophron und weiterhin in manigfachen neuen
Combinationen seinem Vorgange gefolgt.

seiner Söhne oder Enkel oder irgend einem anderen seiner Zeitgenossen dieses Verdienst zu. [199])

Die Römer waren durch ihre Religion, welche sie nach Lavinium hinwies, wenn sie dem Aeneas huldigen wollten, und durch die von ihren Priestern festgestellte Zeitrechnung, welche die Entstehung ihrer Stadt erst in dem achten Jahrhundert vor Ch. G. ansetzte, vor einer ernsten und dauernden Annahme dieser Irrthümer geschützt; sie konnten sich in dieser Weise den Aeneas nicht aneignen, für welchen sich auf dem Boden ihrer Stadt nirgends ein Platz, nirgends ein Anknüpfungspunct darbot; nur das Ohr der Unkundigen mochte auf die schmeichelnde Sage gern hören. Als jedoch die ersten Versuche in der Litteratur bei ihnen gemacht wurden, stand diese anfangs (wie theilweise noch später) von ihrem Muster, der griechischen, in solcher Abhängigkeit, dass nicht nur Dichter wie Nävius [200]), sondern auch, wie uns berichtet wird [201]), mehrere andere Schriftsteller sich an ihre berühmten hellenischen Vorgänger anschliessend die einmal durch diese herschend gewordene Sage mit geringer Umwandelung festhielten und hiernach Romulus und Remus für Söhne oder Enkel des Aeneas erklärten. [202])

---

199) Sehr merkwürdig ist es, dass noch Eratosthenes, der Begründer der griechischen Chronologie, den Romulus für den Sohn des Ascanius und Enkel des Aeneas erklärte (Servius zur Aeneis I 273). Er war der Zeitgenosse der ersten römischen Annalisten, welche einen schweren Kampf zu bestehen hatten, ehe es ihnen gelang ihrer vaterländischen Zeitrechnung wenigstens in Bezug auf die Gründung ihrer Stadt auch in der Weltlitteratur den Sieg über die der griechischen Fabel zu erringen.

200) Servius zur Aeneis I 273: *Naevius et Ennius Aeneae ex filia nepotem Romulum conditorem urbis tradunt.* Wie Ennius hiermit die nationale Ueberlieferung zu vereinigen suchte, wird späterhin erörtert werden.

201) Dionysios I 73; Diodor VII Fragm. 3 und 4 Bekker (bei Eusebios Chronikon I p. 386 Aucher und Synkellos I p. 366 Bonn.).

202) Den Fabius Pictor darf man jedoch zu der Zahl derselben nicht rechnen, wie Mommsen röm. Chronologie S. 152 der 2n Auflage nach einer blossen Vermuthung angenommen hat. Was berechtigt einem Manne, welcher griechisch schrieb und die Olympiadenrechnung

Die bekannteren und namhafteren Annalisten, die Begründer der römischen Geschichtschreibung, hielten sich frei von dieser Verirrung; gleich die ersten derselben waren aber doch nicht geneigt den Laviniern den ungetheilten Besitz des Aeneas zuzugestehen und namentlich anzuerkennen, dass alle mit der Erscheinung desselben in Latium verbundenen Wunderzeichen zunächst der kleinen, nachmals so unbedeutend gewordenen Stadt gegolten hätten. Schon Fabius Pictor bestritt ihnen, dass sich die verhängnissvolle Sau auf ihrem Burghügel gelagert habe; er liess diese ihre dreissig Junge auf dem Berge von Alba gebähren [203]), und hierfür hatte er, wie sich später ergeben wird, einen starken in der Geschichte des latinischen Bundes begründeten Stützpunct. Indessen hat er für seine Annahme wenig Anhänger gefunden; nur Cassius Dion schloss sich, so viel wir wissen, ihm an [204]); die anderen Annalisten mochten durch die Denkmäler des Schweins, welche die Lavinier aufzuweisen hatten, sich überzeugen lassen, dass in dieser Hinsicht die Ansprüche derselben wohlbegründet seien. Hierin trat auch Cato auf ihre Seite: er liess ihre Ueberlieferung über die Opferstätte der Sau unangefochten und nahm sie in seine Erzählung

---

studirt hatte, um Jahreszahlen der römischen Geschichte auf sie zurückzuführen, eine solche jedes billige Maass überschreitende Unwissenheit in der griechischen Geschichte zuzutrauen, dass er hätte den trojanischen Krieg ganz kurz vor den Anfang der Olympiaden ansetzen können? Wenn Diodor bei der Rüge, welche er a. a. O. gegen die fabelhafte Zeitrechnung ausspricht (ἔνιοι μὲν οὖν τῶν cυγγραφέων πλανηθέντες ὑπέλαβον τοὺς περὶ τὸν Ῥωμύλον ἐκ τῆς Αἰνείου θυγατρὸς γεννηθέντα κεκτικέναι τὴν Ῥώμην, τὸ δ' ἀληθὲς οὐχ οὕτως ἔχει), den Fabius vor Augen hatte, was wohl möglich ist, so war dieser einer der Tadler, aber sicher nicht der getadelten. Ueberdies ersieht man aus der Vergleichung von Dionysios I 73 mit 74, dass Fabius, welcher im letzteren Capitel erwähnt wird, nicht zu der Reihe derjenigen Schriftsteller gehört haben kann, deren im vorhergehenden gedacht worden war.

203) Diodor bei Synkellos und im armenischen Eusebios a. a. O.
204) Vgl. Tzetzes zu Lykophron V. 1232 und Dion bei Bekker Fragment 3 § 5 und 9.

auf[205]); dagegen machte er sich aber in einer anderen wichtigeren Frage, welche schon vor ihm vielfach angeregt und verhandelt sein mochte, zum bedeutendsten Wortführer ihrer Gegner: er erklärte sich entschieden dafür, dass Aeneas nicht am Numicius, sondern an der Tiber gelandet sei. Hier habe er sein erstes Lager errichtet[206]); hier seien die Tische verzehrt

---

205) Cato bei dem Auctor de origine gentis Rom. 12, 13. Vgl. oben S. 107 Note 134.

206) Die Beweise, dass Cato das erste Lager des Aeneas an das linke Tiberufer unweit Ostia gesetzt habe — woran übrigens auch bisher nur wenige Alterthumsforscher gezweifelt haben — liegen deutlich vor. Servius beruft sich in vielen Stellen seines Commentars zur Aeneis (VII 158. I 5 u. a.) darauf, dass Virgil in der Oertlichkeit, welche er diesen *castra* anweist und über deren Lage an der Tiber kein Zweifel herschen kann (vgl. Cluver Italia antiqua p. 880 ff., Heyne im dritten Excurs zum siebenten Buche der Aeneis, Bormann a. a. O. S. 102 und die dort angeführten Stellen), dem Cato gefolgt sei. Insbesondere ist seine Bemerkung zu XI 316 zu beachten. Er bekämpft hier die falsche Auslegung des Donat, dass unter dem *Tuscus amnis*, dessen Virgil in diesem Verse gedenkt, der Ufens in Campanien zu verstehen sei, und unterstützt seine offenbar richtige Erklärung, dass nur die Tiber gemeint sein könne, durch die Autorität anderer Schriftsteller und vor allem die des Cato: *Cato enim in Originibus dicit Troianos a Latino accepisse agrum, qui est inter Laurentum et castra Troiana,* woraus sich ergibt, dass auch den Origines zufolge diese *castra* an der Tiber lagen. Ueberdies ist es unmöglich, dass Cato bei den aus ihm angeführten Worten das angebliche trojanische Lager am Numicius vor Augen hatte; denn der von Latinus geschenkte *ager*, welcher sich an dieses Lager anschloss, lag nicht zwischen ihm und Laurentum, sondern, wie sich aus den übereinstimmenden Angaben aller jenen *ager* erwähnenden Schriftsteller ergeben hat, nördlich von demselben nach Lavinium hin. Hierzu kömmt dann noch, dass die Altäre, in deren Nachbarschaft man dieses Lager setzte, die Grenze der laurolavinatischen Feldmark bezeichneten (vgl. oben S. 137 Note 181); woraus folgt dass alles Land, welches sich zwischen ihnen und Laurentum befand, nothwendig zum Territorium der letzteren Stadt gehören, also von der Schenkung des Latinus ausgeschlossen sein musste. Zudem wissen wir aus einer anderen Stelle, dass Servius, und zwar ohne Zweifel nach Cato — Virgil selbst enthält hierüber keine Andeutung — zwei Lager des Aeneas unterscheidet, das erste bei Ostia, wo die Trojaner gelandet waren, das zweite später errichtete unweit Lavinium, dessen Spuren, wie er hinzufügt, noch sichtbar sind — womit er auf die von Dionysios erwähnten Altäre und wahrscheinlich noch auf andere ähn-

und hiermit schon im ersten Augenblicke das Götterzeichen
gegeben worden, dass an diesem Strome sich einst das wahre
über die Völker gebietende Troja, die echte Stadt der Aenea-
den, erheben werde.

Ein äusserer Grund, welcher für diese Meinung angeführt werden konnte und der von Cato gewiss nicht unbeachtet blieb, war der, dass sich innerhalb der Tiber ein passen-
derer und sichrerer Landungsplatz finden liess als ausserhalb derselben am tyrrhenischen Meere; hierzu kamen aber
noch manche andere Merkmale, welche zur Unterstützung
benutzt wurden und von denen in den uns erhaltenen Bruchstücken der Origines zwei hervorgehoben werden. Zuerst
befand sich auch am Tiberufer bei Ostia eine Gegend, welche
von alters her den Namen Troja führte, und daneben zeigten
sich Trümmer einer später verfallenen Stadt, welche, wie
man Grund hat anzunehmen, einst in der Siculer Zeit hier
errichtet worden war. [207]) Hierher liess sich mit vielem Scheine

---

liche ausgedehntere Ueberreste (*ingentia*) hinweist. Zur Aeneis VII 31
sagt er nämlich bei den Worten, mit denen Virgil die Landung des
Aeneas beschreibt: *circa Ostiam, ubi prima Aeneas castra constituit
... postea enim in Laurolavinio castra fecit ingentia, quorum
vestigia adhuc videntur.* Hiermit vergleiche man das Bruchstück,
welches er zur Aeneis IV 620 aus den Origines des Cato mittheilt: *Cato
dicit iuxta Laurolavinium, cum Aeneae socii praedas agerent, proelium commissum, in quo Latinus occisus est.* Aus diesen Worten wird
klar, wann und zu welchem Zwecke sich Cato die Errichtung des zweiten Lagers gedacht hat: es entstand damals, als die Streitkräfte des
Latinus sich bereits mit denen des Aeneas verbunden hatten, und diente
den Beutezügen der Trojaner in das Land der Rutuler zum Stütz-
puncte, so dass in Folge hiervon das benachbarte Feld der Schauplatz
des Kampfes mit Turnus wurde. — Endlich legt Strabon (V 3, 2 p. 229),
welcher, wie sich gezeigt hat, vorzugsweise den Cato zur Quelle hat,
Zeugniss dafür ab, dass die erste Niederlassung, welche Aeneas unmittelbar nach seiner Ankunft gründete, am Tiberufer bei Ostia lag. —
Zu allen diesen Beweisen darf man wohl noch hinzufügen, dass Virgil,
welcher die für die Landungsstätte am Numicius sprechenden Ueberlieferungen sehr wohl kannte, sich nicht gestattet haben würde dieselbe
an die Tiber zu verlegen, wenn er dafür nicht eine bedeutende Autorität wie die des Cato zur Stütze gehabt hätte.

207) Diese von Cluver Italia antiqua p. 879 aufgestellte Vermuthung

die erste Ansiedelung des Aeneas setzen; Cato nahm an,
dass sie aus einem Lager der Trojaner hervorgegangen sei,
welches sich rasch zu einer Stadt erweitert habe; sie wird
daher bei ihm bald *Troiana castra* bald *civitas* (bei Strabon
πόλιϲ, bei Virgil bald *Troïa castra* bald *urbs*) genannt. Der
Ueberlieferung der Lavinier, dass sich die Ueberreste eines
von Trojanern errichteten Lagers auf ihrem Gebiete befänden, trat Cato hiermit eben so wenig entgegen als der, dass
Aeneas der Gründer oder Mitgründer ihrer Stadt sei; er
setzt vielmehr die geschichtliche Wahrheit dieser älteren und
bereits anerkannten Traditionen voraus, welche er durch
seine Darstellung nur erweitern und besser erklären will;
hierbei nimmt er jedoch für die Stadt und das Lager der
Trojaner an der Tiber den Vorzug der früheren Errichtung in
Anspruch, und stellt sie als *prima civitas* und *prima castra*
quae Aeneas constituit der Stadt Lavinium und dem Lager am
Numicius —. welches er erst später im Kriege gegen Turnus
errichtet werden lässt[208]) — voran und entgegen. [209])

hat alle Wahrscheinlichkeit für sich; die Stelle, wo nachmals Ostia entstand, war so vortheilhaft gelegen, dass man sich wundern müsste,
wenn die sehr betriebsamen Siculer hier keine Niederlassung gegründet
hätten. Für sicher aber darf es gelten, dass Cato weder den Namen
Troja für diese Gegend ersonnen hat, noch eine Stadt dahin verlegt
haben würde, wenn sich nicht Spuren einer solchen vorgefunden hätten.
  208) Vgl. oben die vorletzte Note.
  209) Servius zur Aeneis VII 158 sagt mit Beziehung auf die Worte
Virgils *primasque in litore sedes* dieses: *ideo primas, quia imperium
Lavinium translaturus est. et sciendum civitatem, quam primo
fecit Aeneas, Troiam dictam secundum Catonem et Livium;* eben dasselbe bemerkt er zur Aeneis I 5 mit Bezug auf Virgil IX 644. Vergleicht man hiermit die schon früher (Note 206) behandelte Stelle zur
Aeneis VII 31: *circa Ostiam, ubi prima Aeneas castra constituit,*
und die mit diesen gleichbedeutenden *Troiana castra,* welche nach Servius zur Aeneis XI 316 in den Origines erwähnt waren, so wird über
die oben entwickelte Auffassung Catos schwerlich ein Zweifel bleiben
können. Nach Strabon V 3, 2 p. 229 erstreckte sich die πόλιϲ, welche
Aeneas gleich nach seiner Landung am Tiberufer gründete — oder es
dehnten sich vielmehr die Trümmer derselben — bis 24 Stadien oder
drei Milien über die Mündung des Flusses hinauf aus. Diese Angabe,
welche allem Anscheine nach auch aus Cato entnommen ist, enthält

Hierzu kam noch eine andere Thatsache, welche vortrefflich zu Catos Anschauungsweise passte und worin er eine
starke Stütze für seine Meinung finden konnte. In der Nähe
des Lagers an der Tiber breitete sich in der Richtung nach
Laurentum hin jene Ackerflur von siebenhundert Jugera
aus, welche sich noch in seinen Tagen im Besitze der Nachkommen der angeblichen Gefährten des Aeneas befand und
als der grössere Theil des ihren Vorfahren von Latinus ver-
liehenen Grundeigenthums anerkannt war. In ihr durfte
Cato gleichsam die Feldmark seines Tibertroja erkennen;
er durfte annehmen, dass die Troer diese Landstrecke zugleich mit der Errichtung dieser Stadt an sich gerissen
hatten[210]), und dass sie ihnen sodann von Latinus gleich bei
dem ersten Zusammentreffen mit ihnen bei dem Friedens-
schluss als rechtmässiges Eigenthum überlassen worden sei.
Hiermit liess sich alsdann sehr gut die Annahme vereinigen,
dass zu jenem ersten Geschenke nachmals, als Lavinium gegründet ward, in dem dort gelegenen *ager* eine zweite Landanweisung von fünfhundert Jugera hinzugefügt worden sei.
Alles stimmt demnach in Catos Erzählung wohl zusammen,
und alles ist darauf berechnet, dem Glauben an die Landung

---

nichts, was sie verdächtig machen könnte, wie sie denn auch mit den
Andeutungen Virgils nicht im Widerspruche steht; die Zahl darf daher
nicht, wie Bormann a. a. O. S. 102 in Folge einer Verwechselung mit
der Troja am Numicius vorgeschlagen hat, in vier Stadien verwandelt
werden. Wie lange übrigens nach Cato die Trojaner ihren Hauptsitz
in der Stadt an der Tiber behielten, bevor sie ganz nach Lavinium
übersiedelten, lässt sich nach den dürftigen uns aus ihm erhaltenen
Bruchstücken nicht näher bestimmen; insbesondere ist der Auszug,
welcher in der origo gentis Romanae c. 12 und 13 aus ihm mitgetheilt
wird, viel zu kurz und zu stark umgearbeitet — er hat selbst den echt
catonischen Namen Laurolavinium fallen lassen — als dass sich daraus
Schlüsse über die Reihenfolge oder die Zeitdauer der einzelnen Ereignisse entnehmen liessen. Nur so viel scheint nach dem Fragmente bei
Servius zur Aeneis IV 620 festzustehen, dass in dem Kriege mit Turnus, während der Bau von Lavinium bereits begonnen hatte (vgl. Strabon a. a. O.), das Lager der streitbaren Mannschaft an den Numicius
verlegt ward.

210) Hierauf spielt auch Virgil Aeneis XII 185 *cedet Iulus agris* an.

des Aeneas an der Tiber Eingang zu verschaffen; diesem
Interesse hat es namentlich der *ager* von siebenhundert
und im Gegensatze hierzu auch der von fünfhundert Jugera
zu verdanken, dass sich das Andenken an ihr Dasein erhalten hat, welche Ehre ihnen um ihrer selbst willen schwerlich zu Theil geworden wäre. [211])

Der Streit — welcher an so viele ähnliche erinnert, die
bis auf unsere Tage über den Besitz echter oder angeblicher
Reliquien geführt worden sind — wurde jedoch durch Catos
ansprechende und durchdachte Darstellung nicht beigelegt,
sondern nur lebhafter angeregt: während sich in Lavinium
gewiss nur wenige — etwa aus Gefälligkeit für Rom oder
weil ihre Grundstücke auf dem *ager* lagen, welcher hierdurch
zum Felde der Verheissung erhoben wurde — bei der von
ihm dargebotenen Abfindung beruhigen mochten, wurde auf

---

211) In welchem Zusammenhange Cato jenen *ager* erwähnt hat,
ergibt sich schon bei einem Blicke auf Servius zur Aeneis XI 316.
Der Grammatiker beruft sich hier zum Beweise, dass mit *Tuscus amnis*
bei Virgil die Tibergegend bezeichnet werde, auf die Uebereinstimmung
fast aller Geschichtschreiber, insbesondere aber auf die Autorität des
Livius, Sisenna und Cato — wobei er von dem jüngern auf den älteren
zurückgeht — (*unde sequenda est potius Livii, Sisennae et Catonis
auctoritas*) und fährt dann fort: *Cato enim in Originibus dicit, Troianos a Latino accepisse agrum, qui est inter Laurentum et castra Troiana. hic etiam modum agri commemorat* usw. Worin stimmt nun
Livius mit Cato überein? Nicht über die Lage und Grösse des geschenkten *ager*, dessen er mit keinem Worte gedenkt, sondern über
den Landungsplatz der Trojaner, welchen er *in agrum Laurentem* setzt.
Man sieht hieraus, dass bei Cato die Erwähnung des geschenkten Landes mit zu den Beweisen für den Ort der Landung gehörte. Uebrigens
nimmt Servius in gutem Glauben an, dass Livius hierin dem Cato, welcher in dieser Erzählung allerdings sein Hauptführer war, ganz gefolgt
sei — wie es vielleicht Sisenna that — und genau im Sinne desselben
verstanden sein wolle (vgl. zur Aeneis VII 158: *et sciendum civitatem,
quam primo fecit Aeneas, Troiam dictam secundum Catonem et
Livium*). Hierin könnte sich jedoch der Grammatiker geirrt haben.
Livius scheint sich vielmehr (I 1) mit Absicht kurz und vorsichtig über
den Landungsplatz ausgedrückt zu haben, weil er der vielbehandelten
Streitfrage hierüber ausweichen wollte; denn sein Troja (welches er
locus, nicht *civitas* nennt) passt eben so gut auf das am Numicius als
auf das an der Tiber.

Grund der dortigen Ueberlieferungen von Cassius Hemina[212])
und anderen Annalisten nachdrückliche Einsprache gegen
ihn erhoben, und diese fand auch, wie wir aus den späteren
Historikern ersehen, vielfache Anerkennung; da erhielt zu der
Zeit, als Roms Weltherschaft die Völker zu zwingen schien
in ihm die Erfüllung aller alten Weissagungen anzuerkennen,
Cato einen Nachfolger an Virgil, welcher mehr als alle
seine Vorgänger that und wagte, um der Tiberpartei den
Sieg zu verschaffen.

Der Plan der Aeneide und insbesondere der sechs letzten Gesänge derselben erklärt sich bei so vielem auffallenden, was er im ganzen und einzelnen darbietet, vorzugsweise
aus dem Streben des Dichters alle an Aeneas geknüpften
Verheissungen sich an dem Tiberufer vollenden zu lassen.
Er drängt Lavinium, dessen Stiftung durch Aeneas er zwar
öfter, aber nur wie gelegentlich erwähnt, ganz in den Hintergrund zurück, und schliesst diese Schöpfung als ein Ereigniss von nur vorübergehender Bedeutung ganz aus den
Grenzen seines Gedichtes aus. Wo er das Gebiet beschreibt,
welches Latinus den Trojanern bestimmt, erwähnt er daher
nicht nur den *ager* in der Nähe des Tiberstroms an erster
Stelle (Aeneis VII 316), sondern hebt ihn so stark hervor,
dass eben hierdurch viele seiner Ausleger zu der unmöglichen
Annahme[213]) geführt worden sind, als solle auch bei ihm der
ganze Umfang der Schenkung auf einen Landstrich an diesem Flusse beschränkt werden. Nur in éiner Beziehung
überbietet er seinen Vorgänger und gestattet sich dem Plane
seines Epos zu Liebe eine starke Abweichung von der Sage

---

212) Einen sehr willkommenen Beweis für die von ihm vertretene
Tradition fand Cassius, wie wir aus dem Auszuge bei Solinus ersehen,
in dem Venustempel am Numicius. Was musste dem Aeneas nach seiner
Ankunft eiliger und wichtiger sein als für das mitgebrachte Bild seiner
Mutter ein Heiligthum einzuweihen? Wo dieses stand, da war demnach
sein Landungsplatz, seine erste Niederlassung zu suchen. So diente der
Venustempel das Tibertroja Catos aus dem Felde zu schlagen.

213) Vgl. oben S.122 und 126 Note 158.

überhaupt. Während nämlich Cato den Aeneas sehr bald
von dem trojanischen Lager an der Tiber hinweg in die
Gegend von Lavinium ziehen lässt, und übereinstimmend mit
den meisten anderen Annalisten dorthin das Opfer der Saú
und sodann das Zusammentreffen mit Latinus und den Kampf
mit Turnus versetzt[214]), hält Virgil die Trojaner bis zum
Falle des Turnus und dem Schlusse des Gedichtes (offenbar
aus Gründen der poetischen Composition) auf einem einzigen
Kampf- und Schauplatze, der Landstrecke zwischen der Tiber
und Laurentum, fest. Eine der vielen Folgen dieser Erfindung ist, dass er sich genöthigt sieht das Wunderzeichen,
welches die Erscheinung der Sau mit ihren dreissig Jungen
gibt, dadurch zu entkräften und den Sinn desselben in künst-
licher, fast erzwungener Weise umzudeuten[215]), dass er das
von Aeneas vollzogene Opfer derselben nicht nach Lavinium
(oder wie einige angaben, nach Alba), sondern an das Tiberufer verlegt[216]), wohin es der Ueberlieferung nach in keiner
Weise gehören konnte. Hiermit hängt es auch zusammen,
dass er über dieses so bedeutungsvolle zweimal angekündigte
Prodigium in dem Augenblicke, wo es wirklich eintritt, mit
auffallender Flüchtigkeit hinwegeilt.[217]) Aus ähnlicher Ursache erklärt es sich nun, warum in der Beschreibung des geschenkten Territoriums die südöstliche Gegend desselben am
Numicius und bei Lavinium nur angedeutet, nicht ausdrücklich genannt wird; sie soll blos im Hintergrunde erscheinen,
aus einem gewissen Dämmerlichte nicht heraustreten, weil
alles was sich auf sie bezieht erst der Zukunft angehört und
ausserhalb der Grenzen des Gedichtes liegt. Eine Ausnahme

---

214) Servius zur Aeneis IV 620; de origine gentis Rom. 12, 13
(Cato Fragment 15 bei Roth).

215) Die doppelte Weissagung des Helenus (III 393) und des Tiber-
gottes (VIII 46) *is* oder *hic locus urbis erit* muss so ausgelegt werden,
dass darunter nicht die Stelle der Stadt selbst, sondern die Gegend
derselben verstanden wird, was Heyne im Excurs II zum siebenten
Buche der Aeneis nur ungenügend zu rechtfertigen versucht.

216) Aeneis VII 68—85.

217) Aeneis VIII 84 und 85.

macht seiner Natur nach der Orakelspruch, welcher Aeneis VII 242 angeführt wird[218]); hierin werden auch die Schicksale und Erwerbungen, welche dem Aeneas am Numicius bestimmt sind, verkündigt und mit dem Namen dieses Flüsschens bezeichnet. Zu diesen letzteren gehörte aber auch jener zweite sogenannte trojanische Acker, welchen der Dichter ohne Zweifel eben so gut wie jeder andere seiner gelehrten Zeitgenossen kannte, und den er allem Anscheine nach als eines der *fatalia arva* vorzugsweise bei diesen Worten vor Augen hatte.

Eine Bestätigung dessen, worauf die bisherige Untersuchung geführt hat, und ein neues für das früheste latinische Alterthum sehr bemerkenswerthes Ergebniss tritt hervor, wenn man die Zahlen der Jugera der beiden Ackerfluren fünfhundert und siebenhundert[219]) zusammenfügt; die Ge-

---

218)
. . . . . *iussisque ingentibus urguet Apollo*
Tyrrhenum ad Thybrim et fontis vada sacra Numici.
Vgl. oben S. 122 Note 158.

219) Die Ziffer *DCC* in dem Bruchstücke des Cato bei Servius zur Aeneis XI 316 ist in neuerer Zeit zuerst von A. Wagener in der Sammlung der Bruchstücke der Origines (Bonn 1849 p. 19) in Zweifel gezogen, sodann aber von Jordan in der kritischen Ausgabe der Ueberreste des Cato entschieden verworfen und mit Berufung auf den codex Parisinus und Reginensis in $\overline{II}DCC$ verwandelt worden. Erwägt man jedoch die Gründe, womit die Aufnahme dieser letzteren Lesart sowohl in den Prolegomena p. XXVII f. als schon früher in Fleckeisens Jahrbüchern für Philologie 1859 S. 426 vertheidigt worden ist, so erscheinen sie keineswegs geeignet zu überzeugen. Diese Variante ist keine neue Entdeckung, sie war den früheren Herausgebern wohl bekannt und ist von ihnen sicher aus gutem Grunde abgelehnt worden. Peter Daniel, welchem eine sehr ausgedehnte Sammlung von Handschriften und Collationen zu Gebote stand und dessen grosse Sorgfalt und Genauigkeit von G. Thilo gerühmt wird (Beiträge zur Kritik der Scholiasten des Vergilius im rheinischen Museum Jahrgang XIV [1859] S. 535—551) war selbst Eigenthümer des Reginensis (Thilo a. a. O. S. 537) und hat ohne Zweifel den Parisinus gekannt; wenn er daher ihr Zeugniss für die sonst an sich dem damaligen Standpuncte gemäss ansprechendere Zahl 2700 nicht annahm, so kann ihn dazu nur die Autorität der Mehrheit guter Codices — deren ja so viele erhalten sind — oder ein ähnlicher entscheidender Grund bestimmt haben. Auch Burman hat jene

sammtzahl von zwölfhundert Jugera, welche hieraus entsteht,
entspricht nämlich der Zahl der sechshundert Penatenwächter,
und zwar in der Weise, dass auf jeden der zu ihrer Körperschaft gehörenden Bürger ein Ackerloos von zwei Jugera
kömmt. Hieran knüpft sich eine Reihe von Folgerungen an,
welche für die geschichtliche Kritik der alten italischen Traditionen von Bedeutung sind, und von denen hier nur éine
hervorgehoben werden soll. Es zeigt sich hierin, dass das
Ackermaass der *bina iugera*, welches den übereinstimmenden
Zeugnissen der besten römischen Schriftsteller zufolge [220]) von

---

Lesart in drei Handschriften von untergeordnetem Werthe gefunden,
sie angeführt und verschmäht. Eben so wenig konnte Lion sich be-
wogen finden zu Gunsten der verworrenen Varianten der beiden von
ihm verglichenen Wolfenbüttler Handschriften von dem angenommenen
Texte abzuweichen. Hierzu kömmt, dass sich die Entstehung der Variante sehr leicht erklärt; hervorgegangen aus einem Glossem oder einer
Corruptel beruht sie auf derselben Ursache, welche den neuesten Herausgeber zu ihrer Annahme geneigt gemacht hat, auf der Verwechselung des Territoriums von Lavinium mit dem einzelnen von Cato hervorgehobenen *ager*; ein Leser oder Abschreiber, welcher hiervon ausging, musste nothwendig die Zahl von 700 Jugera zu gering finden und
glaubte durch die Hinzufügung von *duo milia* der Angabe des Servius
zu grösserer Wahrscheinlichkeit verhelfen zu müssen: vielleicht drückte
er seine Vermuthung zuerst am Rande und in Buchstaben aus, woraus
das in der zweiten Wolfenbüttler Handschrift hinzugefügte *dum* entstanden sein könnte. Wie dem aber auch sei, zur Vergrösserung der
Ziffer war den Abschreibern der natürliche Antrieb gegeben, zur Ver-
ringerung derselben lag ihnen keine Verführung nahe. Schon aus den
Worten des Cato *inter Laurentum et castra Troiana* geht überdies
hervor, dass in dieser Richtung und zwar in der Nähe der Tiber wohl
ein kleineres den Lavinaten gehörendes Grundstück, aber kein ansehn-
licher Theil ihrer Feldmark liegen konnte. Hierzu tritt nun noch der
oben gegebene, auf dem inneren Zusammenhange der Nachrichten be-
ruhende Beweis hinzu, um die Alterthumsforscher zu rechtfertigen,
welche wie Niebuhr, Schwegler, Klausen u. a., so sehr sie auch in ihren
Erklärungsversuchen von einander abweichen, doch übereinstimmend
dabei die Zahl 700 als die richtige dem Cato angehörende zu Grunde
gelegt haben. Uebrigens ist zu hoffen, dass es Thilo gelingen werde in
der zu erwartenden neuen Ausgabe des Servius die Quellen zu ermitteln,
denen Daniel gefolgt ist, und hierauf das hierüber noch herschende
Dunkel aufzuklären.

220) Vgl. die Stellen bei Schwegler röm. Gesch. I S. 451 Note 2.

dem Ursprunge Roms an bis ziemlich weit in die Zeiten der
Republik hinein der Regel nach bei den Landanweisungen
jedem Bürger auf dem Stadtgebiete wie in den Colonien
als *heredium* zugetheilt wurde — ein Gebrauch welchen die
Agrimensoren auf das Alterthum und zwar nicht blos auf
das römische zurückführten[221]) — in der That der frühesten
latinischen Vorzeit angehörte und als ein Erbstück derselben
auf den römischen Staat gleich bei dessen Gründung übergegangen ist. Das Zeugniss, welches wir hierüber von Lavinium her erhalten, ist um so unverdächtiger, weil es absichtslos und in Bruchstücken gegeben wird, welche wir erst
zusammensetzen müssen, um das Ergebniss zu gewinnen, und
weil es nicht auf einer blossen Ueberlieferung beruht, sondern von den Berichterstattern aus den ihnen noch vorliegenden vermessenen Ackerfluren entnommen wurde. Wahrscheinlich waren diese auch schon den uralten Grundlehren
der Agrimensoren gemäss regelmässig und so viel als möglich nach Centurien abgetheilt, so dass in Lavinium noch
weit früher als im ältesten Rom Centurie den Doppelsinn
einerseits von hundert Bürgern und andererseits von zwei-
hundert ihnen gehörenden Jugera Landes hatte. In voller
Uebereinstimmung mit der bekannten Naturbeschaffenheit
des lavinatischen Gebietes aber steht es, dass diese sechs
Ackercenturien nicht an éiner Stelle zusammen lagen, sondern sich zu $2^1/_2$ und $3^1/_2$ Centurie in zwei von einander
entfernten Gegenden befanden; denn da der Boden der Landschaft im allgemeinen und besonders im innern mager, unfruchtbar, steinig und mit Buschwerk bedeckt war[222]), so

---

221) Siculus Flaccus p. 153 Lachmann: *antiqui agrum ex hoste
captum victori populo per bina iugera partiti sunt.* Aus dem Ausdruck
victori populo geht hervor, dass die Sitte sich nicht auf Rom beschränkte, sondern jedenfalls eine allgemein latinische war, weshalb
Lachmann den Zusatz *Romanorum* zu *antiqui* mit Recht als sinnwidrig
in Klammern eingeschlossen hat.

222) Die Sage lässt den Aeneas, als er von dem Hügel von Lavinium aus das ihm verheissene Land überschaut, in fast verzweifelnde

konnte angesehenen Bürgern, wie die Penatenwächter waren, nur dadurch gutes Ackerland verschafft werden, dass man dasselbe an verschiedenen Stellen, in Strecken von ungleicher Grösse und insbesondere in der Nähe der beiden Grenzflüsse auswählte.

Neben den bisher betrachteten Ackerfluren musste es natürlich auf dem Territorium von Lavinium, wie sich auch aus der Beschreibung desselben bei Virgil entnehmen lässt, abgesehen von ausgedehnten Weideplätzen und Waldungen, noch zahlreiche andere Aecker geben, deren Ertrag zwar zum Theil, wie das Beispiel Roms und anderer Städte zeigt, für religiöse und öffentliche Zwecke bestimmt, zum Theil aber zur Ausstattung derjenigen Bewohner der Stadt nothwendig war, welche neben den eigentlichen Lavinaten ihren Sitz innerhalb ihrer Mauern hatten. Von solchen Einwohnern oder Bürgern von Lavinium lernen wir durch unsere Quellen eine Classe kennen, welche, wenn nicht die einzige dieser Art, jedenfalls bei weitem die angesehenste und bedeutendste war; sie kömmt unter dem Namen der Laurenter vor, gehörte ihrem Ursprunge nach dem Volksstamm der Aboriginer von Laurentum an und führte ihren Wohnsitz in Lavinium auf die Zeit der Entstehung des latinischen Bündnisses zurück. Von dieser Thatsache waren schon früherhin bei Schriftstellern und in Inschriften manigfache Spuren und Andeutungen gegeben; diese haben aber erst seit der Auffindung jener pompejanischen Inschrift, von welcher wir oben ausgegangen sind und welche einige bisher fehlende Mittelglieder darbietet [223]), ihr richtiges Verständniss erhalten und

---

Klagen ausbrechen *propter sterilitatem agri,* wie Cato (de origine gentis Rom. 12, 4) es ausdrückt; *aegre patiebatur,* heisst es bei Fabius Maximus Servilianus (Servius zur Aeneis I 7), *in eum devenisse agrum macerrimum litorosissimumque*; am ausführlichsten wird sein Kummer hierüber bei Dionysios I 56 beschrieben, und nichts kann ihn trösten als die Verkündigung, dass seine Nachkommen in die bessere Landschaft von Alba übersiedeln würden.

223) Vgl. S. 72 ff. Note 97.

Rubino Beiträge.   11

lassen sich nunmehr zu einem gesicherten Ganzen vereinigen. Zuerst haben wir die Aufmerksamkeit auf eine Angabe des Dionýsios zu lenken. Er berichtet (I 59 und 60), dass die Aboriginer von Laurentum, sobald das Bündniss mit den Trojanern beschlossen war, diesen das halbvollendete Lavinium aufbauen halfen, und dass sie bald nachher durch Austausch der Sitten, der Gesetze und der Heiligthümer der Gottheiten, durch Anknüpfung von Eheverbindungen und, fügt er zuletzt hinzu, durch gemeinsame Wohnsitze in derselben Stadt (κοινωνίαι πόλεως) mit ihnen verwuchsen.²²⁴) Diese Mittheilung verdient um so mehr Beachtung, als die Quelle, welcher Dionysios hierbei gefolgt ist, Cato war; man ersieht dieses aus Sallust, welcher dem Zeugnisse des Servius zufolge²²⁵) die Origines des Cato vor Augen hatte und nachahmte, als er im Anfange des sechsten Capitels des Catilina die Vereinigung der Trojaner und Aboriginer innerhalb derselben Mauern und ihr Zusammenwachsen zu éiner Volksgemeinschaft, was jener bei der Entstehung von Lavinium beschrieben hatte, in nicht ganz passender Weise auf die *urbs Roma* übertrug. Hieraus erklärt es sich auch, warum Cato mit so entschiedener Vorliebe die Benennung Laurolavinium gebraucht²²⁶); dieser Name drückte, da die Ableitung der Silben *Lauro-* von Lorbeer, wenn auch keineswegs ohne thatsächliche Veranlassung, doch eine mythische ist²²⁷), eben jene Zusammensetzung der Bewohner der Stadt aus Laurentern und Lavinaten aus; und ebenso hiess das Territorium der Stadt deshalb *ager Laurolavinas*, weil auf ihm beide Bürgerclassen Besitzungen hatten.²²⁸) Auf dieselbe

---

224) συνενεγκάμενοι ἔθη καὶ νόμους καὶ. θεῶν ἱερά, κηδείας συνάψαντες ἀλλήλοις καὶ κοινωνίας πόλεως, ἀνακερασθέντες τε οἱ σύμπαντες ... οὕτω βεβαίως ἔμειναν ἐπὶ τοῖς συγκειμένοις, ὥστε οὐδεὶς αὐτοὺς ἔτι χρόνος ἀπ᾽ ἀλλήλων διέστησε (I 60).

225) Servius zur Aeneis I 10. Cato Fragment 10 bei Roth.

226) Vgl. oben S. 107 Note 134.

227) Vgl. oben S. 99 Note 126.

228) Zu den Besitzungen der Laurenter auf diesem Territorium gehörte ohne Zweifel die *silva Laurentina*, deren Julius Obsequens im

Thatsache weisen die Schriftsteller hin, aus denen Servius (zur Aeneis I 2 und VII 59) seine Angaben entnommen hat, wenn sie berichten, dass König Latinus, als er den Namen Laurolavinium einführte, die Stadt erweitert und deren Bürgerschaft vermehrt habe.

Werfen wir nun einen Blick auf die pompejanische Inschrift. In der achten Zeile derselben (s. oben S. 72) werden Laurenter erwähnt, bei denen Stammsacra des römischen Volkes und der latinischen Nation verehrt wurden (*sacrorum principiorum p. R. Quirit. nominisque Latini, quai apud Laurentis coluntur*); wie bekannt, befanden sich aber diese Sacra nach der übereinstimmenden Aussage der Alten in Lavinium, wo auch der Urheber der Inschrift, Spurius Turranius, als hoher Magistrat der Stadt (als *praefectus pro praetore iuri dicundo in urbe Lavinio*) seinen Sitz hatte; Laurenter kommen überdies in zahlreichen Inschriften in engster Verbindung mit Lavinaten vor und zwar als Diener von Heiligthümern, deren Cultstätten ganz nahe an einander liegen mussten. Erwägt man dieses alles, so kann es keinem Zweifel unterliegen, wer diese Laurenter waren: es liegt klar vor Augen, dass sie noch in der Zeit des Kaisers Claudius, aus welcher die Inschrift herrührt, eine Classe von Bürgern von Lavinium bildeten, und zugleich dass der Ursprung ihrer Institution, wie sich auch schon von anderen Seiten her gezeigt

---

prodigiorum liber c. 24 gedenkt: *cum Lavinii auspicarentur*, sagt er hier von den römischen Consuln M. Aemilius und C.-Hostilius Mancinus — *cum sacrificium facere vellent* hat dafür Valerius Maximus I 6, 7 — *pulli e cavea in silvam Laurentinam evolarunt neque inventi sunt.* Aus der Vergleichung dieser Nachricht mit der ganz entsprechenden bei Valerius Maximus a. a. O. geht hervor, dass der hier erwähnte Wald sich ganz nahe (*proximam silvam*) bei der Stätte befand, wo die Consuln ihr Opfer darbringen wollten; diese ist aber entweder in Lavinium selbst oder am Numicius zu suchen. Der Hain ist vielleicht derselbe welchen Silius Italicus XIII 65 vor Augen hat, wo er von Aeneas sagt: *armaque Laurenti figebat Troïa luco*, was jedoch auch eine allgemeinere Bedeutung haben kann. Von der *Albunea Laurentinorum silva*, deren Probus zu Virgils Georg. I 10 gedenkt, war er, wie es scheint, verschieden.

11*

hat, auf die Entstehungszeit des latinischen Bundes zurück-
ging.

Hieran schliesst sich eine andere Wahrnehmung an,
welche das bisher gewonnene Ergebniss bestätigt und erweitert. Vergleicht man nämlich die manigfachen Inschriften mit einander, in denen die lavinatischen Laurenter erwähnt werden, so zeigt sich unter ihnen eine sehr bemerkenswerthe Verschiedenheit, welche sich nach der Zeit ihrer
Entstehung richtet. In allen denjenigen, welche in einen
späteren, etwa von der Regierung des Kaisers Marcus Aurelius an beginnenden Zeitraum fallen, wird der einzelne, welcher zu dieser Genossenschaft gehört, *Laurens Lavinas* oder
im Dativ *Laurenti Lavinati* genannt; der Gesammtheit kömmt
die Benennung *Laurentes Lavinates* zu. [229]) Schon diese Aus-

---

229) Da die Inschriften, aus denen die Kenntniss dieser Veränderung fast ausschliesslich gewonnen werden muss, nur selten eine Zeit-
angabe oder eine sichere Andeutung dafür enthalten, so müssen wir
allerdings darauf Verzicht leisten (bis etwa fortgesetzte Forschungen
oder neu aufgefundene Denkmäler mehr Aufschluss darbieten) die Entstehungszeit jeder einzelnen genau zu bestimmen und nachzuweisen;
indessen lassen sich jedenfalls so viele feste Puncte ermitteln, als für
den Zweck dieser Untersuchung nöthig ist. Nachdem die neue Organisation des lavinatischen Gemeinwesens allem Anscheine nach (vgl.
oben S. 76 Note 97) in der Uebergangszeit zwischen den Regierungen
der Kaiser Antoninus Pius und Marcus Aurelius durchgeführt worden
war, kömmt die erste Erwähnung eines *Laurens Lavinas*, für welche
wir die Zeit angeben können, unter Septimius Severus vor; sie betrifft
(Orelli Nr. 2176) einen Freigelassenen Marius Doryphorus, welcher von
dem *divus* Commodus das Recht des goldenen Ringes erhalten hatte,
und kann daher nicht vor das Jahr 197 nach Ch. G. fallen, in welchem
Severus diesem Kaiser nach Cassius Dion LXXV 7 die ihm früher ver-
sagten göttlichen Ehren bewilligt hatte. Sehr beachtenswerth ist nun
in dieser Inschrift, dass die beiden Worte *Laurens Lavinas* gegen die
spätere Gewohnheit vollständig ausgeschrieben sind, was eben auf eine
Zeit hinweist, worin diese Namensform noch neu, noch nicht durch den
Gebrauch abgeschliffen war, und worin es überdies nothwendig erschien
die Verwechselung derselben mit der abgeschafften, aber noch nicht
vergessenen früheren Namensform zu verhüten. Dieselbe ausführliche
Schreibweise (*sacerdoti Laurentium Lavinatium*) kommt in der Inschrift
Nr. 6521 bei Orelli-Henzen vor, welche aus der letzten Zeit desselben
Septimius Severus stammt: vgl. Henzen in der Jenaer allg. Litteratur-

drücke weisen nach bekanntem lateinischem Sprachgebrauch
auf die Verschmelzung zweier vorher gesonderter Körper zu
einem gemeinsamen Ganzen hin, welchem nunmehr jeder
einzelne mit Aufhebung der früheren Unterschiede als Mitglied angehört; in dem vorliegenden Falle können es aber
nicht die beiden Stadtgemeinden Laurentum und Lavinium
gewesen sein, wie manche nach willkürlicher Vermuthung
und im Widerspruch mit den Zeugnissen angenommen haben [230]), sondern nur zwei bisher in Lavinium neben einander
bestehende Bürgerclassen, welche fortan zu einer einzigen
Körperschaft verbunden waren. Dieses Sachverhältniss, welches sich bereits an so vielen Zeichen kund gegeben hat,
tritt aufs neue ans Licht, wenn man diejenigen Inschriften
betrachtet, welche uns aus der älteren Kaiserzeit hierüber

---

zeitung 1847 Nr. 63 S. 250. Es wird daher nicht sehr gewagt sein als
Regel anzunehmen, dass auch die übrigen Inschriften, in denen jede
Abkürzung in diesen Titeln vermieden ist, zu den älteren dieser Gattung gehören und entweder dem Ende des zweiten oder den ersten
Decennien des dritten Jahrhunderts nach Ch. G. zuzuweisen sind. Hierher sind zu rechnen bei Orelli Nr. 2252 (*Laurenti Lavinati*) und 3218
(*Laurens Lavinas*) — zwei Beispiele welche mit dem des Marius Doryphorus in Nr. 2176 auch die Verwandtschaft zeigen, dass die drei
Inhaber der später regelmässig von sehr angesehenen Männern bekleideten Würde sämmtlich untergeordnete Officianten römischer Magistrate
waren, was auch auf die Neuheit der Organisation hinweist — ferner
bei Mommsen I. R. N. Nr. 5192 (*Laurens Lavinas*), bei Orelli-Henzen
Nr. 6759 (*Laurenti Lavinati*) — auf dieser von Mommsen zu Reate
gefundenen Inschrift sind die Namen der Consuln mit Kalk bedeckt,
so dass vielleicht bald eine genauere Zeitbestimmung bekannt werden
wird — und 6709 (*praetori et pontifici Laurentium Lavinatium*). Betrachtet man diese Denkmäler näher, so finden sich bei mehreren derselben noch besondere Gründe sie in den angegebenen Zeitabschnitt
zu setzen. Nachdem jedoch die neue Institution etwa zwei Menschenalter hindurch bestanden hatte und damit das Andenken der früheren
in den Hintergrund getreten war, kam die Abkürzung *Laur. Lav.* in
Gebrauch, wovon das erste nachweisbare Beispiel bei Orelli Nr. 3151
und 3183 der Zeit des Alexander Severus um 232, das zweite ebendaselbst Nr. 3100 dem Jahre 261, ein drittes Nr. 1063 der Zeit des Cäsar
Galerius angehört. Auch andere Abkürzungen wurden üblich, von denen die stärkste ein blosses $L \cdot L$ war: vgl. Orelli Nr. 2178 und 3921.

230) Vgl. oben S. 75 Note 97.

erhalten sind. In ihnen erhält der einzelne *Laurens* und folgeweise auch die Gesammtheit der *Laurentes* nicht den Zusatz *Lavinas* oder *Lavinates*, sondern *Lavinatium*, woraus unverkennbar folgt, zuerst dass diese Laurenter keine Bewohner von Laurentum waren, sondern der Stadt Lavinium angehörten, zugleich aber auch, dass sie sich von den Lavinaten im eigentlichen und engeren Sinne unterschieden und neben ihnen eine für sich bestehende Gemeinschaft bildeten. [231]) Eine Kette von Beweisen liegt demnach vor, welche

---

231) Bisher sind drei Inschriften bekannt geworden, welche hierher gehören. Die eine, welche zu Teate gefunden worden, ist bei Orelli Nr. 2175 und nach neuer, eigener Abschrift bei Mommsen I. R. N. Nr. 5313 abgedruckt. Sie ist von L. Cäsius Proculus seinem verstorbenen, zu der Würde eines Patrons der *civitas Teatinorum* gelangten Sohne gewidmet, und die Anfangsworte, auf welche es ankömmt, lauten: *L. Caesio L. f. Marcello Laurenti Lavinatium.* Die zweite, welche sich zu Calaris (Cagliari, öfter Caralis genannt) in Sardinien befindet, ist einem Statthalter dieser Provinz (*praesidi rarissimo*) *L. Balbio L. f. Aurelio Iuncino* von seinem Stallmeister (*strator*) gewidmet; sie wird bei Muratori p. DCLXXXII Nr. 2 mit der Bemerkung mitgetheilt, dass sie eines sorgfältigeren Abschreibers würdig sei ('diligentiore exscriptore digna est inscriptio'), welcher auch wohl nicht lange mehr auf sich warten lassen wird. Indessen können die Ungenauigkeiten der Muratoris Abdruck zu Grunde liegenden Abschrift nicht bedeutend sein, namentlich bietet die Lesart in allem was uns wesentlich ist keine Schwierigkeit und Ungewissheit dar. Der Denkstein ist einem Manne zu Ehren errichtet, welcher als kaiserlicher Procurator durch verschiedene Aemter und Gehaltsclassen hindurch bis zum Statthalter (*praeses*: vgl. die ganz analoge Inschrift bei Orelli Nr. 74) von Sardinien befördert worden war, wonach zu lesen ist: *proc(uratori) Aug (usti) praes(idi) prov(inciae) Sard(iniae) Laurenti Lavinatium.* Was dieser Inschrift eine besondere Wichtigkeit gibt, ist dass sie das Mittel zu einer sichern Zeitbestimmung enthält und hierdurch einen Mangel der vorhergehenden ersetzt. Sie gehört nämlich offenbar der älteren Kaiserzeit zwischen 6 vor Ch. G. und 67 nach Ch. G. an, da nur innerhalb dieses Zeitraumes Sardinien vorübergehend eine *provincia Caesaris* war und einen kaiserlichen Procurator zum Präses hatte (Cassius Dion LV 28. Pausanias VII 17. Marquardt Handbuch der röm. Alterth. III 1 S. 79); seit dem Ende der Regierung des Nero hatte sie wieder (wie Augustus gleich anfangs bei der Theilung mit dem Senate festgestellt hatte, s. Cassius Dion LIII 12) als senatorische Provinz Proconsuln und Quästoren an der Spitze der Verwaltung; diese Einrichtung dauerte namentlich noch unter den Antoninen (Orelli Nr. 2377

sich von den ältesten bis zu den spätesten Zeiten des latinischen Alterthums hin erstrecken, welche meist unabhängig
von einander gegeben sind und doch übereinstimmend auf
dieselbe Thatsache hinweisen, uns denselben Grundzug in der
Verfassung von Lavinium vorführen; und dieser Zug wird in

---

und Spartian im Septimius Severus c. 2) so wie unter Alexander Severus fort (Dion LV 28) und fiel erst weg, als das gesammte Provincial-
wesen eine neue Anordnung erhielt. Hieraus ergibt sich auch, dass
der Balbius, welchem dieses Denkmal angehört, und der Sp. Turranius,
welcher das pompejanische errichtet hat, ungefähr Zeitgenossen waren,
und dass sich demnach die beiden Inschriften gegenseitig erklären. Die
Laurentes der letzteren sind und können nichts anderes sein als *Laurentes Lavinatium*; sie werden aber deshalb nicht mit ihrem Zunamen
bezeichnet, weil dieses hier eben so unpassend als überflüssig gewesen
wäre, da der Magistrat von Lavinium der redende ist und ihre Eigenschaft als Bewahrer der *sacra principia* keinen Zweifel über ihren
Wohnort bestehen liess, innerhalb dessen sie natürlich nur *Laurentes*
waren und hiessen. Die dritte Inschrift, welche ebenfalls einer neuen
Vergleichung bedarf, befindet sich in Rom und ist bei Gruter CCCXL 3,
bei Muratori DXIV 1 und bei Orelli Nr. 3178 abgedruckt. Sie ist ein
Denkmal der Dankbarkeit, welches mehrere Corporationen von Schif-
fern dem *L. Mussio Aemiliano Laurenti Lavinatium* gesetzt haben,
einem kaiserlichen Procurator, welcher ihnen, wie sie erklären, als
Hafenaufseher Wohlwollen und Uneigennützigkeit bewiesen hatte. Wenn
dem Ligorius, dessen Abschrift Muratori vor Augen hatte, hier zu trauen
ist, so enthält sie an der Seite des Denksteins einen Zusatz, welchen
Gruter nicht kannte, mit folgender Zeitangabe: DEDIC. XV KAL. IVN ||
DD. NN. . . . || AVG . . . COS || . Ist dieses richtig, so sind unter den
dominis nostris . . . Augustis . . . consulibus, deren Namen in der Lücke
angegeben waren, nicht, wie Ligorius vermuthete, die Kaiser Carinus
und Numerianus, deren gemeinsames Consulat in das J. 284 fiel, sondern die beiden Augusti Antoninus (M. Aurelius) und Verus zu verstehen, welche im Jahre 161 nach Ch. G., dem ersten Jahre ihrer Regierung, in dessen Anfang ihr Vorgänger gestorben war, das Consulat
zusammen (und zwar Antoninus zum dritten, Verus zum zweiten Male)
bekleideten (vgl. Orelli-Henzen Nr. 6575, woraus sich zugleich ergibt,
dass, wie schon im März [Orelli Nr. 3767], ebenso noch im December
dieses Jahres nach dem Consulate der beiden Kaiser datirt wurde).
Die vorliegende Inschrift ist alsdann eine der letzten, in denen die
Benennung *Laurens Lavinatium* gebraucht werden konnte, da die veränderte Organisation der lavinatischen Körperschaften allen Anzeichen
zufolge von Antoninus Pius in der letzten Zeit seiner Regierung angeordnet und bald nach seinem Tode unter seinen Nachfolgern vollzogen
wurde.

ein noch klareres und sichereres Licht treten, wenn wir den
Blick auf die innere Bedeutung desselben richten.

Die Versetzung einer (uns übrigens ihrer Grösse nach
unbekannten) Anzahl von Laurentern nach Lavinium, welche
im Zusammenhang mit der Stiftung des latinischen Bundes
erfolgt war, hatte einen doppelten Zweck, einen allgemeinen
und einen besonderen. Zuerst sollte durch das Zusammen-
wohnen eine innige Lebensgemeinschaft und somit eine immer fortschreitende Ausgleichung der verbündeten Volksstämme in Sprache, Gesetzen und Sitten bewirkt werden,
wie dieses die oben angeführten Schriftsteller ausdrücklich
hervorheben. In dieser Hinsicht beschränkten sich die Ueber-
siedelungen nicht auf Lavinium allein, sondern wurden nach
und nach auf die übrigen Städte des Bundes, in denen sie
nicht etwa schon vorher bestanden hatten, ausgedehnt. Die
Folge hiervon war, dass in den meisten Städten die ihrem
Ursprunge nach verschiedenen Bestandtheile im Laufe der Zeit
zu einer im ganzen nicht mehr zu unterscheidenden Masse
verschmolzen, wenn auch im einzelnen, besonders in vornehmen Familien, die Erinnerungen und Kennzeichen ihrer
Abstammung noch sehr lange und zum Theil selbst bis zu
der Kaiserherschaft hin fortdauerten. In Lavinium dagegen
hatte die Ansiedelung der Laurenter noch eine besondere
Bestimmung, gegen welche die allgemeine sogar in gewisser
Beziehung in den Hintergrund trat. In dieser Stadt, welche
den heiligen Mittelpunct der vereinigten Stämme bilden sollte
— *religiosa civitas* nennt sie Symmachus noch zur Zeit des untergehenden Heidenthums — und in welcher deshalb die Lavinaten sich zu einer Körperschaft für die Bewahrung ihrer alten
Burgheiligthümer gestalteten, erhielten die Laurenter die Aufgabe als eine ähnliche Genossenschaft neben sie zu treten, um
die Verehrung der Stammsacra der Aboriginer zu überwachen
und sie durch die aus ihrer Mitte hervorgehenden Priester mit
deren Gehülfen und Dienern zu vollziehen.

Einem späteren Abschnitte dieser Abhandlung muss es
vorbehalten bleiben von den Burggöttern zu handeln, welche

von den Lavinaten verehrt wurden; über die Gottheiten, bei
deren Sacra die Laurenter den Dienst hatten, hat uns die
pompejanische Inschrift den ersten bedeutenden Aufschluss
gegeben. An der Spitze derselben stehen Jupiter und Mars,
deren Priesterthum der oberste Beamte der Stadt Sp. Turranius als *flamen Dialis* und *flamen Martialis* bekleidet. Unter
ihnen ist Mars diejenige Göttergestalt, in welcher sich das
Volksthum der Aboriginer eben so wie das ihrer Stammverwandten, der Umbrer, Sabeller, Osker, am entschiedensten
und charakteristischsten ausspricht; wie der Name dieses
Gottes, ebenso ist auch sein Wesen, in welchem sich in ganz
besonderer Weise die engste Verbindung des Landbaus und
der Viehzucht mit der Waffenführung darstellt, diesen Stämmen gemeinsam und zugleich ihnen eigenthümlich. Seinem
Kreise gehören die mythischen Stammesfürsten der Aboriginer Picus und Faunus an, nach ihm haben die Laurenter
(wie die Sabiner, Päligner, Herniker u. a. verwandte Volks-
gemeinden) einem Monate [232]) des Jahres den Namen gegeben; es kann daher keinem Zweifel unterliegen, dass sein
Cultus mit dem Einzuge der laurentischen Ansiedler nach
Lavinium gekommen ist, unter dessen Burgpenaten, so verschieden auch die Angaben über sie lauten mögen, nirgends
ein Gott erwähnt wird, welcher dem Mars entspricht. In
ähnlicher Weise verhält es sich mit Jupiter. Unter den
lavinatischen Burggöttern befand sich allerdings den besten
Zeugnissen zufolge ein höchster, welchem die Latiner den
Namen Jupiter beilegten; er war aber seinem Ursprunge
nach verschieden von demjenigen, dessen Dienst der *flamen
Dialis* versah, und gehörte wie Mars, Quirinus und überhaupt
fast alle Gottheiten, welche Flamines zu Priestern hatten,
dem Religionskreise der Stämme an, welche von Norden her
in Italien eingewandert waren, wenn er auch hier frühzeitig
manche neue Attribute angenommen haben mochte. Dieser Jupiter (*Iupater* bei den Umbrern [233])), der alles durchdringende

---

232) Ovid Fasti V 89—96.
233) Vgl. die iguvischen Tafeln II b Z. 24.

und beherschende Gott, war mit den Aboriginern nach Latium gelangt, und als der latinische Bund gestiftet wurde,
ward er als dessen Gründer, Beschützer und Gebieter verehrt,
und sein Cultus nahm unter den *sacra principia* desselben die
oberste Stelle ein. In den Sagen von Lavinium wird er als
der Retter der Stadt und als der Erhalter des jungen überall
von Feinden bedrohten Bundes gefeiert. Zwei Ueberlieferungen sind es namentlich (wahrscheinlich gab es deren
mehrere), welche ihn in dieser Gestalt vorführen. Als der
Etrusker Mezentius, so wurde erzählt [234]), Lavinium eingeschlossen hielt und die Latiner es nicht zu entsetzen vermochten, ward der Feind mit Jupiters Beistand zurückge-
schlagen, nachdem diesem der Ertrag des Weinstocks, welchen jener für sich gefordert hatte, gelobt war. Dieser Jupiter, an welchen der Ruf um Hülfe gerichtet war [235]) und
welchem seitdem, wie es heisst, jedes Jahr in ganz Latium
die Erstlinge der Trauben dargebracht wurden, war aber
derselbe Schutzherr des Bundes, welcher in Lavinium bei
den Laurentern verehrt wurde, was sich schon daraus ergibt,
dass es bis in die spätesten Zeiten hin der *flamen Dialis*
war [236]), welcher die Rechte seines Gottes bei der Weinlese
zu vertreten hatte. Auf dem Markte zu Lavinium sah man
ferner, wie Dionysios I 59 a. E. berichtet, die alterthümlichen Erzbilder eines Adlers und Wolfs, welche eine Flamme
anfachten und diese gegen einen Fuchs ` vertheidigten, wel-
cher sie zu löschen versuchte; Adler und Wolf sind ohne
Zweifel richtig auf Jupiter und Mars [237]), wie die Flamme
auf das Herdfeuer des Bundes gedeutet worden, von welchem

---

234) Dionysios I 65.

235) Bei Cato im ersten Buche der Origines (Macrobius Saturn. III
5, 10. Roth Fragm. 17) beten die Latiner: *Iuppiter, si tibi magis cordi
est nos ea tibi dare potius quam Mezentio, uti nos victores facias.*
Vgl. Varro bei Plinius n. h. XIV 12, 14, 88. Ovid Fasti IV 892—900.
Festus s. v. *rustica vinalia* p. 265 M.

236) Varro de lingua latina VI § 16 M.

237) Vgl. Lydus de mensibus I 20: Διὸς cύμβολον ἀετός, Ἄρεος
λύκος. ·

dieselben die Angriffe tückischer Nachbarn kraftvoll und
siegreich abwehren; diese beiden sind aber, wie ihre Verbindung[238]) und der Standort des Denkmals[239]) beweist, eben
dieselben zwei Hauptgottheiten der lavinatischen Laurenter,
deren Priesterthum Sp. Turranius bekleidete. Aus allen diesen
Zügen der Sage und des Cultus geht übrigens hervor, dass
der *Iupiter Latiaris* oder *Latialis*, welcher nachmals auf dem
Albanerberge als das göttliche Oberhaupt des *nomen Latinum*
verehrt wurde, aus Lavinium dahin gelangt war, und wenn
auch in späteren Zeiten der albanische den lavinischen verdunkelt hat, so hat doch dieser vermöge seiner Stellung bei
den *sacra principia* niemals aufgehört einen Theil seiner früheren Bedeutung zu behaupten. Der Jupiter Latiaris war
aber, wie bezeugt ist[240]), von dem König Latinus nicht ver-

---

238) Auch bei den Umbrern kommen Jupiter und Mars (mit dem
Beinamen Grabovius) verbunden vor. Vgl. Aufrecht und Kirchhoff umbrische Sprachdenkmäler II S. 130.

239) Eine Abbildung dieses Monuments findet sich auf römischen
Münzen aus der spätesten Zeit der Republik mit dem Namen des L.
Papius Celsus: vgl. Riccio le monete delle antiche famiglie di Roma
tav. XXXV gens Papia 1 u. 2 und p. 163 des Textes. Da die Papier
aus Lanuvium stammten, wie mit vollem Rechte aus den Bildern der
Juno Sospita und der lanuvinischen Schlange auf diesen und anderen
Münzen derselben so wie aus Asconius zur Miloniana geschlossen worden ist (Eckhel doctrina nummorum veterum V p. 267 u. 268), so kann
hier die Nachbildung des alten lavinischen Denkmals, welches deshalb
(vgl. Beger bei Eckhel a. a. O.) sehr ungenügend erklärt worden ist,
schwerlich auf etwas anderes hinweisen als darauf dass dieser Trium-
vir L. Papius Celsus die Stelle eines *Laurens Lavinatium* bekleidete,
welche damals schon an Auswärtige ehrenhalber verliehen wurde.
Die Thiere als die in Latium wohlbekannten Symbole der *sacra principia quae apud Laurentis coluntur* sind demnach hier als Kennzeichen der laurentischen Priesterwürde benutzt.

240) Festus s. v. *oscillantes* p. 194 M.: *causa . . proditur Latinus
rex, qui proelio, quod ei fuit adversus Mezentium, Caeritum regem,
nusquam apparuerit iudicatusque sit Iuppiter factus Latiaris.* Nach
Cato sind in dem Kriege gegen Turnus und Mezentius drei Treffen zu
unterscheiden: gleich im ersten wird Latinus getödtet; im zweiten fällt
Turnus und verschwindet Aeneas, im dritten wird Mezentius von Ascanius überwunden und umgebracht: vgl. die bei Roth Fragm. 15—18
angeführten Stellen des Servius. Die Gründung von Lavinium, welche

schieden; er war, wie die Sage angab, der zum Gott erhobene König der Laurenter; in der That aber war er von Ursprung an der oberste Stammesgott derselben, welcher mit der Stiftung des von ihnen errichteten Bundes den Beinamen *Latiaris* (auch *Latius*) oder *Latinus* erhielt, und den erst die Mythe als menschlichen Herscher auffasste und darstellte. Hieraus erklärt sich, weshalb in der Sage sein Tod oder vielmehr sein Verschwinden von der Erde mit der Entstehung des latinischen Bundes und der damit eng verknüpften Erweiterung und Erhebung von Lavinium zusammenfallen musste; da er mit den Laurentern als Gott in die Stadt einzog, so folgte nothwendig, dass er um dieselbe Zeit aus der Mitte der Sterblichen geschieden war. [241]) Treffend hat übri-

---

Cato dem Aeneas beilegt, und die Belagerung der neuen Stadt durch Mezentius folgen daher bald auf den Tod oder das Verschwinden des Latinus. Ob dabei noch Turnus allein, oder schon Turnus und Mezentius verbündet die Gegner waren (hierüber weichen nemlich die Angaben ab), ist ganz unerheblich.

241) Wenn man den guten inneren Zusammenhang betrachtet, in welchem die einzelnen Züge der nationalen Sage über Latinus mit einander stehen — wie er zuerst als König in Laurentum gebot, durch seinen Bruder Lavinus das ihm unterworfene Lavinium regieren liess, sodann die Stadt zu Laurolavinium erweiterte und dem von ihm gestifteten Bunde der Latiner den Namen gab, wie er gerade zu derselben Zeit zu den Göttern erhoben als *Iupiter Latiaris* seinen Hauptsitz anfangs in Lavinium nahm, von hier aus die Feinde der Nation besiegte und ihre Huldigungen empfing, wie er hierauf etwa ein Menschenalter später mit auf den Albanerberg zog und dort eine noch höhere Verehrung erhielt, ohne doch seine ursprüngliche Cultstelle zu verlassen -- wenn man ferner beachtet, wie hierbei überall die Einmischung des Aeneas eben so störend wie unnöthig erscheint: so drängt sich die nahe liegende Vermuthung auf, dass die einheimische Latinussage bei den Laurentern bewahrt, die ausländische Aeneassage zuerst von den Lavinaten aufgenommen und so lange mit nationalen Elementen verschmolzen wurde, bis sie im Laufe der Zeit allgemein und also auch bei den Laurentern das Uebergewicht erhielt, ohne doch die andere ganz aus dem Gedächtniss verdrängen zu können. In der Religion und im Cultus wurden übrigens Latinus und Aeneas, obgleich die später herschend gewordene Sage diesem und seinem Sohne Ascanius viele Thaten und Einrichtungen beilegte, welche ursprünglich jenem zukamen, fortwährend auseinandergehalten; denn die Annahme, welche Hartung

gens Virgil in einigen schon früher angeführten Versen der
Aeneide die Stellung bezeichnet, welche er in dem Bündnisse
und namentlich den Burggöttern von Lavinium gegenüber
einnahm. Aeneas, welcher der Vertreter dieser letzteren ist,
erklärt dort, dass er dem Latinus die *arma* und das *imperium* überlasse. [242]) Hiermit stellen sich die alten lavinatischen Gottheiten unter den Schutz der laurentischen, welche
mit diesem Jupiter und dem ihm eng verbundenen Mars an
der Spitze vorzugsweise die Götter des Kampfes, der Eroberung und der Herschaft sind, Eigenschaften in denen sich
eben der Charakter des Stammes ausspricht, welcher sie mitgebracht hat und verehrt. Im engsten Zusammenhange hiermit stand daher auch ein politisches Verhältniss, dessen volle
Bedeutung zwar den frühesten Zeiten angehört, dessen
Ueberreste und Spuren aber sich bis zu denen der römischen
Imperatoren fortziehen und dessen Betrachtung hier eingeschoben werden muss, bevor die Erörterungen über den laurentischen Cultus fortgeführt werden können.

Die Aboriginer in Laurentum haben der Stadt Lavinium
nicht nur ihren *ager* und einen Theil der Bewohner gegeben,

Religion der Römer I S. 86 aufgestellt, und die auch auf die Auffassung von Schwegler röm. Gesch. I S. 329 Note 7 und zum Theil selbst
auf die von Preller röm. Mythologie S. 84 eingewirkt hat, dass der
Jupiter Indiges am Numicius, welchen man — wiewohl schüchtern —
für den Aeneas erklärte, von dem Latiaris nicht verschieden gewesen
sei, ist sicher unbegründet. Jener *deus* oder *Iupiter indiges* ist wie
der *Iupiter Clitumnus* in Umbrien ein Flussgott (vgl. Preller a. a. O. S.
519 ff.), also ein Genius, welcher an eine bestimmte Gegend gebunden
ist und dessen Macht nicht weiter als sein engbegrenztes Stromgebiet
reicht; er ist einer von jenen unzähligen *Ioves,* welche nach antiker
und insbesondere italischer Weltanschauung als Ausflüsse des höchsten
Gottes in der Natur walten und die verschiedensten für das menschliche Leben nützlichen Thätigkeiten und Gegenstände durchdringen;
der *Latiaris* dagegen war der gebietende höchste Nationalgott selbst,
ein Gott des Sieges und der Regierung, das himmlische Oberhaupt des
Bundes. Der Dienst beider und dessen Cultgebräuche waren ohne
Zweifel eben so verschieden wie ihre Cultstätte, welche der eine am
Numicius, der andere zwar nicht auf der Burg, wie Preller annimmt,
aber doch innerhalb der Stadtmauern von Lavinium hatte.

242) Aeneis XII 192 und 193. Vgl. oben S. 69.

sie haben sie nicht nur zum Sitze der *sacra principia* des von
ihnen gestifteten Bundes gemacht, sondern sie haben auch,
was hiermit im Zusammenhang stand, ein Schutzrecht über
diese übernommen, welches der *populus Laurens* fortwährend,
und zwar anfangs dem Wesen, späterhin wenigstens der
Form nach ausübte. Einer der wichtigsten Bestandtheile
desselben war, dass sie den Gottesfrieden für diejenigen ver-
bürgten, welche zur Verehrung der Heiligthümer nach Lavinium kamen, und dass sie, wenn neue Städte zur Theilnahme
hieran zugelassen wurden, die Vertreter derselben eben so
wie sich selbst durch feierliche gegenseitige Eide zur Beobachtung der hierüber bestehenden Vorschriften oder dafür
getroffenen Verabredungen verpflichteten. Die Zeugnisse,
welche wir über dieses ihr Vorrecht besitzen, sind uns in
der römischen Geschichte erhalten und begleiten diese von
ihrem Beginne an bis in die spätesten Zeiten; das bekannte
foedus populi Laurentis cum populo Romano, worüber die pompejanische Inschrift neuen Aufschluss darbietet, kann im
wesentlichen nur den angegebenen Inhalt gehabt haben.

Einige neuere Forscher[243]) haben dieses *foedus* für gleich-

---

243) A. W. Zumpt de Lavinio p. 13. Diese Meinung theilt auch
Preller und hat hieran (röm. Mythologie S. 537 und 677) Folgerungen
geknüpft, welche um ihrer Wichtigkeit wie um ihres Urhebers willen
hier erwähnt werden müssen. Nach ihm ist Lavinium erst spät, nämlich nach dem grossen Latinerkriege (um 341 vor Ch. G.) und gleichsam zufällig zu dem Vorzug gelangt für die älteste Metropole des latinischen Bundes zu gelten, während es doch (so meint Preller) der That
nach nicht, wie die Alten angeben, die Mutterstadt, sondern — wie
bereits Klausen Aeneas und die Penaten II S. 676 u. 806 und Schwegler röm. Gesch. I S. 319 und 339 nach dem Vorgange Niebuhrs röm.
Gesch. I S. 210 aus einigen sehr geringfügigen Spuren errathen zu
können glaubten — die Tochterstadt von Alba gewesen sei, und im
wesentlichen keine anderen Sacra als jede der übrigen latinischen
Städte, nämlich die von Alba empfangenen in seiner Mitte besessen
habe. Nach der Auflösung des latinischen Bundes sei aber Lavinium,
die Hauptstadt der Laurenter — denn auch hierin wird die früher besprochene Ansicht von Zumpt zu Grunde gelegt — vermöge des von
Rom mit diesen erneuerten *foedus* der einzige Rest jenes Bundes geblieben; erst hierdurch haben sodann seine Penaten und seine Vesta,

bedeutend mit demjenigen Vertrag gehalten, welcher im
Jahre 493 nach der Schlacht am Regillus zwischen Rom und
den Latinern durch den Consul Cassius abgeschlossen ward,
und wodurch die politischen Verhältnisse beider Theile zu
einander, die gegenseitig zu leistende Bundeshülfe, das Verfahren in Rechtsstreitigkeiten und anderes ähnliche festgestellt wurde. Diese Annahme stellt sich aber schon deshalb
als unzulässig dar, weil der Vertrag des Cassius das Dasein

---

welche es sonst mit den anderen latinischen Städten gemein hatte,
eine wichtigere Bedeutung bekommen, und erst seitdem sei die Sitte
aufgekommen, dass die römischen Beamten und Priester jährliche Opfer
in Lavinium darbrachten und zwar 'in der Ueberzeugung dass dieser
Gottesdienst den Ursprung des latinischen und römischen Namens unmittelbar angehe'. Diese Ansicht beruht jedoch auf einer Reihe von
Voraussetzungen, von denen schwerlich irgend eine haltbar ist; namcut-
lich aber ist es nicht begründet, dass nach der Unterwerfung der Latiner
die Laurenter der einzige altlatinische mit Rom föderirte Staat geblieben sei; auch Präneste, Tibur, Ardea und so viele andere, von
denen manche die Laurenter an Macht und Bedeutung übertrafen, haben
bis zur *lex Iulia* dieselbe Stellung behalten. Vgl. Mommsen röm. Gesch.
I S. 331 und Gesch. des röm. Münzwesens S. 229. Noch viel bedenk-
licher aber ist die Vorstellung, dass die Römer mit Zustimmung des
gesammten Latiums ihren Sacra eine falsche Mutterstadt angedichtet
und um dieser Fiction willen ihren Magistraten die lästigsten Cäremonien auferlegt haben könnten, und zwar in einem Jahrhundert, welches
schon zu den historisch hellen gehörte. Der Verfasser der vorliegenden
Abhandlung hat daher auf diese wie auf manche ähnliche geschichtliche Auffassung in dem trefflichen und sonst dankbar benutzten
Werke nicht eingehen können. — Die Ansicht Prellers scheint übrigens
nur die weitere Fortführung einer Vermuthung zu sein, welche Schwegler I S. 318 und II S. 295 Note 2 ausgesprochen hat, dass nämlich die
Opfer der römischen Magistrate zu Lavinium in der Zeit entstanden
sein könnten, in welcher in Folge des Vertrags des Cassius vom J. 493
Rom mit Latium im engsten Bunde stand. Möglich ist es nun zwar,
dass in diesem Zeitraume der eine oder andere Ritus zu den alterthümlichen hinzutrat; unmöglich dagegen, dass die Römer und ihre
Priesterschaft damals ihre Penaten und ihre Vesta denen von Lavinium
untergeordnet und hiernach ihre Sacra gestaltet haben könnten, wenn
dieses Verhältniss nicht vom Ursprunge ihres Staates an begründet
war. Wenn dieses die Meinung Schweglers war, so steht sie mit anderen im Zusammenhange und auf gleicher Linie, worin der so ver-
dienstvolle Forscher die Natur und die Grundlagen der römischen Tradition zu gering geschätzt und damit verkannt hat.

eines selbständigen latinischen Bundes voraussetzte, welcher
nach der Schlacht am Vesuv, so weit er noch bestand, für
immer aufgelöst wurde, womit denn auch die für ihn bedun-
genen Rechte von selbst wegfielen[244]); gerade zu derselben
Zeit aber wurde den Laurentern die Erneuerung des besonderen *foedus*, welches schon früher neben dem allgemein latinischen zwischen ihnen und Rom bestanden hatte, für jetzt
und für alle Zukunft von den Römern bewilligt.[245])

Eben so wenig aber kann dieses *foedus* die Feststel-
lung der neuen Rechtsverhältnisse zum Gegenstande gehabt haben, welche nunmehr zwischen den Römern und
Laurentum als einer der zwar schon von ihnen ganz ab-
hängigen aber doch noch immer mit ihnen föderirten latinischen Städte eintraten. Denn das erstere bestand fort,
nachdem die letzteren längst verschwunden waren; es wurde
in jedem Jahre neu sanctionirt, nachdem Laurentum schon
lange in den römischen Bürgerverband eingetreten war: so
berichtet Livius mit Bezug auf seine Zeit, und was er angibt
wird durch unsere Inschrift sowie durch manche andere
Zeugnisse sowohl ausser Zweifel gestellt als näher erklärt.[246])
Alle Merkmale sprechen vielmehr dafür, dass dieses *foedus*
ein wesentlich sacrales[247]) und eben deshalb von dem Wechsel der politischen Verhältnisse unabhängig war; hieraus

---

244) Wenn Cicero in der Rede für Balbus 23 § 53 sich auf das
Cassische Bündniss beruft, um die Tiburter als alte *foederati* der Römer darzustellen, so folgt daraus durchaus nicht, dass sie das ursprüngliche *foedus aequum* bis zur *lex Iulia* behalten hätten; was
unmöglich war, besonders da sie selbst es so oft gebrochen und hierdurch so wie durch ihre Hartnäckigkeit im grossen Latinerkriege den
Zorn der Römer gereizt hatten (Livius VIII 15, 14). Das *foedus*, welches sie damals erhielten, verpflichtete sie vielmehr zu unbedingtem
Gehorsam und zu bedeutenden Leistungen gegen Rom, in welcher Hinsicht sie sich von den später hinzukommenden Latinern nicht unterschieden.

245) Livius VIII 11, 15: *cum Laurentibus renovari foedus iussum,
renovaturque ex eo quotannis post diem decimum Latinarum.*

246) Vgl. Livius a. a. O. und des Verfassers Untersuchungen über
römische Verfassung und Geschichte I S. 271 in der Note.

247) Hiermit stimmt auch Schwegler I S. 523 Note 12 überein.

erklärt es sich, wie es als ein uralter heiliger Gebrauch selbst
nach der Ausdehnung des römischen Bürgerrechts über das
gesammte Latium fortdauern konnte und jährlich — was bei
einem politischen *foedus* keinen Sinn gehabt hätte — ganz in
derselben Weise und um dieselbe Zeit wiederholt wurde wie
die latinischen Ferien, mit denen es in vielfacher Hinsicht
verwandt war und zusammenhing; es erklärt sich daher auch,
wie man sich bei der Erneuerung desselben auf einen Spruch
der sibyllinischen Bücher berufen konnte (vgl. unsere Inschrift: *foederis ex libris Sibullinis percutiendi*), da diese,
wie bekannt, den Glauben an den trojanischen Ursprung
der Heiligthümer von Lavinium verbreiten halfen und demnach (vielleicht nur in allgemeinen Ausdrücken) die Bewahrung alles dessen einschärfen mussten, was zur Erhaltung und Verherlichung des dortigen Cultus diente. Eine
grosse Aehnlichkeit hat dieser Vertrag mit demjenigen, welchen die Spartaner unter Lykurgos mit den Eleern unter
Iphitos abschlossen, um den Gottesfrieden während des olym-
pischen Festes zu sichern und die dabei darzubringenden
Opfer zu regeln[248]); hierdurch erhielten die Eleer zu Olympia,
obgleich dieses nicht auf ihrem Gebiete lag, dieselbe Vorstandschaft, wie die Laurenter sie in Lavinium besassen[249]);
nur war das Vorrecht der letzteren schon deshalb um so viel
bedeutender, weil die Wallfahrten nach der von ihnen beschützten Stadt sich nicht wie dort nach einem vierjährigen
Zwischenraume, sondern in jedem Jahr öfter wiederholten.

Betrachten wir nun die einzelnen Nachrichten und Andeutungen näher, welche uns über dieses *foedus* erhalten und
geeignet sind unsere Kenntniss desselben fester und klarer
zu machen. Schon bei der ersten Erwähnung, welche in

---

248) Plutarch Lykurgos c. 1. Pausanias V 20, 1 und V 4, 4. Phlegon
von Tralles περὶ Ὀλυμπίων 1. Krause Olympia S. 36—43.

249) Klausen a. a. O. II S. 789 hat diese 'Vorstandschaft' der
Laurenter richtig erkannt, aber leider, wie so oft, die aus grosser
Kenntniss der Quellen gewonnenen Begriffe mit ganz willkürlichen An-
nahmen verwebt.

die früheste römische Königszeit fällt, tritt die Natur und
der Charakter desselben deutlich hervor. Die Tradition, welche am vollständigsten bei Plutarch mitgetheilt wird[250]), berichtet, dass dem freundlichen Verhältnisse, welches vom
Anfange des römischen Staates an zwischen ihm und Laurentum bestanden hatte, bald nachdem die Sabiner in Rom
aufgenommen waren, ein Bruch drohte; Verwandte des Königs
Titus Tatius hatten Gesandte der Laurenter wider das Völkerrecht überfallen und umgebracht; als hierfür keine Genug-
thuung geleistet wurde, übten die Verwandten der Ermor-
deten Blutrache, indem sie den Tatius, als er zur Vollziehung
des von den römischen Königen darzubringenden Opfers[251])
nach Lavinium gekommen war, überfielen und tödteten; ein
Krieg zwischen den beiden Städten schien bevorzustehen,
welchen jedoch Romulus aus Staatsklugheit abwendete; als
hierauf der Zorn der Götter sich durch eine Pest kund gab,
welche die Laurenter wie die Römer überfiel, wurden Sühnungen angeordnet, und eine der hierzu gehörenden Massregeln war, dass das *foedus* zwischen den Städten Rom und
Lavinium erneuert wurde.[252]) Die geschichtliche Wahrheit
dieser Erzählung ist von der neueren Kritik vielfach ange-
fochten worden, vielleicht mit Unrecht, da ihr mehr Stützen
als manchen ähnlichen Ueberlieferungen aus der frühesten
Römerzeit zur Seite stehen; sie war nicht der römischen Volkssage allein hingegeben, sondern wurde zugleich bei den Lau-

---

250) Plutarch Romulus c. 23 u. 24.

251) Dionysios II 52: ἕνεκα θυσίας ἣν ἔδει τοῖς πατρῴοις θεοῖς ὑπὲρ
τῆς πόλεως θῦσαι τοὺς βασιλεῖς. Licinius Macer erzählte, Tatius sei nicht
beim Opfer sondern bei einer anderen Gelegenheit ermordet worden;
wahrscheinlich war dieses die Tradition der Laurenter, welche damit
die Schuld ihrer Vorfahren mildern wollten. Dagegen gibt Livius an
(in gewohnter Weise, um die Heiligkeit des alten Roms so viel als
nur möglich vor Flecken zu bewahren), die laurentischen Gesandten seien
blos mishandelt, nicht getödtet worden.

252) Livius I 14, 3: *itaque bello quidem abstinuit; ut tamen expia-
rentur legatorum iniuriae regisque caedes, foedus inter Romam Laviniumque urbes renovatum est.*

rentern und bei den Priestern zu Lavinium bewahrt.²⁵³) Wie
es sich aber auch mit den Thatsachen im einzelnen verhalten
mag, die staatsrechtlichen Verhältnisse, auf denen sie beruht,
sind jedenfalls klar und richtig in ihr ausgedrückt.

Zuerst ergibt sich daraus, dass Rom gleich nach seiner
Stiftung die Theilnahme an den Heiligthümern zu Lavinium
nachgesucht und erhalten hatte: denn ohne diese Grundlage
hätte die Ueberlieferung von der Ermordung eines seiner
ältesten Könige bei den dortigen Opfern gar nicht entstehen
können. Diese Zulassung war aber erlangt worden durch
eben jenes *foedus*, welches nach dem Morde nicht etwa erst
geschlossen, sondern wieder hergestellt wurde, welches demnach ungefähr gerade so alt wie die Stadt Rom selbst war.
In der Erneuerung desselben bestand ferner, wie Livius angibt, das Hauptmittel der Expiation; hieraus folgt, dass
dieses *foedus* wesentlich den Dienst der Götter betraf, dass
diese das nächste Interesse an der Erhaltung desselben hatten;
sie sollten gesühnt werden durch das erneuerte Gelübde, dass
ihre Sacra fernerhin der Ordnung gemäss würden vollzogen
und dass vor allem ihr freventlich verletzter Gottesfriede
fortan würde heilig gehalten werden. Endlich konnte diese
Expiation keinen Sinn haben, wenn nicht die Laurenter als
die Hauptfrevler, welche sich des Königsmordes an heiliger
Stätte schuldig gemacht hatten, es waren, von denen sie
ausging; sie waren es demnach, welche das *foedus inter Romam
Laviniumque urbes* früher abgeschlossen hatten und welche
jetzt dasselbe erneuerten; sie waren also damals wie später
die Vertreter der lavinatischen Heiligthümer, leisteten schon
unter Romulus wie noch zur Zeit des Kaisers Claudius durch
ihren *pater patratus* die Eidschwüre und nahmen sie von dem

---

253) Die Natur der Sage zeigt sich allerdings darin, dass an eine
Begebenheit Gebräuche geknüpft erscheinen, welche nicht erst durch
sie hervorgerufen wurden, deren Bedeutung vielmehr eine allgemeinere
war; hierdurch ist man aber keineswegs zu dem Schlusse berechtigt,
dass die Begebenheit selbst eine erdichtete sei.

anderen Theile entgegen. [254]) Die Ueberlieferung, welche den
Ursprung dieses Vertrags so wie mancher anderer damit ver-
wandter Gebräuche auf die erste Zeit Roms zurückführt, hat

---

254) Alle Zeugen, welche der erwähnten Vorgänge gedenken oder
auch nur darauf anspielen (ausser Livius und Plutarch an den angeführten Stellen sind es Varro de l. l. V § 152, Festus s. v. *Tatium* p.
360 M., Solinus 1 § 21, Zonaras VII 4), stimmen darin überein, dass die
Stadt Laurentum es war, deren Gesandte beleidigt wurden, von welcher der Königsmord ausging, welche nächst Rom von der Strafe der
Götter betroffen ward und durch die Expiation gesühnt werden sollte.
Nur bei Dionysios II 52 u. 53 wird statt ihrer — wenn auch vielleicht
(soweit sich aus der Uebersetzung des Lapus schliessen lässt) nicht
überall in sämmtlichen Handschriften — Lavinium und die Lavinaten
genannt. Dieses offenbare Misverständniss ist, wie so viele ähnliche, bei
Dionysios aus seiner ungenügenden Bekanntschaft mit eigenthümlich
römischen Instituten und Ausdrucksweisen hervorgegangen; hier erklärt
es sich insbesondere daraus, dass er den Schluss der Erzählung, wie er ihn
bei den Annalisten vorfand, nämlich die Erneuerung des Vertrags zwischen Rom und Lavinium (welchen er hier übergeht, den er aber wahrscheinlich II 18 bei den Worten ἐκεχειρίας τε καὶ πανηγύρεις mit vor
Augen hatte) unbegreiflich finden musste, wenn nicht diese letztere
Stadt zunächst bei der Friedensstörung betheiligt war; den römischen
Schriftstellern dagegen war es eine ganz bekannte Thatsache, dass der
Vertrag zwar (wie unsere Inschrift zeigt) in Lavinium und für dessen
Sacra, aber von den Laurentern abgeschlossen wurde. Einige Neuere
haben vermuthet, dass dieses Recht früher den Laviniern selbst zuge-
standen habe, ihnen aber nach dem grossen Latinerkriege wegen ihres
Abfalls entzogen und den Laurentern zur Belohnung ihrer Treue gegen
Rom von diesem übertragen worden sei — eine Annahme welche
aus vielen Gründen unhaltbar ist. Zuerst widerspricht eine solche
Neuerung dem bekannten Verfahren der Römer in Religionssachen:
selbst in solchen Städten, denen sie ihr politisches Dasein nahmen —
was damals mit Lavinium nicht geschah — liessen sie die Handhabung
des Sacralwesens in den Händen derselben Behörden, denen sie bisher
zugestanden hatte. Welche Auszeichnung konnte es auch für die Laurenter sein, wenn sie eben jetzt mit dem Abschlusse des *foedus* be-
auftragt wurden, wo es zur blossen Form herabsank, deren Beibehal-
tung überdies nur dann religiösen Werth haben konnte, wenn alles so
blieb, wie es vom Anfange der Verbindung an bestanden hatte. Sodann ist jene Vermuthung unvereinbar mit den klaren Worten bei Livius VIII 11, 15: *cum Laurentibus renovari foedus iussum*, welche als
sich von selbst verstehend voraussetzen, dass der Vertrag schon vorher mit denselben Laurentern geschlossen war. Endlich würde hiernach, wie schon oben und auch von Schwegler a. a. O. I S. 523 Note 11
bemerkt worden ist, die Erzählung bei Livius I 14 unerklärlich werden,

übrigens alle Bedingungen voller Glaubwürdigkeit für sich; ihre vornehmste Quelle ist ohne Zweifel bei den verschiedenen Priestercollegien innerhalb und ausserhalb Roms zu suchen, ohne

während diese allen Merkmalen nach aus einem sehr guten Vorgänger entnommen ist; die in ihr vorkommenden Ausdrücke *foedus inter Romam Laviniumque urbes*, wofür man jener Voraussetzung zufolge *foedus cum Laviniensibus* hätte erwarten sollen, sind mit Sachkenntniss gewählt und, wie sich später zeigen wird, in jeder Beziehung passend und bedeutsam.

Verschieden von der bisher betrachteten Expiation der Städte Rom und Laurentum war eine andere, deren Plutarch a. a. O. Cap. 24 gedenkt: diese bestand in Sühnegebräuchen, deren Einführung man dem Romulus zuschrieb, und welche noch zu Plutarchs Zeit, wie man diesem versicherte, am ferentinischen Thore vollzogen wurden. Seine Worte lauten: καὶ καθαρμοῖς ὁ Ῥωμύλος ἥγνισε τὰς πόλεις, οὓς ἔτι νῦν ἱστοροῦσιν ἐπὶ τῆς Φερεντίνης πύλης συντελεῖσθαι. Wo befand sich diese *porta Ferentina*? Ganz gewis nicht in Rom, wie neben, anderen schon Cluver Italia antiqua p. 721 erkannt hat, und worüber gegenwärtig nach Beckers überzeugender Ausführung (röm. Alterth. I S. 176 f.) kein Zweifel mehr übrig bleiben kann. Man hat deshalb die Lesart πύλης in πηγῆς oder auch wohl ὕλης verwandeln und hiernach einen Sühngebrauch verstehen wollen, welcher bei der Eröffnung der Versammlungen des latinischen Bundes an der ferentinischen Quelle oder in dem dortigen Haine (Schwegler I S. 521 f.) üblich gewesen sei, was sich jedoch in keiner Weise rechtfertigt. Jene Versammlungen fielen mit der Auflösung des latinischen Bundes im J. 340 vor Ch. G. weg und wurden verpönt (Livius VIII 14. Festus s. v. *praetor ad portam* p. 141 M. vgl. Mommsen röm. Gesch. I S. 330); wie hätte ein damit verbundener Ritus bis zur Kaiserzeit fortbestehen können? Zudem geht aus den Worten Plutarchs hervor, dass gemeinschaftlich mit den Laurentern die Römer die Sühnungen vornahmen, während doch diese (etwa mit Ausnahme der kurzen Zeit, in welcher die durch Tarquinius den jüngern erworbene Hegemonie bestand, Dionysios V 50) an den Versammlungen bei der Ferentina keinen Antheil hatten, jene aber in dem Zeitraum, in welchem der Cassische Vertrag galt, die Vorstandschaft derselben nicht besassen. Sieht man die Stelle aufmerksam an, so ergibt sich, dass von dem ferentinischen Thore der Stadt Laurentum, deren Namen der Schriftsteller zuletzt genannt hatte, die Rede ist. Hier muss es ein nach Osten gelegenes Thor gegeben haben, für welches keine Benennung entsprechender war als die von der Versammlungsstätte des *nomen Latinum* entnommene; diese Pforte war gleichsam der Ausgangspunct einer heiligen Strasse, welche wahrscheinlich über Lavinium zunächst nach der Ferentina und von dort nach dem Albanerberg hinauf führte. Die Vermuthung liegt überdies sehr nahe, dass jene beiden Gebräuche, deren Entstehung auf eine und dieselbe Begebenheit zurückgeführt wurde,

deren Uebereinstimmung sie sich nicht befestigen konnte; sie
findet ihre Bestätigung in der Natur der Sache selbst, da das
Band, welches die Mutterstadt der Penaten mit der Tochterstadt verknüpfte, ein ursprüngliches war und es demnach auch
von Anfang an einer Uebereinkunft bedurfte, um die Vollziehung der hierdurch gebotenen religiösen Pflichten zu
sichern; sie wird unterstützt durch die geschichtlichen Verhältnisse, welche gerade unter den ersten Königen Roms,
als der junge Staat, wie sich bald näher zeigen wird, ein
Hauptmittel seiner Erhaltung und seines Wachsthums in der
Verbindung mit seinen südlichen latinischen Nachbarn fand,

---

die Lustration, deren Plutarch gedenkt, und das *foedus*, welches Livius
erwähnt, auch ihrer Bedeutung nach im engen Zusammenhange standen, dass sie sich nämlich zu einander wie Anfang und Schluss verhielten, in deren Mitte der Gottesfriede der latinischen Ferien lag. In
der ältesten Zeit des römischen Staates, als dieser, so viel wir wissen,
noch kein Theilnehmer des latinischen Festes war, bedurften die aus-
ziehenden Laurenter für sich und ihre Verbündeten einer Gewähr des
Friedens bis zu ihrer Rückkehr. Die ihnen befreundeten Römer gaben
sie willig (Macrobius Saturn. I 16, 17: *Latinarum tempore, quo publice
quondam induciae inter populum Romanum Latinosque firmatae sunt*),
und hiermit stand allem Anscheine nach die Sühnung der etwa seit
dem vergangenen Jahre vorgefallenen Feindseligkeiten durch die römischen und laurentischen Magistrate oder deren Abgeordnete am Feren-
tinathor in Verbindung, woran sich die verlangte Zusage schloss und
worauf der Auszug unmittelbar folgte. War dann das Fest beendigt,
so hörte der allgemeine Gottesfriede neun Tage nach dem Beginne
desselben auf (die neuntägige Dauer der *dies religiosi* für die Sacra
auf dem Albanerberge lässt sich aus Festus s. v. *novendiales feriae*
p. 177 M. verglichen mit Livius I 31 und Cicero epist. ad Quintum fr.
II 4, 2 entnehmen; auch wird sie ausdrücklich bezeugt von den Scholiasten zu Lucan Phars. V 400); dagegen wurde unmittelbar nachher
(*post diem decimum Latinarum*, wie Livius VIII 11 berichtet) der besondere Vertrag, welcher die Wallfahrten nach Lavinium sicherte, wahrscheinlich für den ganzen Rest des Jahres erneuert. Alle diese Gebräuche zogen sich hiernach fast ununterbrochen und unverändert
durch acht bis neun Jahrhunderte der römischen Geschichte fort;
während sie aber im Anfange derselben als Erzeugniss der geschichtlichen Verhältnisse eine wesentlich praktische Bedeutung hatten, wurden sie, als die Stellung Roms zu Latium sich von einem Zeitraume
zum andern änderte, fortwährend nur noch *religionis causa* und zur
Erinnerung an die ursprünglichen Bundesverhältnisse beibehalten.

so gestaltet waren, dass sich daraus die Entstehung solcher Beziehungen zu ihnen, wie sie in jenem *foedus* und allem was mit ihm zusammenhängt ausgedrückt sind, vollkommen erklärt, während dieses in gleicher Weise von keinem der späteren Zeiträume gilt, von denen ein jeder vielmehr in dieser Hinsicht auf die Vorzeit zurückweist. Ein kurzer Ueberblick über die geschichtlichen Beziehungen zwischen Rom und Latium wird genügen dieses darzuthun.

Gleich in Folge des Unterganges von Alba brachen zuerst Zwistigkeiten, dann Kriege mit dem damals neu befestigten und erweiterten latinischen Bunde aus; entstanden ist damals sicher das *foedus* nicht, welches den Römern den Zutritt zu den Heiligthümern von Lavinium eröffnete; es ward aber auch nicht nothwendig, jedenfalls nicht immer, unterbrochen, eben so wenig als die Waffenstillstände während des latinischen Festes wegfielen. [255]) Auch in Griechenland hoben die fast nie aufhörenden Fehden unter den Städten und Stämmen an sich die σπονδαί nicht auf, welche die Wallfahrten zu heiligen Orten und Festen schützten. Anders aber verhielt es sich, wie es scheiht, während des erbitterten Kampfes, welcher bald nach der Vertreibung der Könige sich zwischen Rom und Latium erhob, an dem auch, wie ausdrücklich erwähnt wird, sowohl Laurentum wie Lavinium Theil nahmen; damals wurden nicht nur die kurz vorher so innigen politischen, sondern, wie erzählt wird, selbst die Familienbande gelöst, und hiervon können auch die religiösen Verträge nicht unberührt geblieben sein. Als daher nach der Schlacht am Regillus der Friede wieder hergestellt und ein neues Waffenbündniss vorbereitet wurde, erhielten die Latiner von dem römischen Senate um der gemeinsamen

---

255) Die *indutiae inter populum Romanum Latinosque,* deren Macrobius Saturn. I 16 u. a. gedenken — vgl. die vorige Note — setzen vielmehr eine Zeit voraus, in welcher noch kein anhaltender Friede mit dem gesammten Latium und noch viel weniger ein dauerndes Waffenbündniss mit demselben, wie das in dem Cassischen Vertrag enthaltene, bestand.

Stammesgötter willen (θεῶν ὁμογνίων ἕνεκα), wie es bei
Dionysios heisst, die alten Freundschafts- und Bundesverträge
wieder, und die einst hierüber geleisteten Eidschwüre wurden
durch die Bundespriester erneuert. [256]) Diese alten Verträge,
welche damals neu beschworen wurden, betrafen sicher nicht
die politischen Beziehungen zwischen Rom und Latium,
welche ja keineswegs mit ihrem früheren Inhalt hergestellt,
sondern gänzlich umgestaltet, auch nicht schon im Jahre
496, wohin dieser Bericht gehört, sondern erst drei Jahre
später unter dem Consulate des Spurius Cassius geregelt
wurden; sie können vielmehr zunächst und wesentlich nur
die Sacra und ähnliche Verhältnisse betroffen haben, und
wir sind daher vollkommen zu der Annahme berechtigt, dass
unter diesen *foedera renovata* das oben erwähnte mit den
Laurentern eine der ersten Stellen einnahm. Von dieser Zeit
an blieb die Eintracht zwischen dem römischen Volke und
seinem ältesten Bundesgenossen, dem *populus Laurens*, ohne
alle Störung; das Band der Treue und Pietät, welches sie
mit einander verknüpfte, blieb selbst damals unerschüttert,
als im Jahre 340 die immer-drohender werdende Uebermacht
Roms den grossen Latinerkrieg hervorrief. Die Begeisterung
für die nationale Sache des dem Untergange zueilenden Latiums
war in dieser Zeit so gross, dass selbst Lavinium noch nach
der Schlacht am Veseris einen schwachen und verspäteten
Versuch machte an dem Kampfe gegen die römische Herschaft Theil zu nehmen [257]); die Laurenter dagegen waren die

---

256) Dionysios VI 21: ἀνθ᾽ ὧν εὕροντο παρὰ τῆς βουλῆς τὴν ἀρχαίαν φιλίαν καὶ cυμμαχίαν καὶ τοὺς ὅρκους τοὺς ὑπὲρ τούτων ποτὲ
γενομένους διὰ τῶν εἰρηνοδικῶν ἀνενεώcαντο. Unter den εἰρηνοδίκαι
versteht Dionysios auch den *pater patratus*, welchen er von den Fetialen nicht unterscheidet; cυμμαχίαν ist an dieser Stelle jedenfalls ein un-
passender Ausdruck, welchem in der lateinischen Quelle wahrscheinlich
foedera antiqua entsprach.

257) Livius VIII 11, 3 und 4: *Latinis quoque ab Lavinio auxilium,
dum deliberando terunt tempus, victis demum ferri coeptum, et cum
iam portis prima signa et pars agminis esset egressa, nuntio adlato
de clade Latinorum cum conversis signis retro in urbem rediretur,*

einzigen Latiner, welche während des ganzen Verlaufs des
Krieges nicht abgefallen waren, und erhielten dafür ausser
anderen Begünstigungen die Fortdauer, — vielleicht selbst
die Erweiterung — ihrer alten Vorrechte in Lavinium; zugleich wurde zur Sühnung der Götter wegen des Bruchs der
Verträge, welchen jetzt die Lavinier verschuldet hatten, das
ursprüngliche heilige Bündniss wie einst nach dem Morde
des Tatius und nach der Schlacht am Regillus mit den dieses
Mal schuldlosen Laurentern erneuert[258]), und seitdem ward

---

*praetorcm eorum nomine Milionium dixisse ferunt, pro paulula via
magnam mercedem esse Romanis solvendam.*

258) Eine der sprechendsten Thatsachen, welche der oben S. 72 ff.
Note 97 geprüften Ansicht Zumpts, dass Laurentum niemals ein von
Lavinium gesondertes Gemeinwesen gebildet habe, entgegentreten, ist
der vorliegende Fall, in welchem der eine Staat den Römern treu bleibt,
der andere sich ihren Gegnern anschliesst. Um diesem Einwurfe zu
begegnen, schlägt Zumpt a. a. O. p. 13 vor bei Livius VIII 11, 3 *ab
Lavinio* in *ab Lanuvio* zu ändern. Obgleich es nun völlig begründet
und anerkannt ist, dass von den Abschreibern unzählige Male und zum
Theil schon im Alterthum *Lavinium* und *Lanuvium* mit einander verwechselt worden sind, so wird doch hier die gewöhnliche, auch von
Niebuhr röm. Gesch. III S. 161 Note 257 gebilligte und von M. Hertz
in der neuesten kritischen Ausgabe des Livius beibehaltene Lesart *Lavinio*, in welcher auch, wie es scheint, alle Handschriften übereinstimmen, durch innere geschichtliche Gründe geschützt. Die Lavinier waren, wie Livius — vgl. die vorige Note — erzählt, lange schwankend,
welche Partei sie ergreifen sollten; als sie sich endlich für die Sache
ihrer nächsten Stammverwandten, der Latiner, entschieden hatten und
eben mit ihrer Mannschaft ausrückten, kam unerwartet die Nachricht
von dem Verluste der Schlacht am Veseris an, worauf sie sich so schnell
sie konnten hinter die Mauern ihrer Stadt zurückzogen, um ihren Ab-
fall von Rom, wenn es möglich wäre, zu verbergen. Indessen sagte
ihnen ihr Prätor Milionius — welcher vielleicht den Zug widerrathen
hatte — voraus, sie würden den Römern für den kurzen Marsch ein
schweres Sühngeld zu bezahlen haben, welches auch ohne Zweifel bald
nachher entweder durch eine Geldbusse oder auf irgend eine andere
ähnliche Weise von ihnen beigetrieben wurde. Im entschiedensten
Gegensatze gegen dieses ihr Verhalten, welches die römischen Annalen
mit einem Anflug von Laune berichteten, stand das der Lanuviner:
diese gaben den Kampf auch nach der grossen Niederlage der Nation
nicht auf, sondern setzten ihn noch zwei Jahre lang mit wenigen Verbündeten bis zum äussersten Momente hin fort, wie Livius VIII 12
und 13 überliefert. Es ist demnach unmöglich, die im 11n Capitel

diese Cäremonie in jedem Jahre bis in die Kaiserzeit hinein an dem von alters her herkömmlichen Tage wiederholt. Einzelne Beispiele ihrer Anwendung werden zwar aus den späteren Zeiten der Republik bei den uns erhaltenen Schriftstellern nicht erwähnt, was um so weniger auffallen kann, da sie nach der dauernden Unterjochung der Latiner ganz zu einer blossen Förmlichkeit geworden war; dagegen ist aus diesem Zeitraume wenigstens eine noch in zahlreichen Exemplaren vorhandene Münze übrig, welche schwerlich eine andere Deutung als auf dieses *foedus* zulässt. Dieses ist die bekannte gezahnte Silbermünze, welche die Aufschrift des Gaius Sulpicius des Gaius Sohnes trägt.[259]) Die Vorderseite

---

mitgetheilte Erzählung auf sie zu beziehen. Hierzu kömmt, dass der oberste Magistrat in Lanuvium zu der Zeit, als dieses seine Selbständigkeit verlor, also eben um 338 vor Ch. G. (ebenso wie in dem benachbarten Aricia, Orelli Nr. 1455), den Namen eines Dictators geführt haben muss, welcher *sacrorum causa* (Livius VIII 14, 2) noch zu Ciceros Zeit fortdauerte (pro Milone 10 § 27), und nicht wie Milionius den eines Prätors, welche Benennung dagegen in Lavinium noch in Claudius Zeit und späterhin gesetzlich war: vgl. Henzen in der Jenaer allg. Litteraturzeitung 1847 Nr. 63 S. 250. Aus dem vorhergehenden ergibt sich übrigens, dass eine andere von Zumpt a. a. O. p. 21 (nach dem Vorgange von Cluver Italia antiqua p. 939) empfohlene Emendation, wonach in den Triumphalfasten zum J. 338 vor Ch. G. statt *Lavinieis* vielmehr *Lanuvineis* gelesen werden muss, gegen die abweichende Meinung von Sigonius, Niebuhr u. a. als richtig anzuerkennen ist. Die Römer würden sich auch schwer entschlossen haben bei einem über mehrere Städte errungenen Triumphe, bei welchem doch der Ariciner, obgleich sie zu der Zahl der überwundenen gehörten, wahrscheinlich aus irgend einer Rücksicht der Schonung nicht gedacht wurde, gerade die an Kriegsmacht so unbedeutende Mutterstadt ihrer Penaten namentlich aufzuführen. Endlich muss sich Lavinium schon im J. 340 den Römern wieder unterworfen haben, da nach Livius Erzählung noch im Laufe dieses Jahres das Bündniss mit den Laurentern erneuert ward, was, wie wir nunmehr wissen, innerhalb der Mauern der genannten Stadt vollzogen wurde. Wie man aber auch in den Triumphalfasten lesen möge, die Thatsache, dass die Lavinier wenigstens für kurze Zeit abgefallen waren, ist hinlänglich bezeugt.

259) Vgl. insbesondere Thesaurus Morellianus ed. Havercamp II p. 407. Eckhel doctr. numm. vet. V p. 318 ff. Riccio le monete delle antiche famiglie di Roma p. 216 und die Abbildung auf Tafel 45 (gens Sulpicia) Nr. 1.

derselben stellt zwei Jünglingsköpfe mit Lorbeer umwunden
dar, mit der Umschrift *D·P·P*, welche wohl am richtigsten ·
durch *dei penates patrii*, wie Havercamp annahm (oder vielleicht auch *publici*) zu erklären ist. [260]) Auf der Kehrseite
stehen zwei Männer im Paludamentum mit Lanzen in der
Linken, zwischen ihnen liegt am Boden ein Mutterschwein
mit Ferkeln, auf welches sie mit der Rechten hinweisen.
Die Ausleger haben über den Sinn dieser Bilder manigfache,
zum Theil sehr wunderliche Erklärungen aufgestellt, welche
der Widerlegung nicht mehr bedürfen werden, nachdem die
pompejanische Inschrift einen sehr einfachen Schlüssel zum
Verständniss dargeboten hat. Der Schauplatz der dargestellten
Handlung ist Lavinium; hieran kann gegenwärtig um so weniger gezweifelt werden, da die neuere Beobachtung die Ferkel
erkannt hat [261]), welche den früheren Numismatikern wegen
der Kleinheit der Münze entgangen waren und welche auch
Eckhel, der sich übrigens dennoch für Lavinium entschieden
hat, noch nicht erwähnt. Die Handlung selbst ist der Abschluss eines Bündnisses, wie sich aus anderen Münzen erkennen lässt, auf denen die einen Vertrag schliessenden
Männer mit ganz ähnlicher Gebährde die Rechte nach dem
zwischen ihnen liegenden Schweine ausstrecken [262]); nur ist

---

260) Eckhel liest blos *dei penates*, was jedenfalls besser ist als das
von Borghesi vorgeschlagene *dei penates praestites*, eine Lesung welche
Hertzberg de diis Romanorum patriis p. 113 gut widerlegt hat.

261) Die Sau mit den Ferkeln kömmt als anerkanntes Wahrzeichen
oder Stadtwappen von Lavinium auch auf den Münzen des Antoninus
Pius vor. Die Zahl der Jungen richtet sich dabei nach der Grösse der
Münzen, auf denen überhaupt die Zahl der dargestellten Personen und
Sachen häufig nach äusseren Motiven wechselt, ohne dass dieses immer
auf die Bedeutung Einfluss hat. Vgl. Friedländer die oskischen Münzen S. 82.

262) Am meisten entspricht die Goldmünze der gens Veturia
(Riccio a. a. O. p. 233 und tav. 48), auf welcher ebenfalls zwei Krieger mit Lanzen in der Linken sich gegenseitig den Eid leisten. 'Quid-
quid id est' sagt hierbei Eckhel V p. 338 'illud certum, typum foedus
aliquod respicere.' Andere Münzen, welche bald mehr bald weniger
Aehnlichkeit darbieten, sind bei Friedländer a. a. O. Tafel 9. 10 usw.
zu vergleichen.

hier nicht, wie sonst, das zum Opfer bestimmte lebende
Schwein dargestellt, sondern es ist jene eherne Sau mit den
Jungen, welche nach Varros Zeugniss (de re rustica II 4, 18)
auf einem öffentlichen Platze in Lavinium aufgestellt war,
zur Bezeichnung der besondern Natur des hier vorgehenden
Actes nachgebildet. Die Tracht der beiden Männer ist die
der römischen Feldherrn; da der eine von ihnen als ein
Römer Sulpicius in der Unterschrift bezeichnet wird, so kann
der andere — dessen Name nicht erwähnt wird, weil hierauf nichts ankam — nur den Latinern angehören, bei deren
Imperatoren allein sich eine der römischen gleiche Tracht
annehmen lässt; es wird demnach hier ein Vertreter des
römischen Volkes vorgeführt, welcher mit einem Vertreter
einer latinischen Stadt oder auch der latinischen Nation einen
Vertrag abschliesst, dessen Beziehung auf die Religion und
insbesondere auf die beiden Theilen gemeinsamen *sacra principia* durch die Bilder der Penaten und der Sau ausgedrückt
ist. Mit éinem Worte, alle Merkmale stimmen zusammen, um
hier einen *pater patratus populi Romani* erkennen zu lassen,
welcher mit einem *pater patratus populi Laurentis* das alte
wesentlich sacrale *foedus* zwischen beiden Staaten erneuert.
Aus dem Feldherrnschmuck und den Lanzen, womit die beiden
Schwörenden erscheinen, lässt sich hiergegen kein Einwurf
entnehmen; wir erhalten damit nur eine Bestätigung und
Bereicherung unserer Kenntniss von den Formen, welche
bei dem Abschluss der altrömischen Bundesverträge beobachtet wurden. Der *pater patratus*, welcher bei dem Eingehen
von Bündnissen vorkömmt, war, wie an einem andern Orte
nachgewiesen worden ist[263]), an sich kein Mitglied des Fe-

---

263) Vgl. des Verfassers Untersuchungen über römische Verfassung
und Geschichte I S. 172—174 mit den dort angeführten Stellen. Marquardt, welcher im Handbuch der röm. Alterth. IV S. 382 ff. diese
Ausführung nicht vor Augen hatte, bestreitet ebenfalls die unhaltbare,
blos auf einen unbestimmten Ausdruck des Plutarch gestützte Meinung,
dass der *pater patratus* das ständige Oberhaupt des Fetialencollegiums
gewesen sei, während er für jeden Act besonders bestellt und geweiht
werden musste. Hierbei kann man jedoch nicht stehen bleiben; aus

tialencollegiums, obgleich er in späterer Zeit öfter aus der Mitte desselben genommen werden mochte, sondern ursprünglich nichts als der Stellvertreter des Königs oder des obersten Magistrats, bestellt um den Bundeseid, welchen dieser eigentlich selbst zu leisten hatte und nicht selten wirklich leistete, in dessen Auftrag und nach empfangener Weihe zu vollziehen. Wer aber im Namen des Staatsoberhauptes auftrat, wurde öfter, zu welchem Stande er selbst gehören mochte, für besonders feierliche Acte mit den Insignien desselben ausgestattet. Als die plebejischen Aedilen, damals noch untergeordnete Gehülfen der Tribunen, kurz nach ihrer Einsetzung den Auftrag erhielten, für den dritten Tag des latinischen Festes die Leitung der Opfer und Wettkämpfe zu übernehmen, wurden sie zu diesem Zwecke von dem Senate mit dem Purpur, dem curulischen Stuhle und den übrigen Ehrenzeichen der königlichen Würde versehen. [264] Ganz folgerecht war es demnach, dass der nach Lavinium gesandte *pater patratus* dort in der Gestalt eines Inhabers des Imperiums erschien, da er den von dem ersten Könige geschlos-

---

der Vergleichung der Zeugnisse ergibt sich vielmehr, dass er nicht einmal nothwendig ein Fetial sein musste, und dass er dieses zwar für gewisse Cäremonien, wie für die Clarigation, die Kriegsankündigung, auch wohl für die Dedition der Frevler gegen das Völkerrecht regelmässig war, keineswegs aber für die Leistung des Bundeseides, wobei er namentlich durch die obersten Magistrate häufig vertreten oder vielmehr überflüssig wurde. Der Name *pater patratus* wird übrigens von Marquardt a. a. O. ganz richtig durch den 'zum Vater geweihten' erklärt, indem *patratus* so viel als *factus, creatus* bedeute; nur bezeichnet *pater* hierbei wie bei dem Könige und den *patres* des Senats eine öffentliche Würde, ein Vaterverhältniss zum gesammten römischen Volke, sicher nicht die *patria potestas* über den einzelnen auszuliefernden Frevler, eine Erklärung welche schon deshalb nicht zulässig ist, weil sie höchstens nur auf eine einzige und zwar seltnere Gattung passen würde.

264) Dionysios VI 95: τὴν δὲ προστασίαν καὶ τὴν ἐπιμέλειαν τῶν ἐν αὐταῖς γινομένων θυσιῶν τε καὶ ἀγώνων οἱ τῶν δημάρχων ὑπηρέται παρέλαβον, οἱ τὴν νῦν ἀγορανομικὴν ἔχοντες ἐξουσίαν, ὥσπερ ἔφην, κοσμηθέντες ὑπὸ τῆς βουλῆς πορφύρᾳ καὶ θρόνῳ ἐλεφαντίνῳ καὶ τοῖς ἄλλοις ἐπισήμοις, οἷς εἶχον οἱ βασιλεῖς.

senen und beschworenen Urvertrag erneuern sollte, und zwar
des militärischen Imperiums und bewaffnet, weil jener einst
dabei auswärts dem Oberhaupte eines auswärtigen Staates
gegenüber getreten war, und in Uebereinstimmung mit der
Tradition, wonach auch Titus Tatius und Romulus ihren
Bundesvertrag bewaffnet abgeschlossen hatten.[265])   Nichts
hindert auch anzunehmen, dass derselbe Gaius Sulpicius, welcher diese Münze prägen liess, damit ein Andenken hat erhalten wollen, dass er selbst einst diese Würde bekleidet habe,
welche ohne Zweifel jedem unter den *patres* des Senats, auch
wenn er noch keine höhere Magistratur erlangt hatte, übertragen werden konnte.   Betrachten wir endlich die auf der
Vorderseite der Münze abgebildeten Penaten, so können diese
unmöglich die auf der Burg von Lavinium bewahrten, angeblich aus Troja gebrachten Gottheiten darstellen, und zwar
schon deshalb nicht, weil deren Bilder und Symbole gleich
denen in dem Vestatempel zu Rom vor aller Augen verborgen bleiben mussten; wir haben in ihnen vielmehr diejenigen Penaten zu erkennen, welche bei den Laurentern von
Lavinium unter ihren *sacra principia* verehrt wurden, und
deren Anblick nicht verboten war[266]); es sind dieselben
beiden Jünglinge, welche zu Rom in der Penatencapelle am
Fusse der Velia so wie in vielen anderen alten Heiligthümern
sichtbar waren, und die, so oft sie in ganzer Figur darge-

---

265) Virgil Aeneis VIII 639 ff.:
> *post idem inter se posito certamine reges*
> *armati Iovis ante aram paterasque tenentes*
> *stabant et caesa iungebant foedera porca.*

Der schwörende, insbesondere der *pater patratus*, hielt auch beim *foedus* — jedoch keineswegs immer — ein Scepter in der Hand (Servius zur
Aeneis XII 206. Festus im Auszug s. v. *Feretrius* p. 92 M., und die oben
erwähnte Münze der gens Veturia), gewiss ebenfalls als Zeichen, dass
er im Namen der Staatsgewalt handle.

266) Servius zur Aeneis III 174 bemerkt mit Bezug auf die Penaten: *dei qui erant apud Laurolavinium non habebant velatum caput.*
Wie das Imperfectum zeigt, berichtet er nicht aus eigener Beobachtung,
sondern theilt die Notiz eines älteren Schriftstellers mit, welcher in
Lavinium öffentlich aufgestellte Penatenbilder kannte und beschrieb.

stellt wurden, mit Lanzen bewaffnet oder sonst in kriege-
rischer Gestalt erschienen. [267])

Gehen wir sodann auf die Kaiserzeit über, so findet
sich die letzte ausdrückliche Erwähnung des *foedus* zwischen
Rom und Laurentum auf unserer pompejanischen Inschrift;
die letzte bekannte Anspielung auf die Fortdauer desselben
aber kömmt in einer kurz nach dieser entstandenen Dichter-
stelle vor, welche zugleich mehrere der bisher gefundenen
Ergebnisse aufs neue bestätigt und erweitert. Lucan · erwähnt nämlich im siebenten Gesange der Pharsalia, wo er
gleichsam prophetisch die Orte um Rom aufzählt, welche
durch die Bürgerkriege in Trümmer verwandelt werden würden, neben Gabii, Veji, Cora und den albanischen Laren
am Schlusse noch die laurentischen Penaten und stellt die
Cultstätte derselben als freies Feld dar, wo der römische
Senator nur in der gesetzlich vorgeschriebenen Nacht seine
Wohnung nehmen werde, und zwar unmuthig und klagend,

---

267) Dionysios I 68; vgl. Preller römische Mythologie S. 545, und
mehr hierüber unten S. 201. 204. Die Vermuthung des Dionysios,
dass die Unterschrift unter den Bildern der Capelle, welche dem
Worte DENAS glich, PENAS gelesen werden müsse, hat sich durch
neuerdings aufgefundene altlateinische Inschriften (vgl. Philologus XV
S. 169), worin das alterthümliche P dem D zum Verwechseln ähnlich
erscheint, bestätigt; dagegen beruht die Annahme des gelehrten Griechen, · dass diese Penaten Abbilder der troischen sein könnten, auf einem
offenbaren Misverständnisse, welches ihn mit sich selbst in Widersprüche
verwickelt, in welches aber auch andere verfallen sein mögen, die bei
dem Worte Penaten sogleich glaubten an die des Aeneas denken zu
müssen. — Den Penaten auf unserer Münze entsprechen übrigens zunächst die, welche auf den Münzen der gens Antia mit der Umschrift
dei penates (Riccio a. a. O. tav. III 2) und der gens Fonteia mit der
Umschrift *P · P* (Riccio a. a. O. tav. XX 2) dargestellt sind; sie stimmen mit einander in den beiden verbundenen Jünglingsköpfen überein,
möchten sich aber so von einander unterscheiden, dass die des Sulpicius, welche auch allein den Lorbeerkranz tragen, die laurentischen
von Lavinium, die des Antius die römischen, die des Fontejus, dessen
Geschlecht aus Tusculum stammte (Cicero pro Fonteio 14 § 31), die
tusculanischen Schutzgötter bezeichnen, welche zu Ehren der dort
hochgefeierten Dioscuren die Sterne derselben über den Köpfen haben.

dass Numa es also geboten habe.[268]) Der Sinn dieser Verse
ist offenbar, dass selbst der Ort, wo sich die Stammsacra
Roms befänden, keine passende Wohnstätte mehr für den
Senator darbieten werde, welcher zur Vollziehung eines be-
kannten heiligen Gebrauches dort nach uralter religiöser
Vorschrift eine Nacht zubringen müsse.

Welches ist nun dieser Ort, wer der Senator, und welches
die Cäremonie, zu der er der Nacht bedurfte? Schon die alten
Scholiasten wussten hierüber keine befriedigende Auskunft zu
geben, sie riethen bald auf Alba[269]) und die latinischen Ferien,
bald auf Laurentum; unter den neueren Auslegern hat Burman
eingesehen, dass hier auf einen Ritus angespielt werde, welcher ihm (wie seinen Vorgängern und Zeitgenossen) unbekannt sei[270]); es ist nämlich derselbe, dessen nähere Kenntniss
wir der pompejanischen Inschrift verdanken. Zumpt a. a. O.
p. 21 hat zuerst richtig erkannt, dass die *Laurentini penates*,

---

268) Die Stelle lautet Phars. VII 391—396:

tunc omne Latinum
fabula nomen erit: Gabios Veiosque Coramque
pulvere vix tectae poterunt monstrare ruinae
Albanosque lares, Laurentinosque penates
rus vacuum, quod non habitet nisi nocte coacta
invitus questusque Numam iussisse senator.

Eine Anzahl von Handschriften und Ausgaben liest *senatus* statt *se-
nator*, was noch Kortte gebilligt, Weber mit vollem Recht beseitigt hat.
Der Senat zog nicht einmal zu den latinischen Ferien mit (vgl. Gellius
XIV 8), geschweige denn nach Laurentum oder Lavinium.

269) Es leuchtet ein, dass *rus vacuum* sich nicht auf Alba beziehen
kann, wovon es überdies durch die Wortstellung getrennt ist, da dieses als Stadt schon seit der Zeit des Tullus Hostilius in Trümmern
lag; zudem gab es dort noch nach den Bürgerkriegen ein eigenes zum
Aufenthalt für die Consuln während des latinischen Festes bestimmtes
Haus (Cassius Dion LIV 29). Am stärksten zeigt sich die Unkunde der
Scholiasten in der Annahme, dass Numa Anordnungen über die Gebräuche bei den latinischen Ferien getroffen habe (vgl. insbesondere
die scholia Vaticana im Spicilegium Rom. IX p. 76), was sie allerdings
annehmen mussten, wenn die Verse 395 und 396 Anwendung auf Alba
leiden sollten.

270) 'Latet hic aliquid ritus mihi incogniti' sagt er im Anfange
seiner Anmerkung und am Schlusse: 'nescio me expedire.'

zu denen sich der römische Senator begebe, nirgends anders
gesucht werden dürften als in Lavinium, der Stadt von welcher
neben so vielen anderen Zeugen Varro de lingua lat. V § 144
sagt: *ibi dei nostri penates*. Lucan nennt aber hier mit Absicht
und Nachdruck die laurentischen Penaten, weil er nicht
die sogenannten trojanischen Schutzgötter der Burg, sondern
diejenigen vor Augen hat, welche unter den *sacra principia*
bei den Laurentern verehrt wurden. Schon hieraus ergibt
sich, dass die Cäremonie, von welcher der Dichter spricht,
nicht die Opfer sein können, welche die höchsten römischen
Beamten und Priester mehrmals im Jahre zu Lavinium bei
den verschiedenen Gattungen der dortigen Heiligthümer darzubringen hatten, und in der That könnten auf diese die
Ausdrücke *senator* und *nocte coacta* nicht ohne den grössten
Zwang gedeutet werden; die Vergleichung der vorliegenden
Stelle mit der kurz vorher betrachteten Münze des Sulpicius
beweist vielmehr, dass sich die eine wie die andere auf dasselbe *foedus* bezieht, welches vor den laurentischen Penaten
jährlich éinmal beschworen wurde, und dass der *senator*,
dessen Lucan gedenkt, den hierzu in Rom aus der Mitte der
patres bestellten *pater patratus populi Romani* bezeichnet.

Der Dichter bereichert aber unsere Kenntniss dieses Vorganges mit einem neuen Zuge: er belehrt uns, dass nach
einer auf Numa zurückgeführten Vorschrift das Bündniss
während der Nacht abgeschlossen werden musste, und auch
hierfür bietet sich eine nahe liegende Erklärung dar. Wie
oben S. 182 Note 254 dargethan worden ist, schloss sich der
Vertrag zwischen Rom und Laurentum, welcher Lavinium betraf, unmittelbar an den über den neuntägigen Gottesfrieden
für die Sacra des latinischen Festes an; der juristischen Sorgfalt und Pünctlichkeit der alten Römer aber, welche sich vor
allem in dem *ius pontificium* geltend machte, entspricht es
vollkommen, dass keine Stunde zwischen dem Ablaufe des
einen und dem Abschlusse des andern Bündnisses verfliessen
durfte, und dass demnach das *foedus* zu Lavinium sogleich
mit dem Anbruche des zehnten Tages, also in der Mitter-

nachtszeit vollzogen werden musste. Hiermit möchte zugleich die früher ebendaselbst ausgesprochene Vermuthung eine neue Stütze gewinnen, dass die Gebräuche, welche zwischen Römern und Laurentern noch zu Plutarchs Zeit jährlich an dem ferentinischen Thóre zu Laurentum vorgenommen wurden, einst den Abschluss des Gottesfriedens für die *feriae Latinae* bezeichnet hatten; denn da dieser ohne Zweifel ebenso um Mitternacht begann wie ablief, so konnten die Opfer und Cäremonien, mit denen er eingeweiht wurde, um so leichter als Sühngebräuche (καθαρμοί) erscheinen, wie Plutarch sie nennt; eben so wie auch bei dem Bündnisse zu Lavinium die geheimnissvolle Stille der Nacht, in welcher es erneuert wurde, gewiss dazu beitrug ihm die Gestalt und den Charakter einer Expiation zu geben, welchen ihm die Tradition über den Mord des Tatius beilegte. Wenn übrigens der Senator bei Lucan sich über Numa beklagt, welcher für die Cäremonie, deren Vollziehung ihm übertragen sei, die Nacht vorgeschrieben habe, so bedeutet dieses zunächst allerdings nichts weiter als dass die Lehre der Pontifices es also verlange, als deren erster Urheber Numa galt; zugleich drückt sich aber auch hierin wieder der feste und von allen Seiten bestätigte Glaube der Römer aus, dass das *foedus*, um welches es sich hier handelt, nicht das Erzeugniss irgend eines späteren Zeitraums sei, sondern seinen Ursprung in der Urzeit des römischen Staates habe.

Wir wenden uns nunmehr zu den oben unterbrochenen Betrachtungen über die laurentischen Heiligthümer in Lavinium und ihren Gegensatz zu denen der dortigen Burg zurück. Nirgends sind diese beiden Gattungen der Sacra, welche zusammen die *principia* der latinischen Nation enthielten, in wenigen Worten klarer einander gegenübergestellt, als in zwei Versen eines Zeitgenossen des Lucan, des Silius Italicus, welche früher nur unvollkommen verstanden hieraus ihre Erklärung erhalten. In dem ersten Gesange seiner Punica lässt der Dichter die Gesandtschaft der Saguntiner, welche im römischen Senate die Bundeshülfe gegen den Angriff des

Hannibal in Anspruch nimmt, sich darauf berufen, dass Rom auch ohne besondern Vertrag die Aufforderung habe, ihrem Volke, welches seinen Ursprung von der Rutulern in Ardea ableite, als einem stammverwandten beizustehen (*consanguineam protendere dextram* V. 655); 'ich beschwöre euch' fügt ihr Sprecher Sicoris V. 658 und 659 hinzu 'bei den so lange (gemeinsam mit euch von uns) verehrten Stammheiligthümern des rutulischen Geschlechts, bei dem laurentischen Ahnherrn sowohl als bei den Pfändern der Mutter Troja, erhaltet die Frommen' usw.

per vos culta diu Rutulae primordia gentis
Laurentemque larem et genetricis pignora Troiae
conservate pios.

In dem ersten dieser Verse ist *primordia* (wie bei Valerius Maximus I 8, 8) nur ein anderer Ausdruck für *principia*, und die *culta primordia* weisen unverkennbar auf die *sacra principia* hin; die Saguntiner legen den höchsten Werth darauf, dass sie seit alten Zeiten (*diu*) eben dieselben Stammheiligthümer des latinischen Bundes, die von dem rutulischen Volke als einem Mitgliede dieses Bundes auf sie übergegangen waren [271]), anerkannt und verehrt hätten, welche auch die Römer als die ihrigen betrachteten und feierten. In dem zweiten Verse, welcher sich epexegetisch zu dem vorangehenden verhält, werden durch *que* und *et* die beiden Bestandtheile der vorher bezeichneten Sacra angegeben; der eine, der laurentische, wird durch den obersten Stammesgott derselben, den *lar Laurens*, der andere, der eigentlich lavinatische, durch die bekannte auch von den Heiligthümern des Vestatempels zu Rom gebrauchte Benennung der trojanischen Pfänder [272]) bezeichnet; die gemeinsame Verehrung beider ist

---

271) Der Dichter lässt sie auch Abbilder derselben aus Ardea nach Sagunt mitnehmen, wo sie vor der Einnahme der Stadt durch Hannibal auf dem bekannten Scheiterhaufen verbrannt werden. Diese sind unter den II 604 genannten *et prisca advectas Rutulorum ex urbe penates* zu verstehen.

272) Ovid Fasti VI 365: *Iliacae pignora Vestae*; vgl. VI 445. Livius XXVI 27 u. a. St.

das Kennzeichen der Angehörigkeit an die latinische Nation,
welche Sicoris bald nachher·(V. 669) in Anspruch nimmt,
indem er im Namen des saguntinischen Volkes sagt, dass
dieses die laurentischen (d. h. hier die latinischen) Namen
jenseits der Pyrenäen angesiedelt habe (*ultra Pyrenen Laurentia nomina duxi*). Hieran knüpfen sich einige Fragen, deren
Bedeutung in der Folge immer mehr hervortreten wird: zuerst welcher Gott ist unter jenem *lar Laurens* zu verstehen,
den Silius vor allen anderen seiner Gattung hervorhebt; sodann in welchem Verhältnisse steht er zu den laurentischen
Penaten, deren Lucan in der vorher angeführten Stelle gedenkt, und deren Köpfe sich auf dem Denar des Sulpicius
dargestellt finden; und endlich welches sind die Gottheiten,
welche unter dem Namen dieser Penaten verehrt wurden?

Zur Beantwortung dieser Fragen können folgende Betrachtungen führen. Laren und Penaten, zwei den italischen
Völkern eigenthümliche Namen und Begriffskreise, sind einander nahe verwandt, so dass häufig dieselben Gottheiten
zu der einen wie zu der anderen Classe gezählt werden
müssen; auch werden beide wohl hier und da (wiewohl doch
sehr selten) bei alten Schriftstellern aus Misverstand verwechselt; an sich und ihrer Grundbedeutung nach sind sie
aber von einander verschieden. Ueber die Penaten erhalten
wir bei Servius eine treffende und völlig ausreichende Definition: Penaten, sagt er, sind alle Götter, welche in einem
Hause verehrt werden.[273]) Der Kreis derselben ist demnach

---

273) Servius zur Aeneis II 514: *penates sunt omnes dei qui domi
coluntur.* Vgl. Hertzberg de diis Romanorum patriis p. 70—76, wo,
wie überhaupt in dieser Schrift, sich viele treffliche Bemerkungen über
die beiden Götterkreise und ihr Verhältniss zu einander finden, welche
bisher weniger Beachtung gefunden haben als sie verdienen. Die im
Gegensatze hierzu von Krahner in Ersch und Grubers Encyclopädie III
Th. 15 S. 417 aufgestellte und von Marquardt Handbuch der röm. Alt. IV
S. 208 Note 32 angenommene Ansicht, dass Laren und Penaten zwei
völlig getrennte Götterclassen seien, beruht auf einer blossen, mit den
bestimmtesten Zeugnissen unvereinbaren Speculation. — Die Definition
des Servius theilt auch Isidor VIII 11, 99 wahrscheinlich aus derselben

an sich unbeschränkt, über die ganze Götter- und Geisterwelt ausgebreitet: was sie zu Penaten macht, ist dass sie in ein Haus oder in einen Tempel unter dessen Herdgottheiten aufgenommen sind, und wenn dieses bereits von den Vorfahren geschehen und erblich auf die Nachkommen übergegangen ist, so sind sie hierdurch angeerbte *patrii penates* geworden. Anders verhält es sich mit den Laren: diese sind niemals frei gewählt, sondern immer durch ein Naturverhältniss gegeben; sie sind verwachsen entweder mit einem Geschlechte als dessen Schutzgötter und insbesondere als die Geister seiner Ahnherrn, oder mit einer Gegend als die darin waltenden Erd- und Luftgeister. Die ersteren, welche im Privatleben die *lares familiares* genannt werden, gehören nothwendig zu den Herdgottheiten des von der Familie bewohnten Hauses und nehmen unter den Penaten desselben eine bevorzugte Stelle ein; unter ihnen wird häufig ein einzelner *lar familiaris* hervorgehoben[274]), in welchem der Stifter und Patriarch des Geschlechtes erkannt werden darf, der in dieser Eigenschaft an der Spitze der ganzen Laren- und Penatenreihe steht. Auf die öffentlichen Heiligthümer übertragen umfassen die *penates publici* alle Gottheiten, welche am Herde der Stadt oder der Nation in dem dazu bestimmten Gebäude verehrt werden; unter ihnen treten diejenigen hervor, welche als die Stammgötter des Volkes und zugleich als die Ahnherrn seines Fürstengeschlechts betrachtet wurden, die demnach die Laren desselben waren; und wenn sich unter diesen einer befand, welcher als der eigentliche Stifter der Nation und als der vornehmste unter den Ahnen ihres Herscherhauses gefeiert wurde, so wurde dieser der Lar im eminenten Sinne genannt. Dies auf die laurentischen Sacra in Lavinium angewendet ergibt sich von selbst, dass ihr Lar der mit dem latinischen Bunde entstandene und untrennbar mit ihm verwachsene Stifter desselben, der Jupiter Latiaris oder

guten Quelle (Varro?) mit: *penates gentiles dicebant omnes deos quos domi colebant. et penates dicti, quod essent in penetralibus* usw.

274) Hertzberg a. a. O. I c. 10 p. 26—28.

der König Latinus war. Eine Bestätigung hierfür findet sich
in der Aeneide. Virgil, welcher nach dem Vorgange der
alten Latiner und Römer auf die Burgheiligthümer zu Lavinium die Begriffe der Penaten und Laren überträgt, die
ursprünglich nicht ihnen, sondern den Sacra der Laurenter
angehört hatten, hebt unter den Penaten, welche Aeneas
aus Troja mit sich geführt haben soll, einen Lar hervor,
welchen er an einer Stelle den Lar von Pergamus[275]), an
einer andern den des Assaracus[276]) nennt. Wer dieser Lar
sei, darüber hätten die Ausleger nicht hin und her rathen
und noch viel weniger dem Virgil verworrene Vorstellungen
zuschreiben sollen; es ist eben Zeus, der Stifter des darda-
nischen Volkes[277]) und der Ahnherr des troischen Königs-
hauses; er wird mit guter Ueberlegung der Lar des Assaracus genannt, weil mit diesem der Zweig begann, welchem
Aeneas angehörte, und dem die Gunst des göttlichen Stamm-

---

275) Im fünften Gesange wird von V. 719 an ein Traumgesicht erzählt, in welchem Anchises erscheint, um die Sorgen des Aeneas zu
beruhigen, und ihm auf Befehl des Jupiter verkündigt, dass dieser sich
seiner erbarmt habe (V. 726 und 727: *imperio Iovis huc venio, qui . . .
caelo tandem miseratus ab alto est*). Als Aeneas erwacht, dankt er
vor allem dem Jupiter als dem Lar seines Volkes und Hauses, und
mit ihm den übrigen Penaten desselben, V. 744 und 745:

*Pergameumque larem et canae penetralia Vestae
farre pio et plena supplex veneratur acerra.*

276) Im neunten Gesange V. 258 und 259 beschwört Ascanius den
Nisus und Euryalus seinen Vater aufzusuchen und sichert ihnen dafür
eidlich grosse Belohnungen zu:

      per magnos, Nise, penates
    *Assaracique larem et canae penetralia Vestae
obtestor* usw.

Vergleicht man diese Stelle mit der vorher angeführten (V 744), so
ergibt sich, dass in V. 258 *magnos penates* die Gesammtheit aller
Penaten bezeichnet und dass sodann in V. 259 epexegetisch die beiden
Bestandtheile derselben, einerseits der Lar und anderseits die übrigen
Herdgottheiten, vorgeführt und unterschieden werden. Es ist derselbe
Satzbau, der sich in der oben S. 195 erklärten Stelle des Silius Italicus
gezeigt hat.

277) Homer Ilias XX 215 f.

    Δάρδανον αὖ πρῶτον τέκετο νεφεληγερέτα Ζεύς,
    κτίσσε δὲ Δαρδανίην.

vaters blieb, als sie sich von der Linie des Priamus abge-
wendet hatte.[278]) Wenn hierüber noch ein Zweifel obwalten
könnte, so würde ihn Martialis heben, welcher unter den
Laren, die der troische Held aus seiner brennenden Vaterstadt fortführte, an erster Stelle den Jupiter nennt.[279]) Hieraus erklärt sich auch, in welchem Sinne Ascanius in der
letzteren Stelle (dem neunten Buche) der Aeneide den Lar
und die Penaten neben einander anruft: er will hiermit den
bekannten latinisch-römischen Eid *per Iovem et Penates* leisten[280]); denn auch in diesem Schwure wird ebenso wie bei
Virgil (vgl. oben Note 275) Jupiter nicht aus der Zahl der
Penaten ausgeschlossen, sondern steht an ihrer Spitze, während ihn die übrigen als seine Beisitzer und Gehülfen umgeben.[281]) In entsprechender Weise verhält es sich mit den
laurentischen Penaten, welche bei der Beschwörung des Bündnisses zwischen Rom und Laurentum erwähnt und als an-
wesend gedacht werden; bei Lucan schliesst der Ausdruck
Laurentinique penates den Jupiter oder Lar Laurens ein; bei
der Münze des Sulpicius muss seine Gegenwart als sich von
selbst verstehend hinzugedacht werden, während nur seine
zwei Beisitzer sichtbar dargestellt sind, was zur charakteristi-

---

278) Ilias XX 306 ff.

279) Martial XI 4, 3 verglichen mit Lucan Phars. IX 990 und Statius Silvae IV 5, 2. Der Ausdruck *lares*, welchen diese Dichter von
den Burggöttern von Lavinium und Alba gebrauchen (vgl. auch Tibull
II 5, 19), ist übrigens, wie sich später zeigen wird, weniger sorgfältig
und treffend als der Virgils, welcher nur éinen Lar unter ihnen kennt.
Der Plural ist entweder als eine denominatio a potiori zu betrachten,
welche auch in einigen anderen Fällen dieser Art vorkommt (vgl. Hertzberg a. a. O. p. 72), oder er ist durch eine falsche Analogie von den
laurentischen Penaten entnommen, unter denen sich allerdings eine
Mehrheit von Laren befand.

280) Vgl. hierüber Preller röm. Mythologie S. 545 mit den in Note 3
angeführten Stellen.

281) Bei den Etruskern wurde die erste Classe der Penaten, die
des Jupiter, als die *consiliarii* desselben bezeichnet. Vgl. Nigidius
und Varro bei Arnobius III 11. Bei Martianus Capella I 41 heisst es:
*senatores deorum, qui penates ferebantur Tonantis ipsius quorumque
nomina . . publicari secretum caeleste non pertulit.*

schen Bezeichnung des hier vorgehenden Actes genügte und
sich auch zu diesem Zweck am besten eignete.

Wer sind nun aber die beiden Jünglinge, welche die
Umschrift als *dei penates patrii* oder *publici* bezeichnet? Allen
Kennzeichen zufolge sind es keine anderen als Picus und
Faunus, die Laren der Aboriginer, welche ja auch bei den
Sacra der Laurenter unmöglich fehlen konnten. Hierfür
spricht auch schon ihre äussere Erscheinung. Picus ward
im Volksglauben als ein Jüngling aufgefasst und also dargestellt[282]); von Faunus kann dasselbe nicht zweifelhaft sein;
und obgleich die historische Mythe sie zu einander in das
Verhältniss von Vater und Sohn setzt, weil der eine vorzugsweise zum Angriff und zur Eroberung führt, der andere
das Erworbene schützt und zum Gedeihen bringt (vgl. oben
S. 65), so kommen sie doch sonst überall in brüderlicher
Gleichheit neben einander vor. Sie waren die Lieblingsgott-
heiten der Aboriginer, gehörten zwar dem Range nach nicht
zu den oberen, standen aber dafür dem Volksbewusstsein am
nächsten; man schrieb ihnen eine Einwirkung auf die manig-
faltigsten Lebensgebiete zu und verehrte sie unter sehr verschiedenen Benennungen, unter denen sie sich öfter nur bei
sorgfältiger Vergleichung der überlieferten Nachrichten erkennen lassen. Es wird daher nothwendig sein näher auf
diese einzugehen, welche wir bei der Beschaffenheit der uns
erhaltenen Quellen und Denkmäler vorzugsweise auf römi-
schem Gebiete zu suchen haben.

Werfen wir nämlich einen Blick auf Rom und seinen
Götterdienst, so tritt uns eine Wahrnehmung entgegen, welche anfangs in hohem Grade auffallen muss. Picus und
Faunus werden, wie sich auch bei der grossen Bedeutung,
welche sie in der Sagengeschichte wie im Leben hatten, nicht
anders erwarten lässt, zu den ältesten Gottheiten des Staates
gezählt, deren Cultus schon Romulus eingeführt hatte[283]),

---

282) Ovid Metamorphosen XIV 315.

283) Augustinus de civ. dei IV 23: *Romulus constituit Romanis deos
Ianum, Iovem, Martem, Picum, Faunum, Tiberinum, Herculem et si*

und dennoch findet sich innerhalb des Umfangs der Stadt — zu welcher, wie bekannt, der Aventinus in sacraler Beziehung nicht gehörte — kein einziges Heiligthum erwähnt, welches dem Picus geweiht gewesen wäre; die wenigen aber, bei denen Faunus ausdrücklich genannt wird, finden sich entweder, wie das auf dem Coelius, an einem entlegenen Orte, oder sie gehören, wie das auf der Tiberinsel, einer späten Zeit an. Eben so wenig wird einer Priesterschaft gedacht, welche für ihren Dienst bestimmt gewesen wäre, während so viele untergeordnete Gottheiten ihren eigenen Flamen hatten. Dieses Räthsel löst sich aber ganz einfach dadurch, dass sie unter anderen Namen vorkommen, dass sie insbesondere unter dem der öffentlichen Penaten und Laren entweder mitbegriffen oder, was noch öfter der Fall ist, allein verstanden sind. Diese Erklärung, welche sich aus der Natur der Sache von selbst darbietet, wird im einzelnen durch vielfache Merkmale bestätigt. Betrachten wir zuerst die Penaten an der Velia, welche Dionysios gesehen und, wie bemerkt, als ein sitzendes mit Lanzen bewaffnetes Jünglingspaar beschrieben hat, so ergibt sich die Bedeutung derselben daraus, dass die Capelle, in welcher sie sich befanden, an der Stelle errichtet war, wo einst der Palast des Tullus Hostilius gestanden hatte[284]), der in Folge eines Ungewitters in Flammen aufgegangen war, und zwar, wie die Ueberlieferung angab, weil der gottlose König den zürnenden Jupiter Elicius vom Himmel herabbeschworen hatte.[285]) Aus diesem Zusammenhange lässt sich

---

quos alios. Die Angabe geht allem Anscheine nach auf Varro, welchen Augustin hierbei vor Augen hatte (vgl. Cap. 22 im Anfang), und auf die Pontificalbücher zurück.

284) Varro de vita populi R. 1. I bei Nonius p. 531: *Tullum Hostilium (habitasse) in Velia, ubi nunc aedis deum penatium.* Eben so Solinus polyhistor 1, 22: *Tullus Hostilius (habitavit) in Velia, ubi postea deum penatium aedes facta est,* und näheres über die Oertlichkeit bei Becker Handbuch der röm. Alterth. I S. 546—551.

285) Livius I 31. Aurelius Victor de viris illustribus c. 4: *et dum Numam Pompilium sacrificiis imitatur, Iovi Elicio litare non potuit, fulmine ictus cum regia conflagravit.*

erkennen, dass die göttlichen Jünglinge, welche hier, unter dem Namen der Penaten verehrt wurden, Picus und Faunus waren. Der römische Glaube und die daran sich knüpfende Sage betrachtete diese als die Vertrauten und Günstlinge des Jupiter, welche mit ihm in geheimnissvoller Verbindung stehend einen mächtigen Einfluss bei ihm ausübten. In besonders naher Beziehung standen sie zu ihm als dem Blitze-schleuderer; wenn dieser Schrecken und Zerstörung verbreitet hatte, erwartete man von ihrer Vermittelung, dass sie ihn besänftigen und bewegen würden, statt der Menschenhäupter, welche er bedrohte, stellvertretende symbolische Opfergaben anzunehmen, die bewohnten Orte mit seinen Wetterstrahlen fernerhin zu verschonen und überhaupt nicht als Verderber — es sei denn etwa gegen die Feinde — sondern als gnädig gestimmter Jupiter Elicius vom Himmel herabzukommen; mit anderen Worten, die Sühnung und Abwendung der Blitz-strahlen, die *procuratio fulminum*, worauf die Religion der Italer ein so grosses Gewicht legte, wurde nach alter latini-scher Vorstellung und Lehre (welche mit der später vorher-schend gewordenen etruskischen Disciplin nicht zu verwechseln ist), mittels Anrufung ihrer hiervon erwarteten Hülfe und Einwirkung vollzogen. [286]) Aus diesem Grunde war auch der

---

286) Die Procuration der Blitze und Prodigien beruhte bei den Römern auf einer doppelten Grundlage: die eine war die alte, einhei-mische, welche einen Theil des *ius pontificium* ausmachte, auf die Schriften des Numa zurückgeführt und unter der Leitung der Ponti-fices vollzogen wurde. Die Hauptstelle hierüber findet sich bei Livius I 20, 7: .. *ut idem pontifex edoceret, quaeque prodigia fulminibus aliove quo visu missa susciperentur atque curarentur.* Die andere, welche von den etruskischen Haruspices gelehrt und ausgeübt wurde, galt zwar späterhin für die wirksamere und vollkommnere, hat aber den nationalen Ritus niemals ganz verdrängt — weshalb auch die An-gaben des Acro zu Horaz ars poet. 471 und des Scholiasten zu Juvenal 6, 587, welche der Pontifices bei dieser Procuration erwähnen, keines-wegs (wie K. O. Müller Etrusker II S. 172 Note 52 angenommen hat) an sich als irrig zu verwerfen sind. Ueber diesen alterthümlichen Cul-tus erhalten wir den besten Aufschluss in der bekannten Mythe von der Geisterbeschwörung des Numa bei Ovid Fasti III 275—350, Arno-bius V 1—4, Plutarch Numa 15, worin jeder Zug aus den Gebräuchen

uralte Altar des Jupiter Elicius, dessen Errichtung dem Numa
zugeschrieben wurde, mit dem jenen Dämonen geweihten

---

desselben entnommen ist, und worin Picus und Faunus in der doppelten
Eigenschaft hervortreten, dass sie theils vermöge ihrer Kenntniss der
Geheimnisse des Donnergottes, theils mittels ihres Einflusses bei ihm
sowohl die bereits gefallenen Blitze zu sühnen als auch die künftigen
von den unter ihrem Schutze stehenden Menschen und Orten abzuwen-
den wissen. Ein Blick auf die Hauptzüge der Mythe wird dieses darthun. Schon waren, heisst es hierin, furchtbare Schläge vom Himmel
gefallen, Numa und sein Volk zitterten vor den noch ferner drohenden
Zornausbrüchen des Donnergottes, da sagte (bei Ovid V. 289 ff.) Egeria
zu ihm: *ne nimium terrere; piabile fulmen est . . et saevi flectitur ira
Iovis. sed poterunt ritum Picus Faunusque piandi tradere.* Der König opfert hierauf zuerst ein Schaf (V. 300), worin man alsbald das
bidens und *bidental* der Blitzessühne wieder erkennt; er stellt sodann
den beiden Göttern Becher mit ungemischtem Wein *(merum)* und Ho-
nig *(mulsum)* hin, worunter ohne Zweifel die hierbei üblichen ihnen
dargebrachten Trankopfer zu verstehen sind, was die Mythe naiv und
witzig so deutet, als wenn sie zur Enthüllung der Geheimnisse der
Götterwelt nur in Folge eines trunkenen Zustandes zu bewegen wären;
er lässt ihnen endlich durch zwölf Jünglinge (*casti iuvenes* bei Arnobius V 1) die Hände binden (Ovid V. 306 *vinclaque sopitas addit in
arta manus*), womit offenbar auf eine Cäremonie hingewiesen wird,
welche bei gewissen Gelegenheiten mit ihnen und zwar allem Anscheine
nach von den zwölf palatinischen Saliern vorgenommen wurde; sie
entspricht ganz der bekannten Fesselung des Saturnusbildes, welche,
wie Preller röm. Mythologie S. 412 richtig bemerkt hat, 'sich am natür-
lichsten aus dem mehrfach hervortretenden Glauben der Alten erklärt,
dass man sich durch Fesselung oder Anbindung eines Götterbildes des
von dem Gotte ausgehenden Segens und seiner unsichtbaren Gegenwart talismanisch versichern könne.' Nachdem nun die beiden Dämonen, gewonnen oder überwältigt, dem königlichen Priester ganz zu
Willen sind, ziehen sie zu seinen und seines Volkes Gunsten den Jupiter als Elicius vom Himmel herab. Nach der Auffassung der Mythe
ist es die Person des Gottes, welche selbst herabkömmt und sich mit
den symbolischen Opfern, welche ihm statt der Menschenleben dargebracht werden sollen, für befriedigt erklärt; im ursprünglichen Sinne
war es ohne Zweifel der Blitz, welcher durch die Schutzgeister gelenkt
ohne zu schaden vom Himmel herab geleitet wird. Es gab daher auch eine
dreifache Erklärung des Namens *Iupiter Elicius*: neben der mythischen,
welche Ovid V. 327 u. 328 gibt *(eliciunt caelo, te, Iupiter, unde mino-
res nunc quoque te celebrant Eliciumque vocant),* ist die natürliche
und gewiss richtige bei Plinius n. h. II 53 (54) § 140 angedeutet: hiernach sind es die *fulmina quae eliciuntur*, mit denen die *fulmina im-
petrata* und *coacta* der etruskischen Lehre eine gewisse, wenn auch

heiligen Haine auf dem Aventinus eng verbunden [287]), und
die Sage von der Entstehung desselben stellte sie als unentbehrlich dar, um Schonung bei dem Gotte zu erlangen. Die
Tradition der älteren römischen Geschichte kannte aber kein
furchtbareres Unwetter als das, welches das Haus des Tullus
sammt allen damit verbundenen Heiligthümern und zugleich
den König selbst mit den Seinigen vernichtet hatte, ein
Unheil welches nach dem Glauben der Italer als ein Prodigium die Wiederkehr ähnlicher befürchten liess. Der Stelle,
welche davon betroffen war, musste deshalb die kräftigste
Sühne zugewendet werden; sie erhielt diese in dem Heiligthum derjenigen Gottheiten, welche es allein verstanden den
erzürnten Elicius in einen gnädigen umzuwandeln, und die
wahrscheinlich wegen ihrer Beziehung zu dem zu sühnenden
Jupiter hier mit dem Namen seiner *dei penates* bezeichnet
und angerufen wurden.

Picus und Faunus wurden aber auch unter der Benennung
der Laren verehrt, unter denen (den *lares publici*) sie von den
ältesten Zeiten an die erste und vornehmste Stelle einnahmen.
Wenn Dionysios I 68 berichtet, dass er dasselbe Jünglingspaar, welches er in der Capelle der Penaten an der Velia
dargestellt sah, auch in vielen anderen alten Heiligthümern
wieder gefunden habe — während er doch, was wohl zu

keineswegs vollständige Verwandtschaft hatten. Eine dritte Ableitung,
welche nach dem Zusammenhange, worin sie vorkömmt, auf die Pon-
tificalschriften zurückzugehen scheint, findet sich bei Livius I 20, 7:
nach dieser sind es die Gebräuche der Blitzessühne selbst, *quae eliciuntur ex mentibus divinis,* wobei unter den *mentes divinae* neben
Jupiter Picus und Faunus verstanden sind, denen die meisten Schriftsteller — wie Plutarch Numa c. 15 angibt — die Offenbarung jener
Cäremonien unmittelbar zuschrieben (τὸν ἐπὶ τοῖc κεραυνοῖc ἐκδιδάξαι
καθαρμόν, ὃc ποιεῖται μέχρι νῦν), während nur einige (ἔνιοι δὲ) dazu
den Jupiter herabbeschwören liessen. Ueberall war demnach der nationale Glaube, wie er sich sowohl im Cultus als in der Mythe aussprach,
von dem éinen Gedanken durchdrungen und beherscht, dass gegen die
Zornesblitze des Jupiter Rettung und Sicherheit nur in dem Rath und
Beistand der beiden Schutzgeister der Nation zu finden sei.

287) Ovid Fasti III 295 vgl. mit 327—329. Livius I 20, 7. Varro de
l. l. VI 94: *Elicii Iovis ara in Aventino* u. m. a.

beachten ist, die Unterschrift *Penas* nur in jener ersten gelesen hat — so hat er hierbei ohne allen Zweifel, wenigstens
zum grösseren Theile — da es in Rom schwerlich mehrere
Cultstätten der öffentlichen Penaten gab, auf welche seine
Angabe passen könnte — Capellen (*sacella, aedes*) vor Augen
gehabt, welche denselben beiden Jünglingen unter dem Namen
der Laren gewidmet waren. Diese Benennung gebührte ihnen
schon als den mythischen Stammesfürsten der Aboriginer;
sie kam ihnen aber noch aus manchem anderen Grunde zu
und insbesondere als den Gottheiten, welche dem römischen
Boden als seine Schutzgenien inwohnten: *Picus Faunusque,*
sagt Egeria bei Ovid, *Romani numen utrumque soli.*[288]) Sie
gehören demnach zu den Erdgeistern der Landschaft, den
dei inferi und als solche zu den *lares.*[289]) Als Beschützer
des römischen Bodens bewachen sie zugleich die Stadt, be-
schirmen ihre Mauern, erschrecken und verscheuchen die
herannahenden Feinde; sie sind daher unter den *lares praestites* zu verstehen, welche ja nach der Abbildung auf der
Münze der gens Caesia[290]) verglichen mit ihrer Beschreibung
bei Ovid Fasti V 129 ff. zwei eben so sitzend dargestellte
und mit Lanzen bewaffnete Jünglinge waren wie die Penaten
der Velia; der Hund, welcher zu ihren Füssen sitzt und der
sich eben so gut für Faunus[291]) wie für den Jagdfreund Picus
eignet, ist hier das Kennzeichen der Laren und dient insbesondere als Symbol ihres Wächteramtes.[292]) Sie sind aber

---

288) Fasti III 291. Hiermit hängt auch die Notiz bei Servius zur
Aeneis VII 91 zusammen: *Faunus infernus dicitur deus . . nam nihil
est terra inferius, in qua habitat.* Dasselbe gilt von Picus; auch er
gehörte zu den Erdgeistern als Sohn des Saturnus, welcher wesentlich
ein Erdgott war. Vgl. Schwegler a. a. O. I S. 224 und die dort Note
7 erwähnten Stellen; näheres hierüber unten.

289) Vgl. Schwegler I S. 130 ff. Festus im Auszug s. v. *pilae* p. 197 M.:
.. *deorum inferorum, quos vocant lares.*

290) Vgl. Eckhel doctr. numm. vet. V 157 und die Abbildung bei
Riccio a. a. O. Tafel X.

291) Preller röm. Mythologie S. 337.

292) Plutarch quaest. Rom. 51. Ovid Fasti V 135 u. 142: *stant quoque pro nobis et praesunt moenibus urbis . . . pervigilantque lares, per-*

nicht nur Geister des Erdbodens, sondern eben so sehr oder eher noch in einem höheren Grade Geister der Luft.[293]) Als

---

vigilantque canes. Wenn Propertius III 2 (3), 11 die Laren preist, welche den Hannibal vom römischen Boden vertrieben *(Hannibalemque lares Romana sede fugantes),* so lässt sich dieses recht gut auf die *praestites* beziehen, deren Altar, wenn bei Ovid a. a. O. V. 131 *voverat . . . Curius* die richtige Lesart ist, im Kampfe gegen Pyrrhus gelobt war. Diese Annahme würde sich namentlich dann empfehlen, wenn der Tutanus, welchem Varro bei Nonius p. 47 f. dieses Verdienst zuschreibt, einer dieser Laren und nicht etwa, wie sich nach dem Titel der varronischen Schrift vermuthen lässt, ein Beiname des Hercules war. Indessen hat es allerdings grössere Wahrscheinlichkeit, dass Properz, wie Hertzberg zu dieser Stelle und de diis patriis p. 134 annimmt, die *Hostilii lares* verstanden hat, welche mit den *praestites* nicht ganz gleichbedeutend waren.

293) Diese doppelte beidlebige Natur gehörte überhaupt zu dem Wesen der Laren aller Gattungen; sie wurden ebensowohl den Manen der Abgeschiedenen zugeschrieben (Festus p. 157: *manes di ab auguribus invocantur, quod ii per omnia aetheria terrenaque manare credantur)* wie den Naturgeistern. Varro setzte, wie Arnobius III 41 aus ihm mittheilt, die Laren bald in die Unterwelt, bald in die Luft: *nunc esse illos manes et ideo Maniam matrem esse cognominatam larum: nunc aërios rursus deos et heroas pronuntiat appellari,* und auch sonst begegnen wir häufig der Vorstellung, dass sie sich bald in die Erde versenkten, dort entweder ruhten oder thätig und wirksam waren, bald aus ihr hervorkamen und in der Luft umherschwebten. Hiermit hängt auch allem Anscheine nach ihr Name zusammen, dessen Herleitung von dem etruskischen *Larth* schwerlich irgend eine Art von Berechtigung hat, weder sprachlich noch der Sache nach, was hier keiner weiteren Ausführung bedarf. *Lares* oder eigentlich *lases* ist vielmehr, wie es scheint, ein ursprünglich lateinisches, aus *flases* verkürztes und auf die einfachste Weise aus der Wurzel *fla* hervorgegangenes Hauptwort, welches die 'Haucher, Weher' bedeutet und sowohl die Lüfte selbst als insbesondere die in ihnen schwebenden Geister bezeichnet; in dieser Hinsicht entspricht es dem Worte *spiritus,* insofern dieses in der späteren Latinität wie in den romanischen Sprachen persönliche Bedeutung angenommen hat, und ist dessen altlateinischer, der Urzeit angehörender Vorgänger. Die Verkürzung von *flares* in *lares* hat bei einem so alterthümlichen und vielgebrauchten Worte nichts auffallendes noch regelwidriges; das *f* ist (wie viele andere ähnliche Laute) im Lateinischen vor *l* (auch vor *r*) nicht selten abgefallen, wie Jacob Grimm (deutsches Wörterbuch II S. 8 und 111) richtig erkannt hat, und wie in den folgenden Abschnitten dieser Abhandlung im Zusammenhange nachgewiesen werden soll. Umgekehrt tritt aber, wie es scheint, *f* auch zuweilen da, wo es nicht ursprünglich ist, als verstärken-

solche gehören sie dem Götterkreise des Mars an, welcher als Naturwesen Gott der Winde war, und wegen des Schnaubens, Tobens und Stürmens derselben auch als Gott des Krieges betrachtet wurde[294]); als Herr der Winde bringt er böse

der Anhauch vor *l* hinzu, wie in den Städtenamen *Flavina* (Silius Italicus VIII 490) und *Flavinium* (Servius zur Aeneis VII 696) verglichen mit *Lavina* und *Lavinium*. — Die Anschauung, welche sich in der angegebenen Wortbildung ausspricht, tritt nun vorzugsweise und leicht erkennbar bei den Laren Faunus und Picus hervor. Faunus ist seiner Naturseite nach der wohlthuende lauwarme Wind, welcher jede Zeugung in der Pflanzen- wie in der Thierwelt befördert und hervorruft; er ist nicht verschieden von Favonius, welchen Lucrez so ausdrucksvoll die *genitabilis aura favoni* nennt, indem dieser nichts als die vollere Form für Faunus ist. Die Identität der beiden Wesen und Namen zeigt sich unter anderem auch darin, dass Kinder, für welche man keinen Vater anzugeben wusste, *favonii* genannt wurden, weil, wie Isidor IX 5, 25 erklärt, *quaedam animalia favonio spiritu hausto concipere existimantur*, eine Zeugungsart welche, wie bekannt, sonst in zahlreichen Stellen dem Faunus (als *ficarius, incubo* usw.) beigelegt wurde. Als Luftgeist stellt er sich auch in seiner so manigfaltigen Thätigkeit dar: als solcher fährt er durch die Wälder, kost mit den Quellnymphen, gibt durch sein Rauschen und Flüstern die Orakel. Ein Luftgeist ist aber auch Picus; er ist als solcher verkörpert in dem Vogel, von welchem er den Namen führt und dem er seine weissagende Kraft mittheilt. Auch die *lares permarini*, welche die Schiffe über das Meer geleiten und sie in Seegefechten zum Siege führen (Livius XL 52, vgl. Hertzberg de diis patriis p. 32 und 33), sind unverkennbar Luftgeister, und da, wie man aus Virgil Aeneis XII 766 — 769 ersieht, die aus den Wellen geretteten Schiffer dankbar ihre Kleider dem Faunus zu weihen pflegten, so wird man auch in diesen Laren Picus und Faunus anerkennen müssen.

294) Diese von Adalbert Kuhn in Haupts Zeitschrift für deutsches Alterthum V S. 491 (in einer Abhandlung über Wodan) gegebene Auslegung scheint bisher weniger Anerkennung gefunden zu haben als ihr gebührt. Die Gründe, welche dort dafür angeführt worden sind — die sprachliche Verwandtschaft des Thema *Mart* mit den indischen Windgöttern, den *Merut*, die Analogie mit Wodan, und insbesondere der natürliche Zusammenhang, in welchem die Anschauungen von Sturm und Krieg mit einander stehen — werden dadurch sehr verstärkt und überzeugend, dass überall, wo in dem Cultus des italischen Mars sowie in dem daran geknüpften Kreise von Vorstellungen sich Beziehungen zum Naturleben kund geben, diese unverkennbar auf Wind und Wetter hinweisen. Einige Andeutungen mögen hierüber genügen. Betrachten wir das bekannte Lied der arvalischen Brüder, womit sie im Mai, wenn

und gute Witterung, führt Seuchen herbei und vertreibt sie
wieder, macht Thiere und Menschen gesund oder krank,

---

die Sommerhitze herannaht, den Mars anrufen, so sind es zwei Bitten
welche sie an ihn richten, dass er den verderblichen Winden Einhalt
thue, und dass er die bösen Seuchen, welche eine Folge derselben
sind, abwenden möge; beides hängt natürlich von dem Gott ab, welcher über die Winde gebietet. Aus diesem Gesichtspuncte erklären
sich auch die hiermit zusammenhängenden Gebete, mit denen sich der
Landmann an den Vater Mars wendet, wenn er sein Besitzthum lustrirt
(bei Cato de re rustica 141 vgl. mit Festus s. v. *pesestas* p. 214); er
bittet ihn die *intemperias* und *nebulas* als die wesentlichen Ursachen
jeder Erkrankung zu verscheuchen und hierdurch Gesundheit und Gedeihen bei Menschen, Vieh und Pflanzen zu fördern. Das sonst so
räthselhafte Octoberross, welches bei dem Beginn der Herbstwinde
dem Mars dargebracht wurde, wird bei Festus s. v. *october equus*
p. 178 sehr treffend und im mehrfachen Sinne bedeutsam mit dem
Pferde zusammengestellt, welches die Lakedämonier jährlich auf dem
Taygetos den Winden opferten; das Ross des siegenden Gespannes,
welches die Römer hierzu wählten, war das Symbol der Windesschnel-
ligkeit, und wenn der Kopf desselben *ob frugum eventum*, wie es bei
Festus (im Auszuge p. 220 s. v. *panibus*) heisst, mit Broten umwunden
wurde, so lag darin neben dem Danke für die im abgelaufenen Jahre
gewährte Gunst der Winde vor allem die symbolische Bitte, dass Mars
durch seine Winterstürme die Saaten nicht verderben, sondern ihr
Wachsthum begünstigen möge. Eine entsprechende Bedeutung hatten
endlich die Wettrennen, *equiria*, welche ihm beim Beginne des Frühlings (in der Zeit, wenn die Natur sich nach dem Favonius sehnte,
Varro de re rustica I 28) am Ende des Februar und besonders am 14n
März gefeiert wurden, an welche letzteren sich sogleich am folgenden
Tage die Gebete für die Gesundheit des Jahres anschlossen, Lydus de
mensibus IV 39. Ein Gott der Lüfte muss Mars auch schon deshalb
sein, weil Faunus (oder Favonius, vgl. Note 293) sein Sohn war (Dionysios I 31); sie sind beide desselben Wesens, der Sohn ist das Abbild
des Vaters, wenn dieser gnädig gestimmt ist. Die Gemeinschaft ihrer
Natur zeigt sich insbesondere alsdann, wenn Mars Silvanus genannt
wird; dann rauscht er wie Faunus durch die Wälder, befruchtet durch
Faunus die Herden und Fluren, ist wie er *pecoris arvorumque deus*,
und gibt gleich ihm Orakel; hieraus erklärt es sich auch, weshalb dieselben Waldesstimmen bald auf den einen bald auf den andern zurückgeführt werden konnten. Ueberhaupt ist es die Eigenschaft des
Mars als des obersten Luftgeistes, um deren willen manigfache Arten
prophetischer Inspiration als von ihm eingegeben betrachtet wurden.

Abweichend hiervon hat Schwegler (a. a. O. I S. 228—234) den Mars
für einen Gott der Unterwelt erklärt und ihn mit Saturnus zu einer
Reihe gleichbedeutender göttlicher Wesen verbunden — eine Ansicht

.versengt die Saaten und Fluren durch seinen Gluthauch,
verheert sie durch seine Stürme, oder bringt sie durch heil-

wofür es schwer sein möchte irgend einen genügenden Anhaltspunct
nachzuweisen. Vor allem darf man sich nicht etwa darauf berufen,
um die Gleichartigkeit des Mars mit Saturn darzuthun, dass die Sage
den Picus und Faunus in ein Verhältniss der Verwandtschaft und der
Abstammung zu dem einen wie zu dem anderen setzt; denn hiermit
drückt sie im Gegentheil die schon oben erwähnte doppelte Seite des
Wesens dieser Laren aus, wonach sie bald mit Mars der Region der
Luft, bald als (*Romani* oder richtiger im weiteren Sinne als *Latini*)
numina soli mit Saturn der des Erdbodens angehören. Sehr richtig
ist von Schwegler S. 226 (wie auch schon öfter von anderen) bemerkt
worden, dass es den Gottheiten der Latiner an bestimmt ausgeprägter
Individualität und Persönlichkeit fehlt, und dass die Mythen, welche
von ihnen erzählt werden, wenig plastische Durchbildung haben; insbesondere sind ihre Stammbäume und Familienverhältnisse oft in seltenem Grade schwankend und wechselnd. Diesen Mangel künstlerischer
oder dichterischer Durchführung ersetzen sie aber, indem sie in anderen Beziehungen um so sinn- und gehaltvoller sind; sie schliessen sich
nicht nur der Natur und dem Leben, sondern auch, was nicht verkannt
werden darf und doch häufig verkannt wird, den Hauptthatsachen der
Geschichte enger als bei anderen Völkern an. Die Genealogie der ältesten Latinerkönige ist deshalb so vielgestaltig und an Widersprüchen
reich, weil sie einen vorwiegenden Bestandtheil enthält, welcher nicht,
wie sonst gewöhnlich, der physischen oder kosmischen sondern der
historischen Mythe angehört, weil die Zeugungen und Regierungsfolgen
der Landes- und Volksgötter aus wechselnden Zuständen und Zeiträumen der Landes- und Volksgeschichte hervorgegangen sind. Auf diese
Weise sind, wie bereits bemerkt worden, Picus und Faunus aus brüder-
lich verbundenen Genien in das Verhältniss von Vater und Sohn gekommen, und ist Latinus, obgleich an sich der höchste der Götter,
zu einem Sohne des Faunus geworden; auf demselben Wege sind jene
beiden Schutzgeister und Führer der Aboriginer in die Familie und
die Kindschaft des Saturn gelangt. Ihrer Natur und ihrem Ursprung
nach sind sie Söhne des Mars, was von Faunus ausdrücklich bezeugt
wird, bei Picus sich durch seinen Beinamen *Martius* kund gibt, welchen
er vorwaltend bei den Umbrern wie bei den Latinern führt; als solche
sind sie unstät wie Luftgeister, führen mit dem Volke, mit welchem sie
verwachsen sind, ein sich öfter erneuerndes Wanderleben, ziehen mit
ihm und den Herden, in welchen dessen Reichthum besteht, von Land
zu Land; wo sich dieses aber dauernd eines Gebietes bemächtigt um
es anzubauen, da dringen sie in den Boden desselben ein und machen
ihn fruchtbar. Als die Aboriginer auf diese Weise nach Latium gelangt
waren, fanden sie hier als Herrn des Bodens, als König des Landes
einen Gott vor, welcher bisher einem anderen Stamme als dem ihrigen

same Lüfte zu fröhlichem Aufblühen und Wachsthum. So
oft er aber als Naturgott Wohlthaten spendet, insbesondere
dem latinischen Lande und Volke, sind Picus und Faunus
seine Gehülfen und Werkzeuge. Die innige Verbindung, in

angehört hatte, den sie aber mit einem, wie es scheint, aus ihrer
Sprache entlehnten Namen Saturnus nannten; ihre Laren mussten diesen
zwar nach dem Rechte der Eroberung vom Throne verdrängen, sie
thaten dieses aber in der mildesten Weise, welche ihm seine Ehren
nicht raubte; sie befreundeten sich mit ihm, traten wie durch eine
Art von Adoption in seine' Familie ein, und waren nun zugleich martische
und saturnische Geister. Zuerst ward der kriegerische Picus der Nachfolger, und was hiermit offenbar zusammenfällt und gleichbedeutend
ist, der Sohn des Saturn, eine Benennung die er in Latium regelmässig
gleichsam wie seinen landesherrlichen Titel führt; dann folgte der friedliche Faunus, welcher auch mit der Erdgöttin des Landes, von den
Latinern Ops und Gattin des Saturnus genannt, in so nahe Verbindung
trat, dass man sie mit seiner eigenen Gattin, Tochter oder Schwester
Fauna im Cultus vereinigte: vgl. Macrobius Saturn. I 12. Mit dem
Besitze des Grundes und Bodens ging auch die Sorge für das Gedeihen
der Saaten wie durch Erbrecht auf sie über; ursprünglich war es Saturn,
welcher als *Stercutus* dem Dünger die Kraft gab die Fruchtbarkeit der
Felder zu fördern (Macrobius Saturn. I 7, 25: *hunc Romani etiam Ster-
cutum vocant, quod primus stercore fecunditatem agris comparaverit,*
vgl. Augustinus de civ. dei XVIII 15; Isidor XVII 1, 3); nunmehr übernahm Picus dieses Amt, wovon er *Sterquilinius* (Servius zur Aeneis IX 4)
und *Stercuti filius* (ebendort X 70) hiess; aber auch Faunus, welcher
bei Plinius n. h. XVII 9, 6 § 50 *Stercuti pater* genannt wird, theilte
dasselbe, wie so vieles andere, mit ihm und wurde, wie er, ein *Latii
cultor amoeni* (Gratius im Cynegeticus V. 18). Faunus ist ohne Zweifel
auch gleichbedeutend mit Pilumnus, wie schon Gerhard ('über Faunus
und seine Genossenschaft' in den hyperboreisch-römischen Studien II
S. 96 Note 26) richtig vermuthet hat; als solcher setzte er das Verdienst
fort, welches er als einer der Stercutier um den Ackerbau hatte·(Servius zur Aeneis X 76: *Pilumnus idem Stercutius, ut quidam dicunt*), indem er die Keule zum Zerstampfen des Getraides, das *pilum* erfand
(Servius zur Aeneis IX 4. X 26; Martianus Capella II 158 mit der Anmerkung von Kopp). Auch unter diesem indigitirenden Beinamen, welcher
in dem *ius pontificium* vorkam (vgl. Fabius bei Nonius s. v. *Picumnus*
p. 518) erscheint er mit Picus oder Picumnus zu einem Brüderpaare
verbunden (Servius zur Aeneis IX 4: *Pilumnus et Picumnus fratres
fuerunt dei*; Nonius a. a. O.); unter demselben Namen findet er sich
mit ihm beim Eingehen der Ehe ein — wobei Faunus als Inuus ohnehin nicht fehlen durfte — und beide verkündigen dieser als weissagende
wohlwollende Geister Fruchtbarkeit und Segen: vgl. Varro bei den
Auslegern zur Aeneis IX 4 und bei Nonius s. v. *Pilumnus* p. 528.

welcher diese mit ihm stehen, konnte auch nicht kräftiger
ausgedrückt werden als dadurch, dass sie, wie sich gezeigt
hat, mit Lanzen bewehrt erscheinen; denn da die Lanze bei
den Aboriginern (eben so wie bei den Sabinern) das eigenste
Symbol des Mars war und sogar an sich ohne anderes Symbol
und Bild genügte ihn darzustellen[295]), so werden die göttlichen Genien, auf welche sie von ihm übergegangen ist, eben
hiermit am unverkennbarsten als seine Söhne, als Theilhaber
seines Wesens bezeichnet. Insbesondere haben sie als Beschützer der Aboriginer ganz dieselbe Stellung zu ihm als
dem Gebieter der Winde, welche sie zu Jupiter als dem
Schleuderer der Blitze einnehmen; sie sind auch bei ihm die
natürlichen Fürbitter, dass er dem Volke, welches sie verehrt, seine Huld zuwenden und es mit den Ausbrüchen seines
Zornes verschonen möge. Es kann daher auch nicht zweifelhaft sein, dass sie (entweder ausschliesslich, was bei weitem
das wahrscheinlichste ist, oder doch vorzugsweise) unter den
Laren zu verstehen sind, welche in dem Eingange des uralten an Mars gerichteten Liedes der Arvalbrüder mit dem
dreimal wiederholten *enos Lases iuvate* um Schutz und Für-
sprache bei ihm angerufen werden.[296]) — Ihr Cultus war übrigens auf dem römischen Boden so alt wie die Einwanderung
der Aboriginer, was sich schon in den Traditionen von Faunus
und Evander wie in so vielen anderen deutlich genug ausspricht; er hatte gerade in dem frühesten Alterthum eine
weit grössere Bedeutung und Lebendigkeit als später, wo er
anderen gegenüber mehr in den Hintergrund zurücktrat; ja
es lässt sich sogar eine Geschichte dieses Cultus erkennen,
welche mit der ältesten Geschichte und Sage des römischen

---

295) Varro bei Arnobius VI 11; Plutarch Romulus 29: ἐν δὲ τῇ
Ῥηγίᾳ δόρυ καθιδρυμένον Ἄρεα προσαγορεύειν u. a. Stellen bei Ambrosch
Studien S. 5 Note 17.

296) Wenn die lateinische Sprache sich einen Dual erhalten hätte, so
würden wir ihn ohne Zweifel sehr oft und so auch wohl hier von den
Larenbrüdern ganz in derselben Weise angewendet finden, wie die
Spartaner das τὼ σιὼ von ihren Lieblingsgöttern und Beschützern, den
Tyndariden, gebrauchten.

Volkes auf das engste zusammenhängt, und deren Spuren dazu dienen können, sowohl über diese als über die Verhältnisse von Lavinium manche Aufklärung zu verbreiten. Es wird sich daher rechtfertigen, wenn wir schon hier auf die Betrachtung einiger Hauptzüge derselben eingehen.

Bei der Niederlassung der Aboriginer in der Gegend von Rom haben diese, wie die Tradition einstimmig berichtete, den palatinischen Hügel nicht eigentlich besetzt, oder doch nicht lange behalten, da sie ihn zum grossen Theile einem altgriechischen Stamme, welchen die herschend gewordene Sage die Arkader nennt, überliessen; sie selbst hatten vielmehr, obgleich sie sich über die verschiedenen benachbarten Hügel verbreiteten, ihren Mittelpunct da, wo ihre Götter und Könige Picus und Faunus sich ihren Lieblingssitz erkoren hatten, auf dem Aventinus. Auf der obersten Felsenhöhe desselben befand sich auch ein von ihnen bewohnter befestigter Ort, Remuria oder Remoria, auch Remona, Remonium usw. genannt [297]), an dessen unterem Theile sich jener Hain hinzog, welchen die beiden Götter selbst während der Nacht zu besuchen pflegten; und hiervon so wie von anderen hiermit verbundenen Heiligthümern führte diese Seite des Berges den Namen des *saxum sacrum*. [298]) Die Bewohner der

---

297) Plutarch Romulus 9: χωρίον τι τοῦ Ἀβεντίνου καρτερὸν ὃ δι' ἐκεῖνον μὲν ὠνομάσθη Ῥεμώνιον, νῦν δὲ Ῥιγνάριον καλεῖται.

298) Die Verbindung, in welcher der heilige Hain des Picus und Faunus mit der Remuria stand, ergibt sich aus der Vergleichung der Beschreibung desselben bei Ovid Fasti III 295—297 mit anderen Zeugnissen. Der Hain aus Steineichen, bei dessen Anblick man, wie der Dichter sagt, alsbald die Gegenwart einer Gottheit erkannte (*quo posses viso dicere: numen inest*) lag nach ihm unter dem Aventin (*lucus Aventino suberat*), d. h. unter der Höhe worauf sich die Remuria befand, welche Ovid selbst Fasti IV 816 das *Aventinum cacumen* nennt. Mit dieser Angabe stimmt Festus im Auszug p. 276 M. überein: *locus in summo Aventino Remoria dicitur, ubi Remus de urbe condenda fuerat auspicatus.* Gleich nachher heisst es V. 297 von der heiligen Quelle, aus welcher die beiden Götter dem Volksglauben nach zu trinken pflegten: *manabat saxo.* Diesen Ausdruck würde Ovid nicht gebraucht haben, wenn er nicht auf die Gegend des Aventinus hätte hinweisen

beiden Nachbarhügel lebten, wie die Sage glaubhaft berichtet,
lange friedlich neben einander, und traten in eine Verbindung, welche eine gewisse Gemeinschaft des Lebens und
manigfaltigen Austausch der Sitten und insbesondere der
Heiligthümer nach sich zog[299]); gerade in der Zeit aber, als
die Vereinigung aller in eine einzige Stadtgemeinde beschlossen wurde, trat eine Spaltung ein, wovon sich Nachrichten
in der Stiftungssage Roms erhalten haben, welche unter den
sehr verschiedenartigen Bestandtheilen derselben wohl den
meisten Anspruch auf geschichtlich thatsächliche Wahrheit
haben. Die Aboriginer des Aventinus, deren Stammgenossen
von der Zeit der Einwanderung her noch das Bewusstsein
der Ueberlegenheit und mancher Vorrechte besassen, verlangten dass der Mittelpunct des zu gründenden Staates in
die Remuria und in die Nähe ihrer Stammgötter verlegt werde;

---

wollen, welche in aller Römer Munde *saxum* hiess, und wovon er selbst
Fasti V 150—152 sagt:

> *appellant saxum: pars bona montis ea est.*
> *huic Remus institerat frustra, quo tempore fratri*
> *prima Palatinae signa dedistis aves.*

Der Name *saxum* war aber nur der abgekürzte Ausdruck für den voll-
ständigeren *saxum sacrum,* welchen wir aus Cicero de domo sua 53,
136 kennen, und welcher sich eben daraus erklärt, dass diese Seite des
Berges durch die unmittelbare Nähe der Schutzgötter so wie durch den
Altar des Elicius den höchsten Grad von Heiligkeit hatte. Hierzu kömmt
noch, dass unter diesem Felsen (nach der zwölften Region hin) die
aedes Bonae deae subsaxanea lag (Preller Regionen der Stadt Rom
S. 20. 21 und 196; Becker Handbuch I S. 454 ff.), also die Capelle einer
Göttin, deren Cultus dadurch in naher Beziehung zu dem des Faunus
stand, dass sie in den Schriften der Pontifices auch als Fauna indigitirt
wurde. Endlich ist allem Anscheine nach auch die Grotte, worin ihr
Heiligthum stand (*antrum* bei Propertius IV 9, 33) dasselbe *antrum,*
in welchem sich Numa nach Ovid Fasti III 302 verbarg, als er den
Picus und Faunus überraschen wollte. Vgl. Preller röm. Mythologie
S. 354, welcher (Note 2) einen ähnlichen Zusammenhang vermuthet und
angedeutet hat.

299) Dionysios I 44 sagt von den Gefährten des Herakles: χρόνῳ
δ᾽ ὕστερον οὐ μακρῷ δίαιτάν τε καὶ νόμους καὶ θεῶν ἱερὰ συνενεγκάμενοι τὰ σφέτερα τοῖς ᾿Αβοριγίνων ὥσπερ ᾿Αρκάδες . . . συνέβησαν
ὁμοεθνεῖς νομίζεσθαι. Wie gut diese Angabe mit allen anderen Traditionen übereinstimmt, wird sich späterhin ergeben.

die Anwohner des Palatinus, unter denen die Aboriginer die
Minderzahl wie dort die Mehrzahl ausmachten, forderten diesen
Vorzug für ihren Berg und für die Heiligthümer welche sie
theils schon besassen theils noch erhalten sollten; wie bekannt
haben die ersteren in dem Namen des Remus (des *Remus
Aventinus*, wie ihn Properz IV 1, 50 nennt), die letzteren in
dem des Romulus ihre mythische Vertretung. An einer späteren
Stelle dieser Schrift wird sich zeigen lassen, wie inhaltreich
die Frage dieses Streites war, und welche Folgen von der
einen oder der anderen Wahl abhingen; die Götter, welche
Rom gross machen wollten, entschieden für den Palatinus;
die Anhänger des Romulus siegten nicht ohne Gewalt und
Brudermord, wovon das Andenken, wenn sie sich auch im
Rechte glaubten, doch zuweilen wie ein Schuldbewusstsein
noch auf den Nachkommen lastete; ihre Gegner fügten sich
nach ihrer Niederlage, und wurden dem neuen Staate ein-
verleibt; sie mussten, wie es scheint, übersiedeln, und in
der Remuria zeigte man als Denkmal sowohl der früheren
Bedeutung der Ortschaft als auch ihres Untergangs fortan
nur noch das Grab des Remus. [300])

---

300) Viele Umstände sprechen dafür, dass die Erzählung von der
Ermordung des Remus, welche so einstimmig in der Stiftungssage Roms
berichtet wird und so stark in ihr hervortritt, keine theologische oder
sogenannte ätiologische Mythe ist, sondern einen wirklichen Vorgang,
ein bedeutendes Ereigniss zur Grundlage hat, welchem nur ein mythischer Ausdruck gegeben ist. Die Niederlage des Remus ist die des
Volkes welches er vertritt, sein Fall der seiner Ortschaft, aus deren
Namen erst der seinige entstanden ist (vgl. Niebuhr röm. Geschichte
I S. 219 u. 303), deren Eponymus er in derselben Weise war wie Romulus
der von Rom. Dieser Sinn der Sage, welcher ohnehin nur leicht oder
kaum verhüllt in ihr liegt, tritt bei vielen Berichterstattern offen hervor; sie erzählen von einer gewaltigen Schlacht, von grossem Blutver-
giessen (καὶ γίγνεται μάχη καρτερὰ καὶ φόνος ἐξ ἀμφοῖν πολύς, Dionysios I 87), in welchem der Anhang des Romulus den Sieg behauptete: vgl.
Livius I 7, 2; Servius zur Aeneis I 273 (*quae res bellum creavit*) und
zu VI 780 (*orta contentione de urbis nomine inter exercitum*); Strabon
V 3, 2 p. 230. Die einfache und natürliche Erklärung dieser Sage als
einer wesentlich historischen, der auch Niebuhr a. a. O. den Vorzug gibt
und neben welcher die verschiedenen künstlichen Deutungsversuche der-

Wie verhielten sich aber die beiden Stammgenien der
Aboriginer bei dieser Demüthigung ihrer Schützlinge und der

selben überflüssig werden, findet ihre volle Bestätigung in der Weise,
wie die Römer in der Folgezeit den Aventinus betrachteten und behan-
elten. Zuerst gehörten die Aecker, welche jenseits desselben am
rechten wie am linken Tiberufer lagen, schon der Bürgerschaft des
ältesten palatinischen Roms an; hier befand sich am fünften Meilen-
stein der Hain der *dea Dia*, bei welchem die Arvalbrüder, als deren
Mitglied und Stifter Romulus genannt wird, für die Fruchtbarkeit der
römischen Flur beteten und opferten (vgl. die Acten der Brüderschaft
Tafel XLIII Z. 3 u. 13); hier lag auch allem Anscheine nach (nicht wie
Niebuhr angenommen hat nach Alba hin) der Ort Festi, wo, wie Strabon a. a. O. berichtet, zwischen dem fünften und sechsten Meilensteine
die Grenze der ursprünglichen römischen Feldmark (τῆς τότε Ῥω-
μαίων γῆς) war. Hieraus folgt — was auch dann richtig bleiben wird,
wenn man den Ort Festi an eine andere Stelle setzt — dass diese
Gegend, welcher ihrer Lage nach vorher den Bewohnern des Aventinus gehört haben muss, schon bei der ersten Organisation der *Roma
quadrata* von dieser und zwar nach dem Rechte des Sieges in Besitz
genommen war, so dass sie unter die Bürger derselben vertheilt werden
konnte (vgl. auch Festus s. v. *Pectuscum Palati* p. 213 M., wo es von
Romulus Zeit heisst: *plurimum erat agri Romani ad mare versus*).
Für diese Auffassung des Sachverhältnisses gibt es aber ein noch be-
stimmteres Zeugniss. Bei Festus im Auszug p. 276 wird ein *ager
Remurinus* erwähnt, dessen Name daraus erklärt wird, dass er einst
sich im Besitze des Remus befunden habe (*quia possessus est a Remo*);
Remona aber (oder wie es bei Festus selbst hiess *Remuna* oder *Remuria*) bedeute die Wohnstätte des Remus, von welchem auch die
Remuria auf dem Aventinus, wo er die Auspicien befragt, ihren Namen
habe. Mag es nun, wie man aus den etwas dunkeln Worten des Aus-
zugs schliessen sollte, eine doppelte Ortschaft *Remuna* und *Remuria*
gegeben haben — was auch Dionysios I 85 (vielleicht auch Ennius
Fragm. I 57 Vahlen) angenommen zu haben scheint — oder mag hierbei irgend ein Misverständniss obwalten, sicher ist es dass der *ager
Remurinus* als das einstige Eigenthum der Gefährten des Remus galt,
also das Ackerfeld ihres Wohnorts war, welches alsbald nach dem Falle
desselben an das neu gegründete Rom gelangte; denn dieser *ager* befand sich innerhalb der eben erwähnten ältesten römischen Feldmark
neben einem Hügel, welcher nach Dionysios a. a. O. dreissig Stadien
von der Stadt unweit der Tiber lag. Noch stärker aber beweist für
ein gegen die Bewohner des Aventinus geübtes Kriegsrecht, dass dieser
Berg selbst für *ager publicus populi Romani* erklärt war; ungeachtet
er (abgesehen von der dortigen Ansiedelung der Sabiner) schon unter
Ancus Marcius eine bedeutende Anzahl neuer Häuser und Bewohner
erhalten hatte (was Schwegler ohne allen Grund in Zweifel zieht), hatte

Herabwürdigung ihres Lieblingsberges? War nicht zu be-
sorgen, dass sie der Stadt am Palatin zürnen würden und diese

---

er diese Eigenschaft noch während der Republik zur Zeit als die *lex
Icilia de Aventino publicando* angenommen wurde (Dionysios X 31 u.
32); ja er verlor sie auch damals nicht, indem die Bauplätze, welche
die ärmeren Bürger in Folge der Lex erhielten, ihnen nicht assignirt,
sondern, wie das von Dionysios beschriebene Verfahren zeigt, der
Occupation hingegeben wurden; hieraus allein erklärt es sich auch,
weshalb diese *lex* als eine *sacrata* so feierlich beschworen und weshalb
später vor der Einsetzung des Decemvirats die Aufrechthaltung derselben ausdrücklich von der Plebs bedungen wurde (Livius III 32); die
neuen Inhaber, welche eben keine Eigenthümer geworden waren, sollten durch die geleisteten Eide gegen eine neue Einziehung (*publicatio*)
ihres Grundes und Bodens von Seiten des Staates gesichert werden.
Im engsten Zusammenhang hiermit stand, dass der Aventinus nicht in
das Pomerium der Stadt eingeschlossen werden durfte, eben weil er
einst vielleicht mit Anwendung des Pflugs (Isidor XV 2, 4, wie es nachmals bei Karthago und anderen Städten geschah, vgl. Modestinus in
Fragm. 21 D. VII 4; Rudorff gromatische Institutionen S. 296), jedenfalls aber unter religiösen Cäremonien für *ager* erklärt worden war.
(Es sei erlaubt hier eine Frage einzuschalten: sollte der räthselhafte
Name *Rignarium*, womit nach Plutarch Romulus c. 9 die *Remuria*
später bezeichnet wurde, etwa als ein alter Kunstausdruck der Auguren
und Feldmesser mit den *rigores* [und *strigae*] der Aeckerbegrenzung
[vgl. Rudorff a. a. O. S. 432 u. 290] im Zusammenhange stehen? Hierin
würde ein· bestimmter Beweis gegeben sein, dass der Pflug über die
alte Vesta gegangen war.) Einige römische Gelehrte haben zwar den
Grund jener auffallenden Ausnahme in der Secession der Plebs gesucht
(Seneca de brevitate vitae c. 14), was an sich offenbar falsch ist, da
schon Servius den Aventinus sowohl von dem Pomerium als von den
städtischen Regionen ausschloss, aber doch den richtigen Gedanken
enthält, dass die Plebs, indem sie gerade diesen Berg besetzte und
hier ihre Stadt zu begründen drohte, damit auf das entschiedenste dem
ganzen patricischen mit der Errichtung des Pomeriums begründeten
Systeme der römischen Verfassung und Staatsreligion absagte und ihm
den Krieg erklärte. Die besseren Kenner des Alterthums dagegen, vor
allem die Auguren wie Messalla (bei Gellius XIII 14 vgl. mit Festus
s. v. *Posimerium* p. 249 und Seneca a. a. O.), erkannten nur éinen
Grund als den wahren und ursprünglichen an, weil nämlich Remus, als
er den Aventinus zum Sitze und Mittelpuncte des Staates machen wollte,
den Willen der Götter gegen sich hatte (*quod in eo monte Remus urbis
condendae causa auspicaverit avesque irritas habuerit superatusque
in auspicio a Romulo sit*) — woran sich dann als Folge knüpfte, dass,
als er und sein Anhang den Widerstand gegen den palatinischen Staat
fortsetzten und sie dabei unterlagen, ihr verwüsteter Wohnsitz als *ager*

der Gegenwart der Schutzgötter eines wesentlichen Bestand-
theils ihrer Bewohner entbehren müsse? Die Sage enthielt eben
deshalb eine Erzählung, welche hierüber vollständig beruhigen
musste. Romulus, berichtete sie, begab sich selbst auf den
Aventinus in die Remuria und fragte den Picus und Faunus
in einer Art von Evocation — etwa wie man später die
Göttin von Veji befragte: *visne Romam ire Iuno?* — ob sie
ein Heiligthum bei dem nunmehr vereinigten Volke am Palatin
annehmen wollten. Sie sagten zu, und ein Wunderzeichen,
von welchem sich die spätesten Nachkommen zu erzählen
wussten, bestätigte, dass ihre Einwilligung eine freudige und
heilbringende war. Romulus ergriff die Lanze, welche das
Symbol der beiden Götter war, und schleuderte sie nach dem
Palatin hin; sie aber durchflog den weiten Luftraum, traf
gerade die Stelle, wo die Hütte des Romulus stand, und
senkte sich neben derselben so tief mit der Spitze in den
Boden ein, dass keine menschliche Gewalt sie herauszuziehen
vermochte; aus ihrem Schafte aber erwuchs ein Cornelkirschbaum, welcher eine lange Reihe von Jahrhunderten über-
dauerte, von dem ganzen Volke geschützt, von den Priestern
als eines der ehrwürdigsten Heiligthümer betrachtet wurde. [301])

---

für immer von den städtischen Auspicien ausgeschlossen wurde. Die
übrig gebliebene Bevölkerung des Aventinus aber (die *turba Remi,* wie
nach dem Vorgang älterer Dichter — vgl. die Stellen bei Schwegler
röm. Gesch. I S. 435 Note 3 — Juvenal alle Römer mit poetischer
Einseitigkeit nennt) ging in die Bürgerschaft der *Roma quadrata* über;
sie machte einen Bestandtheil jener dreitausend aus (Dionysios I 87),
welche in die Curien derselben vertheilt wurden, und verschmolz mit dem
Reste des Anhangs des Romulus u. a. bald zu einem Ganzen. In jedem
Zuge ist uns demnach in der Behandlung der Remuria und ihrer Bevölkerung das Vorbild, und zwar das wirkliche, geschichtliche, nicht
ein ätiologisch erdichtetes Vorbild des Verfahrens gegeben, welches
die Römer bald nachher gegen Cänina und später gegen unzählig viele
andere besiegte und eroberte Städte zur Anwendung brachten. Vgl.
einen ähnlichen Gedanken bei Bunsen in der Beschreibung der Stadt
Rom Band I S. 150.

301) Der Lanzenwurf des Romulus war ein mit der Stiftung der
Stadt verbundenes Ereigniss, wovon man sich in allen Jahrhunderten
des römischen Staates unterhielt; der Sinn der bedeutungsvollen Sage

Diese Sage muss sehr alt sein, älter als die von der
Aussetzung und der Jugendzeit der Stifter Roms, welche,

---

hat sich aber dabei im Laufe der Zeit immer mehr verflüchtigt und
verdunkelt. In der Kaiserzeit erkannte man, darin nur einen Beweis,
wie stark Romulus gewesen sei. So hat sie schon Plutarch (Romulus
c. 20), welcher sonst darüber sehr beachtenswerthe Nachrichten gibt,
aufgefasst; der König, meint er, habe damit ein Probestück seiner
Kraft geben wollen (πειρώμενος . . αὐτοῦ). In einem ähnlichen Sinne
wird sie bei Arnobius IV 3 verstanden, und Lactantius Placidus geht
so weit (in der Inhaltsangabe der Ovidischen Verwandlungen XV 48),
dass er den Vorgang als einen ganz zufälligen darstellt, welcher auf
der Jagd bei der Verfolgung eines Ebers eingetreten sei, wovon indessen
Ovid selbst (Metamorphosen XV 560) nichts weiss. Schon die heilige
Scheu, womit die alten Römer den Baum wie ein Palladium ihrer Stadt,
wie das Unterpfand eines über ihr waltenden göttlichen Schutzes (ὡς
ὄν τι τῶν ἀγνοτάτων ἱερῶν, wie Plutarch a. a. O. sagt) betrachteten,
beweist aber, wie ernst ursprünglich der Gehalt dieser Sage war, deren
Bedeutung wesentlich darauf beruhte, dass der Lanzenwurf in Folge
eines Auspiciums, einer an die Götter gerichteten Frage, erfolgt war.
Dieses hebt denn auch Servius zur Aeneis III 46 (welcher dabei Annalisten vor Augen hatte: *traxit hoc ex historia Romana*) gebührend
hervor: *Romulus captato augurio hastam de Aventino monte in
Palatinum iecit, quae fixa fronduit et arborem fecit.* Auch der Irrthum des Ennius, welcher unter den manigfaltigen sehr eigenthümlichen
Sagenmischungen, die er sich mit poetischer Freiheit in der Vorgeschichte Roms gestattet hat (vgl. Buch I Fr. 30—58 und Vahlens quaestiones Ennianae p. XXV—XXXVIII) den Romulus in dem bekannten
Auspicienkampfe mit seinem Bruder statt des Palatinus den Aventinus
besetzen lässt — womit er ganz allein der sonst einstimmigen Tradition
entgegentritt und sie ihres Sinnes beraubt — auch dieser Irrthum,
welcher sich, wie Schwegler I S. 387 Note 4 richtig bemerkt hat, vorzüglich aus der Verwechselung des Schauplatzes des Auguriums vor
dem Schleudern der Lanze mit dem des *augustum augurium* vor der
Gründung der Stadt erklärt, beweist dass man in des Dichters, also
in Catos Zeitalter bei jenem Wunder das volle Gewicht auf das ihm
vorangehende Auspicium legte. Die beiden Auspicien folgten in nicht
langem Zwischenraume, nur getrennt durch den Bruderkrieg, auf einander und hatten eine analoge Bedeutung: in dem ersten sicherte
Jupiter durch seine Vögel der neuen Stadt Dauer und Herschaft zu; in
dem zweiten waren es andere Götter, welche zusagten, dass sie Wohnung in ihrer Mitte nehmen und ihr Gedeihen und Wohlfahrt bringen
wollten. Schwegler I S. 395 nimmt an, dass Romulus 'durch jenen
Lanzenwurf rechtmässigen Besitz vom Palatin genommen' habe. Wozu
aber diese Besitzergreifung bei einem ihm schon angehörigen Boden?
Und was sollte, wenn dieses der Sinn und Zweck war, der Gang nach

wie sich zeigen wird, manche Spuren einer jüngeren Uebertragung auf den römischen Boden an sich trägt; sie muss
einer Zeit angehören, in welcher die Erinnerung an die Vorgänge, welche mit der Gründung der Stadt verbunden waren,
noch lebhaft und das Interesse für die Sacra des Palatinus

---

dem Aventin, der dort genommene Standpunct, das daselbst angestellte
Auspicium bedeuten? Zudem ist bei dieser Vermuthung nicht bedacht,
dass die Cäremonie der Lanzenschleuderung zwar allerdings im römischen Staatswesen als Symbol vorkam, aber nur einem feindlichen
Grund und Boden, dem *ager hostilis* gegenüber, wie die angeführten
Stellen Servius zur Aeneis IX 53; Plinius n. h. XXXIV 6, 15 § 32 u.
v. a. beweisen. Der Lanzenwurf von Berg zu Berg bezeichnete vielmehr unverkennbar, dass ein heiliger Besitz, welcher bisher dem einen
derselben angehört hatte, auf den andern übertragen werden sollte.
Indem Romulus die Auspicien auf dem Aventin anstellte, richtete er
damit eine Frage an die hier wohnenden Götter, welche eben Picus
und Faunus, die alten Orakelgottheiten der Aboriginer, waren; der
Inhalt seiner Frage muss aber aus der Antwort entnommen werden,
welche sie ihm gaben; als er ihr Symbol, die Lanze, erhob, waren sie
es selbst, welche ihr auf übermenschliche Weise die Kraft und Richtung gaben, dass sie gerade die Stelle bei seinem Königssitze am Palatin
traf; sie flogen ihm dahin voran und liessen dort als Zeichen ihrer
fortdauernden Gegenwart und Gnade ihr Sinnbild einwurzeln, empor-
wachsen, aufblühen. Einen Beweis für die Richtigkeit dieser Erklärung
gibt neben anderen, welche sich weiterhin darbieten werden, die *dea
Praestana*, deren Arnobius a. a. O. in Verbindung mit der von Romulus
geschleuderten Lanze gedenkt, welche also bei und in dem aus ihrem
Schafte hervorgegangenen Cornelkirschbaum verehrt wurde. Die Gelehrten, welche Arnobius vor Augen hatte, leiteten den Namen derselben von der ausgezeichneten Kraft des Romulus ab (*Praestana est, ut
perhibetur, dicta, quod Quirinus in iaculi missione cunctorum praesti-
terit viribus*), eine Auslegung welche niemand der Beachtung für werth
halten wird. Die *Praestana* (welche wahrscheinlich der *Prestata*, nachmals *Prestota* der iguvischen Tafeln, der Tochter des *Cerfus Martius*
— vgl. Aufrecht und Kirchhoff umbrische Sprachdenkmäler II S. 266 —
285 — also einer Göttin entspricht, welche mit Picus und Faunus demselben Kreise des Mars angehörte) hängt vielmehr mit den *lares praestites* (auch wohl dem *Iupiter praestes*) zusammen, und bezeichnet die
schützende Kraft und Thätigkeit derselben (Ovid Fasti V 134 ff.; Plutarch
quaest. Rom. c. 51; Martianus Capella II § 152); hieraus erklärt sich,
weshalb sie nothwendig in der Lanze gegenwärtig sein und verehrt
werden musste, mit welcher Picus und Faunus — denen ja späterhin
unter dem Namen *lares praestites* ein besonderer Altar gewidmet
wurde — die Stadt beschirmten.

noch grösser als späterhin war; sie weist namentlich darauf
hin, dass es in der Nähe der wunderbaren Lanze ein Heiligthum des Picus und Faunus gab, dessen Errichtung mit der
Gründung der *Roma quadrata* gleichzeitig war, und eben diese
Andeutung erhält von anderen Seiten her ihre Bestätigung.
Wie schon oben S. 200 bemerkt ist, werden unter den
Gottheiten, deren Dienst Romulus begründet habe, neben einander Jupiter, Mars, Picus und Faunus aufgeführt; hieraus folgt
dass es eine Cultstätte der beiden letzteren innerhalb der romulischen Stadt gegeben haben muss, und es fragt sich nur,
wo diese, welche nirgends ausdrücklich erwähnt wird, zu
suchen sei. Den ersten Fingerzeig hierfür bietet der Ausdruck *Roma quadrata* dar, welcher in einer dreifachen sich
immer erweiternden Bedeutung gebraucht wurde. Zuerst bezeichnete er den viereckigen steinernen Altar, welcher die
Höhle des ältesten Mundus bedeckte, wo sich einst Heiligthümer befanden, welche mit der Gründung der Stadt in der
engsten Verbindung standen.[302]) Der Name wurde sodann
ausgedehnt auf einen sich westlich von dort nach dem Cermalus hin erstreckenden Raum, welcher bei der Hütte des
Faustulus seine Grenze hatte[303]); und endlich umfasste er die
ganze von dem Pomerium umschlossene älteste Stadt.[304])
Hervorgegangen ist diese Benennung aus einem priesterlichen
System, welches hiermit die Weihe, die alle diese Räume
durch die im Viereck um sie gezogenen Linien erhielten, je
nach ihren verschiedenen Stufen hervorheben wollte. Den
Plätzen am oberen nördlichen Rande des palatinischen Berges
wurde sie in ausgezeichnetem Sinne beigelegt, weil diesen
eine grössere Heiligkeit zukam, und insbesondere weil sie die
Schutzgötter der Stadt enthielten. Ueber die Gattung der

---

302) Festus s. v. *Roma qaadrata* p. 258 M. Ovid Fasti IV 821 ff.
303) Varro bei Solinus 1, 17: *ea (Roma quadrata) incipit a silva
quae est in area Apollinis et ad supercilium scalarum Caci habet
terminum, ubi tugurium fuit Faustuli.* Becker Handbuch I S. 106.
Cassius Dion Fragm. 4, 15 Bk. aus Tzetzes zu Lykophron V. 1232.
304) Ennius bei Festus p. 258. Dionysios II 65. Vgl. Plutarch
Romulus c. 9.

Sacra, welche dem östlich (nach der Sacra via hin) gelegenen
Mundus und seiner Umgebung angehörten, wird an einer
anderen Stelle dieser Schrift die Rede sein; an der West-
seite, wo sich die *Roma quadrata* nach dem Cermalus und
nach der Höhe über dem Circus hin ausdehnte, lagen die
Heiligthümer, welche bei der Gründung der Stadt den Stamm-
göttern der Aboriginer geweiht wurden. Der alten herge-
brachten Sitte dieses Volksstamms gemäss bestanden sie nicht
aus steinernen Bauwerken, sondern aus ländlichen mit Rohr
und Stroh gedeckten Hütten, welche bei den Lateinern *tuguria*
und *casae*, bei den Griechen καλιαί oder καλιάδες genannt
wurden. Zwei dieser Hütten, welche man sich ziemlich ge-
räumig denken muss, standen, wie es scheint, in geringer
Entfernung von einander. Die eine enthielt ein Heiligthum
des Mars[305]); in ihm wurde der Lituus aufbewahrt, mit welchem Romulus die Himmelsgegenden abgegrenzt hatte, als er
die palatinische Stadt gründete[306]), worin denn auch die Andeutung liegt, dass es mit dieser gleichzeitig entstanden war;
zugleich diente es den zwölf palatinischen Saliern als Sacrarium — so nennt es Valerius Maximus — und als Curie, worin
sie ihre Versammlungen hielten. Die zweite, welche sich,
wie bemerkt, am Westende der oberen *Roma quadrata* befand,
wurde als der älteste Königssitz von Rom betrachtet und
deshalb auch zuweilen, namentlich bei Dichtern, *regia Romuli*[307]), in dem Munde des Volkes aber *casa*, in den Schriften
der Priester *aedes Romuli*[308]) genannt. Der letztere sacrale
Ausdruck weist schon an sich darauf hin, dass auch sie ein
Heiligthum enthielt, und hierfür ist die Bestätigung in der

---

305) Dionysios XIV 5: καλιά τις τοῦ ᾿Αρεως ἱερά (er bestimmt ihre
Lage durch die Worte περὶ τὴν κορυφὴν ἱδρυμένη τοῦ Παλατίου). Plutarch Camillus 32: ὡς ἧκον ἐπὶ τὴν καλιάδα τοῦ ᾿Αρεως, περιοδεύοντες
τὸ Παλάτιον. Näher wird die Lage desselben durch den darin liegenden Lituus bestimmt, welcher beweist dass es sich innerhalb der *Roma
quadrata* im engeren Sinne befand.

306) Cicero de divinatione I 17, 30; Valerius Maximus I 8, 11.

307) Ovid Fasti III 184.

308) Varro de l. l. V § 54 in dem Argeerfragmente.

Nachricht gegeben, dass noch in Augustus Zeitalter die
Pontifices Opfer darin darbrachten, in deren Folge die Hütte
im Jahre 28. vor Ch. G. abbrannte[309]), um jedoch sogleich,
wie dieses öfter geschah, in ihrer alten Gestalt neu errichtet
zu werden. Welcher Gottheit aber der heilige Herd galt, auf
welchem diese Opfer verbrannt wurden, darüber gibt der andere Name *tugurium Faustuli*, welchen dieselbe Hütte führte[310]),
die nächste Auskunft: denn hierunter ist, wie schon von vielen
bemerkt worden, nicht die Wohnung eines menschlichen
Hirten, sondern das Heiligthum des Gottes Faunus zu verstehen. Indessen muss hinzugefügt werden, dass auch hier
wiederum Picus von seinem Bruder Faunus nicht getrennt
werden darf; vielmehr hat im gewöhnlichen Sprachgebrauch
— ganz wie es nachmals bei dem Tempel des Castor und
Pollux geschehen ist[311]) — der éine beliebtere Name den
anderen zurückgedrängt, welchen vielleicht auch die Priester
gern und absichtlich in den Hintergrund treten liessen.

Hiermit werden wir zum Verständniss eines anderen
Zuges der Stiftungssage geführt. Es gab in Rom ein Heiligthum (*fanum*), in welchem die Laren der Stadt unter dem
Beinamen der *grundules* verehrt wurden; in ihm befand sich
das (wahrscheinlich thönerne) Symbol eines Mutterschweins
mit dreissig Jungen, von denen als grunzenden Thieren —
da *grundire* eine ältere Nebenform von *grunnire* war — der
seltsame Name abgeleitet wurde.[312]) Die Errichtung des

---

309) Cassius Dion. XLVIII 43. Schwegler röm. Gesch. I S. 394.

310) Solinus 1, 18. Hertzberg zu Propertius IV 1, 8 p. 392. Schwegler a. a. O.

311) Sueton Caesar 10.

312) Diese Ableitung des Namens *grundules* von dem Grunzen war
in Rom die volksmässige und wird von allen Schriftstellern gegeben,
welche der Sache erwähnen. Ob sie die sprachlich richtige sei, ist
unerheblich; war sie, wie manche annehmen, falsch, so beweist sie um
so mehr für das Vorhandensein des Symbols als der Thatsache, aus
welcher sie hervorgegangen ist, und die ohnehin bei dem Zeugnisse
des Cassius Hemina (*cui rei fanum fecerunt laribus grundilibus*) nicht
zweifelhaft sein kann. Ueberdies konnte das blosse Wort *grundules*
wohl allenfalls die Vorstellung eines Schweins, gewiss aber nicht die

Heiligthums wie des Bildwerkes wurde dem Romulus zugeschrieben, welcher damit das Andenken eines Wunderzeichens
habe erhalten und ehren wollen, das ihm, und zwar der ursprünglichen Sage zufolge ohne Zweifel bei der Gründung
der Stadt, zugesandt worden sei.[313]) Etwas abweichend hiervon
und eigenthümlich war die Darstellung des Annalisten Cassius
Hemina; er erzählte, dass das Wunder sich zu der Zeit er-
eignet habe, als Romulus und Remus noch neben einander
standen, als ihre Hirtenschaar noch einträchtig war und beide
zu ihren Führern erkoren hatte; damals habe die Sau die
dreissig Jungen geworfen, und damals sei auch diesem Vorgange zu Ehren gemeinschaftlich von ihnen den *lares grundu-*
les das Heiligthum gestiftet worden.[314]) Der Annalist knüpft,
wie man sieht, das Ereigniss' an die bekannte Jugendgeschichte der beiden Brüder an; aus ihr müssen demnach die
Vorstellungen wie die thatsächlichen Umstände ermittelt werden, welche den Bearbeitern dieser Sage, die, wie schon bemerkt, verhältnissmässig jüngeren Ursprungs war, vor Au-
gen.standen. Hieraus ergibt sich zuerst, dass unter den La-

seiner dreissig Jungen hervorrufen. Indessen leuchtet keineswegs ein,
dass die Vermuthung von J. G. Vossius (im Etymol. s. v. *suggrunda*),
welcher *grundules* aus *grunda*, dem vorspringenden Hausgesimse, erklärt — worin ihm K. O. Müller, Hertzberg, Schwegler u. a. beigetreten
sind — den Vorzug vor der einstimmigen Meinung der Alten verdiene;
jene hat manigfache Bedenken gegen sich, während der Volkswitz,
wonach man die Gottheiten einer mit Schweinchen angefüllten Capelle
die Grunzgeister nannte, sehr natürlich erscheint.

  '313) Diomedes I p. 379 Putsch: *grunnit porcus dicimus, veteres*
grundire dicebant . . hinc quoque grundiles lares dictos accepimus, quos
Romulus constituisse dicitur in honorem scrofae, quae triginta pepe-
rerat. Vgl. Nonius p. 114: *grundules* (oder *grundulsis*) *lares dicun-*
tur Romae constituti ob honorem porcae, quae triginta pepererat.

  314) Diomedes a. a. O. L. Cassius Hemina Fragm. 11 bei Roth: *haec*
ita esse hoc modo affirmat Cassius Hemina in secundo historiarum:
pastorum vulgus sine contentione consentiendo praefecerunt aequaliter
imperio Remum et Romulum, ita ut de regno pararent inter se (so
liest Roth statt der gewöhnlichen Lesart *ut de regno pares inter se*
essent). *monstrum fit: sus parit porcos triginta, cui rei fanum*
fecerunt laribus arundilibus.

ren nur Picus und Faunus verstanden sein können, von denen
der eine, wie diese Sage angab, als Specht die Kinder er-
nährt [315]), der andere als Faustulus sie erzogen hatte; überdies galten diese wegen der angenommenen Abstammung
der Zwillinge von Lavinia und Latinus beide als ihre Ahnherren. Die Stelle aber, wo sie das Heiligthum errichteten,
ist unmittelbar bei oder vielmehr innerhalb der Hütte zu
suchen, in welcher sie aufgewachsen waren und wohnten; denn
so lange der Streit unter ihnen nicht ausgebrochen war, konnten sie nur dieser ihrer Heimat, nur diesem Sitze ihres Pflege-
vaters (zu dessen Herde wohl auch das Mutterschwein gehört
haben mochte) die eben erhaltene glückliche Vorbedeutung
zuwenden wollen. Mit anderen Worten, die angeführten Züge
aus der Jugendgeschichte des Romulus und Remus haben zu
ihrer thatsächlichen Grundlage, dass die *casa Romuli* ein
Heiligthum des Picus und Faunus, und zwar unter dem Namen der *lares grundules* enthielt, welches so alt wie die
Stadt war und welchem die sich fortbildende Sage auch unbedenklich eine etwas frühere Entstehung beilegen konnte.
Hieraus erklärt sich sodann, was die Pontifices regelmässig
in diese Hütte führte; sie hatten auf dem *focus* der ältesten
Laren Roms Feuer anzuzünden und ihnen die bei der Stiftung gewidmeten Opfer (wozu wie bei allen Larenopfern ein
Schwein [316]) gehörte) zu bringen; es erklärt sich daraus auch,
weshalb die wunderbare Lanze gerade vor dem Eingange
derselben in den Boden fuhr; sie wies auf die Lanzengötter
hin, welche in ihrem Innern verehrt und die ohne Zweifel
auch hier, wie sonst, mit oder vielmehr in älteren Zeiten
blos in dem Symbole ihrer Lanzen dargestellt waren. Das
Prodigium der übernatürlich fruchtbaren Sau — *monstrum
fit*, sagt Cassius Hemina — ist demnach ein Seitenstück zu
dem des übernatürlich emporgewachsenen Kirschbaums: in

---

315) Ovid Fasti III 53: *quis nescit . . . picum expositis saepe tulisse
cibos?*

316) Vgl. die bei Schwegler röm. Gesch. I S. 321 Note 5 angeführten Stellen.

beiden spricht sich der Glaube aus, dass die Götter selbst
sich diese Stelle zum Wohnsitz gewählt haben und von hier
aus Segen und Gedeihen spendend über Stadt und Volk walten. Noch ein drittes Heiligthum der Aboriginer-Gottheiten
befand sich in der *Roma quadrata*: es war dem Jupiter geweiht und in dem Hause des Flamen Dialis enthalten, welches davon auch den Namen *Flaminia aedes* führte [317]), und
man hat Grund anzunehmen, dass es östlich von dem Heiligthum des Mars zwischen diesem und dem Mundus lag.

. Hiernach wird also die Reihenfolge, in welcher die Cultstätten dieser Götter in der *Roma quadrata* sich von Osten
nach Westen hin an einander schlossen, genau der Ordnung
entsprechen, in welcher dieselben romulischen Götter bei
Augustin aufgezählt werden als Jupiter, Mars, Picus, Faunus;
sicher ist es jedenfalls, dass diese vier im örtlichen Cultus

---

317) *Flaminia aedes*, heisst es bei Festus im Auszug p. 89, *domus
flaminis Dialis*. Schon dieser Ausdruck weist darauf hin, dass auch
in diesem Gebäude wie in den beiden anderen neben der Priester-
wohnung zugleich die des Gottes selbst war, was sich durch den ganzen
Charakter des Hauses, seine auffallende Heiligkeit, seine Eigenschaft
als Asyl usw. bestätigt. Insbesondere zeigt es sich darin, dass das
Feuer auf dem Herde desselben als Opferfeuer nicht hinausgetragen
und zu profanem Gebrauche verwendet werden durfte: Gellius X 15, 7:
*ignem e Flaminia, id est flaminis Dialis domo, nisi in sacrum ef-
ferri ius non est.* Die Lage der Flaminia an dem palatinischen Berge
wird von Cassius Dion LIV 24 bezeugt; er berichtet hier, dass die
Vestalinnen bei einem im J. 14 vor Ch. G. in der Nähe ihres Tempels
entstandenen Brande die Heiligthümer desselben in das Haus des Prie-
sters des Jupiter εἰς τὸ Παλάτιον gerettet haben. Dieser Vorgang
beweist jedoch durchaus nicht, wie Ambrosch Studien S. 49 daraus hat
schliessen wollen, dass sich die Flaminia in der Nachbarschaft des
Vestatempels befand, sondern eher das Gegentheil; der äussere Grund
sie zu wählen war vielmehr gerade ihre hohe vor den Flammen ge-
schützte Lage; der innere Grund war ihre grosse Heiligkeit und vielleicht auch, wovon später, die Nähe des ältesten Mundus. Auf der
anderen Seite spricht für die Nähe des Marsheiligthums neben anderen
Gründen der Umstand, dass hier die Salier ihren Mittelpunct hatten,
welche ebensowohl im Schutze und Dienste des Jupiter wie des Mars
standen (Servius zur Aeneis VIII 663). — Mit Jupiter ist übrigens Juno,
bei welcher die Gattin des Flamen Dialis den Opferdienst hatte, verbunden zu denken.

wie in der priesterlichen Ueberlieferung eng zu einem System
nationaler Schutzgottheiten verbunden waren, und hieran
knüpft sich eine Wahrnehmung von nicht geringer geschichtlicher Wichtigkeit. Dieses System stimmt nicht nur im ganzen wie in zahlreichen einzelnen Merkmalen mit demjenigen,
welchem wir bei den Laurentern in Lavinium begegnen, so
völlig überein, dass an ein zufälliges Zusammentreffen nicht
gedacht werden kann, sondern die Gründer des palatinischen
Roms haben die Uebertragung von dorther auch sichtbar
dargestellt und hiermit diese Uebertragung — freilich absichtslos — wie durch ein urkundliches Zeugniss im Andenken
erhalten. Die Sau mit den dreissig Ferkeln nämlich, welche
sich in der Hütte des königlichen Stifters befand, konnte
wohl in der Sage auf einen· glücklichen an Ort und Stelle
erfolgten Wurf gedeutet werden; in der That aber konnte
sie nichts anderes sein als die Nachbildung des bekannten
Sinnbildes des latinischen Bundes, welches nach der Ausdehnung desselben auf dreissig Städte auf dem Markte von
Lavinium errichtet und dieser Stadt so ursprünglich eigen
war, dass es als ihr Wahrzeichen und Wappen betrachtet
wurde. [318]) Die neue Gemeinde gab, indem sie dieses Sinnbild von ihr entlehnte, zu erkennen, dass sie nicht nur dieselben Schutzgötter anbete, sondern dass sie diese auch durch
dieselben Priesterschaften und mit demselben Ritus feiern
werde, wie er dort im Namen des gesammten Latium beobachtet wurde. Wenn also die pompejanische Inschrift in

---

318) Schwegler a. a. O. I S. 323 vermuthet (nach dem Vorgange
von Klausen Aeneas II S. 697), dass sich die dreissig Ferkel auf die
dreissig Curien beziehen 'in die damals das neu gegründete Rom ge-
gliedert wurde'. Die Richtigkeit dieser Bemerkung kann zugegeben
werden, und wir gewinnen hierin einen Beweis mehr, dass die Zahl
dreissig bei den Curien die ursprüngliche, nicht erst durch den Zutritt
anderer Stämme zu der altrömischen Bürgerschaft allmählich erwachsene
war. Hiermit wird aber die Uebertragung des Symbols von Lavinium
her nichts weniger als beseitigt; es zeigt sich vielmehr darin, dass das
neu entstandene römische Volk sich auch in seiner Gliederung an das
dort gegebene Vorbild anschloss.

Uebereinstimmung mit den römischen Quellen berichtet, dass
sich in Lavinium nicht weniger die *sacra principia* des römischen Volkes wie die der latinischen Nation befunden haben,
so wird dieses schon durch die bisher betrachteten Denkmäler
des palatinischen Berges eben so sehr bestätigt als näher bestimmt und erläutert. Die Aboriginer, welche in die römische
Bürgerschaft eintraten, hatten die einzelnen Götter, deren
Heiligthümer sich hier befanden, von ihrer Urzeit an verehrt
und ihnen hie und da Cultstätten errichtet; jetzt, wo sie sich
mit den alten Bewohnern des Palatinus zur Anlage einer
regelmässigen Stadt verbanden, vereinigten sie die Sacra
jener ihrer angestammten Gottheiten an éinem Platze, und
hierbei nahm wie in so vielen anderen Beziehungen die *urbs
Roma* die *urbs Lavinium* — Ausdrücke deren Sinn und Gewicht sich in der Folge ergeben wird — zum Muster.

Einen neuen Hauptsitz erhielt der Dienst des Picus und
Faunus sammt dem der Götter, zu deren Kreise sie gehörten,
insbesondere dem des Jupiter und des Mars, als Numa die
Regia errichtete und hiermit, wie bekannt, nachdem die
communicatio sacrorum zwischen Altrömern und Sabinern
immer vollständiger erfolgt war, das gesammte römische Re-
ligionswesen ordnete, erweiterte und zum Theil, jedoch ganz
auf der Grundlage des bestehenden, neu gestaltete. Auf dem
palatinischen Berge hatten, wie sich gezeigt hat, die beiden
Schutzgeister der Aboriginer ihr Heiligthum zwar neben denen
der oberen Götter, welchen sie zur Seite standen, aber doch
als ein besonderes mit einem eigenen Herde erhalten; jetzt
wurden sie mit diesen Gottheiten und noch einigen anderen
in demselben Gebäude und um einen Hauptherd vereinigt.
Mit dieser Veränderung tritt auch eine andere Benennung
derselben hervor, eine Benennung welche ihnen alsdann zukam, wenn sie nicht mit einer gewissen Selbständigkeit, sondern in der engsten Beziehung zu Jupiter verehrt wurden,
namentlich aber, wenn sie als die Tempelgenossen desselben
erschienen; sie hiessen nämlich alsdann nicht wie sonst Laren, sondern Penaten. Die Regia enthielt aber, wie sich

15 *

aus mehrfachen Kennzeichen und Zeugnissen ergibt, Penaten
und zwar die Penaten der Aboriginer, denen dieser Ausdruck
ursprünglich angehörte. Ihre Gegenwart kündigte sich schon
dem Blicke durch die beiden Lorbeerbäume an, welche sich
vielleicht am Eingange, wahrscheinlicher aber in dem Compluvium der Regia erhoben und den Hauptherd derselben
beschatteten [319]); denn während man sich bei anderen Heiligthümern mit Lorbeerzweigen begnügte, womit man bald die
Pforten, wie an den Curien und den Wohnungen der Flamines, bald den Herd, wie im Vestatempel, bekränzte, und
welche jährlich am ersten März erneuert wurden [320]), war der
Baum selbst das charakteristische Merkmal für den Sitz der
öffentlichen Penaten, welche in den Königshäusern verehrt
wurden [321]); der doppelte Lorbeerbaum in der Regia aber wies
unverkennbar darauf hin, dass hier die alten Schutzgötter
des nunmehr vereinigten *populus Romanus Quiritium* [322]) ihren
Cultus erhalten hatten.

319) Julius Obsequens de prodigiis c. 78: *vasto incendio Romae cum
regia quoque ureretur, sacrarium et ex duabus altera laurus ex mediis
ignibus inviolata exstiterunt.*

320) Ovid Fasti III 137; Klausen Aeneas II S. 644; Ambrosch
Studien S. 36.

321) Virgil Aeneis II 512 hat wie den Namen der Penaten so auch
den Lorbeerbaum im Compluvium auf die Schutzgötter von Troja, welche er in die Königsburg des Priamus setzt, übertragen:

*aedibus in mediis nudoque sub aetheris axe
ingens ara fuit iuxtaque veterrima laurus,
incumbens arae atque umbra complexa penates.*

Vgl. Heyne zu dieser Stelle, welcher sehr richtig bemerkt: 'propius hoc
ad Romanorum morem.' Hieraus ergibt sich denn auch, dass die *laurus*, welche Aeneis VII 59 in die Regia des Latinus gesetzt wird, das
Kennzeichen der dort aufgestellten Penaten sein sollte. Als nachmals
Augustus die Regia des Kaiserreichs auf das Palatium versetzt oder
zurückversetzt hatte und die Penaten seines Hauses namentlich durch
die Errichtung eines neuen Tempels der Vesta zu Penaten des Staates
geworden waren, kündigten zwei Lorbeerbäume (sowohl Cassius Dion
LIII 16 als Ovid Fasti IV 952 *state Palatinae laurus* beweisen, dass
es deren zwei waren) am Eingange an, dass hier ein ähnliches Heiligthum wie das einst von Numa begründete entstanden sei.

322) Hiermit wird jedoch die sehr zweifelhafte Frage, ob sich auch
sabinische Götter in der Regia befanden, nicht berührt; der zwiefache

Als ein zweites mit dem eben besprochenen zusammenstimmendes Zeichen kömmt hinzu, dass die heiligste Opferstätte in der Regia der *focus* hiess [323]), eine Benennung welche auf öffentliche Heiligthümer angewendet vorzugsweise von den Altären gebraucht wurde, welche für den Dienst der Penaten oder der Laren bestimmt waren. [324]) Hierdurch erhält ferner eine Stelle des Tacitus ihr volles Verständniss, worin er (als Augenzeuge) berichtet [325]), dass bei dem Brande Roms unter Nero sowohl die Regia des Numa als das Heiligthum der Vesta sammt den Penaten des römischen Volkes zerstört worden seien; unter den Penaten darf nämlich hier nicht, wie noch neulich geschehen ist, ein besonderer dritter Tempel neben den beiden anderen verstanden werden, sondern es sind damit jene beiden Gattungen der römischen Schutzgötter dieses Namens zusammengefasst, von denen die einen in der Regia, die anderen im Vestatempel ihren Sitz hatten. Vor allem aber verdient eine Stelle des Servius Aufmerksamkeit und Beachtung, in welcher neben verschiedenen Meinungen über samothrakische, troische, etruskische Penaten eine Nachricht mitgetheilt wird, welche offenbar einer guten römischen Quelle entnommen Thatsachen, nicht blosse Vermuthungen enthält und daher manigfache Belehrung darbietet. [326]) Zuerst erfahren wir daraus, dass

---

Lorbeer gab an sich nur zu erkennen, dass sich hier die heilige Königsburg eines Doppelvolkes erhebe. Vor dem Tempel des Quirinus auf dem Quirinal standen, den beiden Lorbeerbäumen der Regia entsprechend und ohne Zweifel mit derselben Bedeutung der Doppelzahl, zwei Myrtenbäume: Plinius n. h. XV 29, 36 § 120 und hierzu die guten Bemerkungen von Preller röm. Mythologie S. 529.

323) Bei Festus p. 178 s. v. *october equus* heisst es vom Schwanze dieses Pferdes: *perfertur in regiam, ut ex ea sanguis destillet in focum participandae rei divinae causa.*

324) Servius zur Aeneis XI 211: *cum focus ara sit deorum penatium*, und zu XII 178: *ideo focis non aris, quia penatibus sacrificat.* Vgl. zu III 134.

325) Annalen XV 41: *Numaeque regia et delubrum Vestae cum penatibus populi Romani exusta.*

326) Servius Fuldensis zur Aeneis II 325. Die hierher gehörenden Worte lauten: ... *postea a Romanis Salii appellati sunt: hi enim sacra*

es in der Regia mehrere Gottheiten gab, welche mit oder richtiger durch Lanzen[327]) dargestellt waren und die Penaten genannt wurden; während nun einige griechisch gebildete Gelehrte bei der Frage, welches die eigentlichen Penaten des latinischen und römischen Volkes seien, an die Aeneassage anknüpften und die beiden Schutzgötter von Troja Apollo und Neptun dafür erklärten, entgegneten andere und mit vollem Rechte, dass die wahren und echten Penaten der Nation jene Lanzengötter seien, welche sich in der Regia befänden. Aus diesem Streite ersieht man auch, dass es vornehmlich zwei Götter waren, welche diesen Namen in der Regia — ebenso wie in dem Heiligthum an der Velia, in Lavinium und sonst häufig — führten, da ihnen Apollo und Neptun entgegengestellt werden, deren Zweizahl der ihrigen entspricht oder vielmehr (wovon später mehr die Rede sein wird) aus dieser erst entnommen und ihr nachgebildet worden ist.   Unsere Stelle gibt aber zugleich über eine Erscheinung Aufschluss, welche sich von anderen Seiten her nicht genügend erklären lässt; sie belehrt uns, weshalb die Lanzen des Mars in der Regia, deren wunderbare Selbstbewegung so oft das römische Volk auf Gefahren aufmerksam machte, welche ihm drohten, immer in der Mehrzahl erwähnt werden[328]); es waren ausser

---

penatium curabant, quos tamen penates alii Apollinem et Neptunum volunt, alii hastatos (die Handschrift hat *astatas*, was gewiss richtig in *hastatos* verbessert worden ist) *esse et in regia positos tradunt.*

327) Was Plutarch Romulus 29 von Mars selbst sagt: ἐν δὲ τῇ Ῥηγίᾳ δόρυ καθιδρυμένον Ἄρεα προσαγορεύειν, gilt natürlich auch von den Göttern welche ihm zur Seite standen.

328) Die Hauptstelle findet sich in dem von Gellius IV 6 mitgetheilten Senatusconsult: *quod C. Iulius L. f. pontifex nuntiavit in sacrario regiae hastas Martias movisse* usw. Hiermit stimmen die Stellen bei Julius Obsequens 104 (*hastae Martis in regia sua sponte motae*). 96. 107 und 60, und ebenso Livius XL 19 überein. Vgl. Ambrosch Studien S. 8 f. und insbesondere S. 195. Hier heisst es: 'jene dunkle Notiz, dass dort (in der Regia) mit Lanzen gewaffnete Penaten verehrt worden, verlockt beinahe zu der Annahme, dass der sabinische Quirinus nun auch dort neben dem latinischen Mars seine Stelle gefunden habe'; diese Vermutung wird jedoch weiterhin 'eine schwer zu beweisende Hypothese' genannt; ob nun Quirinus in der

der Lanze des Mars selbst die seiner beiden Söhne, welche noch sorgsamer als ihr Vater für das Wohl ihrer Schützlinge wachten, also derselben Genien, deren Lanze einst von selbst nach dem ihnen bestimmten Heiligthum am Palatinus geflogen war. Ueberhaupt war es unmöglich, dass in der Regia des Numa, welche den Namen einer Regia im bevorzugten Sinne führte, Picus und Faunus hätten fehlen können; sie waren nicht nur die Wächter der Stadt, sondern auch insbesondere die des königlichen Hauses, ja sie waren ein so nothwendiger Bestandtheil desselben, dass man in späterer Zeit als sicher annehmen konnte, dass, wo sich eines ihrer Heiligthümer befand, einst ein alter König seinen Sitz gehabt habe. Dieses Sachverhältniss ist von so wesentlicher Bedeutung für die älteste Geschichte Roms und für die uns hier vorliegenden Fragen, dass es angemessen sein wird ihm durch die Regierung der verschiedenen Könige hindurch nachzugehen.

Die Wohnung des ersten Königs, des Romulus, lag, wie nicht zu bezweifeln ist, auf dem Palatinus und schloss, wie sich gezeigt hat, ein Fanum in sich, welches den beiden Stammlaren der Aboriginer geweiht war. Ausser diesem befand sich aber eine ähnliche Hütte des Faustulus (d. h. wie bemerkt des Picus und Faunus) auf dem capitolinischen Berge unweit der Curia Calabra; sie war aus Lehm- und Strohwerk zusammengesetzt[329]), und musste daher der romulischen Zeit

---

Regia eine Cultstätte gehabt habe, muss bei dem Mangel jedes Zeugnisses dahin gestellt bleiben; sicher aber ist es, dass seine Lanze unter den *hastae Martiae* oder *Martis* nicht verstanden ist. Dieses wird nämlich nicht bloss durch den Namen derselben bewiesen, sondern auch durch den Beschluss des Senats in der angeführten Stelle des Gellius, welcher dem Consul gebietet dem Jupiter und dem Mars, nicht aber dem Quirinus *hostiae maiores* darzubringen.

329) Vitruv II 1, 5: *stramentis tecta*; Virgil Aeneis VIII 654: *Romuleoque recens horrebat regia culmo* und andere bei Schwegler röm. Gesch. I S. 394 Note 24 und 25 angeführte Stellen. In dieser Gestalt wurde sie noch im Anfange der Kaiserzeit erhalten und nach Bedürfniss erneuert, wie Konon narr. 48 berichtet: ἦν ἐκ φορυτῶν καὶ νέων φρυγάνων συνιστῶντες διασώζουσιν.

angehören, weil diese Art des Tempelbaus seit Numa weg-
gefallen war. Eng hiermit verbunden war nun die gewiss
uralte und noch unter Augustus allgemein verbreitete An-
ʼ nahme, dass Romulus sich hier eine zweite Casa oder Regia,
wie Virgil sie nennt, angelegt habe. [330]) Mit der geschichtlichen Ueberlieferung über die älteste Königszeit stand aber
diese Tradition in einem guten und einleuchtenden Zusammenhange. Völlig glaubwürdige und übereinstimmende Berichte geben an, dass die früheste Niederlassung der Sabiner
neben dem palatinischen Rom auf dem saturnischen, nachmals capitolinischen Hügel gegründet wurde; dort hatte der
König derselben Titus Tatius seinen Sitz [331]), dort machte

---

330) Vorzüglich wichtig ist hierfür die zuerst von Preller (in Schnei-
dewins Philologus Band I S. 82) benutzte Stelle des Konon a. a. O.
Der Mythograph führt hier als einen der Beweise für die Wahrheit der
von ihm erzählten Jugendgeschichte des Romulus und Remus an: κα-
λύβη τις ἐν τῷ Διὸς ἱερῷ γνώρισμα τῆς Φαυστύλου διαίτης. In dieser
Hütte hat Preller ohne allen Zweifel richtig die so oft erwähnte *casa
Romuli* auf dem capitolinischen Berge erkannt und damit das Dasein
derselben gegen die unbegründete Einrede Beckers (röm. Alterth. I
S. 402) neu erwiesen. Sie lag, wie sich auch aus anderen Zeugnissen
ergibt, ἐν τῷ Διὸς ἱερῷ, d. h. im heiligen Umkreis des capitolinischen
Tempels, an der *area Capitolina* (*in arce sacrorum* sagt Vitruv II 1,
5, dessen Worte nicht mit Becker a. a. O. umgestellt und künstlich
gedeutet werden dürfen), wo sich auch die Curia Calabra befand. Dass
sie ebenso wie das *tugurium Faustuli* auf dem Palatin ein Fanum war,
ersieht man schon aus der Sorgfalt, womit hier wie dort auf die Erhaltung des alten Zustandes geachtet wurde (Konon a. a. O.), und aus
der Art wie ihrer Martialis VIII 80, 5 und 6 gedenkt: *sic priscis ser-
vatur honos te praeside templis, et casa tam culto sub Iove numen
habet*; dass sie aber dem Picus und Faunus geweiht war, ist durch
Konons Nachricht deutlich genug ausgedrückt. Eine ähnliche Erklärung gibt dieser Stelle auch Schwegler a. a. O. Wenn übrigens Servius zur Aeneis VIII 654 die Casa des Faustulus mit der Curia Calabra
verwechselt, so erklärt sich dieses theils aus der Nachbarschaft beider,
welche von Macrobius Saturn. I 15, 10 genügend bezeugt wird, theils
aus dem Strohdach der Curie (*quam Romulus texerat culmis*), welches
eben das Kennzeichen war, dass auch ihre Entstehung schon der romulischen Zeit angehörte.

331) Solinus 1 § 21: *Tatius in arce, ubi nunc est aedes Iunonis
Monetae.* Plutarch Romulus c. 20.

er durch die Errichtung der bekannten Altäre[332]) den Anfang mit jener *sacrorum communicatio* zwischen den Sabinern
und Altrömern, welche nachmals von Numa fortgeführt
wurde. Als aber Tatius nach einer kurzen gemeinsamen Regierung mit Romulus gefallen war und dieser das Königthum
auch über die Sabiner an sich zog, war es natürlich, dass er,
um diese zu gewinnen und enger mit sich zu verbinden, für
sich und seine Stammlaren einen zweiten Sitz in ihrer Mitte
errichtete.

Eine ganz ähnliche Erscheinung bietet sich dar bei dem
Nachfolger des Numa, Tullus Hostilius. Die glaubwürdige
Ueberlieferung gab als seinen eigentlichen Wohnsitz den
schon früher (oben S. 201) erwähnten Palast an der Velia
an, bei dessen gänzlicher Zerstörung durch den Blitz auch
die Heiligthümer desselben zu Grunde gegangen waren[333]),
unter denen, wie unbedenklich angenommen werden darf,
sich vornehmlich ein Fanum des Picus und Faunus befunden
hatte; hieraus erklärt sich um so besser, weshalb man nachmals (*postea* heisst es bei Solinus) diese Genien selbst durch
eine sonst ungewöhnliche Maassregel zur Blitzessühne herbei-
zog; sie waren die natürlichen Wächter eines Platzes, welcher
einst eine Regia getragen hatte. Neben ihr wird aber dem
Tullus noch ein zweiter Königssitz zugeschrieben, welchen
er sich nach der Aufnahme der Albaner auf dem Coelius errichtete[334]); auch diese Nachricht erhält ihr Verständniss
und wohl auch ihre Beglaubigung, wenn sie in Zusammenhang mit dem Tempel des Faunus (und des Picus) gebracht
wird, welcher einer zwar späten, aber deshalb nicht zu ver-
werfenden Angabe zufolge auf dem Coelius lag.[335]) Die Al-

---

332) Varro de l. l. V § 74. Aus Livius I 55, 2 ergibt sich, dass sie
am capitolinischen Hügel lagen. Vgl. K. O. Müller Etrusker II S. 64.
Näheres hierüber an einer späteren Stelle.

333) Valerius Maximus IX 12, 1: *ut eosdem penates et regiam et
rogum et sepulcrum haberet.* Der Ausdruck *penates* ist hier wohl mit
Bedacht, mit Beziehung auf die *aedes penatium* gewählt.

334) Livius I 30, 1. Dionysios III 1.

335) Die Regionenverzeichnisse des angeblichen Rufus und Victor,

baner haben, wie sehr gut bezeugt ist, in ihren neuen Sitzen
ihre Sacra nach vaterländischem Ritus vollzogen[336]), wozu
sie besonderer Cultstätten bedurften ausser denjenigen welche
ihnen mit den Altrömern gemeinsam waren; vor allem aber
bedurften sie hierzu eines Heiligthums derjenigen Schutzgeister,
welche sie ohne Zweifel schon in ihrer Heimat als die un-
entbehrlichen Vertreter bei den oberen Gottheiten verehrt
hatten[337]); wo aber dieses sich befand, da hatte man allen
Grund die Nähe einer Regia anzunehmen, so dass das Andenken der letzteren an die fortdauernde von der Religion
gebotene Erhaltung des ersteren geknüpft war. Indessen
beruhte (was sogleich zur Vermeidung eines Misverständ-
nisses hinzuzufügen ist) die Ueberlieferung der Geschichtschreiber, dass Tullus sich nach der Uebersiedelung der Albaner eine neue Residenz in der Mitte derselben angelegt
habe, noch auf anderen Stützen und hat die vollste innere
Wahrscheinlichkeit für sich; viele Handlungen dieses Königs,

---

welche des Faunustempels auf dem Coelius gedenken, sind zwar als
späte Machwerke erkannt worden (vgl. u. a. Becker de Romae veteris
muris p. 12 Anm.); sie sind aber aus älteren theils noch vorhandenen
theils verloren gegangenen Notizen, freilich mit sehr wenig Einsicht, zusammengetragen. Da nun auch andere dem Mittelalter angehörende
Schriftsteller das Dasein eines Faunustempels auf jenem Hügel als sicher
voraussetzen, ohne über die Stelle desselben, worüber auch Victor und
Rufus unter sich abweichen, mit diesen oder mit einander übereinzu-
stimmen (vgl. Bunsen Beschreibung der Stadt Rom III S. 496), so muss
ihnen allen ein altes Zeugniss zu Grunde liegen, welches des Heiligthums erwähnte, ohne den Ort dafür zu bezeichnen, ganz in derselben
Weise, wie sie die *regia* des Tullus auf dem Coelius offenbar nur aus
der Nachricht des Livius kannten.

336) Livius I 31, 3: *ut patrio ritu sacra Albani facerent*; Festus
p. 177; von dem Sinne dieser oft misverstandenen Stelle wird bald
nachher die Rede sein.

337) Wahrscheinlich waren mit dem Tempel auf dem Coelius, welcher den Namen des Faunus führte, auch Sacella höherer Götter, insbesondere eines des Jupiter verbunden. Auf diese Annahme wird man
durch die Vergleichung von Livius XXXIII 42 und XXXIV 53 mit Vitruv
III 1 § 3 geführt. Während Livius in beiden Stellen nur von einer
aedes Fauni spricht, erfahren wir aus Vitruv, dass sie eine *aedes Iovis
et Fauni* war.

die Verdoppelung der Ritterschaft[338]), seine Anordnung in
Bezug auf die Salier und anderes ähnliche, weisen darauf
hin, dass er eifrig bemüht war sich zugleich als den Nachfolger der albanischen Könige darzustellen.

Gehen wir weiter zu Ancus Marcius, so war es auch hier
wieder eine Capelle der Laren, welche die Stelle seines Hauses
bezeichnete[339]) und die für immer erhalten blieb, nachdem dieses längst in Trümmer zerfallen war; wie die *aedes penatium*
an der Velia, so wurde auch diese *aedes larum* von Augustus
neu hergestellt, und es wird nach allem, was bisher ausgeführt worden ist, nicht mehr für eine gewagte Annahme
gelten können, wenn wir in beiden Gebäuden dieselben Gottheiten in verschiedenen Bestimmungen und Benennungen
wieder erkennen. Der 'gute' Ancus scheint aber auch der
letzte König gewesen zu sein, dessen Hausgöttern das römische Volk einen fortwährenden Cultus widmete; wenn bei den
drei folgenden Königen das gleiche nicht geschah, so erklärt
sich dies aus den Staatsumwälzungen, durch welche sie den
Thron verloren, und bei den Tarquiniern insbesondere aus
dem Hasse, welcher auf ihrem Namen ruhte. Indessen fehlt
es doch nicht an einer sehr beachtenswerthen Spur, dass
auch sie nach dem Beispiel aller ihrer Vorgänger dem Faunus nebst dem Picus eine Hauscapelle in ihren Palästen errichtet hatten; sie ist in der bekannten Sage erhalten, dass
der Hauslar des älteren Tarquinius mit der gefangenen Ocri-
sia, welche auf dem ihm geweiheten Herde die täglichen
Spenden an Wein, Kuchen und Opferfleisch[340]) darzubringen

---

338) Livius I 30, 3: *equitum decem turmas ex Albanis legit.*
339) Varro bei Nonius p. 531: *Ancum in Palatio ad portam Mu-
gionis secundum viam sub sinistra* (vgl. Becker röm. Alterth. I S. 112).
Solinus I, 23: *Ancus Marcius in summa sacra via, ubi aedes larum est.*
340) Den Wein hebt Ovid hervor, Fasti VI 629 f.:
    hanc secum Tanaquil sacris de more peractis
    iussit in ornatum fundere vina focum:
womit Plutarch de fortuna Romanorum c. 10 (ἀπαρχὰς καὶ λοιβήν) übereinstimmt. Hiermit bestätigt sich die oben S. 203 Note 286 aufgestellte
Annahme, dass dem Picus und Faunus Wein (zuweilen wohl sehr reich-

hatte, den nachmaligen König Servius erzeugt habe. In dieser Erzählung, welche das Gepräge eines hohen Alterthums an sich trägt, ist nämlich in dem Lar familiaris Faunus nicht zu verkennen, welcher hier in einer Weise auftritt, wie sie der römische Volksglaube nur ihm zuschrieb; ja in einer ausführlicheren Darstellung dieses Vorganges, welche uns im Namen der besten römischen Alterthumsforscher berichtet wird (einer Darstellung die für unseren Geschmack freilich sehr anstössig, im Sinne der römischen Priesterlehre aber sehr bedeutungsvoll ist), waren es die beiden Haus- und Herdlaren, welche als *dei conserentes*, unter denen nur Picus und Faunus verstanden sein können, die gemeinschaftlichen Erzeuger des zweiten Gründers von Rom wurden. [341])

---

lich) dargebracht wurde, woran sich die Mythe knüpfte, dass sie alsdann in einen aufgeregten und selbst trunkenen Zustand geriethen. Die Opferkuchen werden bei Dionysios IV 2, der Topf mit Opferfleischstücken (*olla extorum*) bei Arnobius V 18 erwähnt.

341) Die Sage von der wunderbaren Geburt des Servius war nicht nur, wie Schwegler I S. 714 richtig bemerkt hat, sehr alterthümlich, sondern auch echt national, wie sie denn auch bei einer grossen Zahl von Annalisten (ἐν πολλαῖς Ῥωμαϊκαῖς ἱστορίαις, wie ,Dionysios IV 2 sagt) überliefert wurde. Als Erzeuger gab hierbei der einheimische römische Mythus nur den *lar familiaris* des königlichen Hauses an (Plinius n. h. XXXVI 70 § 204), welcher bei Plutarch de fortuna Romanorum c. 10 durch ἥρως οἰκουρός, bei Dionysios a. a. O. durch ὁ κατ' οἰκίαν ἥρως übersetzt wird. Eine andere Angabe, welche als Vater den Vulcan nannte, ist nicht gräcisirend, wie Schwegler I S. 715 Note 5 annimmt, sondern dem pränestinischen Mythenkreise entnommen (Servius zur Aeneis VII 678), welcher unter König Servius mit dem von ihm eingeführten Culte der Fortuna Primigenia (Plutarch a. a. O. und quaestiones Romanae c. 106) und anderer pränestinischer Fortunen Eingang in Rom fand. Aus dem Sagenkreise von Präneste (vgl. Servius zur Aeneis a. a. O.) stammt auch die Erzählung von der Flamme, welche das Haupt des jungen oder auch des schon vermählten Servius (vgl. Valerius Antias bei Plutarch a. a. O.) umgab, ohne es zu versengen, und die sogar seine angebliche hölzerne Bildsäule bei dem Brande des Tempels der Fortuna, worin sie stand, verschonte (Valerius Maximus I 8, 11; Dionysios IV 40; Ovid Fasti VI 625). In Folge hiervon erfuhr auch die Sage von der Geburt des Servius den Einfluss derjenigen, welche in Präneste über die Geburt des Stadtgründers Cäculus herschte; man gab um des besseren Zusammenhangs der beiden Wun-

Hiermit tritt uns der ganze Kreis der Vorstellungen, welche in den von den Aboriginern gestifteten Staaten über das Verhältniss ihrer Könige zu den beiden Laren ihres

---

der willen (wie dieses besonders bei Ovid a. a. O. V. 626 klar ausgesprochen wird: *opem nato Mulciber ipse tulit*) dem Römer denselben Vater wie dem Pränestiner, obgleich die römische Mythe dieser Verwechselung in jedem Zuge widerstrebte und sich deshalb auch die meisten und kundigsten Erzähler fern hiervon hielten. Der Glaube, dass die Stifter der Staaten und der Königsgeschlechter von Göttern abstammten, war allerdings bei den Italern weit verbreitet (vgl. auch Dionysios II 48); allein der Gott und häufig auch die Art der Erzeugung waren je nach den besonderen Stammesculten verschieden; Cäculus, welcher entsprechend der uralten sehr eigenthümlichen pränestinischen Religionslehre als ein Sohn des Vulcan galt, wurde demgemäss durch einen aus dem Herdfeuer springenden Funken erzeugt (Servius a. a. O.); die Weise dagegen, wie nach der römischen (auch von Ovid festgehaltenen) Sage König Servius erzeugt wurde, weist unverkennbar auf den Faunus Inuus hin. Noch deutlicher aber tritt dieser mit seinem Bruder Picus in einer Ueberlieferung hervor, welche offenbar nicht in der Volkssage, sondern in den Schulen der Priester ihre Gestaltung erhalten hat; sie wird von Arnobius V 18 mitgetheilt, welcher sich dabei neben anderen Schriftstellern auf die Autorität des Flaccus beruft, unter welchem — vgl. Orelli zu der angeführten Stelle — entweder Granius Flaccus, der Verfasser eines Werkes *de indigitamentis*, oder der noch berühmtere Verrius Flaccus zu verstehen ist. Dieser Tradition zufolge waren es mehrere und zwar ohne Zweifel zwei Götter, welche sich zur Erzeugung des Servius verbanden. Die Worte des Arnobius, auf welche es ankömmt, lauten: *sed et deos conserentes . . . taceamus, quos cum ceteris scribit Flaccus in humani penis similitudinem versos obruisse se cineri, qui sub ollula fuerat factus extorum: . . . Ocrisiam prudentissimam feminam divinos inseruisse genitali . . . tunc sancta et ferventia numina vim vomuisse Lucilii* (vgl. Varro de l. l. V § 63), *ac regem Servium natum esse Romanum*. Die *dei conserentes*, welche blos in dieser Stelle und zwar als Herdgottheiten und Hauslaren eines römischen Königs vorkommen, können, was nach den bereits gegebenen Ausführungen (vgl. oben S. 228 Note 321) keiner neuen bedürfen wird, unmöglich andere sein als Picus und Faunus, deren Amt es ist die glückliche Zeugung in der Pflanzen- und Thierwelt und unter den Namen Picumnus und Pilumnus (vgl. S. 210 Note 294) auch die bei der menschlichen Ehe durch gemeinschaftliche Thätigkeit hervorzurufen und zu fördern. Uebrigens liegt hier abermals ein Beweis vor, wie oft es vorkam dass im Munde des Volkes nur von Faunus allein oder von einem einzigen Lar geredet wurde, während erst die Kunde der Priester ergänzend den zweiten Lar in Picus hinzugesellte.

Stammes herschten, klar und abgerundet entgegen. Als die
Schutzgeister und Wohlthäter der Volksgemeinde wurden diese
zugleich mythisch als die Stammväter des Geschlechtes der
Erbkönige derselben betrachtet, sowohl derer welche in Laurentum, als auch derer welche nachmals in Alba geboten,
wenn auch hier späterhin bei der wachsenden Vorliebe für
die Aeneassage nur noch die weibliche Abstammung der Sil-
vier von ihnen durch die Lavinia festgehalten wurde. Als
hierauf Rom gegründet ward, war der Stifter desselben als
Sprössling des albanischen Königsgeschlechts nach Geburt
und Erbrecht ein~Nachkomme des Picus und Faunus; die
römische Sage beschränkte dieses aber wiederum auf die Mut-
terseite, weil das kräftige Selbstbewusstsein des Volkes es
vorzog seinen Urheber unmittelbar an Mars anzuknüpfen
und die angestammten Laren in blosse Pflegeväter zu verwandeln. Nachdem sodann der römische Staat in ein Wahl-
reich übergegangen war, musste der Sabiner Numa, um
vollkommen als rechtmässiger König desselben zu gelten,
durch einen Act der Adoption in das Geschlecht des Picus
und Faunus eintreten; die Götter hatten durch die Auspicien
bei seiner Wahl und Inauguration auch hierzu ihre Einwilligung gegeben, und er führte daher nachmals den Cult derselben, in enger Verbindung mit dem des Jupiter und Mars,
in seiner Königsburg ein. Seinem Beispiele folgten alle seine
Nachfolger; sie errichteten den Laren Heiligthümer in ihren
Regien, sobald ihre Creation nach dem von den Patriciern
eingeführten System vollzogen war. Diese Ordnung war
durchbrochen, als Servus Tullius ohne Interrex, ohne Auctoritas der Patres, durch die blosse Abstimmung der von ihm
selbst berufenen Curien zur Regierung gekommen war, weshalb die strengen Patricier, wie bekannt, seine Rechtmässig-
keit stark in Frage stellten; allein der Glaube des Volkes,
die Sage welche in seiner Mitte entstand, nachmals aber auch
von den Priestern anerkannt und in ihrer Weise durchge-
bildet wurde, ersetzte diesen Mangel; sie gab dem geliebten
König eine höhere Legitimität, indem sie ihn für einen un-

mittelbaren, durch ein Wunder erzeugten Sprössling der königlichen Laren erklärte. Die Stelle des Servius, von welcher wir oben ausgegangen
sind, enthält aber noch eine andere werthvolle Nachricht:
sie theilt mit, und zwar wiederum als eine Thatsache, dass
die Salier die Heiligthümer der Penaten zu verwalten hatten [342]); sie waren demnach nicht nur für den Dienst des
Mars und des Jupiter thätig, sondern insbesondere auch für
den des Picus und Faunus bestimmt. [343]) Diese Notiz wirft
auf manche Verhältnisse Licht, welche noch der Aufklärung
bedürfen, und wird wiederum durch sie bestätigt und unterstützt. Zuerst ergibt sich aus ihr, wer jene zwölf *casti iuvenes* waren, welche nach der Priestersage bei Arnobius V 1
dem Numa bei der Ueberwältigung der beiden trunkenen
Genien Beistand leisteten (vgl. oben S. 203 Note 286); es
waren die Diener derselben, die zwölf palatinischen Salier.
Sodann erhält hierdurch die schon an sich wahrscheinliche
Annahme (vgl. oben S. 221 f.) eine Stütze, dass die Curie
der Salier am Palatinus mit ihrer Marscapelle zwischen dem
Tugurium des Faustulus (als dem Sitze der *lares grundules*)
im Westen und der *aedes Flaminia* im Osten lag; in beiden
benachbarten Heiligthümern hatten die Salier von ihrem eigenen Sacrarium aus Functionen zu vollziehen, wobei sie andere Priester unterstützten. Wenn ferner Dionysios berichtet,
dass die Salier bei ihren Umzügen an verschiedenen Stellen
der Stadt anhielten und ihre Tänze aufführten, so werden
wir sicher nicht irren, wenn wir zu der Zahl dieser Orte die
Sacellen rechnen, in welchen Picus und Faunus sei es unter

---

342) Servius Fuldensis zur Aeneis II 325: *Salii ... hi enim sacra
penatium curabant.*

343) Eine Bestätigung hierfür gibt auch die Dichtung Virgils, Aeneis VII 187, welcher den Picus selbst die *trabea* und das *ancile* der
Salier tragen lässt. Wenn Servius zu VII 190 sagt: *nam ancile et trabea communia sunt cum Diali vel Martiali sacerdote*, so hat er hierbei wohl auch die Salier vor Augen; denn dass die Flamines, namentlich der Dialis, ein *ancile* trugen, ist nicht bekannt und nicht wahrscheinlich.

dem Namen der Laren oder dem der Penaten verehrt wurden [344]),
und hierbei darf weder ihre älteste Cultstätte am Aventin [345])
noch der sogenannte Faunustempel am Coelius ausgeschlossen
werden.

Endlich liegt in dem Verhältniss zu ihnen und insbesondere zu diesem Tempel auch allem Anscheine nach der
Grund, weshalb die Stiftung der zweiten Gattung der Salier,
der collinischen oder *Salii agonenses*, dem Tullus Hostilius zugeschrieben wurde. Diese Angabe ist in hohem Grade auffallend [346]), insofern diese Salier dem Quirinus geweiht waren [347]), mit welchem Tullus in keiner, Numa dagegen in
der engsten Beziehung stand, wie er denn auch anfangs
selbst auf dem Quirinal gewohnt hatte [348]), wo sich zu allen
Zeiten das Sacrarium dieser Priester befand. [349]) Hierin wiederholt sich jedoch nur eine Erscheinung, welcher man in
den Traditionen der Römer über die Gründung ihrer Priesterschaften durch die verschiedenen Könige so oft begegnet:
die Ueberlieferung hierüber ist schwankend, weil sie sich
bald an diesen bald an jenen der gegebenen Anhaltspuncte
knüpfte; sie hat nicht selten irgend eine der manigfachen Ver-
änderungen, welche ein älteres Institut sei es durch eine neue
Bestimmung oder Organisation oder auch durch die Stiftung
eines neuen Tempels erfuhr, zum Ausgangspunct genommen
und diese mit dessen erster Einführung verwechselt. So ist

---

344) Sehr gut stimmt hiermit überein, dass Dionysios bei dieser
Veranlassung II 70 die Salier χορευταί τινες καὶ ὑμνηταὶ τῶν ἐνοπλίων
θεῶν nennt, da sie an allen diesen Stellen Lanzengötter vorfanden.

345) Auf den Aventin, jedoch an eine andere Stelle, begeben sich
die Salier auch am 19n October, um beim *armilustrium* zu opfern:
Varro de l. l. VI § 22. Marquardt Handbuch IV S. 377.

346) Vgl. Schwegler I S. 581 Note 3.

347) Servius zur Aeneis VIII 663; Livius V 52. Ambrosch Studien
S. 175; Preller röm. Mythologie S. 314 Note 4.

348) Solinus 1, 21; Plutarch Numa c. 14. Cassius Dion Fr. 6, 2.

349) Dionysios a. a. O. Auch der Name Mamurius, welcher mit
den Saliern und Numa so nahe verbunden war, haftete am Quirinal,
wo auch die angebliche Bildsäule desselben stand. Vgl. Preller Regionen der Stadt Rom S. 10 u. 134; röm. Mythologie S. 317.

die Einsetzung der palatinischen Salier, welche allen Gründen
und Merkmalen zufolge (wie auch schon die Lage und Gestalt ihrer strohgedeckten Curie darthut) der romulischen Zeit
angehörten und ihre Vorgänger und Vorbilder in einem noch
weit höheren Alterthume hatten, offenbar mit Unrecht dem
Numa beigelegt worden; es geschah, weil die Ritualbücher
derselben diesen König als den Gesetzgeber und Ordner der
ihnen vorgeschriebenen Cäremonien, Pflichten, Einrichtungen
und insbesondere als den Urheber ihrer Gesänge und der
Ancilien nannten. Bei den agonensischen Saliern ist das
Gegentheil eingetreten: hier ist in der gewöhnlichen Ueberlieferung (welche jedoch auch nur auf wenigen Zeugen beruht) der Name des Numa durch den des Tullus ganz zurückgedrängt und verdunkelt worden; dagegen ist uns ein anderes
freilich nicht völlig genau mitgetheiltes Zeugniss erhalten,
welches aus der besten urkundlichen Quelle entnommen ist
und deshalb mehr Beachtung als jedes andere verdient, worin der Antheil, welchen jeder der beiden Könige an ihrer
Stiftung hatte, richtig angegeben scheint. Ihm zufolge führten diese Salier, wie ihre eigenen Lieder und Schriften be-
zeugten, einen doppelten Namen: anfangs hiessen sie *Collini
et Quirinales*, theils nach dem Hügel worauf sie ihren Amts-
sitz hatten, theils nach dem Gotte für dessen Dienst sie
ursprünglich bestimmt waren, und als solche waren sie von
Numa eingesetzt; unter Tullus Hostilius aber erhielten sie
eine neue Bestimmung und damit die Benennung *Pavorii et
Pallorii.*[350]) Einstimmig wird nämlich von den alten Schrift-

---

350) Die Stelle über die Salier, von welcher hier die Rede ist und
welche sich bei Servius zur Aeneis VIII 285 findet, hat mehr Werth
als man ihr beigelegt hat. Dem Grammatiker, von welchem sie herrührt (Servius selbst ist es wahrscheinlich nicht), standen entweder unmittelbar oder mittelbar vorzügliche Quellen zu Gebote, deren Inhalt
er ziemlich getreu, wenn auch nicht immer mit richtigem Verständniss
wiedergibt. Die Nachricht, auf welche es hier ankömmt, stammte aus
den Liedern der Salier, welche, wie bekannt, in den Ritualbüchern
derselben enthalten waren, und zwar, wie der Augenschein lehrt, aus
denen der agonensischen Salier, deren besondere Schriften wir aus

stellern die Einführung des Cultus und der Heiligthümer des
Pallor und Pavor dem Tullus Hostilius zugeschrieben[351]), und
Livius, welcher hierbei einer guten Quelle gefolgt ist, fügt
hinzu, dass der König, als er den Entschluss hierzu fasste,
zugleich gelobt habe ihnen zwölf Salier zu weihen.[352]) Wer
aber diese beiden Gottheiten waren, kann bei einer Vergleichung der Stellen, welche den römischen Volksglauben hierüber aussprechen, schwerlich zweifelhaft bleiben; es sind die
beiden Larenbrüder Faunus[353]) und sein steter Begleiter im
Larenculte Picus, welche in dieser besonderen Eigenschaft,
Gestalt und Benennung erscheinen, um Angst und Schrecken
von ihren Schützlingen fern zu halten, und noch bei weitem
mehr um Entsetzen über die Feinde derselben zu verbreiten.
Einige wenige Zeugnisse werden hierfür hinreichen.[354])

Varro de l. l. VI § 14 kennen. Hieraus erklärt es sich, wie dieser Classe
der Salier so ausführlich, der palatinischen dagegen mit keinem Worte
gedacht wird. Es heisst nämlich: *duo sunt genera Saliorum, sicut
in Saliaribus carminibus invenitur, Collini et Quirinales a
Numa instituti, ab Hostilio vero Pavorii et Pallorii instituti.* Die Gesänge selbst und die dazu gehörenden Ritualschriften geben allem Anscheine nach nur die verschiedenen Namen der Priesterschaft an, wie
sie ihren verschiedenen Functionen entsprachen, wobei auch der Urheber derselben gedacht wurde; der Grammatiker dagegen, welcher
zugleich die gewöhnliche Tradition vor Augen hatte (er sagt kurz vorher: *horum numerum Hostilius addidit*), ist in den offenbaren aber
leicht erklärlichen Irrthum verfallen, dass nicht blos zwei Benennungen
und Dienstweisen, sondern zwei Gattungen (*genera*) unterschieden würden. Uebrigens hätte nicht bezweifelt werden sollen, dass es in der
That Salier mit dem Beinamen *Pavorii et Pallorii* gegeben hat, was
von Livius ausdrücklich bezeugt und durch andere bald anzuführende
Spuren bestätigt wird.

351) Vgl. die bei Schwegler I S. 578 Note 1 angeführten Stellen
und Münzen.

352) Livius I 27, 5: *Tullius in re trepida duodecim vovit Salios
fanaque Pallori et Pavori.* Die beiden Gelübde sind sprachlich nicht
zu trennen; die Salier wie die Fana wurden denselben Göttern verheissen.

353) Preller, welcher bereits dasselbe richtig vermuthet hat, röm.
Mythologie S. 612, stellt Silvanus als zweiten neben Faunus; diese beiden kommen jedoch niemals als ein Paar neben einander vor.

354) Andere Stellen s. bei Preller a. a. O. S. 337.

Als die beiden Decier sich devovirten, riefen sie neben
anderen Gottheiten die Laren an, dass sie die Feinde mit
Schrecken und Furcht erfüllen möchten[355]); wen aber der Na-
tionalglaube unter diesen Laren verstand, gibt Cicero an, indem er vom Standpuncte desselben voraussetzt, dass Faunus es
gewesen sein müsse, welcher damals die Flucht und die Niederlage der feindlichen Heere bewirkt habe. [356]) Noch klarer
und umfassender berichtet Dionysios, dass die Römer die pani-
schen Schrecken so wie alle Furcht erregenden Erscheinungen,
welche sich den Augen der Menschen unter verschiedenen
Gestalten darbieten, dem Faunus zuschrieben, und dass sie
ebenso alle dämonischen die Sinne verwirrenden Stimmen für
ein Werk dieses Gottes erklärten.[357]) Besondere Beachtung aber
verdient und fordert der Ausdruck *Hostilii lares*, welchen wir
aus Festus (im Auszug) kennen; man opferte, heisst es hier,
diesen Laren, weil man den Glauben hegte, dass die Feinde
durch sie zurückgeschreckt würden, ein Beweis dass sie mit
Pallor und Pavor, also auch in einem bestimmten Sinne
mit Faunus und Picus gleichbedeutend waren; ihren Namen
aber hatten sie, wie bereits der Herausgeber des Festus sehr
richtig bemerkt hat, nicht von *hostes*, sondern von *Hostilius*[358]);

---

355) Livius VIII 9, 6 f. *terrore ... formidine afficiatis.* Vgl. X
28, 16 ff.

356) de deorum natura II 6, 15. Hier heisst es in der Rede des
ungläubigen Cotta: *nam Fauni vocem equidem numquam audivi.* Auf
den Münzen des Hostilius Saserna (vgl. Eckhel V p. 226) findet sich
hinter dem Kopfe des Pallor ein *lituus militaris* zur Andeutung, dass
in und aus der Schlachtmusik die Stimme dieses Gottes ertöne.

357) Dionysios V 16: ... τοῦ καλουμένου Φαύνου. τούτῳ γὰρ ἀνα-
τιθέασι τῷ δαίμονι Ῥωμαῖοι τὰ πανικά, καὶ ὅσα φάσματα ἄλλοτε ἀλλοίας
ἴσχοντα μορφὰς εἰς ὄψιν ἀνθρώπων ἔρχονται δείματα φέροντα ἢ φωναὶ
δαιμόνιαι ταράττουσαι τὰς ἀκοάς, τούτου φασὶν εἶναι τοῦ θεοῦ τὸ ἔργον.

358) Festus im Auszug p. 102 M.: *Hostiliis laribus immolabant,
quod ab his hostes arceri putabant.* Hierzu bemerkt K. O. Müller:
'hostiles hos lares minus recte dicit Hartungius de religione Rom. t. I
p. 59. fortasse cum fabulis de Hosto Hostilio coniuncti sunt.' Je weniger sich die letzte Vermuthung empfiehlt, um so richtiger ist die Wahrnehmung, dass das Wort von einem Hostilier entnommen sein müsse.
Nur durch ihre Thätigkeit und durch das Omen, welches im Namen

16*

d. h. von dem Könige, welcher ihren Cult einführte und selbst übte. [359])

Hiermit erhalten wir einen Aufschluss, welcher mit den bisher gewonnenen Ergebnissen in voller Uebereinstimmung steht, sie befestigt und erweitert. Zuerst gewinnen wir nämlich hieraus die Kenntniss des Ortes, wo sich die Capellen der beiden Dämonen befanden, bei denen, wie Festus bezeugt, noch in späten Zeiten Opfer dargebracht wurden; da sie den Laren des Hostilius angehörten, so mussten sie mit der Regia desselben verbunden sein, und zwar, da die an der Velia untergegangen war, mit der am Coelius. Hieran knüpft sich sodann die jedenfalls sehr wahrscheinliche Folgerung, dass diese *fana*, wie Livius sie nennt, sich in demselben Gebäude befanden, welches den Beschreibern der Stadt Rom unter dem Namen des Faunustempels bekannt war, wodurch dann die oben S. 233 f. Note 335 ausgesprochene Vermuthung, dass dieser Tempel mit dem Palast des Tullus zusammenhing, ihre Stütze erhält. Dieser Palast mit den dazu gehörenden Heiligthümern war aber, wie sehr glaubwürdig berichtet wird, mit Rücksicht auf die nach Rom übergesiedelten Albaner gegründet worden; hieraus folgt, dass auch die Widmung der agonensischen Salier für den Dienst des Pallor und Pavor mit den albanischen Sacra und deren Uebertragung nach Rom in der engsten Verbindung stand. Die römischen Geschichtschreiber haben, wie bekannt, die Veranlassung, bei welcher Tullus seine neue Anordnung wegen

---

lag, hingen sie mit den *hostes* zusammen. Die vollkommenste sprachliche Analogie findet sich in den *lares Augusti* (Orelli inscr. I Nr. 1658 ff.). Diese hatten ihre Benennung von dem Kaiser, welcher ihre Cultstätten neu eingerichtet und vermehrt hatte; zugleich liess man sich aber dabei gewiss gern an die Erhabenheit des Stifters und der Stiftung so wie an den Stiftungsmonat (vgl. Preller a. a. O. S. 497) erinnern. Man darf sogar annehmen, dass (wie bei so vielen anderen religiösen Ehren der Kaiser) das Recht diese Laren *Augusti* zu nennen von dem schon in der Königszeit gegebenen Beispiele der *Hostilii lares* abgeleitet wurde.

359) Lactantius I 20: *Pavorem Palloremque Tullus Hostilius figuravit et coluit.*

der Salier getroffen habe, nicht übereinstimmend angegeben;
wie gewöhnlich waren sie dabei von dem Streben geleitet, in
der Gestalt des Institutes selbst die Merkmale aufzufinden,
wonach sich die Einführung desselben an sonst bekannte
Ereignisse anschliessen liesse; ihre Abweichungen selbst sind
daher belehrend, und werden dazu dienen können die in dem
Bruchstücke der saliarischen Bücher enthaltenen Angaben
aufs neue zu bestätigen. Eine dieser Ueberlieferungen nämlich, welche sich bei Cassius Dion findet[360]), lässt den Hostilius die collinischen Salier in seiner letzten Lebenszeit während
einer Pest, an welcher er selbst erkrankt war, einführen, um
die früher vernachlässigten Götter zu versöhnen; sie beruht
offenbar darauf, dass diese Salier dem *pallor* und *pavor* geweiht waren, deren Namen man mehr witzig als richtig (wie
dieses oft bei ähnlichen etymologischen Versuchen geschehen
ist) auf die Wirkungen der Pest bezog.

Eine andere Tradition, welche Dionysios aufgenommen
hat[361]), gibt an, dass der König sie in einem Kriege gegen
die Sabiner gelobt habe; sie ging von der Wahrnehmung
aus, dass diese Salier dem Dienste sabinischer Gottheiten
gewidmet waren, und deutet an, dass Tullus durch sein Gelübde die Gunst dieser Götter habe den Feinden entziehen
und für Rom gewinnen wollen; ihrem Urheber war nur entgangen, dass die Priesterschaft in dieser ihrer Bestimmung
schon von älterer Zeit her bestanden hatte. Aus der besten
antiquarischen Kenntniss ist endlich die Erzählung hervorgegangen, welche uns Livius erhalten hat, und obgleich auch
in ihr wie überall die ausschmückende Sage waltet, so nähert
sie sich doch dem geschichtlichen Hergang am meisten an.
Das Gelübde des Tullus an Pavor und Pallor wird hier nämlich in den Moment gesetzt, als der König nach dem Ver-
rathe des Mettius Fuffetius eben den Entschluss gefasst hatte

360) Fragm. Vales. p. 569, 7 § 5 Bekker: τότε γὰρ τῶν τε ἄλλων
θεῶν δι' ἀκριβείας ἐπεμελήθη, καὶ τοὺς Caλίουc τοὺс Κολλίνουc προc-
κατέcτηcε.
361) Dionysios II 70 und III 32.

Alba zu zerstören und die Bürger desselben nach Rom überzuführen, worin eine deutliche Hinweisung liegt, dass die beiden Dämonen zu dem Kreise derjenigen albanischen Gottheiten gehörten, denen bald nachher in Rom ein besonderer Cult gewidmet wurde, und hiermit stimmt sehr gut überein, dass, wie die Inschriften bezeugen, auch in Alba ein Collegium von Saliern bestand. [362] Mit Vorsicht wird auch der Inhalt des Gelübdes dahin angegeben, dass 'zwölf Salier' verheissen wurden, wobei von einer Verdoppelung der bisherigen Anzahl keine Rede ist; einer völlig neuen Stiftung bedurfte es nicht, um die albanischen Götter zu befriedigen, denen diese Anzahl von Priestern, welche wahrscheinlich auch in Alba die herkömmliche war [363], für ihren Dienst genügte, wenn ihnen auch daneben noch andere Verpflichtungen oblagen.

Die Geschichte der beiden Gattungen der Salier in Rom

362) Orelli inscr. I Nr. 2247 und 2248 und Mercklin Cooptation der Römer S. 106. Die Fortdauer der albanischen Sacra nach der Zerstörung der Stadt war, was nicht immer richtig erkannt worden ist, doppelter Art: sie wurden theils in ihrer Gesammtheit auf dem Albanerberge selbst erhalten, und zwar allem Anscheine nach auf Veranlassung der Latiner, welche dort die latinischen Ferien feierten; theils aber wurden sie, und zwar wahrscheinlich nur die einer bestimmten Gattung (wovon später), in Rom zu Gunsten der albanischen Bürger, und zugleich als Stütze für die Ansprüche, welche die römischen Könige bald den Latinern gegenüber erhoben, eingeführt. Die erste Anordnung war allen Berichten zufolge unmittelbar mit der Niederreissung von Alba verbunden und, wie die Annalen erzählten, schon zum voraus beschlossen (Livius I 29, 6; Dionysios III 29; Strabon V 3, 4 p. 231; Scholiast zu Juvenal 4, 61; vgl. Schwegler I S. 573 Note 4 und 5); die andere wird eine geraume Zeit später nach dem Sabinerkriege angesetzt (Livius I 31, 3; Festus s. v. *novendiales* p. 177): beides darf demnach nicht, wie öfter geschehen ist, mit einander zusammengeworfen und verwechselt werden. Der Befehl *ut patrio ritu Albani sacra facerent* bei Livius a. a. O. war an die Albaner in Rom gerichtet und forderte diese auf, dort wo sie bisher nur an den römischen Sacra Theil genommen hatten (*Romana sacra susceperant*) besondere nach vaterländischem Gebrauche zu begründen.

363) Aus der Inschrift bei Orelli I Nr. 2247 ergibt sich, dass auf der *arx Albana* (vgl. 2248) ein dem römischen ähnliches Collegium mit einem *magister Saliorum* bestand. Vgl. Gutberleth de Saliis c. 8 p. 41.

stellt sich daher in folgender Weise dar. Die erste derselben
war mit der Begründung der Stadt und mit dem Anschluss
an die Sacra von Lavinium von dort nach dem Palatinus gelangt, und war zunächst für den Cult der Hauptgottheiten
der Aboriginer bestimmt, von denen Jupiter und Mars ausserdem noch jeder seinen besonderen Flamen erhielten. [364]) Alle

---

364) Die Bemerkung, welche oben S. 240 f. über die Stiftung der
palatinischen Salier gemacht worden ist, gilt auch wie von mehreren
anderen Priesterschaften so insbesondere von dem Flamen Dialis und
Martialis. Die erste Einsetzung derselben wurde in der gewöhnlichen
Tradition (namentlich bei Ennius, Livius I 20, Aurelius Victor de viris
illustribus c. 3, vgl. Schwegler I S. 543 Note 2) dem Numa zugeschrieben, weil die sie betreffenden Anordnungen und Vorschriften sich in
dem Cyclus der Ritualbücher befanden, deren Ursprung auf ihn zurückgeführt wurde. Am deutlichsten drückt dieses Dionysios II 63 a. E.
aus: περιλαβὼν δὲ ἅπασαν τὴν περὶ τὰ θεῖα νομοθεσίαν γραφαῖς διεῖλεν
εἰς ὀκτὼ μοίρας, ὅσαι τῶν ἱερῶν ἦσαν αἱ συμμορίαι. Wollte man nun
annehmen, dass die acht Gattungen der Priester, welche Dionysios in
den hierauf folgenden Capiteln aufzählt, sämmtlich erst von Numa geschaffen worden, so würden die höchsten und ältesten römischen Gottheiten wie Jupiter, Mars usw. vor ihm ohne alle Priester und ohne
Cultus gewesen sein. Dieser Vorstellung gab sich aber nicht einmal
Dionysios hin; gleich bei der ersten Priesterclasse, den Curionen, weist
er auf das zurück, was er früher von der Stiftung derselben durch Romulus berichtet hatte. In der That gab es unter jenen acht Gattungen
keine einzige (etwa die Fetialen ausgenommen, was aber auch nicht
für sicher gelten kann), die nicht erweislich älter als die Regierung des
Numa wäre, unter welcher nur die Zahl der schon bestehenden Priester
vermehrt, ihre Organisation festgestellt wurde. Diese Thatsache trat
auch den römischen Forschern überall entgegen, sobald sie von der
allgemeinen, unbestimmt an den Klang eines berühmten Namens geknüpften Vorstellung auf die Untersuchung im einzelnen über- und eingingen. Von den Flamines insbesondere berichtete Varro in den Antiquitäten (bei Dionysios II 21), dass deren schon unter Romulus (ἐπὶ
τῆς ἐκείνου ἀρχῆς) dreissig (für die einzelnen Curien neben den dreissig
Curionen, vgl. Festus s. v. *curiales flamines* p. 64) auf dem palatinischen Berge bestanden haben; wie könnte man ihm nun die ungereimte
Annahme zutrauen, dass die *aedes Flaminia* auf diesem Berge mit
ihrem Flamen Dialis erst unter Numa entstanden sei, welcher den
Hauptdienst des Jupiter und seines Flamen in die Regia verlegte? Aus
Varro hat, wie der Zusammenhang zeigt, Dionysios (II 22 a. A.) auch
die Notiz entnommen, dass einer Bestimmung des Romulus zufolge
Frauen und Kinder bei den Opfern der Priester mitwirken sollten, eine
Einrichtung welche zwar zunächst, wie es scheint, auf die Flaminicae

diese Priester hatten den König bei den ihm zunächst obliegenden Sacra zu unterstützen, mussten daher auch zu allen
Zeiten zu den ihm ebenbürtigen Familien, den patricischen,
gehören und standen als seine Hauspriester mit seiner Regia
in der engsten Verbindung.[365]) Als hierauf die Sabiner sich
auf den verschiedenen den Palatin umgebenden Hügeln niedergelassen hatten und im Anfange der Regierung des Numa
zum Sitze ihrer Nationalheiligthümer den Quirinal wählten,
welcher von ihrem Stammgotte Quirinus seine Benennung
erhielt[366]), stellten sie diesen dem altrömischen Mars in glei-

---

und die camilli der Flamines der Curien bezogen wird, die aber ihr
Vorbild, wie bekannt, in dem Dienste des Flamen Dialis hatte. Allem
Anscheine nach ist daher auch die Angabe bei Plutarch Numa 7, welche
diesem Könige nur die Einsetzung des Quirinalis als des dritten Flamen
neben den bereits bestehenden des Jupiter und Mars beilegt (τοῖc οὖcιν
ἱερεῦcι Διὸc καὶ Ἄρεωc τρίτον Ῥωμύλου προcκατέcτηcεν, ὃν φλαμίνα
Κυρινάλιον ὠνόμαcεν) entweder unmittelbar oder mittelbar auf Varro
zurückzuführen; jedenfalls stand sie mit anderen Nachrichten und Ansichten desselben im Einklang und verdient als die bestimmtere und
überlegte vor der bei Ennius und Livius ohne alles Bedenken den Vorzug. Ambrosch, welcher sie ohne Grund für eine Erfindung des Plutarch hält (quaestionum pontificalium caput alterum p. 9), während dieser
immer von seinen Quellen abhängig sich solche Eigenmacht nirgends
erlaubt, hat ihren Werth verkannt. Auch steht Dionysios, welcher
ebenso wenig die zweite Priestergattung der Flamines wie die erste
der Curionen oder die dritte der Vorsteher der Celeres für eine ganz
neue Einrichtung des Numa erklärt hat und der sie seinen früheren
Mittheilungen zufolge nicht dafür erklären konnte, keineswegs, wie
Ambrosch annahm, mit Plutarch in Widerspruch. Die älteste Autorität
für die gewöhnliche Ueberlieferung scheint übrigens Ennius zu sein,
dessen Angabe Varro de l. l. VII § 45 erwähnt (eundem Pompilium ait
fecisse flamines), ohne sie jedoch, wie man aus seinen Worten ersieht,
sich irgend anzueignen.

365) Sehr gut stimmt hiermit die Vermuthung von Borghesi im
Giornale Arcadico 1819 Feb. p. 188 (angeführt von Marquardt Handbuch
IV S. 379 Note 2583) überein, dass die palatinischen Salier unter den
Kaisern den ordo sacerdotum domus Augustae Palatinae bildeten, oder
— wie es sich vorsichtiger ausdrücken liesse — zu diesem ordo ge-
hörten.

366) Der älteste sacrale Mittelpunct der bei Rom angesiedelten
Sabiner war, wie oben (S. 232) bemerkt worden, der capitolinische
Berg, wo sich auch der früheste von Tatius errichtete Altar des Qui-
rinus befand, Varro de l. l. V § 74; der quirinalische, vorher agonische

chen Ehren zur Seite, indem sie ihm und den ihn umgebenden Gottheiten eine gleiche Anzahl von Saliern, ihm selbst
aber insbesondere noch einen Flamen widmeten. Diese Einrichtung stand mit manchen anderen, von denen später die
Rede sein wird, namentlich aber mit der Gründung einer
Königsburg auf dem Quirinal im Zusammenhange, zu welcher
diese quirinalischen Priester in ganz analoge Beziehung traten, wie die palatinischen zur Hütte des Romulus standen.
Eine bedeutende Veränderung trat ein, als Numa späterhin
die neue Regia an der heiligen Strasse neben dem Vestatempel anlegte; hierdurch wurden die Stammgötter der Altrömer zu Penaten und damit auch ihre Salier zu gemeinsamen
Priestern des nunmehr enger als zuvor vereinigten *populus
Romanus Quirites* [367]); dem Quirinus aber blieben die ihm einmal gewidmeten Ehren, insbesondere sein Flamen [368]) und
seine Salier, jedoch untergeordnet an Rang und an Bedeutung, erhalten. Als hierauf die Albaner sich in Rom nieder-
liessen, konnten sie an den gemeinsamen Sacra der römischen
Bürgerschaft um so leichter Theil nehmen [369]), weil diese
wenn auch nicht aus den albanischen entsprungen, doch
ihnen nahe verwandt und von demselben Ursitze Lavinium

Hügel hat erst später diesen Vorzug erlangt, als auf ihm die *aedes
Quirini* angelegt wurde, deren Erbauung dem Numa ohne Zweifel nach
Tempelnachrichten und priesterlicher Ueberlieferung, und zwar dem
Anfange seiner Regierung zugeschrieben wurde (Dionysios II 63). Von
diesem Heiligthum leitet daher auch Varro wohl mit Recht den späteren Namen des Berges ab (de l. l. V § 51: *collis Quirinalis ob Quirini
fanum*) und theilt die Meinung derjenigen nicht, welche den Ursprung
desselben auf ein dort unter Tatius errichtetes Lager zurückführten.
Vgl. Festus s. v. *Quirinalis collis* p. 254 M. und Becker Handbuch I
S. 569. Hiermit werden manche auf diese Benennung begründete Hy-
pothesen von selbst wegfallen.

367) Eine im ganzen vortreffliche Darstellung dieses Verhältnisses
findet sich bei Ambrosch Studien S. 191—195.

368) Ausser dem Quirinalis war bei seinem Dienste auch der Flamen Portunalis beschäftigt, welcher die Waffen des Gottes zu salben
hatte, Festus s. v. *persillum* p. 217 M.

369) Sehr gut wird dieses bei Livius a a. O. durch die schon oben
hervorgehobenen Worte *Romana sacra susceperant* ausgedrückt.

abgeleitet waren[370]); ihre oberen Götter waren ganz dieselben, so dass es für diese auch keiner neuen Flamines und anderer höherer Priester bedurfte; nur der besondere Dienst der Hausgötter der ehemaligen Könige von Alba, welcher mit gewissen eigenthümlichen Gebräuchen[371]) und mit dem Culte des Pallor und Pavor verbunden war, sollte erhalten werden, und hierzu wurde das schon für eine andere Classe von Neubürgern bestehende Collegium der collinischen Salier bestimmt. Wahrscheinlich wurden in dieses Collegium zu Anfang Patricier aus den neu eingewanderten albanischen Geschlechtern aufgenommen, welche mit ihrem vaterländischen Ritus vertraut waren; im Laufe der Zeit fielen die Unterschiede unter den vornehmen römischen Familien, insofern sie einst auf der früheren Heimat ihrer Vorfahren beruht hatten, weg; bei dem Collegium der collinischen Salier aber blieb das Andenken an Tullus durch die Cultstätte bei seiner Regia so wie durch den Namen der *Hostilii lares* für immer erhalten.

Wenden wir uns nun nach Lavinium zurück, so treten uns hier bei den *sacra principia* der Laurenter, wie sich nicht anders erwarten lässt, dieselben Hauptgottheiten der Aboriginer und dieselben Priesterthümer entgegen, welche wir in Rom von seinen Anfängen als Stadt an gefunden haben. Der Urheber der pompejanischen Inschrift, Spurius Turranius, Stellvertreter eines Prätors, was von sehr alten Zeiten her der Name für den obersten Magistrat der Stadt war, bekleidet vor allem die hohen Priesterwürden des Flamen Dialis und

---

370) Treffend und genau der priesterlichen Ueberlieferung entsprechend drückt dieses Cicero pro Milone 31 § 85 aus, indem er die Altäre von Alba *sacrorum populi Romani sociae et aequales* nennt; diese Sacra waren demnach den römischen verbündet, verwandt und standen ihnen an Alterthümlichkeit und Würde gleich; die *sacra principia* Roms aber waren sie nicht, welche sich vielmehr in Lavinium befanden. Dieses Sachverhältniss ist für die älteste Geschichte Roms von der grössten Bedeutung.

371) Vgl. die Worte des Livius: *ut patrio ritu Albani sacra facerent.*

Martialis, welche die Vorbilder der römischen waren [372]); einen
Flamen Quirinalis, welcher Rom ganz eigenthümlich und
dort, wie sich gezeigt hat, in Folge besonderer geschichtlicher Verhältnisse nach dem Muster der beiden älteren eingeführt war, gab es dagegen natürlich in Lavinium nicht. [373])
Neben jenen beiden hatte Sp. Turranius als drittes sich unmittelbar an sie anschliessendes Priesterthum das eines Führers der Salier übernommen, wofür eben so wie in Rom der
Name des *Salius praesul* im Gebrauch war. [374]) Nach römischer Ordnung trat ein Salier regelmässig aus seinem Collegium aus, wenn er zu einer der Würden der oberen Flamines
gelangte [375]), welche auch immer von verschiedenen Männern
und namentlich von solchen bekleidet wurden, die nach alter
Sitte dem politischen Leben fern stehen sollten; auch in Lavinium war gewiss die Häufung dieser drei Priesterthümer
auf éinen Mann und ihre Vereinigung mit der Magistratur
der Stadt nicht von Alters her üblich, sondern ein Zeichen
des Verfalls der dortigen Körperschaften; der Grund und die
Absicht aber, weshalb Turranius diese Verbindung erstrebte
und erhielt, ist wohl darin zu suchen, dass er der erste Priester der laurentischen Penaten überhaupt sein wollte und
demnach auch die vornehmste Stelle unter den Saliern nicht
verschmähen durfte, weil er hierdurch auch zum Dienste des
Picus und Faunus berechtigt und geweiht wurde. Aus diesem

---

372) Es versteht sich von selbst, dass hiermit Verschiedenheiten
im einzelnen nicht ausgeschlossen waren. Unter den vielen lästigen
Gebräuchen und Beschränkungen, welche dem römischen Flamen Dialis
oblagen und ihn streng genommen zu politischen Aemtern unfähig
machten, mögen manche der sabinischen Religiosität angehören und
daher mit Recht erst auf Numa zurückgeführt werden (Livius I 20,
1 und 2).

373) Es ist bemerkenswerth, dass auch in anderen Städten zwar
mehrfach ein Flamen Dialis oder Martialis, aber, so viel bekannt, kein
Quirinalis vorkömmt.

374) Aurelius Victor de viris illustribus 3, 1: *Salios, Martis sacerdotes, quorum primus praesul vocatur.*

375) Vgl. die Inschriften bei Marini Atti dei frat. Arv. p. 165 und
hierzu Marquardt Handbuch IV S. 370 Note 2509.

so wie aus anderen Merkmalen ergibt sich, dass der für Rom
nachgewiesene Grundsatz *Salii sacra penatium curabant* auch
bei den *sacra principia* zu Lavinium galt und dass er aus der
hier bestehenden Priesterordnung entnommen war; sicher aber
wird es keines neuen Beweises mehr bedürfen, dass hier wie
dort unter dem Namen der Penaten im engeren Sinne Picus
und Faunus verstanden waren, welche in dieser Eigenschaft
dem Jupiter Latiaris zur Seite standen, wie sie gleich ihm
zu den Laren der Laurenter gehörten.

Eine Frage von grosser Wichtigkeit ist es nun, in welchem Theile von Lavinium diese Götter und die sonst noch
mit ihnen verbundenen Gottheiten ihre Heiligthümer hatten,
und hierüber kann glücklicher Weise kein Zweifel bestehen :
wir haben eine Reihe von Zeugnissen, Kennzeichen und Andeutungen, welche sich gegenseitig erläutern und unterstützen
und übereinstimmend darthun, dass sich die bedeutendsten
Heiligthümer der Laurenter in der unteren Stadt, im Gegensatze zum Burghügel verstanden, und namentlich dass sie sich
in der Nähe des Marktes befanden. Die erste Hinweisung
hierauf gibt das schon oben (S. 170 f.) erwähnte Denkmal, welches die Bewohner von Lavinium dem Jupiter und Mars, die
dabei unter den Symbolen des Adlers und Wolfes dargestellt
waren, aus Dankbarkeit für die einst ihrer jungen Bundesstadt gegen die Angriffe ihrer Feinde geleistete Hülfe errichtet hatten; dieses alte eherne Bildwerk befand sich, wie
Dionysios berichtet [376]), auf dem Markte von Lavinium; hieraus lässt sich entnehmen, dass das Heiligthum der beiden
vornehmsten laurentischen Gottheiten, zu deren Ehre es dienen sollte, nicht weit davon entfernt sein konnte. Einen
zweiten ganz entsprechenden Zug fügt Varro hinzu [377]): er

---

376) Dionysios I 59: καὶ ἔστιν αὐτῶν μνημεῖα ἐν τῇ Λαουινιατῶν
ἀγορᾷ, χάλκεα εἴδωλα τῶν ζώων, ἐκ πολλοῦ πάνυ χρόνου διατηρούμενα.

377) Varro de re rustica II 4, 18: *huius suis ac porcorum etiam
nunc vestigia apparent Lavinii: quod simulacra eorum ahenea etiam
nunc in publico posita, et corpus matris ab sacerdotibus, quod in sal-
sura fuerit, demonstratur.*

berichtet, dass auf dem öffentlichen Platze (*in publico*) zu Lavinium die ehernen Bilder der Sau mit den dreissig Ferkeln
aufgestellt waren, welche, wie schon Lykophron wusste [378]),
die Symbole des latinischen Bundes und der dreissig zu ihm
gehörenden Städte waren. Unter diesem öffentlichen Platze
ist entweder, wie Klausen [379]) angenommen hat, der Markt
selbst oder doch ein ihm benachbarter freier Raum, eine
area, zu verstehen, welcher mit dem Heiligthum der Penaten
und ohne Zweifel auch des Jupiter Latiaris als des göttlichen
Stifters des Bundes in unmittelbarem Zusammenhange stand.
Die inhaltreichste und bemerkenswertheste Nachricht hierüber gibt aber wiederum Dionysios bei Gelegenheit der Stiftungssage von Lavinium: er erzählt hier, dass die Schicksalssau, welche dem Aeneas den Platz für seine Ansiedelung anwies, sich zwar auf dem Burghügel niedergelassen habe [380]),
weshalb der Held auch seinen Trojanern gebot dort ihre
Wohnsitze zu erbauen und an der festesten Stelle des Hügels
die Cultstätten für die mitgebrachten troischen Götter anlegte [381]); das Opfer des Schweins und seiner Ferkel habe er
aber nicht auf der Anhöhe vollzogen, sondern es an einer
anderen Stelle der Stadt den Penaten dargebracht, nämlich
da wo sich jetzt die von den Lavinaten als ein Heiligthum
verehrte, den Fremden aber unzugängliche καλιάς befinde. [382])

378) Alexandra V. 1252—1260.
379) Aeneas und die Penaten II S. 598.
380) Dionysios I 56: λόφον τινὰ προσανατρέχει, ἔνθα ὑπὸ καμάτου
μοχθήσασα καθέζεται.
381) Dionysios I 57: τοῖς δὲ Τρωσὶ μετασστρατοπεδεῦσαι κελεύσας
ἐπὶ τὸν λόφον ἱδρύεται τὰ ἔδη τῶν θεῶν ἐν τῷ κρατίστῳ usw.
382) Dionysios I 57: Αἰνείας δὲ τῆς μὲν ὑὸς τὸν τόκον ἅμα τῇ γει-
ναμένῃ τοῖς πατρῴοις ἁγίζει θεοῖς ἐν τῷ χωρίῳ τῷδε, οὗ νῦν ἔστιν ἡ
καλιάς, καὶ αὐτὴν οἱ Λαουινιᾶται τοῖς ἄλλοις ἄβατον φυλάττοντες ἱερὰν
νομίζουσιν. Hierauf folgt dann weiter: τοῖς δὲ Τρωσὶ μετασστρατοπεδεῦσαι
κελεύσας ἐπὶ τὸν λόφον usw. Aus den letzten Worten ergibt sich klar,
dass das χωρίον, wo sich die καλιάς befand, dem λόφος entgegengesetzt
wird, also in der unteren Stadt lag. — Uebrigens tritt hier unverkennbar aufs neue hervor, welcher künstlichen Umwege die Aeneassage bedurfte, um die ihrem Ursprunge nach ganz verschiedenen Monumente
von Lavinium an ihren Lieblingshelden anzuknüpfen. Sollte die Sau

Hierdurch erhält nun zuerst die Mittheilung des Varro ihr
volles Verständniss: Varro unterscheidet zwei Arten von einander entsprechenden Sehenswürdigkeiten in Lavinium, auf
der einen Seite die Erzbilder der Sau mit den dreissig Ferkeln, auf der andern den Körper des Mutterschweins selbst,
welcher, wie man angab, von der Urzeit her in Salzlauge
erhalten war; die ersteren standen auf dem öffentlichen Platze,
der letztere ward von den Priestern gezeigt, befand sich
demnach in einem Heiligthum, demselben nämlich, welches,
wie wir durch Dionysios erfahren, eine καλιάς, also eine aus
Stroh, Rohr, Reisig und ähnlichem Stoffe bestehende Hütte,
ähnlich dem *tugurium Faustuli* oder der *casa Romuli* auf dem
palatinischen Berge bei Rom war. Schon hieraus würde sich
ergeben, dass die in diesem Heiligthum verehrten Götter die
Laren und Penaten der Aboriginer, insbesondere Picus und
Faunus waren; wir bedürfen aber hierzu keiner Schlussfolgerung, da ja Dionysios ausdrücklich angibt, dass an dieser
Stelle das Schwein den θεοῖc πατρῴοιc geopfert worden
sei, womit er seiner eigenen Erklärung zufolge [383]) das lateinische Wort *penates* übersetzt, welches er in seinen Quellen
vorfand. Möglich, ja sehr wahrscheinlich ist es, dass er hierbei wieder wie bei den Göttern an der Velia zu Rom an die
sogenannten troischen, nicht an die laurentischen Penaten
dachte; dieser Irrthum ändert aber an dem Werthe wie an
dem Sinne der von ihm überlieferten Nachricht durchaus
nichts.

---

geopfert werden, so hätte dieses natürlicher Weise und sogar nach
priesterlicher Vorschrift an dem Orte geschehen müssen, wo sie gefunden war (Servius zur Aeneis II 104: *sacrorum erat ut fugiens victima,
ubicumque inventa fuerit, occidatur*); gegen einen solchen Gang der
Erzählung legte aber die Oertlichkeit, wo sich ihre angeblichen Denkmäler befanden, Widerspruch ein. Ueberhaupt enthält die Mythe von
der Sau gar manche auffallende Züge, welche sehr bedeutsam sind und
zugleich beweisen, dass sie erst spät mit der Aeneassage in Verbindung
gebracht wurde. Hiervon an einem anderen Orte.

383) Dionysios I 67: Ῥωμαῖοι μὲν Πενάτας καλοῦcιν· οἱ δὲ ἐξερμη-
νεύοντες εἰc τὴν Ἑλλάδα γλῶccαν τοὔνομα, οἱ μὲν πατρῴους ἀποφαί-
νουcιν usw. Vgl. Hygin bei Macrobius Saturn. III c. 1 a. E.

Werfen wir nunmehr wiederum einen Blick auf die oben S. 186 ff. erläuterte Münze des Gaius Sulpicius, so wird die darauf dargestellte Scene noch vollständiger, als es früher geschehen konnte, ins Licht treten. Der Schauplatz, auf welchem die beiden Patres patrati den Vertrag zwischen Rom und dem laurentischen Volke erneuern, gibt sich als die Area vor dem Penatentempel zu Lavinium zu erkennen, welchem die Schwörenden gegenüber stehen; auf der Vorderseite der Münze sind deshalb die beiden Jünglingsköpfe mit der Umschrift *D · P · P* als Zeugen des Vorgangs gegenwärtig; auf der Rückseite stellt sich das offenbar aus dem ehernen Sculpturwerke nachgeahmte Bild des Schweins mit seinen Jungen dar, über welchem der Schwur geleistet wird. In unmittelbarer Nähe muss sich aber auch, entweder in der καλιάς selbst oder neben derselben, das Heiligthum des Jupiter Latiaris, des *lar Laurentinus*, wie ihn Statius nennt, oder des Königs Latinus der Sage befunden haben: denn die feierlich bindenden Eide wurden nicht bei den Penaten allein, sondern *per Iovem deosque penates*, also auch im Angesicht eines Tempels des höchsten Gottes abgelegt. Der Platz entsprach demnach in dieser Beziehung dem Comitium in Rom, auf welchem ebenfalls die heiligsten und namentlich die völkerrechtlichen Eide im Angesicht der Regia als des Sitzes des Jupiter und der Penaten geschworen wurden. [384]) In genauem Zusammenhange hiermit stehen ferner die schon früher behandelten Stellen des Servius [385]), worin erzählt wird, dass König Latinus, als er nach dem Tode seines Bruders Lavinus die unmittelbare Regierung über Lavinium übernahm und die Stadt erweiterte, dort einen Lorbeerbaum gefunden habe,

---

384) Nach Plutarch Romulus c. 19 wurde selbst der Name des Comitium von dem Friedensvertrage abgeleitet, welchen Romulus und Tatius an dieser Stelle beschworen. Es gehörte zur pedantischen Nachahmung alter Sitte, dass Kaiser Claudius (Sueton c. 25) seine Bündnisse mit fremden Königen mittels eines Schweinopfers auf dem Forum, d. h. auf dem Comitium abschloss. Vgl. Göttling Geschichte der römischen Staatsverfassung S. 198.

385) zur Aeneis VII 59. I 2; vgl. oben S. 100.

von welchem sie seitdem den Namen Laurolavinium führte. Diese Erzählung ist allerdings mythischer Natur und etymologisch unrichtig, da *Laurolavinium* von den *Laurentes Lavinatium* nicht zu trennen ist; sie gründet sich aber, wie alle verwandten Beispiele, wie namentlich die römischen Sagen von dem ruminalischen Feigenbaum, der *cornus* auf dem Palatin und so viele andere beweisen, nothwendig auf etwas gegebenes, vorhandenes, religiös bedeutsames, welches hier nichts anderes als ein in der erweiterten, also in der unteren Stadt Lavinium stehender heiliger Lorbeer sein kann. Der Platz, welcher diesem gebührte, war bei dem Tempel des Jupiter und seiner Penaten, wie der doppelte Lorbeerbaum vor oder in der Regia zu Rom beweist, dessen Vorbild sicher der zu Lavinium war [386]); die mythische Sage selbst deutet an, dass der Baum mit dem Sitze des Jupiter Latiaris verbunden war: denn diesen Sinn hat es, wenn sie ihn von Latinus gefunden werden lässt, und zwar gerade zu der Zeit, als er die Stadt hob, die Regierung über sie übernahm und sie damit zum Mittelpuncte des von ihm begründeten latinischen Bundes machte, dessen bedeutendstes Symbol, wie sich

---

386) In guter Uebereinstimmung hiermit steht, dass vor der sogenannten Hütte des Faustulus auf dem palatinischen Berge, ungeachtet die Sacra desselben denen zu Lavinium entsprachen und nachgebildet waren, nur die *cornus* stand; sie stellte die *hasta* dar, deren Schaft aus ihrem Holze verfertigt wurde, welche daher nicht selten selbst *cornus* genannt wird (Virgil Aeneis IX 698: *volat Itala cornus* u. v. a. Stellen); sie war demnach das natürliche Symbol der Lanzengötter Picus und Faunus. Ihnen kam der Lorbeer nicht zu, da sie hier nicht in Gemeinschaft mit Jupiter erscheinen, dessen Heiligthum am Palatin von dem ihrigen gesondert war, weshalb sie auch hier unter dem Namen der Laren, nicht unter dem der Penaten verehrt wurden. Der Lorbeerbaum gehörte, wie es scheint, in der religiös-politischen Symbolik der Aboriginer nur dem Sitze der regierenden, über die Nation gebietenden Götter an; er wird daher, so viel uns bekannt, nur in Laurentum, Lavinium und Rom erwähnt, kann aber auch jedenfalls in Alba nicht gefehlt haben. Als Augustus die beiden Lorbeerbäume vor seinem Palaste auf dem Palatin anpflanzen liess (vgl. oben S. 228 Note 321), drückte er damit zugleich aus, dass hier von nun an der Sitz des Imperium sein werde.

bald aus Denkmälern zeigen wird, der Lorbeerbaum neben
der Schweingruppe war. Auch das Heiligthum des Mars muss
an dieser Stelle gestanden haben, vielleicht ebenfalls in einer
Abtheilung derselben καλιάς, welche die Penaten enthielt;
mit éinem Worte, hier befanden sich jedenfalls die vornehmsten *sacra principia populi Romani Quiritium nominisque Latini,
quae apud Laurentis* [387]) *coluntur*, deren die pompejanische
Inschrift gedenkt, nahe zusammen und zu einem Götterkreise
verbunden. [388]) Wir haben nur wenige Nachrichten über die

---

387) Der Ausdruck *apud Laurentis*, welcher etwas eigenthüm-
liches hat, war allem Anscheine nach der in Lavinium hergebrachte
und gesetzliche. Man erkennt dies an den schon oben (S. 96 Note 125)
angeführten Stellen des Servius, in denen er Auszüge aus Religions-
schriften über die dortigen Sacra mittheilt, worin sich die entsprechende
Formel *apud Laurolavinium* viermal wiederholt (zur Aeneis III 12: *penates colebantur apud Laurolavinium*, ferner zu III 174 und zweimal zu
VIII 664). Durch *apud* wird der von den Laurentern bewohnte Stadttheil im Gegensatze zu einem andern hervorgehoben.

388) Sehr bemerkenswerth sind zwei Bronzemünzen des Kaisers
Antoninus Pius, auf deren Kehrseite die Sacra von Lavinium, und zwar
je nach ihren beiden Gattungen, denen auf der Burg und denen in der
Unterstadt, in ausdrucksvollen Symbolen dargestellt sind. Beide finden
sich im ersten Bande von Mionnet rareté des médailles Romaines als
Titelkupfer und p. 206, so wie im ersten Bande von Klausens Aeneas
und die Penaten Tafel II Nr. 11 und 12 abgebildet und sind vor kurzem
von Henri Cohen médailles impériales (description historique des mon-
naies frappées sous l'empire Romain, Paris 1859) Band II p. 340 und
341, Nr. 441 und 447 aufs neue beschrieben worden. Auf der einen
(p. 206 Mionnet, Nr. 11 bei Klausen, Nr. 447 Cohen) ist unten die
Stadt Lavinium durch die Sau mit den Jungen bezeichnet, welche auf
einem Thorwege der Stadtmauer angebracht ist; oben zeigt sich die
Burg mit ihren bedeutendsten Heiligthümern, deren traditionelle Herkunft aus Troja durch das Bild des Aeneas, welcher seinen Vater trägt,
angedeutet wird. Auf der zweiten (Titelkupfer bei Mionnet, Nr. 12 bei
Klausen, Nr. 441 Cohen) steigt Aeneas bei seiner Landung in Latium
mit Ascanius aus dem Schiffe und sieht die Stelle vor sich, wo ihm das
Schicksal die Gründung einer neuen Stadt beschieden hat; wiederum
ist diese unten durch das Schwein mit den Ferkeln bezeichnet, welches hier allem Anscheine nach lebend zu denken ist, und auf welches die
erstaunten Blicke der Ankömmlinge gerichtet sind; zugleich aber zeigt
sich oben, offenbar der Zeit vorgreifend und zur Erläuterung des Bildwerkes für die Beschauer desselben, schon die Burg genau durch die-

Oertlichkeiten und Bauwerke des alten Lavinium, dürfen aber mit grosser Wahrscheinlichkeit annehmen, dass in dieser

---

selben Heiligthümer bezeichnet, welche die vorige Münze darbietet; nur fehlt hier, wie natürlich, das Bild des Helden mit seinem Vater, da er selbst am Ufer gegenwärtig erscheint. Die beiden Münzen stehen unverkennbar im Zusammenhange mit einander; die letztere, auf deren Vorderseite Antoninus sich *cos. III* nehnt (nicht *VI* (?) wie die Abbildung bei Mionnet hat), weist auf die Jahre 140—144 hin; die erstere, welche keine nähere Zeitbestimmung darbietet, ist vermuthlich früher geprägt, da jene sich auf sie zu beziehen, auf sie zurückzuweisen scheint (hiermit stimmt auch die Umschrift der Vorderseite, namentlich das Fehlen des schon im J. 139 angenommenen Titels *pater patriae*, sehr gut überein). Beide zeigen, wie noch so manches andere, dass der Blick des frommen Kaisers schon im Anfange seiner Regierung mit Vorliebe auf die Sacra von Lavinium gerichtet war, deren Reform er gegen das Ende derselben beschloss und auszuführen begann. Diese Denkmäler geben nun den bisher gewonnenen Ergebnissen eine erwünschte und starke Stütze, nicht nur, wie sich schon gezeigt hat, im ganzen, sondern auch in allen ihren Einzelheiten, wobei es jedoch nothwendig sein wird den bisherigen Beschreibungen und Auslegungen derselben, welche in mancher Beziehung von einander abweichen und ungenau sind, eine eingehende Prüfung zuzuwenden.

Beginnen wir mit dem unteren Theile der zweiten Münze. Hier zeigt sich hinter dem Schweine ein Baum, dessen Gattung Eckhel nicht näher bestimmt — 'scrofa cum suculis infra arborem' sagt er Band VII p. 30 —; Mionnet, welcher überhaupt hier sehr flüchtig beschreibt, hat ihn für einen wilden Feigenbaum erklärt (p. 214: 'sous un figuier sauvage'), worin ihm Cohen (p. 340 Nr. 441 'derrière laquelle est un figuier') völlig zuzustimmen scheint, sicher aber mit Unrecht; die Sau von Lavinium hatte mit einem Feigenbaume nichts gemein, weder wenn man sie sich lebend dachte — sie wurde, wie Virgil Aeneis VIII 43 erzählt, unter Steineichen (*sub ilicibus*) gefunden — noch als Bildwerk und Symbol; der Baum ist vielmehr, wie Klausen a. a. O. II S. 678 Note 1236[b] richtig erkannt hat, ein Lorbeer, und ist bedeutsam neben die Sau gestellt, weil er mit ihr den heiligen Mittelpunct der neuen Stadt, den Sitz ihrer Penatengötter bezeichnen sollte. Einen klaren Beweis hierfür bietet eine andere sinnvolle Münze dar, welche der vorliegenden nahe verwandt und um dieselbe Zeit wie diese oder vielmehr kurz vorher entstanden ist; sie findet sich bei Cohen pl. XII Nr. 630 abgebildet, ist ein Ehrendenkmal, welches der römische Senat dem Antoninus gewidmet hat, und gibt selbst ihre Veranlassung und Bedeutung genügend zu erkennen. Gegen den Ausgang des Jahres 139 oder im Anfange des J. 140 nach Ch. G. war nämlich dem Imperator ein Sieg gemeldet worden, welchen sein Legat Lollius Urbicus in Britannien über die Briganter erfochten hatte (vgl. die vortreffliche Ausführung, welche

Gegend der Stadt sich die Amtssitze der höchsten laurentischen Priester, insbesondere der Flamines und der Salier be-

hierüber Eckhel Band VII p. 14 gibt); zur Feier desselben nahm er den Titel *imperator iterum* an, welchen er während seines ganzen folgenden Lebens häufig führte, ein Beweis welchen Werth er auf diesen kriegerischen Erfolg und Ruhm seiner sonst so friedlichen Regierung gelegt hat. Der Senat beschloss ohne Zweifel noch im J. 140 deshalb eine Denkmünze zu stiften; auf der Vorderseite derselben liess er den mit Lorbeer umwundenen Kopf des Antoninus darstellen, welcher in der Umschrift als *cos. III* bezeichnet ist; der neu erworbene Titel *imperator II* ist dagegen für die Kehrseite aufbewahrt, und erscheint hier von den stark umgebogenen Zweigen eines Baumes umgeben, vor welchem die lavinische Sau mit ihren Jungen liegt. Besser und feiner hätte der Senat dem religiösen Gemüthe und dem Geschmacke des Kaisers nicht huldigen können: die ältesten Penaten von Latium und Rom geben ihre Freude über den neuen Sieg der römischen Waffen zu erkennen, sie legen gleichsam selbst dem Oberfeldherrn den Titel *imperator* aufs neue bei und biegen den allein sichtbaren Ast ihres heiligen Baumes tief herab, um ihn mit dem Laube desselben zu krönen. Der Baum ist demnach kein anderer als der Lorbeer des Latinus, und von ihm ist der, welcher auf der von Antoninus selbst und zwar noch als *cos. III*, also bald nachher gestifteten Münze steht, eben so wenig als die neben ihm liegende Sau verschieden; indessen sind hier, wo er mehr im natürlichen Wachsthum, aber doch als Beschützer der die latinische Nation darstellenden Thiergruppe erscheint, Stamm und Zweige desselben nur wenig gebogen.

Wenden wir uns nun zu der oberen Hälfte der Kehrseite, so wird diese von Mionnet p. 214 mit den Worten 'au dessus les murailles d'une ville' nachlässiger abgefertigt, als es ihre grosse geschichtliche und antiquarische Wichtigkeit verdient; alle anderen Ausleger haben erkannt, dass hier Heiligthümer dargestellt sind, wenn sie damit auch noch nicht das klare Bewusstsein verbanden, dass diese nichts geringeres als die sogenannten troischen Penaten mit ihrer Umgebung oder die eigentlich lavinatischen *sacra principia* von Latium und Rom bedeuten. Zur Linken des Beschauers zeigt sich, und zwar auf beiden einander entsprechenden Münzen des Antoninus (p. 441 und 447 Cohen), ein Tempelchen, welches mit einer Art von Kuppel bedeckt ist: 'templum rotundum' nennt es Eckhel VII p. 31, 'à gauche un temple rond' heisst es bei Cohen p. 341, 'Capelle' wird es bei Klausen S. 668 in der Note genannt. Wir haben das Gebäudchen mit Aufmerksamkeit und Ehrerbietung zu betrachten; es lehnt sich durch die Form seiner Bedachung an eine uralte Bauweise an und steht, wie sich später ergeben wird, mit den ältesten Heiligthümern der Vesta in Rom in mehr als éiner Beziehung in der engsten Verbindung. Zur Rechten hebt sich wiederum auf beiden Münzen auf einem viereckigen Untersatze ein breiter sich

17 *

fanden, welche ohne Zweifel unter den *sacerdotes* zu verstehen
sind, die nach Varro den Körper des Mutterschweins in der

---

oben spaltender Streifen empor. Cohen a. a. O. spricht auch hier wun-
derbarer Weise von einem Feigenbaum ('à droite un figuier'), wozu es
nicht nur an jedem Motive fehlt, sondern der sich auch nicht als ein
natürliches, sondern ganz seltsam wie ein Kasten- oder Topfgewächs
ausnehmen würde. Der Irrthum, dass an dieser Stelle ein Baum stehe
(vor welchem Eckhel sich wohl gehütet hat), war noch einigermaassen
erklärlich, so lange man die sehr unvollkommene Nachbildung der
Münzen bei Gessner nummi imper. tab. 96 Nr. 48 zu Grunde legte;
durch sie ist namentlich Klausen verleitet worden an einen Lorbeerbaum zu denken; seitdem aber die bessere Abbildung bei Mionnet vorliegt, ist die Festhaltung eines solchen Gedankens fast unbegreiflich;
der erste Blick eines jeden unbefangenen wird einen Altar mit Feuer,
eine 'ara luculenta' wie es Eckhel nennt, erkennen, dessen Erscheinung
an diesem Platze ebenso bedeutungsvoll wie einleuchtend ist. Wir
dürfen nicht zweifeln, wir haben hier den Altar oder Herd — einen
jener *foci Iliaci*, wie sie Ovid Fasti III 418 nennt — mit dem heiligen
Feuer vor uns, wie er uns später im ältesten Rom wieder begegnen
wird; die aufsteigende Flamme ist jenes sogenannte phrygische ewige
Feuer, welches nach der Aeneassage aus Troja mitgebracht war, und
worauf auch Virgil Aeneis II 297 leise anspielt — leise, wie er es zu thun
pflegt, wenn ein Zug der überlieferten Sage nicht recht in seine Composition passt und er ihn doch nicht ganz übergehen will —; vor allem
aber ist es genau dasselbe Feuer, welches, wie wir aus Lucan Phars.
IX 991 ff. erfahren, noch in der Kaiserzeit sowohl in Lavinium wie in
Alba auf den Altären der troischen Stammgötter leuchtete:

> *quos nunc Lavinia sedes*
> *servat et Alba lares, et quorum lucet in aris*
> *ignis adhuc Phrygius.*

Was also der Dichter so wohl kannte und beschreibt, das bestand auch
noch in Antoninus Zeitalter fort und steht uns hier im Bilde vor Augen.

Was bedeutet aber das runde, oben wie es scheint überdeckte
Gefäss, welches in der Mitte zwischen Altar und Tempel steht? Frühere Ausleger haben es, gestützt auf die schon erwähnte fehlerhafte
Abbildung, für einen Feueraltar gehalten, wofür es jedoch Cohen nicht
mehr erklärt und im Angesichte des bei Mionnet gegebenen Abdrucks
unmöglich noch erklären konnte; er hat daher, weil sich ihm wohl nichts
anderes darbot, vorgezogen ganz darüber zu schweigen. Erwägt man
nun die sorgfältige, überall sinnige und bedeutsame Auswahl, welche
bei diesen Denkmälern wahrzunehmen ist, so muss das Gefäss, welches
eine Art von Kapsel oder auch wohl von kleinem Fass vorstellt, Gegenstände vom höchsten Werthe enthalten, würdig des ausgezeichneten
Platzes, welchen es einnimmt; eine Vermuthung drängt sich daher
schon bei der Betrachtung der zweiten Münze auf, welche bei einem

Salzlauge vorzeigten. Mit dem religiösen Mittelpuncte der untern Stadt war sodann sicher auch der politische verbun-

---

aufmerksamen Blick auf die erste bestätigt und man darf sagen (namentlich nach der Vergleichung derselben mit anderen ähnlichen Denkmälern) zur vollen Gewissheit erhoben wird. Die erste Münze ist nämlich, wie schon bemerkt, oben um ein Bild reicher als die zweite; auf ihr erscheint rechts neben dem Gefässe, zwischen diesem und dem Altar Anchises auf der Schulter des Aeneas, was unverkennbar auf den Moment der vielgepriesenen Rettungsthat hinweist, als der Vater die Schutzgötter Trojas aus den Flammen der Stadt davontrug, welche der Sohn nach Latium führte, wo sie ihren Sitz gerade auf der hier dargestellten Anhöhe von Lavinium erhalten hatten und fortwährend behaupteten. Die Gestalt, in welcher diese Gottheiten, die sogenannten troischen Penaten, zu denken sind, gibt am besten Varro in mehreren später zu behandelnden Stellen an (vgl. einstweilen die Fragmente desselben bei Roth Nr. 17); es waren kleine Idole von Holz oder Stein, oder auch wohl von Thon, *lignea vel lapidea sigilla* (jedoch schwerlich so winzig klein wie die Pallas oder das Palladion auf der ilischen Tafel, in welchem Falle der Ausdruck des Arnobius VI 11 *sigilliola* passender sein würde); aufbewahrt aber wurden sie, wenn sie nicht gerade im Innersten des nur den Priestern zugänglichen Heiligthums zur Verehrung aufgestellt waren, in einem geschlossenen Behälter, welcher nicht grösser war als dass ein Greis wie Anchises ihn mit der Hand ergreifen (Virgil Aeneis II 717: *tu genitor cape sacra manu patriosque penates*), ihn unter dem Arme tragen, mit beiden Händen emporheben und ins Schiff reichen konnte. So erscheint nämlich das Gefäss in dreifacher Wiederholung auf der ilischen Tafel, deren Verfertiger nach dem Glauben der Zeit, in welcher er lebte, und insbesondere des julischen Geschlechts, für welches er sein Kunstwerk schuf, nicht zweifeln konnte, dass die Kapsel, welche einst Anchises getragen, eben dieselbe sei, welche noch immer in Lavinium aufbewahrt wurde und die dortigen troischen Sacra (τὰ ἱερά, wie er sich ausdrückt) in sich schloss: aller Wahrscheinlichkeit nach hat er auch von dort her das Vorbild für seine Zeichnung derselben entnommen, wobei wenig darauf ankömmt, ob er jenes durch eigene Anschauung oder nur vom Hörensagen gekannt, ob er es demnach genau oder weniger treu wiedergegeben hat. Die Archäologen haben bei der Erklärung der ilischen Tafel diesem Gefässe neben der Bezeichnung durch 'capsula' — 'capsule, boite' bei Millin gallerie mythologique I p. 109 und 117 — auch häufig den Namen 'aedicula' gegeben, welcher sich aber schwerlich bei den Alten in dem Sinne eines tragbaren Gehäuses — einer 'chapelle portative', wie Millin I p. 79 sagt — nachweisen lässt, und der auch sonst wenig angemessen sein möchte; eher würde vielleicht der Ausdruck 'doliolum' passen, welcher bei den Römern für die kleinen Fässer im Gebrauch war, worin die verwandten Sacra des Vestatempels und andere ähnliche

den, und zwar theils für die Abgesandten der ganzen Nation
der alten Latiner, so lange in den frühesten Zeiten die Laurenter an der Spitze derselben standen, theils für die gesammte Bürgerschaft von Lavinium selbst; hier muss das
Recht gesprochen, die Volksversammlung gehalten worden
sein; hier ist ein Rathsgebäude und vielleicht für die älteren
Zeiten eine Art von Regia zu suchen.

Die bisher dargestellten Verhältnisse zeigen zur Genüge,
wie das Zusammenwachsen der latinischen Nation aus zwei
grundverschiedenen Bestandtheilen in Lavinium weit tiefere
unvertilgbarere Spuren als irgendwo zurückgelassen hat, und
wie daher das Andenken an dieses Ereigniss sich hier am
treuesten und lebendigsten erhalten musste. Hier standen,
was sonst nirgends vorkam, bis tief in die römische Kaiserzeit hinein zwei Arten von Göttern, von Heiligthümern, von

---

geborgen zu werden pflegten (Livius V 40; Festus im Auszug s. v. *do-
liola* p. 69 M., auch Varro de l. l. V § 157). Indessen bedürfen wir
für die Auslegung unserer Münze überhaupt der ilischen Tafel nicht;
ein näher liegendes und besseres Hülfsmittel ist uns wiederum in einer
anderen unter Antoninus als *cos. III*, also ebenfalls im Anfange seiner
Regierung vom Senate ausgegangenen Münze gegeben, deren Abbildung
sich bei Cohen pl. XIII Nr. 751 findet. Auch hier ist der Moment der
Auswanderung aus Troja dargestellt: Anchises sitzt auf der Schulter
seines Sohnes, welcher den jungen Ascanius führt, und umfasst mit dem
linken Arme ganz dasselbe Gefäss, welches auf der ersten Münze vor
den Füssen des ihn tragenden Aeneas steht. Der hiermit gegebene
Commentar macht jeden andern überflüssig; ja man darf sagen, selbst
wenn unter dem Kästchen der ersten Münze sich eine Inschrift befände
des Inhalts, dass Aeneas die kostbare Last dieses Penatenbehälters,
welche einst im entscheidenden Augenblicke sein Vater in dem nunmehr leeren Arme getragen, hier an diesem Hügel als dem von den
Göttern bestimmten Ziele seiner Wanderung für ewige Zeiten nieder-
gelegt habe, so könnten die Worte derselben nicht klarer und beredter
sein als es das Bildwerk ist. Auch das scheint nicht ohne Sinn und
Ueberlegung angeordnet, dass zur anderen Seite der Gruppe der Heroen der Altar mit dem ewigen Feuer steht; auch dieses hatten sie ja
aus Troja gerettet und mitgebracht. So haben denn Antoninus und
der von seinem Geiste erfüllte Senat auch darin einen Beweis der Pietät für die ältesten Nationalheiligthümer gegeben, dass sie Sorge trugen die *sacra principia*, so weit die Religion es gestattete und es durch
Denkmünzen möglich war, der Anschauung der Nachwelt zu erhalten.

Priesterschaften, von Bürgerclassen, von Feldmarken, von
Stadttheilen gesondert neben einander, und erinnerten an jedem Tage, man möchte sagen in jedem Augenblicke daran,
dass hier einst zwei Stämme von verschiedener Abkunft zu
einer Volksgemeinschaft zusammengetreten waren. Die immer
weiter um sich greifende Aeneassage drohte zwar diese Unterschiede zu verdunkeln, indem sie für den trojanischen
Helden das ganze Lavinium mit allen seinen alterthümlichen
Denkmalen in Anspruch nahm; hierdurch sind denn auch
in vielfacher Beziehung und insbesondere, wie sich später
ergeben wird, in der Frage über das Wesen der Penaten
nicht nur Griechen, sondern auch manche griechisch gebildete Römer zu Irrthümern verleitet worden; aber der Einfluss
jener leichten poetischen Schöpfungen fand seine Grenze an
der ernsten Macht der Lebensverhältnisse, der geschichtlich
gegebenen Thatsachen, der noch fortdauernden Gegensätze,
welche sich dem Bewusstsein immer aufs neue aufdrängen
mussten. Im Zusammenhange hiermit steht es nun, dass der
Name der Aborigines, von welchem wir oben ausgegangen
sind, immer seinen Hauptsitz in Lavinium hatte, wo ihn ja
auch die Griechen, wie die bekannte Stelle des Lykophron[389])
beweist, zuerst kennen lernten; hier hatte und behielt er
seine volle Bedeutung, worin er zunächst die Laurenter in
ihrer Stellung zum latinischen Bunde bezeichnete, als 'die
Ursprünglichen' oder besser als die 'die Männer vom alten
Stamme', als solche welche der Nation das Dasein gegeben
und die hiermit den anderen in den Bund aufgenommenen
Stämmen ihr Volksthum und ihre regierenden Götter mitgetheilt hatten. Es war demnach, wie schon oben bemerkt
wurde, eine Ehrenbenennung, welche sie sich hiermit beilegten; diese hatte aber, wie erst jetzt klar werden kann,
neben dem politischen und geschichtlichen auch einen damit
zusammenhängenden religiösen Sinn und Ursprung.

Die Götter Latinus, Picus, Faunus, welche nunmehr über

---

389) Alexandra V. 1253 ff.

Latium geboten, waren nämlich als Könige der Aboriginer
selbst *aborigines*; sie waren, wie die Laurenter ihnen ange-
stammt, mit den Laurentern von der Urzeit her verwachsen,
und insofern drückte der Name auch das gegenseitige Verhältniss zwischen dem Volksstamm und seinen Larenkönigen
aus, während die anderen aufgenommenen Stämme zwar nunmehr ebenfalls Angehörige und Schützlinge dieser Götter,
aber ihnen doch der Abstammung nach Fremdlinge waren.
Von der alten Metropole des Bundes aus verbreitete sich, wie
es scheint, der Name nach den übrigen Städten und Völkerschaften hin, welche sich jenem anschlossen oder von ihm
ausgingen: überall wurden die Einwanderer aus der Reatina
und deren Nachkommen, also die angestammten Verehrer
des Mars, Picus und Faunus, Aboriginer genannt und als
solche von den anderen, namentlich den früheren Landesbewohnern unterschieden. Indessen würde schwerlich diese Benennung mit so viel Stetigkeit und Bestimmtheit bis auf die
geschichtlichen Zeiten herabgelangt sein — da in allen übrigen Städten Verschmelzung der Bürgerclassen verschiedener
Abkunft, nicht die Fortdauer ihrer Sonderung erstrebt wurde
— wenn sie nicht durch die Institutionen von Lavinium und
das Verhältniss dieser Stadt zu Laurentum im dauernden
Bestande und Andenken erhalten worden wäre.

Mit dem Namen Aboriginer war übrigens anfangs nothwendig ein gewisser Stolz verbunden, wie ihn die Sieger und
deren Nachkommen gegen die Eingeborenen hegen, in deren
Land sie mit der Gewalt der Waffen eingedrungen sind, also
ein ähnlicher Stolz, wie er nach der Völkerwanderung mit
dem Namen eines Franken oder Gothen den überwundenen
Römern gegenüber verbunden war; im Laufe der Zeit ist
aber hierin eine wesentliche Veränderung eingetreten. Die
Einwanderer in Latium standen einst offenbar in der Bildung zurück gegen die Stämme, welche sie hier vorfanden;
sie waren ein Wandervolk und trafen feste mit riesenhaften
Mauern umgebene Burgen und Städte an; sie nahmen, als
sie sich mit den Bewohnern derselben verbanden, von ihnen,

wie immer deutlicher hervortreten wird, zahlreiche Elemente
einer alten Cultur an, und mussten daher die geistige Ueberlegenheit derselben in vielen, wenn auch keineswegs in allen
Beziehungen anerkennen. In Folge hiervon hat sich mit dem
Ausdruck Aboriginer der Begriff nicht nur der Tapferkeit und
Sitteneinfachheit, sondern auch der Rohheit verbunden, und
diese Vorstellung von ihrem Wesen ist in der Folgezeit immer gesteigert worden; wie es denn die bekannte Art des
Volksglaubens und der Sage ist, dass sie die geschichtlich
gegebenen Gegensätze weit über die Wirklichkeit hinaus
auszumalen und auf die Spitze zu treiben liebt. Was aber
in diesem Falle hierzu sicher am meisten beitrug, waren
wiederum religiöse aus dem Alterthum her überlieferte Denkmäler und Gebräuche. Während die Götter der anderen
Stämme von Latium und den Nachbarländern, denen man
griechischen oder trojanischen Ursprung zuschrieb, längst auf
hohen Burgen in steinernen Tempeln wohnten, bestanden die
Heiligthümer der Aboriginer noch in Strohhütten, ein Con-
trast welcher besonders in Lavinium noch in späterer Zeit
stark in die Augen fallen musste. Welchen Eindruck aber
ein solcher Anblick machte, welche zum Theil unberechtigte
Folgerungen man insbesondere aus dem Umstande zog, dass
solche Tugurien nicht nur die Sitze der Laren und Penaten
waren, sondern auch als die einzigen Wohnungen der alten
Könige galten, was sie doch sicher nicht waren — das sieht
man aus den Betrachtungen, welche die Dichter der augus-
teischen Zeit an die Hütte des Romulus knüpften. Hierzu
kam, dass an manchen alterthümlichen Festen Priester aus
edlen Geschlechtern in Thierfellen erschienen, was man mit
gutem Grunde auf eine alte religiöse Sitte des Aboriginer-
stammes zurückführte.[390]) Hiermit verband man die Vor-

---

390) Solche Aufzüge fanden nicht nur an den Lupercalien (Dionysios I 80 und andere Stellen bei Marquardt röm. Alterth. IV S. 404),
sondern auch an anderen Festen, namentlich an denen des Hercules
Statt. Der gültige Zeuge hierfür ist Virgil Aeneis VIII 280 ff.:
devexo interea propior fit vesper Olympo:

stellung, dass es überhaupt die Nationaltracht dieses Volks-
stammes gewesen sei mit nacktem Oberkörper einherzugehen,

---

iamque sacerdotes primusque Potitius ibant,
pellibus in morem cincti, flammasque ferebant.
instaurant epulas usw.

Zur Erklärung dieser Stelle muss, wie es öfter nothwendig wird, dem
Gange der Untersuchung vorgegriffen und eine Frage berührt werden,
welche erst in einem späteren Abschnitte dieser Schrift eingehender
behandelt werden kann. Die Festfeier des Hercules in Rom ist — wie
so viele andere religiöse Institutionen — aus einer *communicatio sacro-*
rum hervorgegangen, und zwar aus einer solchen welche in der Vorzeit zwischen den Aboriginern und den altgriechischen Bewohnern des
palatinischen Berges, den sogenannten Arkadern, eingetreten ist (Dionysios I 39 und 40), wobei jeder der beiden Stämme die Sacra eines
von ihm verehrten Gottes mit denen eines dem anderen angehörenden
vereinigte. Als Stifter werden daher neben einander Faunus und Evander genannt (Dionysios a. a. O. origo gentis Romanae c. 7); die priesterlichen Vertreter des ersten Stammes waren bis weit in die geschichtliche Zeit hinein die Potitier, die des zweiten noch viel länger die Pinarier (vgl. Buttmann Mythologus II S. 294–297, welcher das Sachverhältniss im ganzen richtig aufgefasst hatt, wenn man auch den von
ihm hinzugefügten etymologischen Vermuthungen nicht zustimmen
kann). Die Aboriginer erhielten als der mächtigere Stamm für ihre
Priester den Vorrang und ansehnliche Vorrechte; dagegen nahmen sie
von den Altgriechen die meisten Gebräuche des Cultus an, welcher
nach dem übereinstimmenden Zeugnisse aller Schriftsteller (vgl. die bei
Schwegler röm. Geschichte I S. 364 Note 3 und Preller röm. Mythologie S. 652 Note 4 angegebenen Stellen) vorwiegend *graeco ritu* vollzogen wurde, was auch in der Art der Feier unverkennbar hervortritt.
Die Potitier aber so wie die seit Appius Claudius an ihre Stelle einge-
setzten öffentlichen Sklaven behielten dabei die aus der Urzeit der Aboriginer hergebrachte Sitte bei, ihren Gott mit Thierfellen bekleidet zu
verehren, und diesen ohne Zweifel aus eigener Anschauung entnommenen Zug hat uns Virgil in den Worten *pellibus in morem cincti* erhalten. Wie Servius zur Aeneis VIII 269 bemerkt, bestand die Herculesfeier aus einem doppelten Opfer- und Festmahle, wovon das eine
am Morgen, das andere gegen Abend stattfand, eine Notiz welche mit
Virgils Darstellung sehr gut übereinstimmt und doch wahrscheinlich
nicht erst aus ihr entlehnt ist; dem Dichter gibt dies Gelegenheit
dem Aeneas, welcher den Morgenzug der Priester nicht mit angesehen
hatte, den auffallenden Anblick desselben am Abend bei Fackelschein
vorzuführen. Die Pinarier sind hier unter den sich zum Mahle begeben-
den Priestern nicht erwähnt und auch nicht etwa stillschweigend in-
begriffen, da sie, wie bekannt, von der Theilnahme an demselben ausgeschlossen waren; es muss daher wenigstens zweifelhaft bleiben, ob

nur mit einem Thierfelle oder einem ähnlichen Gewande bekleidet, welches um den linken Arm und die Hüften ge-

---

auch sie an diesem Feste Thierfelle trugen; in jedem Falle wusste man,
dass der Gebrauch von den Aboriginern ausgegangen sei.

In ähnlicher, wenn auch vielleicht nicht in ganz gleicher Weise
verhielt es sich mit den Lupercalien, welche ebenfalls aus der Vereinigung des Dienstes eines Aboriginergottes mit dem eines altgriechischen (des Faunus — Ovid Fasti II 267 ff. — mit dem Pan, Dionysios
I 32) ihre Gestaltung erlangt haben. Die priesterliche Vertretung der
Aboriginer besassen hierbei eine lange Reihe von Jahrhunderten hindurch vorzugsweise die Fabier, deren Gens diesem Stamme angehörte,
wie sich an drei zusammenstimmenden Merkmalen erkennen lässt. Zuerst galten nämlich die Fabier, wie Ovid Fasti II 375—379 berichtet,
für Gefährten des Remus, welcher, wie sich oben gezeigt hat, als Re-
präsentant des aventinischen Berges (als *Remus Aventinus*, wie ihn
Properz IV 1, 50 nennt) zugleich der der Aboriginer war. Zugleich
galten aber die Fabier als Nachkommen des Hercules, eine Sage welche
sich daraus erklärt oder vielmehr ihren Ursprung darin hatte, dass ihr
Gentilcult einem Hercules geweiht war, weshalb ihnen Silius Italicus
Punica VII 43 f. mit einem treffenden Ausdrucke *Herculei penates* zuschreibt. Dieser Hercules war aber nicht der griechische, sondern ein
einheimischer italischer Gott, dessen Cultstätte nicht an der *ara maxima*, sondern an dem quirinalischen Berge war, wohin sich eben
deshalb Fabius Dorso während der Besetzung der Stadt durch die Gal-
lier begab, um dort die seinem Geschlechte obliegenden Opfer und
Gebräuche zu vollziehen (Livius V 40). In welchem Heiligthume dieses
geschah, kann nicht zweifelhaft sein: es war die *aedes* des Sancus,
also des italischen, besonders bei den Sabinern hochgefeierten Hercules
(Varro de l. l. V § 66 und 74; Festus p. 229), mit welchem der altlateinische Dius (Festus im Auszug s. v. *Dium* p. 74) besonders als *Dius
fidius* (Varro a. a. O.) am nächsten verwandt war und daher am leich-
testen verschmolz. Potitier und Fabier verehrten demnach von der
Urzeit her denselben Gott oder Heros als den Beschützer ihres Hauses,
als den vornehmsten unter ihren Penaten; sie unterschieden sich aber
darin, dass die ersteren ihren Dienst schon frühzeitig mit dem des altgriechischen Hercules an der *ara maxima* vereinigten, die anderen erst
später den ihrigen in den Tempel des Sancus verlegten; auch blieb
dieser immer ein blosser Gentilcult, während der andere schon in den
ältesten Zeiten Roms einen öffentlichen Charakter besass (Livius I 7).
Ein dritter Beweis für die Abkunft der Fabier aus dem Stamme der
Aboriginer liegt in dem Priesterthum des Nationalgottes derselben, des
Faunus, welchen sie in Gemeinschaft mit den sich ihnen anschliessenden
Sodales bei den Lupercalien vertraten; sie hatten hierbei dieselbe bevorzugte Stellung wie die Potitier bei der Herculesfeier, sie nahmen
wie diese ausschliesslich an den Opfermahlen Theil (Ovid Fasti II 372—

schlungen den rechten Arm und die ganze Brust völlig unbedeckt liess, und hiernach legte man den Aboriginern die Beinamen *pelliti*, entsprechend dem Ausdrucke *pellibus in morem cincti*, welchen Virgil von den Potitiern gebraucht, oder *cinctuti*, welcher auf die *cinctuti Luperci* bei Ovid hinweist, oder überhaupt *nudi* bei. In diesem Anzuge erschienen sie, wie man annahm, nicht nur bei ländlichen und häuslichen Arbeiten — wobei es allerdings alte Römersitte war halbnackt zu gehen — sondern auch in den Bürgerversammlungen und als *pelliti patres*, wie sie Properz IV 1, 12 nennt, im Senate; eben so zogen sie ins Feld, gingen ohne alle Rüstung ins Treffen, und führten keine anderen Angriffswaffen als im Feuer gehärtete Pfähle und Schleudersteine. Ein Vorfall, welcher im späteren Rom — wahrscheinlich in Ciceros oder in Augustus Zeit — grosses Aufsehen erregte, hat den Dichtern des ersten kaiserlichen Jahrhunderts Gelegenheit zu häufigen Anspielungen gegeben, in denen dieser Kreis von Vorstellungen hervortritt.

---

380), und ihr nationaler Ritus war es, dass sie an den Frühlingsfesten ihres Gottes nackt am Oberkörper und nur mit Thierfellen um die Hüfte bekleidet erschienen. Denn dass dieser Gebrauch ihnen ursprünglich und vorzugsweise angehörte, obgleich er auch auf die anderen Gattungen der Luperci — die *cinctuti Luperci*, wie sie Ovid Fasti V 101 nennt — übergegangen war, wird sich aus der folgenden wie aus der vorhergehenden Ausführung ergeben; eben dasselbe hat auch Properz in der ersten Elegie des vierten Buches, in welcher er überhaupt die altrömische von den Aboriginern hergeleitete Sitte im Gegensatz zu der durch Aeneas von Troja mitgebrachten Bildung darstellt, mit den Worten hervorgehoben (V. 24 und 25):

> *verbera pellitus saetosa movebat arator,*
> *unde licens Fabius sacra Lupercus habet.*

So vieles gemeinsame auch sonst die altgriechischen Lykäa mit den römischen Lupercalia hatten (vgl. Schwegler I S. 356 Note 1), der Lauf im Schurz aus Thierfellen so wie das Schlagen der Frauen mit den Riemen, welche aus der Haut der geopferten Ziegen — dem Gewande der Juno Caprotina, Festus im Auszug p. 85; Schwegler III S. 274 f. Note 5 — geschnitten waren, ist eigenthümlich italisch, gehörte nicht dem Pans- sondern dem Faunusdienste an.